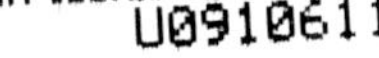
U0910611

花火
魅丽文化
花火工作室

岁月知云意 2

Sui Yue
Zhi Yun Yi

容光 /// 著

图书在版编目（CIP）数据

岁月知云意. 2 / 容光著. -- 南京 : 江苏凤凰文艺出版社, 2018.9
ISBN 978-7-5594-2730-4

Ⅰ. ①岁… Ⅱ. ①容… Ⅲ. ①长篇小说－中国－当代 Ⅳ. ①I247.5

中国版本图书馆CIP数据核字(2018)第186285号

书　　名	岁月知云意. 2
作　　者	容　光
出版统筹	黄小初　邹立勋
选题策划	朵　爷　夏　沅
责任编辑	胡小河　姚　丽
文字编辑	夏　沅
责任监制	刘　巍　江伟明
出版发行	江苏凤凰文艺出版社
印　　刷	湖南新华精品印务有限公司
开　　本	880×1230毫米 1/32
字　　数	280千字
印　　张	10.5
版　　次	2018年9月第1版，2018年9月第1次印刷
标准书号	ISBN 978-7-5594-2730-4
定　　价	38.00元

（江苏凤凰文艺版图书凡印刷、装订错误可随时向承印厂调换）

//

目录

C O N T E N T S

Sui Yue Zhi Yun Yi

//

//

目录

C O N T E N T S

Sui Yue
Zhi Yun Yi

//

Chapter. 01 永恒军旗

贤妻良母型选手，路知意同学，又一次扛起了做饭的大旗。

陈声欣然表示他可以打下手，但在他蹂躏完半篮子青菜，捏着鼻子说鱼腥味真难闻，弄不清盐和味精，外加分不清冰箱里的猪肉究竟是五花还是猪腿抑或是别的什么部位后，路知意彻底放弃了让他帮忙的打算。

“四肢不勤，五谷不分。”她如此评价。

陈声靠在厨房的门框上，声色从容，“孟子说过，君子远庖厨，我这是谨遵圣贤教诲。”

路知意瞥他一眼，盛好米饭让他端出去，自己把鱼汤倒进了瓷盆里，小心翼翼地端上餐桌。

一个炒青菜，一个青椒肉丝，外加一大盆乳白色香气四溢的鱼汤。

陈声吃了一口饭，还在继续刚才的话题：“米饭是软的，男人得硬气，做多了饭不利于坚强性格的塑造。”

路知意一把端走他的碗，“为了你的阳刚之气，那你少吃点。”

“少吃点倒不至于，毕竟我的男人味已经溢出体内了。”他好整以暇地把脸凑过去，“不然你闻闻？”

“要点脸吧，师兄。”

“不要了，要脸干什么？我有你就够了。”

两人你一言我一语，吃个饭也热闹得不行。

末了，路知意问他：“我厨艺怎么样？”

陈声煞有介事地想了想，抬眼笑着说：“很好。”

看她得意地扯开嘴角，他不紧不慢补上下一句：“还是我有福气，将来再也不用担心温饱问题了。”

路知意语塞片刻，扔下一桌，抛下两个字：“洗碗！”

陈声洗碗时，路知意去了他的房间。他在老宅也有一个书架，上面摆满了他的童年读物，陈声说她可以随意翻看。

路知意的目光慢慢地在书架上移动，忽然看见一个硬壳笔记本。她抽出来随便翻了翻，笑出了声。

陈声走进来时，就看见她捧着他小学的日记本，内心一阵咆哮。

居然忘了这茬！

他伸手去抽那笔记本，“别看了，这有什么好看的？”

路知意灵巧地躲了过去，清清嗓子，念道："2006 年 10 月 3 日，张巧巧说她喜欢我，我问她喜欢我什么，她说喜欢我巧克力一样的眼睛和草莓一样的嘴巴。嘁，她又没吃过，怎么知道我的嘴像草莓？"

"……"

"2006年11月5日，罗燕送了我一支棒棒糖，说她喜欢我，我说不行，她脸上有麻子。"

"……够了。"

"2007 年 1 月 21 日，春节要到了，妈妈同意我去广场上和同学一起玩。大家在草地上玩叠罗汉，你一个，我一个。压在我身上的女生亲了我一下，吓我一跳。后来，她笑眯眯地说要嫁给我，吓死我了，我游戏也不敢玩了，一口气跑回家了。"

"路知意！"

"2008 年……"

路知意难得促狭一回，拿着日记本念着他的童年糗事，哪知道才翻到新的一页，刚开口，就被他一把拉了过去。

陈声一把抽走她手里的日记本，暗暗想着等她走了，必须一把火烧了这东西。

路知意斜眼看着他，"哟，桃花运很旺嘛。从小就这么受欢迎，还巧克力一样的眼睛，草莓做的嘴呢。"

屋内灯火辉煌，院外夜幕四合。郊外的老宅很安静，只有春天的蝈蝈在唱歌，林中的倦鸟在低吟。

陈声勾了勾嘴唇，将她抵在书柜上，低头碰了碰她的唇，微微离开，不动声色地问了句："怎么样？"

路知意面上微红，却一头雾水，"什么怎么样？"

他的眼眸亮而深，像是璀璨星河。

"看来你还没尝出来。"他低头，再次覆住她的唇，更深入了。

被他摁在书柜上亲了又亲，眼波迷蒙，头脑混沌，直到最后路知意才想明白，他是在说：是不是草莓味，亲自尝尝不就知道了？

事后，古板的路师妹悲愤地拿头撞墙。

书中自有颜如玉，书中自有黄金屋。

书是人类进步的阶梯。

啊啊啊，她居然沦落到在神圣的"阶梯"上和他这样又那样！

太过分了！

可陈声呢，跟个没事人一样，从衣柜里拿出自己的T恤，“今晚睡觉穿这个。我每周都会回老宅住一天，所以这有我不少衣物。床单被套也是干净的，上周我来的时候，家里的阿姨才刚换的。”

路知意一看那床，再看看他手里的T恤，面色骤变，“我睡这里？”

“有什么问题吗？”

“……那，那你睡哪里？”路知意有点紧张。

陈声看了她片刻，走近了些，居高临下地看着面红耳赤的人，两人对视片刻。

她的眼里有慌张，有胡思乱想的痕迹。他一眼就看出来了，没好气地把T恤罩在她脑门上。

“洗澡去。”他看她胡乱把T恤衫扒拉下来，伸手戳戳她的脑门，“先把你这些垃圾思想给洗洗干净，再上我的床。”

“上我的床”四个字，显然给了她不小的震撼。

陈声真想仰天长叹，他是长了一张多禽兽的脸，才会让她这么战战兢兢、如履薄冰，生怕他一不小心就对她怎么样了？

为了安抚她这如临大敌的心情，陈声只能平静地扫视一眼她的胸，陈述了客观事实：“不用怕，在你长到C cup以前，我不会饥不择食。”

路知意：“？”

路知意洗完澡，穿着陈声的T恤，到底光着两条腿还是太羞耻，最后不得不亲自打开陈声的衣柜，挑了条宽松的篮球裤套上。

陈声在二楼主卧里洗了澡，下楼一看，要不是如今她头发长了些，他恐怕真以为自己的对象是个小师弟。

他没好气地戳了下她的后脑勺，“把我当什么人了，这么防着？”

下手真重！

路知意倒吸一口凉气，揉揉后脑勺，“还能把你当什么？小小年纪，日记本里就全是男女交往二三事，除了流氓，还能是什么？”

陈声撸起袖子，“行啊，流氓是吧？那我耍给你看看。”

他把她往沙发上拎，吓得路知意拼命蹬腿，“干吗啊你！”

陈声瞥她一眼，松手站起来，“大帽子都扣下来了，不把罪名坐实，怎么对得起自己？”

可话是这么说，他也没真乱来，从厨房里端来用盐水浸泡了十来分钟的草莓，一把塞进路知意怀里，随手拎了两张凳子，“走，去院子里坐坐。”

小院里，头顶是一片城市里看不到的广阔天空，虽不比高原天高云阔、星河漫天，但好歹也有那么几分野趣。远处是田野，近处是小院，伴着蛐蛐儿、蝈蝈儿的合唱，仰头便能看见影影绰绰的星辰。

陈声拿了颗草莓，两口就吃了，看着远处的夜景，漫不经心地说：“路知意，跟我讲讲你的事吧。”

路知意一愣，“你想听什么？”

听什么？

陈声侧头看看她，想起那日从韩宏口中听说的关于她的事，那一刻才觉得，其实他对她知之甚少。

只知道她家境不好，来自高原，其余的，他一无所知。

“随便聊聊。”他又拿起一只草莓，摘了顶端的叶子，一口吃了，“我听韩宏说，你爸爸是村支书？”

路知意一愣，迟疑了一下，嗯了一声。

陈声说：“村支书一般都干什么？”

“上面有政策了，就去开会学习，回来传达给大家。镇上要修路、要动土，也得出面组织动工。平时有人闹矛盾、发生冲突什么的，也都要出面调解。”路知意的声音有些低，说到这，顿了顿，“具体的，我也说不上来，我爸的事情我一向不太过问。”

她说的这些都是六年前的事了，那时候她才初一，年纪太小，路成民也不可能把工作上的事情说给她听。就这些，她也是从父母的谈话中才听来一二。

提起家里的事情，路知意没有了之前的自在。

她下意识去看陈声，想知道他为什么忽然问起这些。

陈声点头：“按理说村支书也是村干部了，你家的经济条件不至于很差才对，你怎么这么拮据？”

路知意沉默片刻，才说：“因为我爸对外人太无私，村支书当了那么多年，两袖清风，家里只出不进。”

这话，她是第二次跟人说了。头一回是陈郡伟，这一次是陈声。关于路成民如何无私，如何因为无私过头而对家人自私，她只得原原本本重头说起。

她不爱跟人提过去，即使没有政审造假的事，她也不愿提。可他问起了，他是陈声，不是别人。她知道她需要说点什么。

来到蓉城，进入中飞院，遇见陈声，仿佛是生命的一个转折点。在这之前，她的人生命途多舛、黯淡无光，只有成堆的书本伴着她。因为在父亲入狱的那一天，路雨在归来的路上拉着她的手，眼中热泪流淌，口中却是平平淡淡的一句嘱咐。

“知意，如今你父母都不在了，小姑姑没本事，帮不了你什么，今后的路，你只能靠自己了。”

那些年里，她被势利的亲戚看不起。有一年春节，她和路雨去一个表婶家吃团年饭，结果她被人呼来唤去，做这做那，一不小心打碎了盘子，还被人指着鼻子骂。

她也有年少叛逆的时刻，眼泪还在眼眶里打转，嘴上却凶了回去：“本来就不是我的活儿，我做了就已经很不错了，你还骂我？”

表婶被她当众一顶，气得没法说，咬牙切齿对她下了结论：“你这没家教的孩子！父母不在，果然长歪了！”

她求助似的转头去找路雨，谁知道路雨也跟着板起脸来，凶巴巴地说这事就是她的不对，跟长辈说话没有分寸。

路知意险些克制不住自己当场哭出来，最后找了个没人的地方，默默抹眼泪。

可那天回家的路上，路雨拉着她的手，抬头望着天上的月亮，脚下踩着乡间的小路。她说：“路知意，因为你父母的缘故，看不起你的大有人在。可你自己要清楚，别人如何看你都只是一时的，如果将来你是个有出息的人，那今天的所有辱骂都会变成明天的羡慕和赞美。我们家没有钱，没有权，你能做的，只有努力念书。你只有这一条路能走，走出来，人生就不一样了。”

那一年，她还有些稚气，还会顶嘴赌气。

她气路雨不站出来帮她，反而和表婶一起当众批评她，可当她抬头，看见路雨眼里星星点点的水光，鼻子却不争气地一酸。

她知道，自己受了委屈，最难受的就是路雨。

所以她努力念书，努力回报这个为她遮风挡雨的女人。

那些年，路知意的生命里只有书本，只有勤奋。她是高原来的孩子，山里的教育不如城里，而她虽然身在高原，但却并非少数民族，高考无法加分。因此，她只能靠题海战术，弥补教育条件上的欠缺。

好在那些暗不见天日的埋头苦学已成为过去，踏入中飞院，她遇见了陈声，忽然闯入了光明的桃花源。他像一颗糖，吃下去就能忘记过往的苦涩艰难，好像他一笑，未来便是一片坦途。

路知意说了一星半点路成民的事，就陷入自己的思绪。

说是不自卑，说是拥有在一起的勇气，可到底还是不愿提以前的事。她踌躇着，犹豫着，到底要不要把那些不堪的往事告诉他。

人与人的差别为什么这么大？他的家庭这样和睦，爷爷奶奶恩爱不已，父亲母亲也光风霁月，一家子都是读书人，典型的高知家庭。

而她呢？

路知意不愿去回想扣在母亲身上的帽子和如今还在那四壁之间苦苦煎熬的父亲。

陈声说："韩宏听你们班同学说，你妈妈是小学老师，我就说你怎么这么古板，年纪轻轻，总有种教导主任的气质。"

"……"路知意心中苦涩，却又有些想笑。

他们把路雨当成了她的妈妈？

该解释，还是该就这样一笑而过？她知道纸是包不住火的，如果两个人要一路并肩而行，她需要坦诚，需要把那些不堪的、糟糕的过往都掰开了、揉碎了，一点一点指给他看。

可兴许是今夜星光无限好，虫鸣鸟叫为伴，怀中捧着两人一起摘下的新鲜草莓，夜风带着春天的朝气，她抬头望天，茫然地对自己说，再缓缓吧。

他不会在意她的过往，那她就趁这段日子好好准备，等到鼓起勇气了，一一说给他听。今日太美，她不愿用一个伤感的故事去打断它，索性给它一个未完待续的美好结局。

陈声察觉到了她的低落情绪，侧头看她凝神望天的样子，抬手环过她的肩，把她的脑袋往自己肩上摁，动作是不太温柔，但落入她耳边的话却是一字一顿，很郑重。

他说："以后我罩着你，没人敢欺负你。自行车、香肠腊肉算什么？你就是想吃人肉，我也亲手割了给你送来。"

路知意咯咯笑出了声，"没想到你还能为我牺牲到这个地步，愿意割肉喂我。"

陈声："割凌书成的。"

她笑弯了眼睛，松口气，感慨一声："你这么护短，要是我早一点认识你就好了。"

在那些艰难困苦的日子里，在那些不被人看好、受人欺辱的日子里，有你该多好？你一定会给我撑腰。她有些心酸，又有些满足地想着。

陈声摸摸她手心的薄茧，低头凝视看了片刻，轻声说："回到过去我是办不到了，但是路知意，我会努力撑起你的现在和将来。"

我给你买心心念念的自行车；我为你学如何腌制香肠腊肉；若是你我养了宠物，我一定好好照顾它，像照顾家人一样；如果有人嘲笑你，我会第一时间站在你面前，遮风挡雨太夸张，但攻击谩骂、批评嘲讽，我一一应下。

陈声出神地想了许多，可那些话，他说不出口。

曾经的年少轻狂、不可一世，如今好像为她悉数卸了下来，他也学会了柔软，学会了平和。可若她需要，他定定地想着，他也会成为她的战士。

就像王小波说的那样："当我跨过沉沦的一切，向永恒开战的时候，你是我的军旗。"

他愿为她而战。

他只为她而战。

地下恋情进行了不到一个月，基本上除了当事人，周围的人都看出路知意和陈声之间火花四溅了。

起初是路知意和苏洋在食堂吃中饭，武成宇端着餐盘大大咧咧坐下来，"一起吃啊。"

陈声和凌书成坐在不远处，谨遵路知意的命令，在校期间要保持距离。直到看见武成宇从盘子里挑挑拣拣，选了块扎实饱满的排骨送给路知意，他眯起了眼。

下一刻，武成宇还在对路知意说："五号窗口的红萝卜烧排骨是一绝，你试试。”

一旁忽然有人端着餐盘走过来，“劳驾，往旁边挪挪。”

武成宇抬头一看，“师兄？”

他不解，左顾右盼一圈，看见了不远处一个人坐着的凌书成。这个点食堂并不拥堵，附近好多空座，陈声为什么不和凌书成坐一起，反而跑来和他们挤？

心里正纳闷儿，屁股倒是很自觉地往旁边挪了个座。

陈声坐下来，看了眼路知意碗里的排骨，“昨晚才吃了火锅，我不是让你清理一下肠胃，这两天别吃大鱼大肉吗？”

说着，他毫不客气地夹走那块排骨，替路知意解决掉了，然后把自己盘子里的青菜夹了一大筷子过去。

气氛霎时间变得极其诡异。苏洋若有所思，路知意无语凝噎，武成宇呆滞了片刻。

他就是再神经大条，也渐渐明白哪里不对了，一脸震惊地看看尴尬的路知意，又看看淡定的陈声，颤声说：“师，师兄你……”

陈声：“我怎么？”

他微微侧头，对上武成宇又惊又怨的目光，露齿一笑。

“……”

武成宇的内心极其复杂，讲道理，路知意是他先看上的人，他也一向觉得他们俩一个学霸，一个年级主席，相当匹配。

可眼下对上陈声的视线，他怂了。哪怕他是个钢铁直男，也不得不承认，这么近距离对视的时候，就连他都忍不住捂住心脏感慨，师兄是真的帅……

一顿饭吃得垂头丧气，武成宇泄愤般把盘子里的东西解决掉，一脸伤感地离开了。

路知意在桌子下面踹了陈声一脚，“你不是答应过我不胡说八道的吗？”

陈声淡淡地抬头，“我刚才胡说什么了？”

“……”

他什么也没说，但所作所为已胜过千言万语。

回寝室的路上，路知意对苏洋举起双手，“坦白从宽，抗拒从严。有什么想知道的，你问吧。”

苏洋挑眉，“我早就说过你俩会好上，有今天，我一点也不吃惊。”

她只是稍微停下想了想，抬头看路知意时，眼里多了一抹认真，“我就想提醒你一句，有时候两个人成长环境相差太远了，三观和理念可能会有出入，短时间相处不容易看出来，但时间长了，一旦发生争执，可能就是致命伤。”

路知意一怔。

苏洋看她那出神的样子，笑了：“嗨，我也就瞎唠叨一下，没准你俩好得很呢，有情饮水饱嘛，哪会吵什么架？啧，只是没想到你这么低调一人，居然找了个这么招风的家伙。”

路知意默默地想，这事她也没想到……

然后是三月末的春季运动会。

飞行技术学院一向缺女生，几个年级加起来，女生人数也不超过两只手。见路知意好说话，体育部的师兄当即找上门来，老泪纵横握住她的双手，又是恳求又是吹捧。路知意耳根子软，当下点头，应下了百米短跑、五千米长跑。

转头一问，陈声也参加了短跑。

对于百米短跑的项目，陈声没什么意见，但他听说路知意参加了五千米时，就有点匪夷所思了。

“回回运动会，五千米一跑完，就是男的也都趴在地上一动不动、要死不活了，你一女生，跑去参加这个？”

路知意叹口气，“可是体育部的师兄说，我们学院已经好多年没在女子项目上拿过任何名次了，能抓个壮丁去参加都要谢天谢地。我体能不是挺好的吗？脑子一热，就答应了。”

陈声看了她半天，“当初要你跟我好的时候，你耳根子怎么没这么软？”

“……”

结果到了运动会那三天，男子百米和女子五千米居然在操场两边同时进行。

路知意隔着人群往那头瞧，运动员们个个都穿着院服，她也不例外。飞行技术学院的院服是白色的短袖T恤衫加白色短裤，袖边和裤边上都有三条明黄色的杠，胸前是院徽，背后当然就是院名了。

其余学院的院服也都大同小异，只是颜色不一样。

人群密密麻麻挤在跑道两边，她就是跳起来也看不见陈声，最后已经站在起跑线上，俯身做预备姿势了，刚蹲下，侧头一看，居然从一堆人腿的缝隙里看见了和她一样俯身蹲下的陈声。

一起来运动场时，他穿了外套，她也没注意他里面穿的什么，眼下一看，嗬，真够风骚的。

院服不穿，穿了件大红色运动服，下面是白色运动短裤。多亏他皮肤白，被大红一衬，在太阳底下熠熠生辉，简直是人群里最亮眼的一抹色。

原来男生也能把大红色穿得这么好看……路知意心里不是滋味，她这肤色就没法穿大红。

那边的陈声也在侧头看她，对视时，他嘴角一弯，比口型："你行不行啊？"

路知意挑眉，目光明亮地看着他，"你说呢？"

然后是裁判各就各位的指令声，枪声一响，两人各自奔跑。运动场内圈是百米短跑的场地，外圈是长跑赛道，陈声冲过终点的那一刻，路知意恰好经过他的前方。

她都来不及去看他到底跑了第几名。

五千米可不是什么小 case，体能好是一回事，一口气跑完全程又是一回事。这是耐力的比拼，是毅力的挑战。

前面两圈，路知意跑得还算轻松，后来就越来越艰难，脚下像是灌了铅，胸口憋着股气，上不去下不来的，肋骨疼得厉害，仿佛有千万根针在朝肺里扎。

跑到最后两圈时，她排在第三，前面还有两个女战士在坚持。

女子五千米可比男子五千米有意思多了，跑完两圈时，有人喘着粗气停下来了。跑完四圈时，又有人哎哟哎哟摆着手退赛了。还有个人直接下了跑道，跑到垃圾桶前面哇的一声吐了。这一轮参赛的一共九人，跑着跑着，最后只剩下五人。

路知意是死也要坚持跑完全程的那种人，哪怕难受，也还淌着汗拼命往前冲。

三月末的阳光已有些燥热难耐，她跑了这么多圈，额头上、背上全是汗珠，几乎能感觉到从脑门上升腾而起的热气。

最后半圈冲刺了，她不要命地提速向前，眼前一片金星，几乎看不清旁边的人群、观众席，就只看见前方不远处的红色终点线。一口气跨了过去，她深深地舒了口气，往前一扑，宁愿和其他人一样摔个狗啃屎也没法再直立行走了。

可意料之中的和跑道亲密接触并未到来，她这一扑，扑进了谁的怀里。

抬头一看，陈声。

他穿着大红色的运动短 T，一头清爽利落的短发，刚刚才破了去年自己创下的校运动会百米纪录，正被无数迷妹用充满爱意的眼神凝望着。

他也没去主席台领奖，跑完就来外圈的五千米终点处候着。

路知意连话都说不出来，就这么一头栽倒在他怀里，满身是汗，脸上也湿漉漉的一片狼藉。她还记得他爱干净，自己一身黏糊糊的扑过来，不知道多狼狈。她想推开他，自己站起来，但早已筋疲力尽，一丝一毫的力气都使不出来。

最后她只能挣开他的手，二话不说朝地上一倒。

“让我躺躺。”她有气无力地说，闭眼倒在地上不动了。

“躺地上都行，就是不愿意靠我身上？”他似笑非笑地问她。

路知意太累了，有心说几句，没力气开这口，索性胡乱挥挥手，打发他一边去。

太阳刺眼，哪怕闭着眼睛也能感觉到眼前一片耀眼的白光。她平复着呼吸，用腹式呼吸法小口小口喘着气，想把肺里那阵因缺氧引起的针扎似的疼痛给压下去。

哪知道下一刻，眼前的白光骤然消失，天昏地暗，日月无光。

她下意识睁开眼，就看见陈声俯下身来，挡住了眼前的日光，也准确无误地堵住了她的唇。

观众席上一片尖叫，周遭的人群也沸腾起来，运动场上大家闹着叫着，一波一波涌上来围观现场，纷纷举起手机留影。

原本已经筋疲力竭的路知意，不知从哪里生出一股洪荒之力，像兔子一样猛地跳起来，拨开人群不要命似的跑了。

当天，飞行技术学院的知名男神，陈声，因在运动场上的温柔一吻，声名远扬。

路知意被本栋楼的女生像看熊猫一样围观了一晚上。

她拒接陈声的电话，拒回陈声的信息，把自己埋在被子里当缩头乌龟。可是最后还是没忍住，从枕头下拿出手机，噼里啪啦冲他发脾气。

“你不是答应过我要保密吗？”

片刻后，陈声的回复从容淡定：“我只是看你喘不上气，想帮你做个人工呼吸。”

“……”

至此，地下恋情因陈声的“人工呼吸”而完全告破。

告破了也有告破了的好处，至少陈声不用再等到每周周末才能和路知意一起吃饭了，可以光明正大在跑完晚操后与她一起打水、绕操场，也不用再为武成宇这种傻大个那没头没脑的追求而生闷气了。

对于这两个看似完全不沾边的人走到一起的事，身边的人各有各的想法。

陈声的室友们清一色认为：“万年单身狗能够脱单就该谢天谢地了，这是好事。”

那些对于陈声素来只敢远观而不敢亵玩焉的女生们则是愤愤不平：“那高原少女到底哪里入了他的法眼？没有C以上的胸，没有惊世美貌，她也配？”

苏洋、李睿和另外几个班的徐勉、张成栋等人，在听人议论起来时，是站在路知意这边的：“惊世美貌是什么？她没有，难道你有？再说了，那可是我们的年级第一，不骄不躁，热心善良，期末还肯大大方方把笔记重点借给我们，她不配，难道你配？”

赵泉泉趁着路知意和苏洋不在寝室时，有些尖酸地对吕艺说：“她倒是一声不吭就把人拿下了，不跟其他人说就算了，连我们也瞒着。我看她根本没把我们当朋友。”

吕艺笑了笑：“大家都是室友，一个屋檐下处四年而已，她没有义务告诉我们。”

吕艺一向不太介入别人的事，寝室里赵泉泉想谈心，她顶多听着，不太插话。更多时候她选择做自己的事情，当室友们都在时，她有三分之二的时间都戴着耳机，仿佛遗世独立的隐士……

赵泉泉没忍住，又说：“哎，你说陈声看上她什么啊？”

她手里还捧着手机，屏幕上是空乘学院的年级群里发的图片，图上正是那天运动会时，围观群众拍下的陈声俯身去吻路知意的场景。

女主角瞪圆了眼睛，像只受惊的小鹿。

男主角只有一个后脑勺，可后脑勺也压不住他的帅气逼人。

吕艺扫了一眼，笑道："还真有这种看一眼后脑勺就觉得帅的人啊。"

可不是吗？赵泉泉惆怅地想着，怎么有的人就是那么好命呢？明明也没多出众，怎么偏偏陈声就看上了她？

赵泉泉的目光停留在路知意的桌上，出人意料地注意到，上学期那里还只摆了一瓶春娟宝宝霜呢，这学期就多了两瓶别的东西。

她走上去一看，兰蔻。

赵泉泉一顿，拿起那两个瓶子，回头问吕艺："这东西多少钱一瓶？"

吕艺扫了一眼，"兰蔻最新款吗？春节才上市的，两瓶加在一起，大概一千三吧。"

赵泉泉眼神一滞，慢慢地将东西放回原处，坐回自己的位置上了。过了一会儿，她对吕艺说："难怪我说她怎么这学期白了那么多，高原红也变浅不少，整个人容光焕发的。喏，这么贵的东西用着，哪能不变好看？"

吕艺顿了顿，看她一眼，没说话。

赵泉泉最后嘀咕了句："交了个又帅又有钱的男朋友，可真是不一样。"

隔天，路知意意外收到武成宇的短信。

"路知意，辅导员让你今天下午两点半左右去办公室一趟。"

她不是年级干部，一向不怎么出现在辅导员面前，突然收到通知，心里还打了打鼓，细想最近自己学业上有没有犯什么错。

可她一向努力学习，科任老师都很喜欢她。这么想着想着，路知意一惊，开始揣测莫非辅导员也知道了她和陈声在操场上发生的糗事。

出人意料的是，辅导员并非为了陈声找她去。

对于这个勤奋上进的年级第一名，又是本院难得的女孩子，刘钧宁还是很温和的。他坐在书桌后面，见路知意进来了，叫了声刘老师，笑了笑，"坐吧。"

路知意有些忐忑地在他对面坐下了。

刘钧宁问她："最近学习上还顺利吗？我听几个老师都说过，你学习很刻苦，上课表现也特别好。"

路知意点头，说：“都挺顺利的。”

“那生活上呢？”

刘钧宁的目光落在她身上，好像是和上学期不太一样了。年级上就这么一个高原来的孩子，情况特殊，他自然比较关注。他记得上学期开始，她来办公室交贫困生材料时，一眼就能看出来自哪里。面上两抹明显的高原红，肤色略深，朴素到丝毫不知如何打扮自己。

如今，她有了空气刘海，皮肤白了不少，高原红也变浅变淡，穿着打扮也不一样了。

刘钧宁不排斥贫困的孩子注意外表，事实上内外兼修是不因家境而论的。但他也担心眼前的孩子过分注重外表，对物质有了超出常规的渴望。

他斟酌片刻，说：“路知意，我昨天收到了一封匿名信，说是你拿着贫困生助学金，但私底下用着昂贵的生活用品，不符合贫困生的要求，希望学校撤销对你的资助。”

刘钧宁看了眼路知意脚上的阿迪达斯慢跑鞋，视线停在了这里。

办公室里一片亮堂，窗外是一片宁静的湖，湖对岸是教学楼。

刘钧宁的视线落在她脚上时，路知意下意识缩了缩，想要藏起那双标志明显的慢跑鞋。可她无处可藏。片刻后，她回过神来，她又没做亏心事，藏什么藏？

大大方方坐在那儿，路知意动了动脚，“刘老师，如果您说的是这双跑鞋，那我可以解释。”

她把某好心人士看不下去她大冬天穿帆布鞋，所以搞了一出买鞋大戏的事情一五一十说了。当然，她没直接把陈声的名字供出来，那个人那么好面子，肯定不希望自己做的蠢事被别人知道。

刘钧宁忍俊不禁，看着小姑娘一脸认真想帮那位好心人士遮掩一下的表情，不紧不慢问了句：“那个好心人士，是陈声吧？”

“……”

对不起了，我帮不了你。

路知意对上辅导员的视线，点点头。

刘钧宁笑了，“那张图片，我也看见了。”

她一愣，顿时有种不祥的预感。下一刻，这个预感被证实——

"陈声那小子，还是一如既往的狂啊，操场上，大庭广众之下，就亲上了。"

"……"

路知意攥着手心，僵硬地陪着辅导员一起笑。

刘钧宁是有意缓和一下气氛的，匿名信这事说出口，路知意面子上肯定挂不住。毕竟都是成年人了，被同学在背后捅一刀，难免自尊心受伤，尤其还是关于贫困助学金的事。

他再三斟酌，才开了口："其实这种事情很常见，我当辅导员七年了，也见过不少。国家关爱贫困生，每年都拨款资助，但这钱到底落在谁手里，对方究竟贫不贫困，就连我们做辅导员的也说不上来。"

路知意望着他，没说话。

刘钧宁说："也不是没有学生左手拿着 iPhone，右手捧着平板，结果白纸黑字写着家境贫困，地方上也不核实，把章一盖，送来我这，你说我是评还是不评？"

辅导员也不是查户口的，能把资料看完已经不错了，谁还能真的去查下面的学生日常生活是个什么水准？

路知意沉默半天，才说了句："刘老师，我没骗人，我家是真贫困。"

刘钧宁笑了，"我又没说不信你，瞎解释什么？"

哪怕她不是干部，接触得少，关于她的认真努力也从科任老师那听了不少。蓉城的大学清一色没有固定的教师办公室，除了行政人员，科任老师们连个落脚的地方都没有，只得来辅导员办公室、会议室午休。

人来人往，刘钧宁常听见路知意的名字。

成绩优秀的孩子，谁不喜欢？就算她不是真穷，这钱领导们也愿意睁只眼闭只眼，权当奖励她学习努力了。

刘钧宁的想法很简单，有人递了匿名信，少不得要找路知意谈谈话，了解一下状况。有事就好好解决，没事也要走个过场，这是辅导员的职责。

他并不知道路知意很紧张。

事实上一牵扯到家庭状况，由不得路知意不紧张。政审像是悬在头顶的利剑，她在下面战战兢兢坐着，生怕哪天绳子断了，血溅当场。

刘钧宁看她嘴唇紧抿、沉默寡言坐在那，以为这事吓着她了，便好言好语为事情画上一个句点："好了，你也不用放在心上，没人规定贫困生就一定要在脑门上贴着贫困二字，是不是？其实你现在这样就很好，学习上进，内外兼修，这才是受资助的孩子该有的面貌，学校资助你们，为的也是让你们过得更好，没道理要求你们穿得破破烂烂。”

路知意勉强笑了笑，说：“谢谢刘老师，给您添麻烦了。”

刘钧宁把手一挥，“麻烦什么？我一辅导员，原本就是给你们这帮毛头小子当保姆的。”

看她站起身来，他才忽然想起什么，叮嘱了一句：“对了，也不光是跑鞋的事，在寝室里也多注意点，什么护肤品啊好好收着，让有心人看了，没准儿又瞎说八道找你麻烦。”

路知意脚下一顿，心里咯噔一下。

辅导员的话说得很含蓄，但路知意明白了。

她本来就穷，身上除了这双鞋子打眼，别的也找不出诟病的地方来。可刘钧宁既然说了要在寝室里多注意点，问题就不是出在鞋子上。

回寝室后，路知意扫了眼桌子，发现那两瓶面霜、手霜被人动过。

吕艺戴着耳机在看书，赵泉泉一边吃薯片一边看剧，苏洋在赶作业，大家各做各的事，没谁看起来有异样。

路知意怀疑谁都不会怀疑到苏洋脑袋上，吕艺这人一向不掺和别人的事，她用脚趾头都能想出是谁写了那封匿名信举报她。她沉默地坐在书桌前，把那两个瓶子收进抽屉里，可最后又觉得不甘心，她没做亏心事，凭什么要委屈自己？

那是陈声送她的，她一没偷二没抢，三没骗学校的助学金，为什么要藏着掖着？

路知意定定地坐在那，没愧疚也没伤心，只是到底意难平。她想不明白，自己和赵泉泉哪怕没有多亲密，但作为一个室友，生病时她帮忙买药，拉肚子了帮忙送医院，就算家里穷，赵泉泉想吃日料，她也没拒绝。为什么赵泉泉会私底下举报她？

贫困生的名额也不是从她脑袋上抢来的。

路知意到底没当众把事情说破，只是私底下跟苏洋抱怨了一回，说不知道自己哪里惹到了赵泉泉，她居然写匿名信去举报自己，要求学校撤销资助。

苏洋一听，简直不可置信，“她吃错药了她？这种事也干得出来？你怎么不当面质问她啊！”

路知意说：“好歹一个寝室，还要住在一起三年多，撕破脸也不好看。

而且我这回也没什么损失，要真被撤了助学金，我肯定找她算账。”

苏洋冷笑一声，“也就你们好脾气，我当初一进门，就看不惯她阴阳怪气的样子。一条丫鬟命，浑身公主病。也不见请我们吃了什么大餐，轮到你请客就讹你一顿日料。吃你的就算了，还背地里说三道四看不起人。现在更出息了，居然背后捅刀子？你不找她，我找她去！正好想骂她很久了！”

路知意扑哧一声笑出来，被那句丫鬟命、公主病逗乐了。

苏洋瞪她一眼，“你还笑得出来？心可真大。”

路知意微微一笑，“我为什么笑不出来？我跟她无冤无仇，她这么针对我，说白了都是我太优秀。优秀如我，难道不该笑？”

“……”苏洋看她片刻，下了结论，“这才刚在一起一个多月，就被传染了不要脸的病，告诉你们家陈师兄，我苏洋墙都不扶就服他。”

助学金一事就此落下帷幕，路知意的贫困资格仍在，寝室里各自相安无事。

赵泉泉观望半天，发现一点水花都没掀起，一面故作镇定，一面暗自揣测，难不成人家学院不管这事？不应该啊，上学期空乘学院还因为某贫困生作风奢侈，被取消了助学金，怎么到了路知意这儿，匿名信都交上去了，还一点动静也没有？

最后她也只能愤愤不平地想着，成绩好就是不一样，领导压根儿不管！

Chapter. 02 欢喜情浓

四月上旬的某个周末，路知意被陈声带去步行街吃晚饭，哪知道才刚落座，餐厅外面涌进来三个人，兴高采烈冲他俩说：“哟，这么巧？相请不如偶遇，那就一起拼个桌？”

来自陈声寝室的三只高瓦数电灯泡，凌书成、韩宏、张裕之，装模作样入座了。

陈声回想起刚才出门之前，凌书成笑嘻嘻揶揄他：“又去跟小红约会啊？七天还是如家？”

他一时不察就着了道，随口说了句：“你以为谁都跟你一样思想腐败？”

韩宏凑过来，“那你说说，像你和小红这么小清新的人，准备上哪约会？”

他平静地说：“步行街吃个饭。路知意那种老古板，你还能指望我们上哪约会？”

张裕之啧啧两声，“看来你也不是没有想法，就是小红宁死不从啊！”

哪知道这三人居然跑来步行街“偶遇”来了。

路知意头一回以陈声女朋友的身份跟他的室友们一起吃饭，韩宏、凌书成都是老相识了，就一个张裕之还不太熟。但这一寝室都是群不要脸的自来熟，三分钟后——滚瓜烂熟。

熟了以后，能干什么？

拆台！

拆谁的台？

陈声也就去洗手间洗个手的工夫，回来就发现变天了。

他去了洗手间，饭桌上三个男生便想方设法找话题和路知意聊聊，热热场子。

韩宏：“小红啊，你知道声哥的人气很旺吗？我们寝室住一楼，从宿舍外面就能看见里头，每个月都有些奇奇怪怪的人往我们窗户里头塞东西。有时候是情书，有时候是零食，有一回塞了一大盒避孕套，纸条上留了手机号，指名道姓要跟陈声分享。”

路知意：“……”

张裕之：“嗨呀，路知意是吧？虽然咱俩没怎么见过面，但我其实跟你神交已久。你是不知道，自从认识了你，陈声总在寝室里提起你，奇怪的是白天的时候他说起你，都是咬牙切齿。晚上做梦了叫你的名字，就骚得不行……哎，真想知道他在梦里都干了些什么。”

路知意：“……”

凌书成不紧不慢地搁下筷子，喝了口啤酒，“上个周末我在外面吃饭，饭店离他家挺近的，就想着去找他搭个顺风车回学校，结果正好撞上他妈。阿姨问了我一堆奇奇怪怪的问题。”

韩宏：“什么问题？”

“阿姨问我——兰蔻的手霜好不好用，用它追到隔壁学校的妹子没有；阿迪的慢跑鞋一口气买那么多，家里的姐妹们人手一双，我跟表姐表妹关系一定很好吧；上学期期末放寒假，大冷天的不在家待着，让陈声送去高原上体验生活，父母这么对我会不会太严苛。”

路知意：“……”

凌书成幽幽地叹口气，“阿姨还说，大过年的，陈声不看春晚，不跟家里人聊天，光拿着手机跟我聊天，聊完还去阳台上给我打电话，那一阵她可担心了，生怕我俩误入歧途，性取向成谜……”

路知意默默地端起杯子，先前还说不喝酒的，这会儿臊得没法说，只得自己给自己斟了杯酒，“那什么，我敬你一杯，感谢你为我背了这么久的锅……”

陈声从洗手间回来时，桌上四人已经熟透了，言笑晏晏，路知意看他们的眼神里都透着亲昵。目光一定，他发现路知意居然倒了酒喝！

狐疑地扫视一周，陈声暗自寻思，这群不是人的家伙，到底对他的小红做了什么？

怎么有种胳膊肘要往外拐的不祥预感？

吃完饭后，三只电灯泡钻进了步行街的网吧，嘻嘻哈哈表示要开黑一宿，把大好时光留给陈声和路知意了，他们会睁一只眼闭一只眼，他俩爱干啥干啥去，反正开房他们也不会知道。

陈声侧头，看了眼路知意，出人意料的是她没有脸红。

片刻后，他见她笑嘻嘻凑过来，脚下略浮的模样，才发现她被人三杯酒灌下肚，居然就喝醉了！

陈声赶紧把她扶稳了。喝醉酒的老古板倒是很可爱，没了平常的矜持，还一个劲儿往他身上靠。往寝室走的路上，穿过校园，走过小径，她都软绵绵靠着他，拉着他的手指头不停拨弄。

他啼笑皆非地想着，看来以后得常灌她酒。

下一秒，他又板起脸来，当然，酒品这么差，外人在的时候可不行。

都到了她宿舍楼下了，陈声问她："自己上楼去，没问题吧？走直线，别摔了。"

路知意肃然起敬，举手敬礼，"Yes，sir！"

陈声："……"

真想把她这样子录下来，不知道明天她会不会羞愤欲绝，买根绳子上吊自杀？

他好整以暇地站在人来人往的宿舍楼下，坏心眼地趁她喝醉，占她便宜，"这么听话啊？那，要不然你跳我怀里来，亲我一个再走？"

小师妹眼神迷离，不疑有他，从地上一跃而起，二话不说挂在他脖子上了。倒是陈声毫无防备，就那么开个玩笑，没想到"树袋熊"就挂了上来，后退两步，险些和她一起倒在地上。

好在稳住了身形。

他心有余悸地盯着她，刚想骂两句，就被她一口亲在嘴上。

她凑过来，吧唧一下，眉眼弯弯，高声欢呼："么么哒！"

陈声："……"

喝醉酒的路知意，简直是神经病！可是他好喜欢！

不远处，从超市回来的赵泉泉站在宿舍楼下，手里拎了袋零食，把那袋子越攥越紧，越攥越紧，脸色也越来越难看。

不知羞耻！

她咬着嘴唇，心里很煎熬。有一个念头折磨她好长时间了，从上学期她拉肚子那天被陈声送去校医院起。

这些日子看着路知意欢喜，看着路知意害羞，看着路知意和苏洋话里话外都是那个人，她真是烦死了。

什么好的都是路知意的。全天下的便宜都让她一人占了。

赵泉泉觉得自己快爆炸了，她梦寐以求的一切，全都被路知意得到了——荣誉、成绩、人缘，还有陈声。

她看着陈声把人送进大门，还在宿舍楼下多停了一阵，直到看见路知意从三楼窗口冲他挥挥手，才心满意足地掉头离开。

他这一掉头，没走多远，恰好撞见赵泉泉，因心情好，礼貌的笑意也变得没那么疏离客气，反倒有一种亲近的意味。

他朝她点点头，见她手里拎着零食饮料，看上去挺重的，随口说了句："需要帮忙吗？"

赵泉泉一顿，下一秒，手里的东西被男生接过。

陈声心情大好，难得跟她多说两句，"我记得你姓赵？"

她心中小鹿乱撞，仰头看他，他目光明亮，灿若朝阳。

"赵泉泉。"

陈声笑了笑，说："赵泉泉？好名字。"

只要跟他家小红沾了边的，都是一个好字！这姑娘都能和小红住一个寝室，更是大大的好！

赵泉泉却不知他心里所想，只是站在宿舍楼下，定定地望着他，满心欢喜，满心惆怅。

他终于也能这样对她笑了。可一丁点零星火苗被点燃，心头就开始燃起铺天盖地的火焰。如果他能一直对她笑就好了。

最好，只对她笑。

五月初，蓉城已经提前入夏。

林荫深处，蝉鸣声声，略显燥热的空气里，只有知了不知疲倦唱着歌。行人纷纷找阴凉处行走，若无可奈何走入没有遮阴处的路段，一定匆匆而行，赶往下一个林荫处。

蓉城北郊，偌大的建筑群伫立在一片空地之上，周遭没有树木，连人烟都零星稀少。热辣的太阳午后当空，烤得空气都有了热浪。

这种燥热难耐的天气，却有人一动不动站在那艳阳底下。

路雨拎着只大大的旅行包，静静地等在那。

包是旧年用过的，洗得发白，底部因为一路从冷碛镇坐车而来，在大巴车上蹭过，买票时、腾不出手来时随手在地上放置过，所以蒙上了一片浅浅的灰尘。

她穿着套半新的衣服，白衬衣、黑色长裤，袖口挽到一半的位置，脚下是一双擦得干干净净的棕色皮鞋。这身衣服她穿得并不多，每逢正规场合时才会拿出来，比如学校的家长会，比如冷碛镇的居民大会。

她晒得鼻尖都出了一层细密的薄汗，面颊发红，高原红更明显了。可她不敢走开，就站在那铁灰色的大门外，一动不动地等待着。

直到某一刻，大门内侧传来开锁的清脆碰撞声。

路雨拎着行李包的手不受克制地发起抖来。

下一刻，仿佛尘封多年的大门，被两名全副武装的保卫人员朝外推开，吱呀一声，悠长缓慢。

昨日才剪了发、剃了胡茬儿的中年男子，穿着刚领的白T恤、灰色长裤，从大门里走了出来。他手里空空如也，从待了六年的地方得到自由，孑然一身，一如进去时那样。

他听见身后的人对他说："出去以后，好好过日子，别再回来了。"

他点头，应了声："欸。"

再抬头时，十来步开外的女人已经扔了行李包，朝他大步流星跑来。

路成民张开双手，被路雨紧紧抱住。

在路知意面前坚强了这么多年的女人，一刹那间被泪水模糊了视线，死死攥着兄长后背的衣料，用力哽咽起来。

"哥。"

她酝酿了好多天，甚至站在这铁门外的一个多小时里，都反复想着要说的话，这一刻悉数忘光。

她只能一遍一遍深呼吸，把泪水逼回去，后退一步，再仰头时，笑着再叫一声："哥。"

路成民看着她，慢慢地叹口气，一面笑，一面摇头，"多大的人了，还这么容易哭鼻子。"

铁灰色的大门在他身后合拢，紧紧关住了里间的时光。那里的所有人都和路成民一样，日复一日为犯过的错付出代价。一门之隔，大门外是花花世界，门内是被遗忘的岛屿，时间在那里仿佛凝固了，进去后，不知朝夕，不见世事。

两人去了附近的公交站，路雨按照原路折回，先带他去昨晚自己下榻的小酒店。

酒店楼下有几家小餐馆，两人吃了阔别多年后的第一顿饭。路雨说："多点几个菜，好好吃一顿，毕竟是你出来以后的第一顿，就当庆祝一下，我替你接风洗尘。"

路成民笑了笑，"那里面也不是龙潭虎穴，没人亏待你哥，吃得挺好的。”

遂坚持只点了两个家常菜。

路雨仰头看他，心中酸楚。真不是龙潭虎穴？真吃得挺好？如果如他所说，在里面的日子很好过，他又怎么会瘦成现在这模样？短短六年，像是老了二十岁。

桌上放了一壶服务员刚端来的热茶，她给路成民倒了一杯，金黄色的液体，水蒸气袅袅而上。

“苦荞茶，清热。”她把斟满茶的杯子推到他面前，“这顿饭还是差个人。我也不知道你怎么想的，我提那么多次，你都不许我把知意带来接你。”

路成民接过茶杯，在手里握住，没急着喝，只垂眸看着那金黄色的液体，“叫她来干什么？那地方，不是女儿见父亲的好地方。”

路雨没说话。

他喝了一口茶，神色黯然，“这些年，让你受苦了。”

早就幻想过多次他出狱的这一日，每逢路知意受委屈，每逢日子艰难，路雨都会设想重逢的这一刻，她有多少辛酸苦楚想对路成民说。还有那些属于路知意的辉煌时刻，长大了，懂事了，高考考了全县第一，过五关斩六将拿到了中飞院的录取通知……可是这一刻，盘旋多年的念头全没了。

她慢慢地放下茶杯，笑了。

“不苦。都值得。”

因为路成民的坚持，路知意并不知道父亲在这一天出狱，路雨只说日子近了，她还以为是下一周。

周五中午，她和苏洋下课后去食堂吃过中饭，回寝室午休。寝室四人挨个洗漱，苏洋已经爬上床了，吕艺在换衣服，赵泉泉还在卫生间洗脸。

路知意刚脱下鞋子，就听见桌上的手机响起来，一看，是路雨的来电。

她才刚脱了一只鞋，就这么坐在椅子上，伸手去拿手机，“小姑姑？”

意料之中的声音被父亲取代，“是我，知意。”

“爸爸？”

片刻后，她一脚穿进刚刚脱下的那只鞋里，鞋带都没系，猛地跳起来，不要命似的推门而出。

卫生间里，赵泉泉恰好走了出来，见她一阵风似的往外跑，一愣，“她去哪啊，这么风风火火的？”

苏洋和吕艺都没说话，各自做各自的事情。

赵泉泉又自己说了下去：“我刚才听见她喊了爸，她爸来学校了？奇怪，开学的时候不来，这时候跑来干什么？”

其实她在想，会不会和贫困生助学金有关系？

苏洋知道她在好奇什么，把手机一把塞到枕头底下，冷冷地说：“她爸来没来，跟你有关系？成天管这管那，你闲的？”

赵泉泉面子上挂不住了，一面擦脸，一面往她床上瞧，“你怎么说话呢？都是一个宿舍的，你能不能客气点，说话别老夹枪带棒的？”

苏洋坐起身来，似笑非笑地看着她，“哟，这时候你知道都是一个宿舍的了？都是一个宿舍的，你又能不能客气点，别动不动眼红别人，往辅导员那儿投什么狗屁匿名信？”

赵泉泉脸上一白，手里的百雀羚都拿不稳了，“你，你说什么呢你！什么匿名信，你少往人身上泼脏水！”

“我泼脏水？”苏洋笑了，下巴朝吕艺一努，“一个寝室四个人，你让我相信是吕艺举报了路知意？哦，还是我举报了路知意，羡慕她拿了贫困生助学金？”

赵泉泉怒道：“谁知道是不是你？你俩一个学院的，她出了什么事，你最清楚。我跟你们根本没有竞争关系，无缘无故寄什么匿名信？要我说，就是你见不得她好，做了亏心事还来污蔑我！”

“嗯，对，我污蔑你。”苏洋微微一笑，“赵泉泉，你是什么人，什么嘴脸，你以为这寝室里都是瞎的，没人看得出来？”

赵泉泉脸红脖子粗，咬牙反驳：“你看不惯我我知道，但你也不能血口喷人！我和路知意无冤无仇，害她做什么？”

“羡慕嫉妒恨？”苏洋皮笑肉不笑。

“我羡慕她？”赵泉泉的声音已经尖厉得不成样子，“我羡慕她什么？羡慕她家里穷，没品位？皮肤黑？就她那样子，有什么值得我羡慕嫉妒恨的？”

她开始人身攻击了。苏洋冷冷地看着她，正欲反击，就听见一直没说话的吕艺忽然开口了。

吕艺已经换好了衣服，站在床下的扶梯前，侧头看了赵泉泉一眼，平静地说："说这些就没意思了吧。"

她那眼神平平无奇，倒叫赵泉泉不敢吭声了。

平日里吕艺话少，也不掺和事，赵泉泉没把她放在心上，总觉得哪怕东窗事发，吕艺也会事不关己高高挂起，可今天她开口了，赵泉泉还真有些心虚。

吕艺爬上了床，铺好凉被，安心躺下，淡淡地说了句："我要睡了，下午还有课。"

苏洋冷笑一声，瞥了赵泉泉一眼，也躺下睡了。

留下赵泉泉一个人拿着面霜站在原地，半晌，她咬牙把罐子咚的一声扔在桌上，风风火火推门走了。这宿舍，谁稀罕留在里头！

另一边，路知意在校门外接到了路成民。

他已经换好衣服了，路雨替他买了新衣服，又从冷碛镇带了他以往的衣服来，都搁在行李包里一并带给他。

路成民站在偌大的校门外，站在五月的艳阳天里，看着女儿从校内飞奔而来，像只欢快的小麻雀——过去他常这么打趣她，可今日他觉得不妥了，因为路知意长大了，早已不是当初的雏鸟。

他无法想象在自己缺席的六年里，她就这样长大了，能够独当一面了，可以替路雨做很多事情了，优秀到凭借自己的努力从高原步入省城，勇敢、独立地孤身一人生活在这里。

这些，都没有他的参与。

那个十九岁的年轻姑娘从远处跑来，有几分陌生，几分面熟。他竟不敢一口笃定地叫出她的名字。

可她喘着气跑到他面前，红着眼睛，笑着大叫一声："爸爸！"然后一头扎进他怀里。

路成民沉沉地出了口气，叫她的名字时，眼中酸楚难当，几乎快克制不住热泪。

"知意。"他重重地拍拍她的背，再叫一声，"知意！"

六年，于漫长人生而言不过十二分之一，可青春里并没有几个六年。他缺席的是她最美好的年华。那么多的苦楚无从诉说，那么多的愧疚难以表达，路成民热泪盈眶地松了手，看了又看。

只愿她真如他起的名字一样，能知他意。

路家人并不善言辞，路知意带着路成民去中飞院参观，从食堂到教学楼，从假山小湖到林间小道。午后行人不多，大家都在午休，校园里反而更显宁静。

她一路给父亲介绍——

“我们学校建有五个机场，配有两百多架初、中、高级教练机，包括波音 737、300、800 和空客 320 在内的全飞行模拟机。

“那个楼里有 360 度全视景塔台指挥系统，是全国民航高校里唯一的一个，其他学校都没有。

“这是图书馆，学生可以刷卡进去，参观的话做个登记就行了。”

路成民说算了，但路知意坚持带他四处走走，一个都不能错过，于是走到前台替他登记。正写着来访日期时，大门外又有人进来了，嘀的一声刷开自动门，本欲直接往电梯走，却在看见前台的两个人时停下了脚步。

路知意登记完毕，侧头对路成民说：“走吧，先去一楼的电子阅览室看看。”

说话时，发现几步开外有人看着他们，遂转头去看，恰好对上赵泉泉的视线。

几秒钟的沉默后，赵泉泉走了上来，说：“我睡不着，过来借几本书。”然后目光落在一旁的路成民身上，“这位是……”

路知意：“这是我——”

话音未落，被路成民打断：“我是她表叔。”

路知意一顿，扭头看着他。

赵泉泉也一顿，心里嘀咕，刚才在寝室不是叫的爸吗？再看路知意，越发觉得表情不对劲。

路知意没空跟她多说，只说：“那你去借书吧，我和我……表叔，到处看看。”

赵泉泉走了，路知意带路成民朝电子阅览室走，沉默片刻，说：“那是我室友。”

“挺好的。”

她没吭声，在等路成民的解释。

路成民心里清楚，叹口气，低声说：“我怕给你带来麻烦。”

政审那事，他清楚，他坐过牢这事对路知意来说只有坏处，一旦露馅，也不知道会不会影响她的前程。他这么按捺不住，跑来她的学校看她，能遮掩还是遮掩了吧。

路知意心头一酸，“爸，我没嫌弃过你。”

他笑了笑，对上她的目光，点头，“我知道。”

两人走进了电子阅览室，却没人看见赵泉泉朝电梯口走了几步，又忽然转身回到前台问保安：“不好意思，我没带手机，请问现在几点了？”

保安低头按亮手机，“十二点五十。”

“谢谢。”赵泉泉的目光从登记册上收回，冲保安笑了笑，扭头走了。

路成民。

路知意。

同姓的从来都是堂叔，如今来了个同姓的表叔？

还真是巧。

路知意想请假，一整个下午都陪着路成民，但路成民不同意。

“我就是来看看你，现在什么时候都能见面，上课是大事，不能耽误。”

路知意只得作罢。

她问父亲：“之后你有什么打算？”

路成民说：“你小姑姑还在等我，下午我就和她坐车回家去，能干什么……回去再看看吧。”

“回镇上？”路知意有些迟疑。

路成民知道她的担心，只说：“路都是自己走的，别人怎么看都是应该的，我也早就看明白了。我这个年纪，也没什么别的指望，随便做什么，只要能赚钱，能养活家里人，就该知足了。”

路知意攥着手心不说话。

路成民摸摸她的头，“你好好念书，将来开着飞机回来，只要你出息了，爸爸就没有遗憾了。”

她眼眶发红，“可你才刚来，就要走了……”

“爸爸以后都在家，只要你回来，我就在。”

路知意没忍住，又抱了抱他，踮脚说：“那你等等我。”

等我有出息，等我接你来蓉城，等我承诺你一个安稳的晚年。

路成民心头一片滚烫，拍拍她的背，低声说：“好，爸等你。”

赵泉泉下午没去上课。

她不想看见吕艺，总觉得那人一天到晚不爱说话，但眼睛尖着呢，心里什么都明白。她宁愿面对苏洋，也不想看见吕艺。

两点半，她在图书馆睡了一觉，想着大家应该都去上课了，便回到寝室。

她脑子里还在琢磨，路成民究竟是不是路知意的父亲，如果是，为什么要撒谎？

她的目光落在路知意的书桌上，忽然记起一件事，一个多学期以来，路知意几乎每个月都会收到一封信，说是父亲寄来的。她曾打趣过，这都什么年代了，居然还有人写信？后来她想，大概是山里比较落后，所以一直有这样的习惯？

这样想着，她迟疑着，走到路知意的桌前，拉开了面前的抽屉。

路知意把一些证件、要紧的东西都放在里面。她在一摞文件下面找到了那几封信，黄色的信封，上面都写着中飞院的地址，路知意收，末尾落款：路成民。

果然是他。

果然不是什么表叔，是父女。

可赵泉泉还是想不通，为什么他们要说谎？

她的目光在路成民下方的寄件人地址处停留片刻，又发现了不妥之处，为什么地址不是甘孜州冷碛镇，而是蓉城大道将军碑路 999 号？

路知意的父亲在蓉城打工？

这不对啊，她明明说她爸在冷碛镇当村支书的。

赵泉泉一顿，将其余的信封塞回去，只拿了其中一个，回到自己桌前，打开电脑浏览器，在搜索栏里一字一字输入那行地址，然后按下回车键。

搜索结果出来时，她的瞳孔蓦然紧缩。

页面上，搜索结果显示为：蓉城监狱。

路成民回到车站附近的小酒店时，路雨已经收拾好东西候在一楼大厅里了。下午一点之前不退房，就要多付一天房费，她一直坐在大厅沙发上等着路成民回来。

事实上她也没去过中飞院，这回来了蓉城却没去看看路知意，她也是想把空间留给这对父女。

路成民回来时，嘴角带着柔和的笑意，显得那整张憔悴的老脸都有些容光焕发。路雨松了口气，心道毕竟是父女，三言两语，隔阂冰消雪融。

两人赶了周五的末班车回甘孜。

路知意在晚上八点接到路雨的电话，得知他们已经到家了，有些惆怅地一头扑倒在书桌上："要是能跟你们一起回家就好了。"

路雨在那头笑，"好好念书啦，尽想些有的没的。在学校吃得好、玩得好，都是些同龄人，你还有什么不满足的？"

旁边插进来路成民的声音："让她安心学习，还有一个多月就放暑假了，到时候再回来。"

他站在小楼后面的猪圈外头，从桶里舀了一大勺拌好的玉米与青菜叶子，哗的一声倒进食槽里，一群黑乎乎的小猪一拥而上，呼哧呼哧抢饭吃。

路雨就在他旁边，还没来得及说话，就听见路知意在那头问："才刚回家就忙着干活，吃饭了没？"

"几只小东西还饿着，我们哪敢吃？"

又聊了片刻，路成民催促路雨挂电话，让路知意好好学习。

路雨也是忍俊不禁，依言挂了电话，笑话他："又不是高中生了，成天忙着题海战术，大学生也有自己的生活，该放松就放松，好好享受青春，你还把她当小孩子呢？"

路成民低头看着围栏里的藏香猪，个个都是小猪仔，一丁点大，活蹦乱跳地挤在一处，恨不能钻进食槽里。

他苦笑了两声，"走的时候她还是个小不点，回来的时候都长这么大了……"

该尽父亲的责任时，他不在，如今想对她好，又有点迷茫，不知从何下手。

路雨知道他心中所想，安慰了一句："你也别急，毕竟这么多年没在一起生活，难免有点不适应，还是顺其自然吧。"

大一下期，跑操比刚入学时轻松许多。都说新生刚入门，得有个下马威，如今下马威已经给了，陈声也乐得轻松，谨遵赵老头的吩咐，每周一到周五跑操，周末休息。

晚上九点，他带着众人跑操完毕，挥手解散。

路知意跟着苏洋一起往操场外面走，被他一口叫住："喂，路知意！"

除了路知意和苏洋，还有不少人一起回头看着他，带着兴致勃勃的眼神，这其中当然也包括武成宇哀怨悲伤的目光。

陈声一顿，面无表情地说："你刚才有个动作做得不标准，留下来重做一遍。"

"……"

路知意："哦。"

众人一脸揶揄：哦？

苏洋笑了两声，不紧不慢地拍拍路知意的肩，"去吧，你陈师兄要手把手教学了，你注意点啊。"

路知意："注意点什么？"

"别让他趁教学之便，行苟且之事。"

"……"

路知意还是不适应在大庭广众之下和他以谈恋爱的名目出双入对。他大名在外，只要当众走在一起，一定招来无数双眼睛。事实上，不管路人知不知道陈声此人，他这张脸也难免引人注目。

她故作正经地走过去，停在陈声面前，顶着众人热辣辣的目光，认真地问了句："师兄，哪个姿势不标准？"

隐约听见周围传来一阵哄笑声，她面上有点烫，还继续装傻。

陈声看她片刻，嘴角一弯，不紧不慢地说："还装？"

他好整以暇地拉住她的手往操场外面走，"谈恋爱的姿势不标准，来，师兄教你。"

哄笑声又热烈了几分。

大抵热恋中的年轻人都和他们一样傻气，从前没有牵挂时，每次到了门禁点，目睹宿舍楼下难舍难分粘在一起的男男女女们，陈声也好，路知意也好，都颇为不适。其一觉得这么旁若无人地亲热，丝毫不顾及他人观感，实在有碍观瞻。其二是不理解，不就回去各自睡一觉，第二天又能欢天喜地见面了，干什么搞得跟生离死别似的？说不定就连梦里也能在一起呢。

直到今日身陷其中，才忽然明白，感情这种事，原本就是不讲道理的。

《霸王别姬》里，程蝶衣说："说好了一辈子，差一年、一个月、一天都不行。”

于是寒冬苦夏，小情人们都愿意一圈一圈这么不知疲惫地绕操场、逛校园，也许话题都说光了，也许只能捡些有的没的胡乱说着，陈芝麻烂谷子也好，总之就是舍不得分别。

但愿前路无止境，且踏月色数星辰。

他们也一样。

也就是在这样的夜色里，路知意下定决心要对陈声说清楚家中的事。别人瞒得住，却瞒不住陈声，如果前路真要并肩走下去，早日说清对她和他都好。

可她还没开口，陈声就先扔了个炸弹。

“这学期期末，我要去加拿大实飞。”

路知意一愣，“去多久？”

“短则半年，长的话，一年吧。”

“那不是大四快结束了，才回得来？”

“怎么，舍不得我？”他似笑非笑低头看她。

路知意问：“是学校的项目？”

“是啊，差点就没我的名额了，我大一马克思挂了科，文件上明文要求不许挂科。要不是赵老头帮我周旋，给我找了个干部名头让我来带大一的新兵蛋子跑操……”

“你就不能去加拿大了？”

他侧头看看路知意，轻笑两声，“我就遇不见你了。”

“……”

话题不知不觉就被岔开了。

路知意既替他欢喜又替自己忧伤，“加拿大好啊，飞行条件不在话下，又是国家出资培养飞行员……中飞院再好，毕竟赶不上荷枪实弹的国际飞行基地。”

陈声：“既然加拿大那么好，你的表情为什么这么狰狞？”

路知意看看他，想了想，说：“我听说欧美的女生都挺开放的。”

“然后呢？”

“然后胸也挺大，身材够火爆。”

“……”

陈声眯了眯眼，“路知意，在你眼里，我就是这么肤浅的人？”

路知意说："谁知道呢？头一回在食堂见面，不是你说你对我这种胸肌还没你发达的高原红不感兴趣吗？"

"哦，那是我失算了。我现在发觉你虽然胸肌没有很发达，但比我还是绰绰有余的。"

"？"

路知意心道：你又没碰过，怎么知道！

这话她可不敢说，没那脸。

陈声却好像知道她心里所想，扯了扯嘴角，"这种事，非要上手才知道？抱一下，接触面积也能说明问题。"

路知意一把捂住他的嘴，拉着他一阵狂奔，"你闭嘴！"

他笑两声，睨她一眼，"这可是你先提的，老古板。"

老古板路知意，就这么被岔开了话题，最后回到宿舍才记起，其实她是有很严肃的事情要向他坦白的。虽然父亲的事情是很正式很难以启齿的，她却并没有非常担心陈声的反应。

她与他走到一起，自当知道，他从不是会在意家世背景的人。她唯一担心的是，他会不会因为她瞒他这么久而生气。

应该不会吧？

她在被窝里翻了个身，收到陈声的截图，微信界面上，她的备注被他改成了：胸肌比我发达的老古板。

她回复一串：……

又笑了笑。

对他，她充满信心。

那就明天说。

明天一定一五一十跟他坦白，撒个娇，插科打诨，他只会心疼，不会生气。

寝室里熄灯后就陷入一片黑暗，床上的人各怀心思。

路知意在被子里摆弄手机，赵泉泉就在床上不动声色往她那瞧。

手机亮了。

路知意笑了。

敲屏幕的细微声音。

捂着被子傻乐。

她那么高兴干什么？真以为自己的事情能瞒天过海？进了中飞院，傍上个陈声，就成人生赢家了？

赵泉泉没吭声，躺在那，脑子里浮现出五花八门的念头。

要说出来吗？

可仔细想想，她虽然看不惯路知意一条穷命走得如此平坦顺畅，但她们两人其实并没有什么深仇大恨。她真的要把路成民坐牢的事情爆出来，毁了路知意的前程吗？

政审作假，这不是小事情。

学校如果知道了，会怎么处理？她会被开除吧？说不定会因为这事拥有永久的污点，将来找工作都成问题……

赵泉泉模模糊糊想象着未来的事情，又退缩了。不成，那也太狠了。

陈声选在周五告诉路知意去加拿大的事，其实并非偶然。

早上，赵老头把他叫去办公室，说了第二批学员一周后就要准备出发去加拿大了，签证与文书都批了下来，让他好好准备。

陈声在这时候改变了主意，说想第三批，也就是暑假再去。

到那时候，反正她也要回家，他与她隔着六小时的车程无法见面，不如选在那时候飞加拿大。六小时与十三小时，总之都是见不着面。

赵老头眉头一皱，“给我个理由。”

陈声说：“私人原因。”

“私人原因？说不出个理由，随随便便就要改期，你当我这是哪里？菜市场？想讨价还价动动嘴皮子就行？”赵老头气得拍桌板，“我看你是没人管的日子过得太久，我纵容你，把你纵容得无法无天了！”

陈声不吭声。

赵老头骂他半天，唾沫星子飞了一桌子，最后眼一眯，“是为了大一那姑娘吧？”

陈声看他一眼，认了：“是。”

“嗬，看不出，你还是个多情种子！”

陈声不卑不亢，“我也没看出，您还是个八卦老头。”

赵老头气得又是一阵拍桌。

陈声还劝他：“这是学校公物，您注意点。别到时候报上去要换桌子，人家一看是被您拍坏的，说您对下面的学生脾气差劲，动不动就发作一通，这影响多不好？”

吹胡子瞪眼睛也缓解不了赵老头的心理阴影。

最后大眼瞪小眼半天，陈声认命地交代了。

“大一的不是下周就要开始上模拟机了吗？我想亲自带一带她，有个好的开始。等我走了，她练好模拟机，大二就能提前开始实训。她成绩拔尖，大三想必是能去加拿大的，这么一来，路就很顺了。”

赵老头斜眼看着他。

陈声投降，认错：“这事是我不对，想一出是一出，但第二批第三批去加拿大的，文件签证也都是一起办的，您就把我从名单上挪一挪，也不碍什么事，您就成全我吧。”

“我成全你，那谁来成全我？朝令夕改，我这老脸往哪搁？”

陈声看他脸色缓和了，话里有转机，蓦地一笑，声色从容道：“这回去加拿大，我给您拿个最佳学员回来，怎么样？”

怎么样？怎么样个头啊！

赵老头头疼死了，狠狠瞪他一眼：“那是替我拿的吗？狗东西，我做的什么事情不是为了你好？你以为拿个最佳学员回来，哦，我有奖金啊？还不都是你的好处！”

陈声点头：“我当然知道您为我好，您比我亲爷爷对我还好。”

“我呸，少拍马屁我告诉你！”赵老头又瞪眼睛，“教你家老爷子知道了，改天登门劈头盖脸骂我一顿拐走他孙子，嗬，我可不敢跟我们大专家横！”

话是这么说，那句亲爷爷，他还是听得很满意的。

Chapter. 03 尘封旧日

周六上午，路知意一大早就被陈声拉上了车。

“去哪？”她叮嘱他，“别忘了，下午我还要去给你弟补课。”

“耽误不了。”

“那总得告诉我去哪里吧？”

“去了就知道。”

“不说我就下车了。”她威胁他。

陈声瞥她一眼，“脾气越来越大了。”

“到，底，去，哪！”

“我家。”

“？”

面对陈声的轻描淡写，路知意顿时傻了眼。

“去你家干什么？停车，停车！”

陈声哧地笑一声：“瞎紧张什么？我爸妈最近忙死了，省里有新的文件下来，法院里头都在加班，他俩都好几个星期没有周末了。”

他目视前方，在红灯处停了下来，侧头对她说：“你们下周要上模拟机了，去我家拿几本书，还有我大一时候的笔记。”

路知意一怔，对上他似笑非笑的眼睛。

陈声的眉梢、眼角都挂着浅浅的笑意，明明是轻狂的语气，听起来却又再理所应当不过：“路知意，有我在，今后能少走点弯路就抄捷径吧。”

她心下一动，不愿承认此刻的他真是闪闪发光，可大概眼里的欢喜已经掩饰不住她泛滥的少女心了。

不过路知意还是有点不放心，再三确认：“你爸妈真不在家？”

“不在。昨晚打电话还说今天要加班。”

她松了口气。

陈声揶揄她：“丑媳妇也得见公婆，你放心，我爸妈和我一样，从不以貌取人。”

路知意：“说谁丑？”

“我，我丑。”他从善如流。

周六的蓉城车流拥堵，热闹极了。

途经市中心的繁华路段，年轻男女们逛街的逛街，约会的约会，春熙路堵了又堵，IFS 大厦上那只巨大的熊猫趴在楼顶，憨态可掬。

陈声专心开车，路知意没有说话。

她趴在窗口朝外看，幻想将来的人生会是何种模样，也许顺利的话，她能进入民航，签下一家不错的公司，用未来的十多二十年一步一步从副机长往上爬。她需要考无数的证，飞满几千几万的航程，可一想到未来的日子她属于头顶的晴空，就觉得无限美好。

若是老天待她不薄，也许她会和陈声就这样走下去。哈，“飞行双侠”听上去有点土，可想想就开心。

他穿制服的样子很好看。她也想穿上那一身白，彼时再站在他身侧，会是怎样的一幅场景？

没有航班的日子，她也和他来春熙路逛一逛，去太古里看看夜色中的火树银花，吃一顿价格不菲的情调西餐……

她梦想中的生活就在眼前，就在那群年轻的身影上。

也许过不了几年就会实现。

陈声看她呆头呆脑望着窗外傻笑，有几分好笑：“对着外面傻笑什么？”

她蓦地回头，有几分欢喜，几分惆怅，“你说，我们会一直在一起吗？”

这是热恋中的人都会问出口的话。为今日的相伴而欢喜，又忍不住担心将来会分离，上一秒还欢天喜地，下一秒就能泫然欲泣。她的内心也住着那个小姑娘，她喜欢他，也忍不住杞人忧天。

陈声笑了，“路知意，你在向我要一个承诺吗？”

她一怔，又摇头，“还是算了，承诺这种东西，说的时候是真心的，要反悔了，也没人拦得住。”

他唇边笑意渐浓，“这样啊。”

她低低地叹口气，心道顺其自然吧，是她的总是她的，不是她的拦也拦不住，总会飞走。

可下一秒，陈声一只手扶着方向盘，一只手伸过来握住了她的手。

他目视前方，轻声说：“路知意，人生很长，别的承诺我给不起，但有一点还是能做到的。”

蓉城的五月，春熙路的熙攘人流中，年轻的男生开着车，侧脸沐浴在窗外的日光下。

他说："我这人，懒，怕麻烦，所以二十年来，连我的臭脾气也一成不变，什么事情都是认准了，就不撞南墙不回头。"

他侧头冲她懒洋洋一笑，"包括喜欢你。"

路知意笑起来，整颗心都被他击中，四分五裂，星星满天。

笑够了，她抽回手，没好气地说："看路！用心开车！"

扭头再看窗外，年轻的人群来来往往，其中仿佛也有她与他的未来。

未来可期，恨不能按下快进，下一秒就能抵达。可若真能快进，又舍不得错过和他在一起的每一秒。

那一刻，路知意是真的以为，世界很小，未来很近，一眨眼就能和心上人天荒地老。

可命运时常书写着拙劣的脚本，仿佛没有波折，没有坎坷，人类就会忘记它的强悍与威力。

这一天，路知意头一回迈进陈声家中。她遇见了加班中途因身体不适而回家休息的陈宇森，生活天翻地覆。

陈声把车开进二环的某个住宅区，小区旁就是一座公园，依山傍水，环境优美。

他指指河边的那栋小高层，"我家在四楼。"

四楼已经是顶楼了。

路知意趴在窗口朝那风格雅致、很有几分民国风情的小楼看去，心里暗暗感叹陈声的家境，两个人的差距是真的没法丈量。

"是新小区吗？很漂亮。"她说。

陈声把车驶入地下停车场，"也不算很新，搬来快六年了。"

"以前住老宅？"

"不，以前也住在附近，另一个老一点的小区。"

"为了改善居住环境，所以搬家？"

"不是。我父母在法院工作，以前考虑不周，上班时登记的所有地址都写得一清二楚，后来被有心人查到，总有人上门送礼求情。我爸实在不想不厌其烦地应付这些事情，索性搬了家，又因为住惯了附近，上班也方便，就找了个不远的小区，重新安顿下来。"

他这番话说出口，路知意怔了怔，有些旧时的回忆从记忆深处翻涌而起。上门送礼，找法官求情这种事，曾几何时，她也干过。

陈声在自家车位上停好了车，侧头看路知意，她还在出神，丝毫没留意到车已停好。

笑了笑，他抬手在她眼前一挥，“发什么呆？”

她这才猛地抬头，“到了？”

收回思绪，匆忙下车。

想起从前的事，在半路上还飘在半空的心情渐渐沉了下来。

不能再拖了。

走进空无一人的电梯时，路知意深吸一口气，对身侧的人说：“陈声，有件事我想告诉你。”

很久了。

陈声按下四楼的按钮，“什么事？”

她侧头对上他的目光，笑了笑，“到了再说吧。”

陈声的家很大，跃层式，四楼和楼顶是包含在内的，粗略一算，大概上了两百平米。

路知意换上拖鞋，跟在他身后走进去。

如今两人已在一起好几个月，陈声待她也随意许多，一面去餐厅替她倒热水，一面嘱咐：“自己参观，随便转转。”

路知意反倒有些拘谨，在这个明亮雅致的房子里，每一处都是陈声父母精心设计过的，简简单单的北欧风情却处处透着肉眼可见的精致，从装饰壁炉到墙上的画框，从阳台上的小圆桌到书房里三面环绕的内嵌式书柜。

她深深地叹了口气，一边再次感叹两人的差距，一面惆怅地想着，她离他究竟还有多远的路要走。

陈声接了杯水，又觉得白开水略显寒碜，没有情调，突发奇想要去给她榨果汁。他端着水杯来到书房门口，一只手倚在门框上，似笑非笑地说：“书房里的书你随便看啊，看看我就来。对了，这个书架最顶上有几本相册，你要想看也可以，但是请自觉略过我光屁股时一不小心上镜的小兄弟。”

说完他就去厨房了。

路知意还惦记着要跟他谈谈路成民的事，可一想，横竖就是今天上午了，也不急于一时，便踮脚去够他说的那些相册。

他的父母想必很爱他，每本相册都和百科全书一样厚重，丝绒封面将泛黄的老照片保存得很好，纸张虽然变色了，但每张照片都平整光滑，没有一丝卷边或皱褶。

路知意把相册摊开在书桌上，坐在那一页页看着。

那些回不去的年少时光，悉数被陈声的父母定格于照片上，从他刚出生起眼都睁不开，红通通、皱巴巴的小老头模样，到一两个月大时蹬着腿在镜头前虎头虎脑、左顾右盼的模样。

那时候的艺术照很有趣，照相馆总爱给小孩子在眉心点个小红点，要么穿得花花绿绿，要么周遭都围上缀满亮片的轻纱，硬是把一个小男孩拍成了娇艳可人的小公主。

一整本都是陈声。

路知意歆羡地看着他的童年，心想将来自己有了孩子，也一定要好好记录下他生命的每一道足迹。

第二本相册里，陈声大概是到了上小学的年纪，终于不再是单人照，相册里出现了和家人的合影。路知意翻到第三页时，看到了陈声父母和他在小学前的合照，第一眼还是先看穿着校服眉清目秀的他，然后才去留意他的父母。

陈声长得像母亲，眼睛和嘴尤其像。年轻的妈妈站在他身旁，笑容满面，就连眉梢眼角都透着快乐。这让路知意又多羡慕了几分，她不知道多希望自己也能属于某个幸福的三口之家。

老天待他真是太丰厚了。

可她发自真心地感激命运把她得不到的一切都给了他，就好像自己失去的，在她喜欢的人身上得到了弥补。

目光落在他父亲面上时，路知意一愣，感觉有几分眼熟，好像在哪见过。

但这不可能。

她长这么大，在入学以前，除了初一那年和路雨一起来蓉城替父亲打点退路，压根儿没来过第二次。

可思绪到了这里，呼吸蓦然一滞。

她猛地站起身来，浑身发冷，不可置信地低头看着那相片，仔仔细细盯着那个男人。照片是陈声小学入学时拍摄的，因此，男人比六年前要年轻很多。

可是那张脸如此清晰，如此深刻，她就是做梦也忘不了。

路成民入狱后，她与心力交瘁的路雨一同回到镇上，生活周而复始，她依然念书、写作业，按时吃饭睡觉，可人生早已天翻地覆。

无数个夜里，她从噩梦中醒来，眼前还是小院里那摊深红色的血迹。为了保护她，没有人让她见过坠楼后的母亲，待她知晓发生了什么事时，昔日鲜活立体的母亲已经是一捧死气沉沉的灰。

可她见过小院里来不及擦干净的血，偌大一摊，触目惊心。

她总是梦见路雨带着她去蓉城求情的场景。路雨拎着大包小包，卖了家里养的所有牲畜，带着家中仅剩的积蓄，尾随主人一路前来，敲开了那道门。

门开了，穿着衬衣、西裤还没来得及换下的男子疑惑地望着她们，在看清路雨手里的大包小包时，眉头一皱，似有所悟，很快说了句："你们走吧，下班时间不见访客。"

可那门还没关上，就被路雨一把推开。

她将所有东西硬生生搁进门，与男子打起了拉锯战。门内的人坚决不收，态度逐渐严厉起来；门外的人不依不饶，拼命自说自话，力道很大，非要将所有东西都一股脑塞进去。

最后，男人迫不得已挡在门口，声色俱厉地说："我说过了，我不收礼，不管你送的是什么，土特产也好，茅台五粮液也好，这些都是贪污受贿！这些东西我一个也不会要，全部给我拿回去！"

前一刻还坚持不退让的路雨，在此刻眼眶一红，狠下心，一把将路知意拉到身边，用力按了按她单薄的身躯，"跪下！"

不待男人有所反应，她与年仅十二岁的小姑娘一同跪倒在楼道里。

路知意做梦也忘不了那一天，楼道是阴暗的，仅有一扇小小的天窗，外面的世界光亮宽阔，眼前却一片漆黑。

她战战兢兢地跪在路雨身旁，见她一边磕头，一边哭着说："我求求你，求求你了，我哥是好人，一辈子为了镇上的人出头出力、心力交瘁，他当了这么多年村支书，我家越来越穷，从没见他收过一分钱、一份礼。你是好人，是清官，你也知道这样的人心肠不会坏的。他是为了这个家为了我们镇上所有人，过了太久苦日子，结果回家发现女人背着他偷人，他是一时情急，不是故意要杀人的……"

整个狭小的楼道里，只回荡着路雨凄惨的哭诉。她咚咚磕着头，额头一片红肿，声音凄厉。

她去拉路知意，“这是我哥的孩子，才这么一点大就没了妈，如今又要没了爸。我求求你，你救救我哥，别判他刑。他要是进去了，这孩子该怎么办？你不看在大人的分上，也求你可怜可怜孩子，她还这么小……”

路雨说着说着，泣不成声，只能拼命磕头。

那一年，年幼的路知意满心凄惶，泪水夺眶而出，却又不敢高声哭喊，只能跟着路雨一起磕头。

她记得上学时，老师教过他们：“人要有尊严，不只男儿膝下有黄金，你们所有人都一样，轻易不要求饶，不要下跪。除非跪天跪地跪父母，否则绝对不能轻易向他人妥协。”

可那一天，她跪了下去，和路雨一起抛下自尊，向命运的严苛低了头。

男人显然怔住了，前一刻的疾言厉色也没办法继续维持，只能一把拉住路雨，“你起来，有话起来说，这么跪着像什么样子！”

路雨说：“你不答应我，我就不起来。”

她难得这样不讲道理，也是走投无路、别无他法了，只能这样做了。

男人死死拉住她，不让她继续磕头，一字一顿地说：“孩子还在这里，你让她小小年纪做这种事情，有没有为她着想过？大人的事情，为什么要把小孩牵连进来？”

路雨终于没再坚持，擦干眼泪站起来，拉住了路知意。

路知意年纪虽小，但脑子不笨，见男人话里话外有心疼孩子的意思，不知怎么突然生出一股勇气来，上前拽住他的衣角，泪眼模糊地说：“叔叔，我求求你，不要把我爸爸带走。他是好人，不是故意把我妈妈推下楼的。我求求你，我不想当个孤儿……”

童言无忌，既然路雨不能说、不能做，那么她来。

那一天她翻来覆去说了好多话，只看见男人眼里的同情和无可奈何。但一切都是值得的，因为他终于沉沉地叹口气，在她手背上拍了拍。

他抬头对路雨说：“带着孩子回去吧。按照你说的情况，如果一切属实，路成民构不成故意杀人罪，二审不会维持原判。”

路雨急切地拉住他的手，“那他会怎么样？”

“结案以前，我无可奉告，但是无论如何，情况不会比之前差。”男人从门口拎起那些大包小包，递还给路雨，“我就只能透露这么多了，这些东西你拿回去。”

路雨不肯拿走，非要把它们留下来。

最后还是男人板起脸来，“如果你不拿回去，路成民可能会因为企图行贿，被额外定罪。”

路雨这才不得已拿回了那些东西。

那天回去时，路雨一路无言，只是紧紧拉着路知意的手。若不是别无他法了，她死活也不会让路知意出面受这个罪。

路知意倒是满心欢喜，她想，爸爸终于没事了，那个法官真是好人，答应她们不会把爸爸抓走。在她的观念里，路成民很快就要回家了，即使没有了妈妈，至少她还有个爸爸。

然而事情的结果与她所预期的完全不同。

一周后，二审判决书下来了，她与路雨站在蓉城中级人民法院里，看见路成民戴着手铐站在被告席，最前方的法官宣读了审判结果：路成民因意外伤人罪，被判刑六年。

她看见穿着制服的公安民警把路成民带走，押向门外，带去某个一道铁门就能将她和他从此隔绝开来的地方。那一刻，路知意情绪失控了。

她从座位上猛地站起来，指着最前方摘下眼镜的男人：“你说谎！你说谎！”

小姑娘的声音尖厉刺耳，是从瘦小的身躯里迸发出来的恨意与恐惧。她还以为父亲就快回家和她团聚了，她还以为所有的苦难都过去了，她把那日楼道里的男子视为神明，他慈悲而有怜悯之心，答应将她仅剩的父亲还给她。

可他说谎。

她不顾路雨的阻止，听不见任何人的声音，她只是指着法官死命尖叫。

“你答应过我把我爸爸还给我！你不讲信用！你这个骗子！你不得好死！”

“你会被天打雷劈！我一辈子都不会放过你的！”

那一天，她吼到声嘶力竭，说了无数更恶毒的话，童年无忌，失控的孩子恨意满满，是全身心地想要将整颗心都掏出来，让世人看看她的委屈和愤怒。直到保安进来要强行将她拉出大厅，路雨护着她，不让保安动手，只能亲自将张牙舞爪的小女孩抱出去。

后来路知意大病一场，回到镇上发了三天高烧，醒来时，只有路雨陪在身旁。

书房里，路知意站在原地，一动不动地看着那张相片，浑身冰冷。

她一向觉得命运待她过于苛刻，年幼失去双亲，生活贫穷窘迫，直到遇见陈声，才终于慷慨解囊，给了她些许阳光。

可她万万没有想到，疾风骤雨竟然还未来临。

直到此刻。

他的父亲，竟然是当年那个法官。

路知意一动不动地站在书房里，她从巨大的震惊里抽身而出后，脑中忽然间一片空白。

她慢慢地合上相册，想着该如何对陈声开口，这个世界上竟然真有这样的巧合，像是命运的捉弄。如今骤然发现陈声的父亲就是当年的法官，她与陈声之间就远不是讲明家境那么简单的事情了。

可笑的是，还不等她理出个头绪，客厅里传来了开门声。

还在榨果汁的陈声从厨房里走出来，“爸，你怎么回来了？”

陈宇森将公文包放在玄关的鞋柜上，换好了拖鞋，目光落在鞋垫上那双女士跑鞋上，顿了顿，抬头看着陈声，“有客人来？”

再看陈声，系着围裙，衣袖挽至小臂处，手里还拿着只刚洗净的橙子……陈宇森有点想笑。

陈声不常带朋友回家，尤其是女孩子，这是头一次。并且，他百年难得一见地下了厨房榨果汁。

陈声倒是很镇定，“嗯，带朋友回来拿几本书。”

“什么朋友，我认识吗？”陈宇森不紧不慢地走进厨房，接了杯水喝。

陈声把橱柜上榨好的橙汁递给他，从容道：“女朋友。”

陈宇森笑了，“不容易，你这臭脾气，还有姑娘能看上你。”

“是是是，就因为不容易，才需要您帮忙配合一下。”陈声难得卖力讨好人，“爸，给个面子，当个开明温和的中国好父亲，怎么样？”

陈宇森瞥他一眼，“我什么时候不开明不温和了吗？”

“有您这句话，那我就放心了。”

得到父亲的保证，陈声含笑往书房走，在敞开的门上敲了两下，“一个好消息，一个坏消息，先听哪个？”

路知意慢慢抬起头来，“你爸爸回来了？”

陈声懒洋洋一笑，“都听见了？行，坏消息你自己说了，好消息是，我爸这人很好相处。”

路知意没有心思去听陈声说了什么，她麻木地拖着那具疲惫的身躯，跟在他身后往外走。早晨十点的太阳从窗外照进来，窗明几净，一地日光，却照不亮她的眼睛。

该来的总会来。

她甚至在惶恐深处油然生出一种不合时宜的幽默感来，这情节难道不像是什么电视剧的八点档？偌大的蓉城，数不清的面孔，她偶遇其一，竟是故人重逢。

人不认命，天理不容。

路知意走到客厅，抬头便与陈宇森打上了照面。

他比照片上老了不少，也比六年路知意印象里的男人老了一些。大概是因为工作的缘故，眉心有一道浅浅的痕迹，这让他显得有些严肃。身上穿了件略显正式的白衬衣，下面是黑色西裤，一眼看去，就知道工作性质。

路知意对上他的目光，心脏一下一下钝钝地跳着，她连一点侥幸的心情都不敢有。

可陈宇森看见她时，只是微微一顿，然后饶有兴致地转向陈声，“不介绍一下？”

路知意整个人都愣住了。

他没认出她来？

陈声双手插在口袋里，冲陈宇森努努下巴，“这是我爸。”

又朝路知意努了下，“这位，路知意，我……”他似笑非笑睨她一眼，“我小师妹。”

路知意浑浑噩噩，压根没有接收到陈声的调侃之意。

好在陈宇森好相处，大概是不想像查户口似的，儿子第一次带女友上门，就被他盘问一遍，遂和气地问了几句家住哪里、今年多大，在路知意忐忑不安地回答说“甘孜州”时，他也只是点点头，说了句：“好地方。”

说完，他就站起身来，“你们年轻人有自己的安排，该做什么就做什么去，我连着忙了好一阵，精神不好，先去休息一会儿。”

他有意把空间留给两人，特地上了顶楼，去客房歇着。

目送父亲上楼，陈声扭头问路知意：“我爸不错吧？”

路知意在走神，脸色有些发白，整个人看着都不在状态。他一怔，还以为她是第一次上门就撞见家长，紧张所致，似笑非笑问了句：“吓着了？”

路知意回过神来，迟疑一瞬，勉强笑了笑，说：“我去趟洗手间。”

陈声伸手一指，“走过书房，尽头就是。”

洗了把冷水脸，路知意抬头看着镜子里的自己。眉眼长开了，皮肤变白了，遇见陈声后，她也开始爱美，高原红渐褪后，和当年初一时候的模样早已截然不同。陈宇森没有认出她来，也在情理之中……

发现真相那一刹的紧张与不安，此刻渐渐沉了下去。

她扶着纤尘不染的水池两侧，看着镜子里的自己，水珠一颗颗沿着面颊往下淌，像是片刻前的惊慌失措，如今悉数消失在水面。

是庆幸的吧？没有被当面拆穿。

那些难堪的真相，如果不是由她亲口说出来，陈声会如何看待她？

是她的错，早该对他坦白了，结果不是时机不对，就是一时犹豫，以至于到了今天都还把他蒙在鼓里。如果不是陈宇森没认出她来，事情就没法收场了。

可那阵侥幸沉寂下去后，她又无可避免地悲哀起来。

总以为只要足够努力，两人之间的差距就会逐渐缩小，可走到今天才发现，他们之间像是隔着一条跨越不过的沟壑，他在山那头，她在这一边，无论她如何往上爬，总是追不上他的步伐。

路知意在厕所里待了好一阵，终于推门走了出去。

再待下去，恐怕陈声会以为她掉进了马桶里。

可她经过书房，书房里没人，走进客厅，客厅里也空空如也。

陈声呢？

她隐约听见楼上有说话声，换作平常，她一定会坐在客厅里等着，绝不会靠近人家父子俩说话的地方。

可是今天。

路知意的心又提了起来，下意识就踏上了扶梯，一步步朝上走着。

她停在扶梯最高处的台阶上，看见客房的门虚掩着，里面是何种光景她看不见，却能听见父子俩的对话。

短短几句，她才刚刚平复下来的心就被人一把提了起来，那只手在高空蓦然松开，摔得她四分五裂，整个人碎得稀巴烂。

陈宇森说：“你们什么时候认识的？”

“上学期刚开学就见过面了。”陈声把血压计放在桌上，这是他刚从客厅找出来的，这一阵子陈宇森忙极了，脸色也不好看，他担心是血压又上来了，催促着父亲，“量一下，早上吃过药了吧？这会儿看着简直面如菜色。”

陈宇森没动，迟疑片刻，不动声色地看着儿子。

“她的家庭情况是什么样的？”

陈声一愣，皱眉，“您什么时候也变得这么俗了？儿子谈个恋爱，不先看看人品如何，头一句就打听人家家庭情况，这可不像您。”

陈宇森：“跟经济条件无关，只是问问。她父母是做什么的？”

“她爸是村支书，她妈是小学老师。比不上您和我妈这种高级知识分子，但能教出她这样的孩子，依我看可比你俩强多了。”陈声为了往路师妹脸上贴金，也是自我贬低到了地底下。

换作平常，陈宇森一定会笑。

他的儿子，他再清楚不过，往好了说是有能耐、胸有成竹，往坏了说是狂妄自大、目中无人，能让他这样贬低自己去夸的人，掰着手指头也找不出一个来。

可眼下，陈声越认真，他越焦虑。

陈宇森：“多说说她的情况。”

陈声敏感地察觉到哪里不对，抬头问：“有什么问题吗？”

“你先说说看。”

说什么？

陈声略一顿，开口：“她家境不太好，和我差别挺大的，在家要干农活，又是出生在高原。她没具体跟我说过日子有多苦，但我也能想象出，以前没见过这样的同龄人，养猪放牛，洗衣做饭，什么都干，明明是个女孩子，却一点也不怕苦。起初我和她互相都看不顺眼，但是后来我越看她越好，她家境贫寒，所以性格坚韧，比身边的人都要努力。有时候我看着她，会觉得自己命好。她身上有股冲劲，会让人想靠近，情不自禁跟她一起往前冲。”

陈宇森沉默片刻，问：“你是怎么注意到她的？我记得你以前不大跟女生打交道。”

要不然魏云涵也不会担心他和凌书成是不是交往过密了。

陈声笑了笑，“也是巧合。我在开学典礼上致辞的时候，她在底下笑出了声，那么多人里头，我就唯独看到了她。”

陈宇森的眉头微不可察地皱了起来。

“后来呢？”

“后来，又叫我在食堂里听见她跟人高谈阔论，说我……”他把小白脸三个字吞了回去，笑了笑，“说我坏话，就这么结下梁子。”

“接着说。”

“说什么说，爸，您今天怎么这么奇怪？有话直说吧，别拐弯抹角盘问我了。可别告诉我您也跟那些电视剧里演的一样，因为别人出身不好就嫌弃人，非要做什么棒打鸳鸯的事。”陈声不耐烦地把血压计推过去，“脸色这么差，赶紧测一下血压。”

陈宇森的目光落在血压计上，沉默片刻，再开口时，眼里有一抹深色，“你对她有多认真？”

陈声一愣，从容道：“和我当初告诉你们我要当飞行员一样认真。”

听到这话，陈宇森的心是真的沉了下去。

“她在你眼里有这么好吗？”

“有。”毫不迟疑地回答。

“那如果我说……”陈宇森闭了闭眼，再抬头时，目光锐利，“她和你想象的不一样呢？”

陈声一顿，“什么意思？”

陈宇森沉沉地出了口气，“陈声，这不是我第一次见到她。”

偌大的房间里，日光倾泻一地，透明的尘埃在空气里上下浮动。可屋子里一片寂静，唯独陈宇森的话音回荡。

“六年前我见过她，她的爸爸是个劳改犯，因过失杀人罪入狱，死者不是别人，是她妈妈。”

陈声的眼神骤然一定。

陈宇森接着道：“她被她姑姑带着，找上了我们家的门，不依不饶要送礼，最后磕头下跪求我放过她爸爸。甘孜州的一审法院判处她爸爸故意杀人罪，到了我这，最后的判决结果是六年的过失伤人，可那孩子站在法庭上，口口声声说我是个骗子，这辈子做鬼也不会放过我。”

屋子里静得可怕。

陈宇森闭眼，捏了捏眉心，“阿声，我刚才见到她的时候，她的表情和眼神都不太对劲，显然是认得我的。我不想把人想得太坏，但我怕你上当受骗。”

楼梯上，路知意浑身发冷，险些握不住扶手。

他还是认出了她。

哪有什么侥幸？哪有什么女大十八变？逃不过的终究还是逃不过。她最怕的就是陈声从父亲口中得知真相，可如今噩梦还是来了。

不一样了。

因为她的迟疑，因为她的拖延，结果与她想象中的相去甚远。如果是她开的口，如果她没有被自尊心拖累那么久，这本该是件小事情，父母的过错无论如何祸不及子女。

可如今事情从陈宇森口中说出来，性质就完全不同了。

年幼无知时，她是个法盲，误解了法官的意思，还以为父亲能就此脱罪，与她一家团圆。这样的美好幻想叫她在法庭上当场失控，说出了那些童言无忌的恶言恶语，口口声声说要报复。

但那不过是年幼无知罢了。

她长大了，她念了书，她终于懂得了人情世故，也明白了当年的法官绝非坏人。相反，他是个大大的好人，公正无私，清廉而富有同情心。

可她没有机会道歉了。

她远在冷碛镇，法官却在偌大的蓉城。

后来她想，他这样一个好人，每天忙着处理百姓纠纷，哪有工夫去理会她这样的小姑娘？也许他早就忘了她。她不过是上门求情的可怜人之一。

可他记得她。

他也记住了她说过的那些话。

如今她与他的儿子阴差阳错走到了一起，他怀疑她别有用心。

路知意晃了晃，险些一头栽倒下去，可她毕竟没有。浑身血液往脑门里冲，她恨不能就这样冲进去，哪怕背负着偷听他人谈话的罪名，也要冲进去为自己辩护。

“我没有！我没有故意欺骗他！我也和他一样认真！”

这句话在她脑子里反复回响。

她站在原地，从头到脚每一个细胞都在挣扎。可她最终也没有踏进那扇门。

她是自卑的。

从一开始，在这段感情里她就是个一无所有的弱者。她无数次接受他的帮助，从日料店他帮她付钱开始，到那双慢跑鞋，再到他以中奖的名义送她手霜、面霜。

她什么都帮不了他，只能一味接受他的付出，这是不平等的。一个是远在天边夺目的星辰，一个是低到尘埃里不值一提的灰尘。

如今更具戏剧性了，她人生中最不堪的那一刻，自尊心全无的那一幕，竟是向他的父亲磕头下跪。

路知意面色惨白，从前自诩无畏英勇，一往无前，如今连踏进那扇门为自己辩白的勇气都没有了。

她转身往楼下跑。

她不顾一切拿起沙发上的背包。

她匆匆忙忙穿好鞋，打开门，像是逃命一样跑出了那扇门。

她一点也不想哭，眼睛干涸得像是沙漠戈壁。

她跑出了小区，跑过了那条从公园一路流淌而出、途经小区的河，日光当头，微风拂面，而她无心欣赏，只是不顾一切往外跑。

天都塌了。

她盲目地跑着，头脑空空，只知道她和他也许再也回不去了。

而客房里，陈声错愕地对父亲说："您可能认错人了。"

陈宇森松开揉着眉心的手，"我记得很清楚，不会错。"

"她不会骗我，她不是那种人。"

"陈声，知人知面不知心。"

陈声终于高声喝止了父亲，"我说过，她不会骗我！"

陈宇森静静地与他对视着，眉头一皱，"你冷静一点，好好说话。"

陈声不耐烦地推门而出，"这种话没什么好说的！说了你认错人了就是认错了，没得说！我看你就是不满意她穷，找些什么狗屁理由……"

"陈声。"陈宇森怒道，"注意你的措辞！"

陈声心里烦得慌，干脆几步下了楼，高声叫路知意的名字。

可无人回应。

他朝厕所的方向看去，门开着，里面空无一人，书房里也没有她的身影。

一颗心越来越乱，他下意识朝大门走去，这才看见她的鞋子不见了。

她走了。

陈声浑身一僵，立在原地不可置信。

陈宇森下了楼，看见人去楼空的客厅和陈声呆滞的背影，沉沉地叹了口气，“现在你相信了吗？”

相信？

相信什么？

相信路知意是个骗子，从头到尾都是有目的地接近他？

陈声想破口大骂，想让父亲住嘴，可残余的理智不允许他做出这样出格的事，他只是蓦地冲向大门口，穿好鞋子往外走。

“陈声！”父亲在身后叫他。

他仿佛没有听见，所有的思绪冲向脑门，最后汇聚成那个仅有的念头——他要找到她。

父亲说的话，他半个字都不信。

Chapter. 04 昼夜定格

陈声沿着来时的路一路跑去，风声在耳边呼啸，却抵不过脑子里纷繁芜杂的回音。陈宇森说的话，字字句句回荡在耳边，震得他心神俱灭。

他不信。

他半个字都不信。

从楼道里跑进艳阳下，从花坛边跑到桥上，他在河边追上了路知意。她也在跑，他在后面高声叫她的名字，她却像压根没听见似的，只一个劲向前冲。

心脏像是被人攥在手里，明明这样急速的奔跑只会带来疲倦与呼吸困难，可他的身体没有半点倦意，煎熬的只有那颗心。

他不信。

父亲的话根本就是个笑话。

眼前的人影越来越近，陈声终于追上了她，一把抓住她的手臂，“路知意！”

路知意大梦初醒般，蓦然定住脚，怔怔地回过头来。

她张了张口，一个字都没说出来。

肺部针扎似的疼，她跑了很远，但压根没意识到这一点。

陈声死死攥着她的手，想听她说点什么，可僵持半天，她一个字都没说。他察觉到有人拖着他的心一点一点往谷底沉，可他不认命、不服输。

他目光沉沉地盯着她，“你跑什么？”

她跑什么？路知意望着他，面色惨白，他又怎么可能猜不出她跑什么？

她钝钝地站在原地，麻木地说：“我听见你和你爸说的话了。”

陈声手中一紧，攥得她胳膊生疼，可她没吭声，他也没松手。

“路知意，我不信。”他不耐烦地提高了嗓门，“我一个字都不信！”

路知意看着他，眼里一片空白。

陈声怒道：“你不要放在心上，他当了这么多年法官，走火入魔了，总把人当成罪犯。那些人他见多了，自然而然就把人人都想得和他们一样坏。”

这话像是针一样，猛地扎在路知意心里。罪犯、和他们一样、坏，这些字眼，无一不是陈声对那类人的形容。然而那类人里也包括她的父亲。

她的父亲就是个罪犯。

路知意猛地后退一步，木木地说："你错了，你该信他的。"

陈声的手蓦然一松，一颗心终于沉入谷底，再也挣扎不上来。

日光苍白，照在路知意略显麻木而又异常平静的面上。他看着她，明明那眉眼都无比熟悉，可就是哪里不一样了。

他问："什么意思？"

路知意面色如纸，没看他，目光慢慢地落在远处的小桥上和小桥后面的那几幢红色小楼上。

眼前的一切是真的很美。

日光朦胧，小桥流水，红楼如梦，还有面前的他，年轻的面庞雅致如春日里的青草，挺拔清新，就扎根在这样干净漂亮的地方。

可她不是。她这个人，贫瘠，笨拙，看似拥有一腔热血不顾一切往天上冲，要离开大山，要飞离贫穷，可这些都来源于她的自卑。

一个人越是掩饰什么，就越是缺乏什么。她缺的，也许是他一辈子都不会理解的。

太远了。

明明他就站在她眼前，可她总觉得他远在天边。好多次他低头吻她，拉住她的手走在夜色之中，她都总觉得像场梦。在那种极致的欢喜中，隐约透着山雨欲来风满楼的意味，她一面陷入他给的甜蜜里，一面隐隐惧怕会不会某天眼一睁，梦就醒了。

路知意沉默不语。

而陈声也是。所有的思绪灰飞烟灭，他看着眼前的人，从不顾一切中挣扎出来，忽然觉得整个人都在往下坠。

他察觉到自己浑身发冷，却依然不死心，机械地问她："你爸爸是村支书，对吗，路知意？"

她默然而立，半晌，听见自己说："假的。"

"你妈妈是小学教师——"

"假的。"

"开学父母忙工作，没人送你来学校——"

"假的。"

"从来没来过蓉城，进中飞院是第一次跨出大山踏进省城——"

“假的。”

无数的细节铺天盖地压来。

明明真相就摆在眼前，可陈声依然一句一句地问着。

“我送你回家那次，你把我安置在酒店，说家里环境不好，怕委屈我——”

“假的。”

“和你爸打电话总是匆匆挂断，你说他不善言辞，再加上工作忙，没精力多说——”

“假的。”

陈声麻木地一句句问着，直到路知意笑出了声，面色惨白地对他说：“还问什么？还有什么好问的？拆穿我很有意思吗？陈声，你非要看我在你面前一点自尊心都没了，才心满意足吗？”

陈宇森的话铺天盖地压下来，路知意快要倒下了。

这么多年，她真的毫不在意别人的看法吗？她真的是个女战士，不畏一切向前冲吗？那年站在讲台上，面对“她爸爸是个劳改犯”的嘲笑声时，她就真的不卑不亢丝毫不自卑吗？踏入中飞院，来自周遭女生的嘲笑与指点，赵泉泉惊呼她用春娟宝宝霜，这些轻视就真的对她毫无影响吗？

她看着眼前的人，自从与他在一起，无数人戳着脊梁骨嘲讽她，说她何德何能，说陈声瞎了眼吧，她就真的毫不在意吗？

压死骆驼的最后一根稻草，原来从来都不是他人的落井下石，是你放在心上的人哪怕轻描淡写一句话。

假的。

都是假的。

陈声的一连串追问终于压垮了路知意，她竟从不知道开学时候的一句谎言竟只是拉开了序幕，那样一个序幕需要她用无数谎言去填补，一个一个越积越多，直到变成无底洞。

正午的日光就在头顶，愈来愈亮，愈来愈清明，将人的悲哀绝望照得无处遁形。

陈声的眼前骤然一黑，一点光亮都看不见了。

他死死盯着路知意，不敢相信这就是他放在眼里藏在心底的人。她是谁？来自高原的姑娘，勤奋上进，勇敢纯朴。他信誓旦旦对陈宇森说，她父亲是村支书、母亲是小学教师，他自信满满地说能教出这样的孩子，她的父母比自己的父母强多了。

可她就这样坦然站在他面前，说那一切都是假的。她还这样理直气壮地冲他说，别问了，给她留点自尊。

她的自尊是自尊，难道他的自尊就一文不值吗？说谎的明明是她，被骗的是他，为什么她还能这样理所当然地质问他？

所有的血液都往脑门里冲。

他为她压下狂妄，摒弃自尊，一次次追在她身后没脸没皮讨她欢心，为她学会低头，为她懂得如何放下骄傲去喜欢一个人，可换来的竟然只是如今这一刻。

陈声一把攥住她的手臂，一字一顿地问："那你说喜欢我，也是假的？"

不是。

哪怕说了说不清的谎言，可这句是真的。

否认的话在舌尖转了无数圈，可说出来又能怎么样？继续留在他身边，以一个骗子的形象，接受陈宇森的审视？

路知意精疲力竭地站在那，有那么一刻很想闭上眼睛朝后一倒，最后昏过去，一觉醒来，什么都不用面对了。

她麻木了，放弃了，自尊心灰飞烟灭了。

她听见自己漠然地说："对，也是假的。"

眼前的人死死咬着牙，追问她最后一句："那还有什么是真的？"

她的眼前一片光亮，看不清他的脸，也看不清别的景色。

"没有什么是真的。"她说，"全都是假的。"

她说："你放过我吧。"

"你放过我，我也放过你。"

没法在一起了，天崩地裂不过如此。

她察觉到陈声蓦然松手，胳膊上一轻，再也没有他用力握住她时的疼痛感。

路知意转身走了，虽然事后她再也回忆不起来那一天她是如何离开的，离开时脑中又在想些什么，但她觉得一身轻松，虽然那种轻松来源于痛失所有。

可她对自己说，本来就是孑然一身来到这里，一无所有地离开，也没什么关系。

那一天，路知意没有去给陈郡伟补课，面对学生的来电问询，她看都没看，掐断了电话。所有与陈声有关的人或物，她都不想理会，不想看见。

陈郡伟不死心，一连打了好多个电话，也许最后打给了陈声，总之最后不了了之。

路知意回了宿舍，把自己埋进了被子里，昏天暗地地睡了过去。苏洋叫她，她浑浑噩噩应了几声，就不再说话。

赵泉泉哼着歌逛完街回来了，弄得寝室里乒乒乓乓的，苏洋不客气地让她小点声。

“没看见有人在睡觉？”

她嘀咕了一声：“这个点睡什么觉？真麻烦。”

她也真没把声音放轻点，该做什么做什么，甚至从书架上拿本书重重地往桌子上拍。手机不关静音，反倒把声音调到最大，和人聊起微信来，提示音源源不断。

宿舍里拉着窗帘，因为房间向阳，但凡有人睡觉，都会将窗帘拉上，以免太阳刺眼。可赵泉泉偏偏唰的一声拉开窗帘，面对苏洋的质问，她笑嘻嘻地说：“我这不是想看书吗？光线这么暗，教人怎么看啊？”

路知意没说话，只是倏地睁开眼，从床上爬了下来，唰的一声又将窗帘合上。

那刺眼的日光叫她觉得满身的不堪无处安放。

赵泉泉被当众下了面子，眼一眯，“路知意，你什么意思？”

手握她的秘密，底气也足了不少。赵泉泉说不清自己是不是故意挑衅，她没那么善良，发现了这个秘密的喜悦叫她忍不住挑刺，可她又偏偏没有恶毒到亲自去举报路知意。

路知意面无表情地说：“没什么意思，我没心情和你吵架，你消停会儿吧。”

“我消停会儿？”赵泉泉的眼睛都睁大了，冷笑两声，“你还真把自己当公主了？你说睡觉就睡觉，大白天的也不让人正常活动，敢情寝室是你家，人人都要听你的话不成？”

这就纯粹是挑衅了。

路知意的情绪已经濒临崩溃，毫无勉强维持平和的念头了，满身戾气顿时发作出来，那就破罐子破摔吧。

她盯着赵泉泉，“我不是公主，你是。我就只配用春娟，只配当寝室里最土、最穷的那一个，为你垫底。垫不了底就是罪人，就活该拿个贫困助学金都被你举报。”

两人当面撕破脸，赵泉泉压根没想到。在她眼里，路知意一向是隐忍的，绝非今天这副刺猬模样。

而吵架的结果就是，苏洋站了出来，雷打不动地帮着路知意。吕艺不在，即便是在，恐怕也不会帮赵泉泉。

苏洋那张嘴，怎么刻薄怎么来，赵泉泉气得咬牙切齿，摔门而出。

她大步流星走下了楼，走出宿舍大门，从手机里找到唐诗的电话，拨了过去。

唐诗听到她的名字，从脑海里搜索片刻，才记起这号人物。宣传部那么多干事，她没必要把赵泉泉这种人放在眼里，能记住她还多亏陈声在宿舍楼下跟她打过招呼。

唐诗淡淡地说：“找我有事吗？”

哪怕她和陈声并没有任何发展，自尊心使然，面对这种陈声有所青睐的异性，她也没有半点好感。

赵泉泉在听到她冷淡的语气时，有所退却，可抬头一看，目光落在三楼的寝室窗口，又定了定心神。

她镇定地说：“我这里有个劲爆的消息，和路知意有关，不知道你有没有兴趣听一听？”

赵泉泉与唐诗在校外步行街的咖啡馆见了面。

两人面对面坐着，唐诗先到，已经点了一杯杏仁拿铁，捧着杯子自在地坐在卡座上，漫不经心地说：“我口渴，就先点了，你要什么，现在点吧。”

赵泉泉看都没看菜单，直接对服务员说：“一杯焦糖玛奇朵。”

唐诗扑哧一声笑出来。

赵泉泉一顿，朝她投去疑惑的目光，却听她含笑说：“别误会，我不是笑你。就是小时候看过一个台湾偶像剧，总觉得自从电视上播过之后，身边的女生十有八九会点焦糖玛奇朵，就算对咖啡不怎么了解的人，走进咖啡馆也能报出这个名字。”

两个年轻的女生对坐着，捧杯的人妆容精致、打扮入时，而另一个素面朝天、穿着普通。

面对唐诗似嘲非嘲的玩笑话和眼里毫不掩饰的审视，赵泉泉脸色一变，几乎想起身而走。对面的人看不起她，眼里有赤裸裸的轻蔑。

她何必留在这里看人脸色？可寝室里还有等着看她笑话的人，想回也回不去。

唐诗用涂着大红色指甲油的指尖在桌上轻轻敲了两下，“说吧，路知意怎么了？”

赵泉泉攥着手心，沉默片刻，强压住离开这里的心情，终于抬头对上唐诗的目光。

窗外的太阳逐渐西沉，咖啡馆里暗了下去，又无声无息地亮起了灯。

年轻的女生对坐着，眼神明明灭灭，嘴唇一开一合。

拿铁空了。

焦糖玛奇朵上来了。

可直到临走时，赵泉泉也一口没动，仿佛为了证明什么，为了赌气，她付了那杯咖啡的钱，却滴水未沾到最后。

天边暗了下去，万家灯火亮了起来，咖啡馆里的人换了一波又一波。

赵泉泉说完话，站起身来，说：“我先走了。”

唐诗的眼里流光溢彩，仿佛中了大奖一般，弯起嘴角问了句：“别急啊，对了，你叫什么名字？赵……什么来着？我记得你姓赵，是吧？”

都要作别了，才记起要问一句她的名字。

赵泉泉站在原地看着她，忽然间有些好笑，又觉得眼前这一幕很是荒唐。她在完成报复路知意的第一步，可这第一步踏了出去，却只有屈辱，没有喜悦。

她清楚地知道，哪怕她告诉了唐诗自己的名字，也不过是换来下次相遇时的又一句：“对了，你叫什么名字？赵……什么来着？”

这样的对话，她在上次 KTV 与部门众人聚会时，就听唐诗说了好几次，对象是部里不同的人。

唐诗在等待她的回答，她顿了顿，只回答一句：“反正告诉你你也记不住，还是省略这个步骤吧。”

说完，赵泉泉心烦意乱地离开了。

路知意过了一个兵荒马乱的周末。

周六就这样在床上闷头躺了一整个下午，外加一晚上，时而睡，时而醒，半夜里睁眼望着月光惨白的窗外，一动不动。

周日起了个大清早，去了图书馆。

她把自己埋在书里，枯燥的理论，无边的题海，仿佛醉心于学习就能世界美好、内心和平。

苏洋看她不对劲，问了好多遍发生什么事情了，路知意一再摇头。

赵泉泉最终回了寝室，一言不发睡觉，第二天起个大清早，从早到晚都消失掉，直到夜里该熄灯了，才又回来睡觉。

她回来得晚，大家都睡着了，结果被她开门关门的声音吵醒，又不得已各自在床上听着她在厕所里哗啦啦洗漱了好一阵。

她爬上床时，苏洋还刺了她几句，“敢情这寝室里躺了三具尸体，权当不存在就行了？”

赵泉泉破天荒地没有还嘴，一声不吭躺下了。

苏洋哼了一声，翻个身，不再说她。

黑暗里，她看着路知意的床，路知意看着窗外的月亮，谁也没说话，谁也没睡着。

周一大清早，赵致远从电梯里踏出来，一路往院党委书记办公室走。路上遇见大一辅导员刘钧宁、教务处主任，一个个都跟他打招呼：“哟，赵书记来得早啊！”

他斜眼看着这些揶揄他的人，“哪有您早啊？这都拿着文件去打印室了，怕是天不亮就跑来干活儿了吧？”

刘钧宁笑嘻嘻：“是啊，要不您跟校领导汇报汇报，让他们给我加工资？”

赵老头：“想得美！”

他含笑走到办公室门口，拿出钥匙开了门，刚要抬腿进去，忽然看见地上有个黄色信封，脚下一顿，捡了起来。

刘钧宁拿着一摞文件，随意地看了眼，忽然一愣，站在原地不动了。

“什么东西？”

赵致远翻来覆去看了看信封，“没署名。”

刘钧宁：“又是匿名信？”

赵致远回头看他，“又？怎么，你收到过匿名信？”

刘钧宁点头，“上个月收了一封。”

“说什么来着？”

“有人举报我们年级第一，说她寝室有价值不菲的护肤品，请求学院撤销她的贫困生助学金，停止资助。”

赵致远表情一顿，“年级第一？就是那个叫路知意的姑娘？”

“是啊。”刘钧宁说，“我把她叫来了解了一下情况，确认没什么违反规章制度的事，就让她平常注意一点，也没跟您说这事。都是小事情，用不着麻烦您。”

“行，我知道了。”

刘钧宁笑了笑，扬扬手里的文件，“那我先去打印东西了。”

赵致远点了点头，一边拆信封，一边往办公桌后走，才刚刚坐下，刚刚看了几行，脸色一沉，又猛地站起身来，快步走到门口，高声叫住已经走到走廊转角处的人，“刘钧宁！”

刘钧宁一顿，回头诧异地看过来，“啊？”

赵致远招手，神情凝重，“你先回来，看看这封信。”

周一中午，十一点四十五，上午的课正式结束。

赵致远拨通陈声的电话，那边响了八九声，才终于有人接，接通了也不说话，就这么沉默着。

赵致远：“陈声，吃完中饭，到办公室来一趟。”

陈声又沉默了片刻，才说：“我不在学校。”

赵致远一怔，眉头皱了起来，“你周一课满，不在学校在哪里？你小子逃课？”

陈声没说话。

赵致远换了只手拿手机，这会儿没工夫跟他扯这个，直奔主题：“不管你在哪，现在赶紧回学校一趟，我有重要的事情找你谈。”

陈声的声音像是一潭死水：“有什么事情不能在电话里说吗？”

赵致远气得拔高了声音：“能在电话里说，我还会非要你来办公室？”

“我病了，想跟您请一周假。”陈声语气平平，“麻烦您批一下，假条我让凌书成来帮我签字……”

“陈声！”赵致远人在办公室，从办公桌后猛地站起身来，“你现在、立刻、马上回学校，到我办公室来一趟。有关路知意的家庭背景，我需要你把你知道的情况一一汇报给我。”

电话那头瞬间没有了声音。

片刻后，赵致远听见陈声低沉地应了一声：“好。”

然后就挂了电话。

陈声踏出卧室时，魏云涵在家，一听见他打开反锁起来的房门，就从沙发上站了起来，小心翼翼问他：“饿了？喝点粥？”

陈声头发凌乱，三天没打理，下巴上已经有了一层薄薄的青色胡茬儿。他穿件随手拎出来的白 T 恤，套在身上就往玄关走。

“不饿，不喝。”

魏云涵一愣，跟了过来，“你去哪？”

“学校。”

“胡闹！烧都没退，去学校干什么？”魏云涵急了，一把拉住他的胳膊，眉头一蹙，“你都这么大个人了，别拿自己身体开玩笑！”

陈声抽回手，平静地说：“赵老头让我去一趟学校，把请假手续办了就放我回来。”

魏云涵审视他片刻，淡淡地反问：“是吗？”

他知道母亲看穿了他的谎言，沉默着开了门，“我去一趟，请完假就回来。”

魏云涵沉默地站在那，最终点了点头，“我把粥热着，早点回来。”

陈声看看她，“好。”

他推门而出，转身关门，看见母亲逐渐消失在门后的面庞，忽然有一阵茫然的心酸。

这三天他都做了些什么？

他颓废了三天，父母就陪他煎熬了三天。

他洗冷水澡，把自己锁在房间里，发高烧到说胡话，魏云涵小心翼翼请假看着他，陈宇森说：“我们给你时间，等你想通。”

他站在电梯里，被那充沛刺眼的光线照得无处遁形，只能闭上眼睛。

想通？想通什么？睁眼闭眼都是她站在日光底下，一口一句假的。

可笑的是，就连这样，他也在听到赵老头说出她的名字时，下意识地行尸走肉般站了起来，挣扎着要去学校。

陈声没开车，去小区门口拦了辆出租车去学校。

半小时后，他抵达书记办公室。午后的教学楼安静空旷，在校的师生都在午休，他从电梯里走出来，只听见自己的脚步声回荡在四通八达的走廊上。

恍惚中记起某个午后，他在这等电梯，叮的一声，门开了，正欲进去，就看见那时候还结着梁子的高原女生。她抬头看见是他，一怔，满脸“狭路相逢勇者胜”的表情。

“借过。”那时候，她不咸不淡敷衍了一句，侧身挤出了电梯。

他却偏偏挡住她，“你跟谁说话？”

她静静地与他对视片刻，扯了扯嘴角，似笑非笑嘲讽地又加了句：“……师兄？”

他这才心满意足踏进电梯，看着她离去的背影发笑。

那些场景仿佛就在昨天，却教他想起来时笑都笑不出来。

他像个傻子。

这一刻才发觉，其实最可笑的从头到尾都只有他。

而更为可笑的是，他昏昏沉沉去了办公室，听闻赵老头在桌后说出了路知意父亲坐牢的真相，要在他这里得到核实，他模模糊糊想着，哈，路知意，你的骗子面目终于大白于天下了。

可开口却是一句：“问我干什么？政审不是写得清清楚楚？白纸黑字，鲜红的公章，你不信，扭头去信……”目光落在桌上摊开的信纸上，“龌龊小人的举报信？”

赵致远面色沉沉，一字一句：“陈声，你们俩关系非比寻常，这事你应该知道实情。如果你真为了她好，就把事情说出来，否则这事不可能善罢甘休。万一到了学校亲自去地方上核实的地步，就轮不到我来做主了。”

晴了好多日的天在这日午后阴了，夏日的瓢泼大雨黄豆般落下来，砸在地上，仿佛要把水泥地都砸出坑来。

路知意上课上到一半时，接到来自辅导员的电话，要她去办公室一趟，她上课时没带伞，只能冒雨往办公楼跑，一身淋得透湿。可她跑在雨里，起起伏伏的却是胸腔里的那颗心，她似有预感，这一趟也许很艰难。

她匆匆跑进办公楼，保安喝住她："往哪儿跑呢！把水都抖干净再进来！没看见保洁员一个劲儿在打扫吗？"

她只得定住脚，胡乱抖了抖身上的水，又拔腿往电梯里跑。

摁下四楼按钮，她不安地站在空荡荡的电梯里，再抬头时，看见门开了，陈声站在那。她眼前一花，心跳一滞，仿佛回到上个秋日，学校里的银杏都黄了，而她在同一个地方与他打了个照面。

路知意怔怔地仰着头，却见他低下头来望进她眼里，扔下了这个夏日他与她的最后一句话："路知意，皇帝的新衣到底骗了谁？"

这是这个夏日他们的最后一句对白，也是整个学生时代的终止符。那段好不容易行过千山万水才得以成全的感情，因为他们太年轻，都怀揣着一颗不安分的自尊心而被就此搁置。

路知意机械地走出了电梯，听见门在身后合拢，再回头时，哪里还有他的身影？

那天下午，路知意没有再回到教室继续上课，第三四节课也缺席了。

她先后去了辅导员办公室、党委书记办公室，浑浑噩噩度过了一整个下午，在陈述真相与直面现实中来来回回。说到往事时，眼前模糊了又干，有滚烫的热气飞快地凝聚起来，却终究没有一滴汇成泪水掉下去。

她没哭。

事实上人类强大如斯，自我调控能力登峰造极，折磨她这么多年的往事早已不会令她想起来就落泪了。如今折磨她的，只有眼前这一件事，她头脑里乱作一团，不敢想也不敢问，在电梯间遇见的那一个人是否和此刻她坐在办公室接受审问有关。

她以为揭露真相的是陈声。

她以为他恨她到巴不得两人老死不相往来的地步。

她并不知道陈声为了她，直挺挺跪在赵致远面前，说祸不及妻儿，说她天资聪颖，说国家培养飞行员不易，说她与他谈过的雄心壮志、远大理想。

一周后，政审造假一事尘埃落定，赵致远将此事通报学院，给予路知意警告处分，却并没有开除她。

她能够继续留在中飞院，继续学飞，继续考取所有飞行资格证，至于毕业后有无民航公司愿意签她，学院概不负责。路知意在众人的指指点点下，望着公告栏里的通报批评，心知肚明学院依然留了情面，只说她违反校规校纪，却并未说明具体原因。

路成民的事也没必要再瞒着，路知意坦白后，苏洋第一个知道。

就在苏洋叫嚣着要去找陈声那小心眼的王八蛋干架时，又一个消息来了，大三第二批赶赴加拿大实飞的人员已出发，陈声赫然在列。

寝室里仿佛突然之间变了天。

路知意变得更沉默了，除了埋头读书，就是埋头读书。赵泉泉也仿佛一夜之间摒弃了对她的敌意，不再与她发生冲突，基本上早出晚归，各自过各自的日子，仅仅把寝室当作歇脚的地方。吕艺雷打不动，继续活在自己的世界里。而苏洋一个人也活泼不起来，意兴阑珊地跟着路知意一起发奋向上。

唐诗把赵泉泉叫去上次见面的咖啡馆时，还带了一份礼物，说是托人从法国带回来的巧克力，一共就带了两盒，一盒送给赵泉泉。

她笑吟吟地眨眨眼：“你对现在的结果还满意吗？”

满意吗？

赵泉泉沉默地盯着那盒包装精美的巧克力，脑中一片空白。起初以为自己在报复，可报复之后，却反倒惴惴不安，好像有人在拖着那颗心往深渊里沉。

报复的行为没有带来报复的快感。

她匆匆忙忙把巧克力推了回去，面色苍白地说：“这个就算了。”

“你应得的，拿着吧。”唐诗像打发乞丐似的，依然高高在上。

赵泉泉神情复杂地看她一眼，仿佛怕被人看见自己与唐诗一道坐在这似的，摇摇头就要离去，却听唐诗说：“你要是不拿着，我反倒不放心了，怎么，你这是做了坏事又心虚了，打算接着当好人？”

赵泉泉猛地一抬头，最后像是接过烫手山芋似的，把巧克力攥在手里，这才离去。

她一路走到宿舍楼下，将巧克力一把扔进垃圾桶里，然后才刷卡进了大门，就连宿管阿姨再寻常不过的目光，都叫她如芒在背。

陈声走的那天，蓉城仍在下雨。

彼时大街小巷都在放着那首红极一时的民谣，而在宽窄巷子、锦里的无数酒吧里，年轻的歌手们也背着吉他在聚光灯下安静地弹唱着同样的曲调。

在那座阴雨的小城里

我从未忘记你

成都，带不走的只有你

父母开车将陈声送往机场，而出发大厅里，十余名即将赶赴加拿大实训的学生都等在那了。

陈宇森拉住了妻子，站在大厅入口处嘱咐陈声："我们就不送你进去了。"

陈声嗯了一声，拉着行李箱往里走。

魏云涵忍不住叮嘱："烧还没退，背包里的药要按时吃。"

他又停下脚步，回头看着母亲，点头，"知道了。"

一句"知道了"，换来魏云涵更多的叮咛，按时吃饭、注意保暖、安全第一……平日里她不是那么唠叨的人，但母亲的天性总是如此，在儿女离巢时不唠叨也唠叨起来。

陈宇森拍了拍她的肩膀，示意她到这就行。

她是慈母，他便只能做严父，言简意赅对陈声说："照顾好自己，按时打电话回家，别让你妈妈担心。"

较之以往，陈声沉默许多，话也明显少了许多。他只是点了点头，答："好。"

然后便转身离去。

凌书成在不远处等着他，寝室四人，只有他们俩拿到了去加拿大的资格。

见他来了，凌书成挺遗憾的，"哎，又只剩咱俩难兄难弟了，这事吧也挺伤感。去加拿大之后，看来我俩得相依为命、互相扶持了。"

陈声没说话。

他就自己补充下去："兄弟，我先自己透个底，我英语不太行。"

旁边有同行的人凑上来，"哎哎，我也是，我刚上大学的时候，笔试其实挺厉害，但老师说我学的是哑巴英语。"

凌书成侧头，"那我俩问题不一样，其实我挺能说的，考雅思口语的时候，我一张口就说个没完，总是要考官打断我，说时间到了，我才停得下来。”

那人好奇道：“那你这不挺好的吗？”

凌书成：“然而考官说他听不懂。”

那人奇异地沉默了。

神啊，完全听不懂。

全员集合后，林老师带着众人过安检，全程陪同学生们去加拿大度过整个实训期。

陈声一路走过安检区域，候机，踏上飞机，坐在靠窗的位置。他一言不发地看着窗外的连绵阴雨，就连窗户上都蒙上了细密的雨珠，将外面的景色分割成无数碎片。

飞机起飞前，他收到一条短信。

张裕之发来一张照片，那是学校公告栏上对于路知意的处理——严重警告一次，视未来表现决定是否予以撤销。另外，她的个人档案有所变动，具体变动情况没说。

他看着那张图片，退出与张裕之的聊天界面，目光落在置顶的头像上。

点开它，两人的对话还停留在真相大白之前，他在女生宿舍楼下等她，发去一句：“我到了，快下来。”

路知意：“你来干吗？我不是跟你说过今天上午要去图书馆吗？”

陈声：“图书馆有什么好去的？我带你去个更好的地方。”

“什么地方？”

“下来就知道了，保证像天堂一样。”

真讽刺。

天堂一样的地方。

如果他早知道那一趟回家会落得现在这个下场，不知道还会不会带她去那一趟。

那天之后，陈宇森也找他谈过话，后来陈声一宿没睡着。

陈宇森说：“我仔细想过了，那孩子都长这么大了，应该不会还和当初一样不明白我的立场，那些气话也不至于记到今日。那天突然撞见，是我一时惊讶，也怕你上当受骗，想法太偏颇了。”

陈声发着烧，一言不发闭着眼，没有回答。

陈宇森又沉默片刻，才说："可即便她接近你没有任何目的，我也并不希望你们在一起。身为父亲，我没有什么门当户对的讲究，也不会干涉你的感情，但是陈声，有件事情我要告诉你——人活一辈子，不能随心所欲，也没法无拘无束。以前我和你妈总是在最大限度内给你自由选择的权利，可现在看来，这件事是对是错，还有待商榷。这些年你活得太自我，太顺利，想要的一切都得到了满足。可你是你，她是她，不是每个人都有你这样的先天条件。

"你觉得喜欢一个人就能不顾一切去喜欢，那只是你。你从来没吃过苦，不知道贫穷的滋味，也没尝过别人的轻视和侮辱。可她不一样，她的家庭状况、成长过程都和你截然相反，在我看来，她是做不到像你喜欢她这样去喜欢你的。

"人总是容易被跟自己相去甚远的人所吸引，可差别太大了，后面的路总也走不顺。你可以忽略她的过去，和她继续在一起，你甚至可以拿出你的固执去说服她、感动她，但你要清楚，哪怕她妥协了、接受了，你们也没法像以前一样了。

"她也许一辈子都忘不了当年对我磕头下跪的场景，也会永远记得在法庭上与我对峙时说的那些话。那是你们之间跨不过的障碍，也是现在的你们在这个年纪上没法面对的困难。对你来说，这些根本算不上事的事，对有的人来说是迈不过去的坎。"

那一天，陈宇森说了很多。但陈声听进去的只有一句话，路知意永远做不到像他喜欢她一样，回应他的感情。

于是很多事情都有了合理的解释。

比如他瞒着她为她做尽一切，从一双鞋到一支手霜，从不求回报非要送她回家，到为了替她出口气，像个中二少年一样去找唐诗算账。

比如他为了武成宇抓狂，为了所有向她示好的人暗地里生闷气。

比如他跟陈郡伟说了言不由衷的话，心高气傲如他，却反反复复去低声下气乞求原谅。

是他追着她跑。

他喜欢上一个人，就把她变成了自己的全世界，因为他应有尽有。可对于路知意来说，她渴求的太多，她要脱离贫穷，她要回报家人，她要飞离大山，她要保全她的自尊心。

爱情不是她的全部。

他能给她百分之百的专注，她却只能回应他百分之十。若是学业有误，大概她还会放弃他，会告诉他是时候终止这份感情。

那一夜，陈声翻来覆去地想着，终于想清楚一件事。

路知意不够喜欢他。

正如公告栏里明明列出了第二批的出国名单与时间，她却由始至终没有出现在机场，连最后一面都不肯来见。

她的自尊心，是比他重要得多的存在。

要不可一世的陈声承认这点，比什么都难。

意外的是，陈声在飞机起飞前，指尖还停留在他与她的聊天界面，屏幕蓦然一黑，忽然出现了她的来电提示。

路知意三个字，端端正正立在那里。

他怔怔地看了很久，按下接听键，将手机放在耳边，却一言未发。

那一头传来她低低的声音，像是一声叹息："陈声。"

短短两个字，像是跨越了相识的一整年。

她再也不是当初从台下醒来，没心没肺哈哈大笑的高原红；他也再不是那个在食堂里说她胸肌不发达的轻狂少年。

在一起这件事，并没有如他所预期那样带来无止境的欢喜，反而令人受尽折磨。

这一天，路知意没有问他有关政审的事情。

如果说认识他这一年来，她从他身上看到了轻狂和刻薄，也理所当然看到了他的光明磊落。揣测他是否是揭露真相的那个人，不过是天崩地裂后她的一时情急，情急之后，她就回过神来。

那个人是谁，也绝不可能是陈声。

陈声此人，有仇必报，锱铢必较，但他一定会正面还击。

他根本不屑于背地里动手脚，更不会对自己曾经喜欢过的人做出任何卑鄙之事。

两人一个坐在飞机上，一个站在走廊尽头的窗边，两头都有窗，窗外皆是淅淅沥沥的雨。

天阴得不像话，总给人一种下一秒就要塌下来的错觉。

盛夏里的一场雨，浇灭了前些日子的燥热与明艳，只留下一地无声的狼藉。

良久，路知意先开口。

她说：“你要出发了吗？”

陈声没说话。

她又轻声说了句：“算算时间，是该起飞了。”

这样一句话，险些令陈声失控到奔下飞机。她不是没看到，她不是没放在心上，事实上她都知道。

可路知意却紧跟着说了句：“一路平安，陈声。希望你在加拿大一切都好，成为你想成为的人，做你想做的事，他日回来，成为了不起的飞行员。”

他就是再蠢，也不会蠢到听不明白，这是道别。

陈声死死攥着手机，浑身僵直地坐在飞机上，半晌才说：“就这些？”

她轻声说：“就这些。”

“那我们之间呢？就这么算了吗？”他那一颗心像是悬在七千米的高空，寒冷，无助。

却听见路知意说：“暂时就这样吧。”

就这样吧。

算了吧。

他懂她的意思。

她的自尊心，果真是比他要重要千百倍的东西。他坐在安稳舒适的机舱里，像是箭在弦上，只要她肯说一句，随便说句什么，只要不是这句，他都能立马解开安全带，不顾一切奔回学校。

他那样爱惜自己的铮铮傲骨，却愿意为她粉身碎骨。

可路知意却不是这样，她为了自己的自尊，要和他就这样算了。

陈声对她恨之入骨。

不是恨她说谎欺骗他，也不是恨她用一句假的就想瞒天过海掩盖两人之间的一切，他只恨她用情太浅，不够喜欢他。

没有什么误会。

她从前不是有心欺瞒，之后也并非有意骗他。她喜欢他是真，做的每一件事都是真，为他欢喜为他忧也是真。

可现在，她说算了也是真。

想他要风得风、要雨得雨整整二十年，如今在她这高原红身上栽了跟头。

她不要他，她只要她的自尊。

陈声的内心潮湿一片，仿佛千万野草一齐扎根，被这蓉城的一场雨浇灌得彻彻底底，一夕之间拔地而起，长成了参天大树，遮天盖地。

他冷冷地说：“你想就这么算了？路知意，我告诉你，没这么简单。”

他们之间，没完。

Chapter. 05 别后相逢

大一快要结束时，路知意第一次见到飞行模拟机。

所谓飞行模拟机，是为了培养飞行员，在培训初期所使用的一种模拟装置，其内部的各种操纵装置、仪表、信号显示设备等与实际飞机一样工作，指示情况也与实际飞机相同。

因此，飞行员在模拟座舱内，就像在真飞机的座舱之中一样，还能听到相应设备发出的声响以及外界环境的声音。同时，飞行员的手和脚上还能有因操纵飞机而产生的力感。

期末仅存的十个课时，悉数用来了解模拟机。

结课后，期末的模拟机笔试教全体大一学生哭都哭不出来，据苏洋说，这已经不是一个难字就能概括的。

路知意也觉得难，但苏洋问起来时，她的回答是："也不知道能不能上八十，我看这回悬。"

苏洋："算了，我们所谓的难并不是同一个意思。我说难，意思是及格靠运气；你说难，呵呵，是有可能不能上八十。"

路知意：……对不起啊。

另外，庄淑月打来电话，说即将上高三的陈郡伟已经开始每个月就放两天假的生涯，学校也已经组织老师为高三学生进行补课，每周七天，风雨无阻。

言下之意，路知意失业了。

接到电话的路知意怔了片刻，笑着说："我知道了，庄姐，麻烦您帮我转达小伟，最后一年希望他全力以赴，我等他的好消息。"

于是六月末，好不容易等来两天月假的准高三生回到家里，书包一扔就开电脑，美其名曰："一个月没歇过了，打打游戏放松心情。"

庄淑月给他削了个苹果，切成丁装盘，插上牙签端到电脑桌上。

陈郡伟眉头一皱，"妈，我要打游戏，赶紧端走，不然我都施展不开。"

庄淑月重新走进来时，忽然想起什么，端走果盘时对他说："之前我给路老师打电话，说你之后大概都不需要家教了，她让我转达你，她等你的好消息。"

正进入游戏界面的人闻言，手一顿，松开了鼠标。

他侧过头来，"她还说什么了？"

"就那句，希望你全力以赴，等你的好消息。"

半晌，陈郡伟才回过神来，"哦……"

再看眼游戏界面，他顿了顿，又退了出去。

她说要等他的好消息。他翻来覆去嚼着这句话，最终关了电脑，起身坐到书桌前，重新翻开了练习册。

紧接着就是暑假。

路知意考完期末的全部科目，又一次排起了无数个"S"形汇聚而成的长队。这一次她放聪明了，起了个大清早，从早上八点排到中午十一点，终于挤上了公交车，一路去了汽车总站，买票回家。

在那三个小时的排队时光里，她不止一次想起半年以前的场景，仿佛一抬头就能看见那人开着车停在队伍旁边，不容置疑地命令她："上车。"

最后她坐在大巴车上，看着窗外渐次闪现而过的风景，从城市进入山区，从艳阳当空到夕阳西沉。

熟悉的是一路风光，身侧却再也没有熟悉的人。

距离陈声离去那日，已有一个半月。她无数次想起他，睁眼闭眼，梦里梦外。

好在家中有小姑姑和爸爸在等她，路知意也迫切渴望着一家团聚，哪怕比儿时少了一个人，但总的说来，也比这六年里多了一个人。

路成民在镇上干起了修车的行当，过去他凡事亲力亲为，还曾被路雨笑话，说他好端端一个村干部，硬是把自己当成了木匠、修理工和打杂人员。可那十八般武艺，如今也有了用武之地。

路知意又开始给镇上的孩子补课，只拿一点少得可怜的补课费，但付出的却是百分之百的心血。

家里一到天亮，修车匠便去摆个摊子修车，人民教师骑车去学校传道授业解惑，而路知意这个高知青年半灌水响叮当，也奔赴学生家里，对着几个小萝卜头唾沫星子满天飞。

直到饭点，三人才又回到家中，你摘菜来我烧水，你煮饭来我炒菜。

日子忽然变得极其规律，也极其单调。但这个家庭经历过大风大浪，能够努力过好平凡的一生，已是所有人的期望。

可生活总是这样，在你以为幸福如期而至时，仍有心酸苦楚暗中窥伺。

某天路知意补课归来，去路成民的修车摊找他一同回家，恰好看见有镇上的孩子路过他的摊子，踹了一口袋石子往人身上砸，边砸边喊："打死这个杀人犯！"

不过是几个十岁不到的男孩子，对人间险恶尚未有三分了解，就带着七分任性胡作非为起来。这样的人，路知意见过很多。

可这次不同。

这次，他们胡作非为的对象是路成民。

六年前，他是一个不称职的父亲、丈夫，却是一个无比称职的村支书。因此，六年后当他回到冷碛镇，大多数人是对他心存感激与同情的，平日里客客气气，不去计较他坐过牢的事情。

可谁都清楚，大人们客客气气，却并不一定乐意自家孩子接近他。不管曾经的他是出于何种原因与妻子发生了那场惨案，但人是他推下楼的，过失杀人也是杀人。

于是暗地里，大人们都叮嘱自家孩子："不要靠近那个修车的。"

不谙世事的孩童便反问："为什么？"

三言两语说不清当年的故事，又或许说清了孩子也听不懂，便有了这样一句似是而非的概括："因为他是杀人犯，总之你离他远一点。"

家长说出这样的话，其实并无恶意，只是为了保护年幼的孩童。

可以讹传讹、三人成虎，这样的话说多了，在那群孩子们之间就变了味，人人都知道那个姓路的修车匠是个杀人犯。

杀人犯，多惨烈的字眼。

路知意目睹那群孩子朝路成民砸石子，小颗的石头砸在身上并不太痛，但那一幕刺痛了她的眼。她一个箭步冲上去，厉声喝道："你们干什么？"

孩子们一哄而散。

年幼便是如此，仗着童言无忌，嘻嘻哈哈，欢天喜地，做了坏事还以为自己是个了不起的英雄。

路成民笑着劝慰她："没事，跟孩子计较什么？"

路知意看着他，四十出头的男人明明正值壮年，却像个糟老头子，干瘦而沧桑，面上一道一道纹路都是岁月的磨砺。

于是前些日子以为的岁月静好，终究还是变了味。

她以为命运给她当头一棒，又赠她一颗糖，予以安慰，可这糖里却还是掺杂着苦，含在嘴里也想落泪。

那两瓶手霜、面霜被她带回了家，一次都没有再用。

她把它们放回最初的包装盒里，斑斓的星光、会魔法的少女，曾拥有过的最好时光都过去了，只剩下这两个小小的瓶子。她舍不得用掉，就把它们封存起来。

接着，她给自己买了一瓶防晒喷雾、一顶棒球帽，每天出门给学生补课时，都全副武装。

妆可以不用化，衣服也可以尽管朴素，可她依然和以前不一样了，她希望自己是干净漂亮的路知意，哪怕这时候已经没有一个干净好看的陈声需要她来匹配。

陈声。

这两个字，依然是她夜里翻来覆去亘古不变的主题。

可是对于她这样一无所有的人来说，路知意终于明白了一个道理，若是满地都是六便士，陈声能去抬头看那轮月亮，她却只能低头去捡满地的钱。

她要生活，她要学习，她要打工赚钱。她要奋发向上，直到离开大山，直到能给路雨和路成民安稳的晚年。

在镇上目睹路成民被那群孩子用石子砸后，路知意更加坚定了要离开这里的想法。

大二开始，路知意终于开始模拟飞行。

说起模拟飞行，一整个年级两百号人，也是辛酸苦楚一大堆，打落牙齿往肚里吞。

李睿说："上过模拟机，见过飞行教练，才知道当初学车时的教练有多仁慈。如果他朝再相逢，我必当跪下去给他哐哐磕头，谢他当年不杀之恩。"

某日在场地偶遇徐勉，路知意见他灰头土脸的，问他发生什么事了。

徐勉："被教练喷了个狗血淋头。"

路知意安慰他："严师出高徒，教练也是为了你好。"

徐勉面无表情地说："遇到给你出科目做不好虽然骂你但是给你讲得很明白的教员，我表示感谢，可我遇到的是上了模拟机就是为了发脾气的教员。据说上个月他老婆跟他离了婚，这个月我上机基本就是一个大写的死字。”

路知意：“……”

事实上涉及飞行，比普普通通的驾驶汽车更加高危，教员严格，教育方式略显粗暴，也不无道理。平地上开车还能停下来，空中开飞机，是说停就能停的吗？

那段日子很苦，很煎熬。

就连路知意也被教练骂得灰头土脸不止一两次，有时候犯了错，基本上是下了机还会被继续批斗，满场地的人都能听见暴躁的教练疯狂念叨。

一次两次，路知意的自尊心还过不去，但时间长了，人人都练出了比城墙还厚的脸皮，她也不例外——你骂任你骂，老子岿然不动。这是武成宇总结出来的经验。

后来模拟机考试通过了，教练们也终于不再凶神恶煞的了，结课那日，所有人坐在场地上开联欢会，教练们也跟大家打成一片。

某位出了名凶恶的教练跟大家说：“我这根本不算什么。你们要是去过加拿大学飞，就会知道什么叫作人间地狱了。当年我在那边学飞，教我的教员是个伊朗人，那股独特的体香，呵呵，我就不具体描述了。以前私商阶段一直飞真机，打开进气孔，空气流通起来还算新鲜。自从进了 IFR，每天都要跟他独处在密闭模拟机里，当他挥舞着胳膊热情教学的时候，滚滚暗流扑面而来，你们自行体会一下我的心理阴影面积有多大！有多大！”

全体爆笑。

可末了，他却又认真起来，怀念似的说：“可是除了这一点，他人还是很好，在你学飞的阶段能遇见一个愿意指点你、批评你的人，是一个飞行学员莫大的幸运。”

那天夜里，路知意仰头看着漫天繁星，怔怔地想着，那个在加拿大学飞的人，是否拥有了这份莫大的幸运，遇见了那个愿意指点他、批评他的人？

这一天，距离陈声离开，已有整整八个月。

盛夏来临，距离高考还剩下一个月的时候，路知意已经完成规定的模拟机飞行小时数，这也就意味着她能够踏上飞机，以副驾驶员的身份参与实飞，继续完成新科目的飞行小时数。

说起来，学飞实实在在是件枯燥的事情。

都说外行看热闹，内行看门道，任何行业表面光鲜，但真入了门才发现，没有不流汗就能掌握的技能，飞行员也要耐得住寂寞。

踏上模拟机，要完成额定飞行小时。

本场训练的小时数满了，就开始航线训练的小时数。

踏上训练机，要完成额定飞行小时。

最后等着的还有改装大飞机，也就是运输机，继续飞够规定时间。

进入中飞院将近两年时间，当日的新兵蛋子已不再新，下有大一新生，上有高年级“老油条”，他们早已不会为体能训练而叫苦不迭，也适应了这里的一草一木、一朝一夕。

然而，他们也在这时候面临第一轮的淘汰——飞行员执照考试开始了。

在这一阶段，中飞院素来有百分之十五的停飞率，没有通过执照考试的、行业规范和作风纪律出了问题的，统统会被停飞，也就是说过去两年的训练都打了水漂，要么就此放弃，要么转地勤。

和路知意关系还不错的熟人里，李睿和张成栋都被停飞。

李睿一气之下要辍学，反正家里做生意，父亲有自己的小公司，饿也饿不死他。他卷铺盖走人那一天，无所谓地说：“此处不留爷，自有留爷处，李少要回家继承家族产业了。”

倒还真是笑倒了一片前去送他的人。

那一天艳阳当空，年级上不少人都去送李睿。

他虽然成绩一直吊车尾，平日里鬼点子也多，但为人豪爽仗义，据他自己所说，有一种大侠风范……

武成宇和他是室友，又是好兄弟，一把鼻涕一把泪，哭得稀里哗啦的。

李睿都拖着箱子快走到校门口了，武成宇还在拖着他的衣袖劝他转地勤，“地勤也没啥不好的，机场那些坐柜台的不都长得特别帅吗？到时候我飞回来下机了，你还能在机场迎接我……”

李睿：“呸，是兄弟吗你？凭啥老子就该跟小媳妇儿似的蹲在机场接你？还要看人脸色，成天坐在柜台后面，‘您好，请出示您的身份证’‘不好意思，您的行李超重了噢’。哦，就你要脸，我李少的脸往哪搁？”

送行的人，几乎全班齐上阵，听他在这种伤感的时候还插科打诨，都笑得七歪八倒。离别的惆怅刹那间被冲淡不少。

李睿的父亲开着车等在校门口，见状也没上来，留给大伙儿更多时间道别。

可道别道别，说一千道一万，终有一别。

李睿拖着行李走了。

武成宇哭成了泪人，明明是个五大三粗的壮汉，愣是哭得梨花带雨、虎躯微颤，但也不显娘。

他这一哭，大伙也纷纷沉默了。

路知意站在人群里，想起当初在红岩顶扎营安寨时，一群年轻气盛的飞行学员对未来充满无限遐想。然而开学时陈声说过的那句话终于还是应验，这个行业是残酷的，终有人要离开，只有最顶尖的才能留下。

踏入中飞院，原来真的不是美梦的开始，是不够努力就会被淘汰的命运。

她看着李睿孑然一身往中飞院的大门外走，拎着孤零零的行李箱，踏着一地灿烂日光，走出那道门后，昔日同窗就真的往截然不同的两个方向各自离去了。

他真的就不遗憾吗？

也许在那嘻嘻哈哈的表象之下，是一个美梦的抱憾而终，是未来不论做什么、成功与否，想起来时都会失神片刻的遗憾。

踏入这道门那天，他一定也抱着和众人一样的梦想。

然而最终还是错过了。

路知意再一次回想起开学典礼上的陈声，他在台上说出那番话时，台下的人先是哄笑，后来就沉默了。可是那一天，不管是被师兄的下马威吓到，还是开始为自己的未来忧心，他们都没有想到这一天来得如此快。

陈声。

他一定也面临过这一刻，目睹同窗被停飞，梦想戛然而止。

然后才会对他们说出那番话来。

李睿在校门外头也不回地朝他们挥手示意，大喊一声："回去吧，同志们！别送啦！"

那样潇洒，那样惬意。

众人哄笑着往回走，走着走着，却都不约而同沉默了。

另一边，张成栋转地勤了。

红岩顶上那一晚，众人举杯敬这敬那时，他曾说："我敬我爸妈，含辛茹苦养了我这么多年，盼着我成为一个了不起的飞行员。希望有朝一日坐在驾驶舱，有机会带他们来这看看。"

可他终究是没能实现这个愿望。

听武成宇说，张成栋心态还不错，说是就算不能坐进驾驶舱，还能继续在飞行行业做做贡献，同窗们在天上飞，他就在地面上打好基础，一回事。

可路知意总是忘不掉当初他说的愿望，想起来就觉得心酸。

人生有太多的岔道口，多到她已记不清自己面临过多少次的离别。

小升初时，要从镇上到县城里去念初中了，冷碛镇不少与她一起念书的女孩子就此放弃了读书的机会。因为家中穷，因为镇上的人守旧落后，总认为女人能认识几个大字就够了，用不着有多少文化，与其浪费家里的钱继续念书，还不如帮着做些活儿，减轻家中的负担。

后来中考时，又是一次浩浩荡荡的分别。

再后来是高考，县城里只有一所高中，能进去的孩子来自各个村镇，没想到都读到了那个程度，依然有不少人放弃。

路知意的同桌是个其貌不扬的女孩子，但读书很刻苦，三次模拟考试都上了三本线，并且看样子只要高考正常发挥，是可以读一所不错的三本学校的，要知道这在高原地区已经是很不错的成绩了。

但就在高考前一个月，她的父母忽然把她接回家，不让她继续上课了。

那段时间，班主任异常紧张，最后的冲刺阶段不容任何闪失，却还为了她特意请了一天假，自己掏钱坐面包车翻山越岭去了她的家里，和她家长面谈。

原来她家中还有一个弟弟，正在念初中。她的父母认为三本院校学费太贵，又不是重点院校，不愿意浪费钱让她混文凭。

班主任好说歹说，终于劝服她的父母让她参加高考，并且亲自把女孩接回了学校，又鼓励一番。

后来她超常发挥，考上了二本，虽然只超了二本线八分，但好歹是上了线。

班主任高兴得嘴都合不拢，却到了最后才知道，女孩的父母再一次把她接回了家，连志愿都没让她填。

路知意上大一时，在朋友圈看见了她的动态，她结婚了，不久之后又生了孩子。

当她在驾驶舱里紧张地报着各项数据时，当她冲向云霄向梦想无限靠近时，她偶尔会想起当初分别的人。

有的人我们一直在错过。

仿佛错过二字便是人生的主旋律。

而这一年，陈郡伟竟然找上了中飞院。

那天路知意刚从机上下来，垂首听着教员批评。

“不就是遇到气流吗？至于手忙脚乱成那个样子？你都惊慌失措了，机上的人怎么办？要是胜任不了，干脆这时候就退出好了，趁着航校还没投入大成本在你身上，趁着还没签下公司，公司也没下血本培养你！”

越往后的阶段培训，教员越严格。

路知意哪怕身为年级第一，在训练过程中也已渐渐习惯被毫不留情地批评一顿，相比起其他人来说，她还算好的。

教员严厉地说了一通后，看她垂首态度很好地认错，也慢慢缓和了语气。

“……不是我要对你这么苛刻，是不苛刻不行。将来你毕业了，开始正式飞行，万一遇到紧急情况，一急就不是对自己的生命不负责了，是对客舱里上百人的生命不负责！”

路知意被放走之后，苏洋在不远处等着她，看她精疲力尽的样子，问了句：“又挨骂了？”

路知意点头。

苏洋：“习惯就好，我没有哪次上机不被骂的。反正回回教员都跟我说，就我这样子，毕业的时候不被停飞他就把头砍下来给我当板凳。”

路知意有点想笑，“那你怎么说的？”

苏洋哼了一声，“我跟他说，我等着他的人头板凳。”

这回路知意真笑出了声。

然后就接到了陈郡伟的电话，他说他中飞院大门口，让她赶紧过去一趟。

路知意吓一跳，这小孩都快高考了，怎么还想一出是一出，说来就来？

“你不上课？”

“今天放假，赶紧来，好不容易抽空来找你呢。”

已到晚饭时间，苏洋等她那么久，就是为了一起吃饭，路知意不想这时候把她打发回去，索性带她一起去见陈郡伟。

小孩这个点跑来找她，干脆一起吃个饭。

结果陈郡伟看见她不是自己来的，反倒多带了个人，不乐意了，“你来就来，干吗带个电灯泡啊？”

苏洋瞪眼睛，“你是哪根葱？”

路知意赶紧问陈郡伟：“找我有事吗？怎么还跑到学校来了？”

陈郡伟一顿，说：“马上就高考了。”

“那你不好好复习，还到处乱跑？你妈知道吗？”

“……”陈郡伟那个气，“你就不能说点别的吗？”

“说什么？”路知意摸不着头脑。

苏洋不紧不慢地笑道：“怕是上门求你给个爱的鼓励吧？”

路知意：“……”

陈郡伟恼羞成怒：“你闭嘴！”

路知意带着两人去步行街吃了顿干锅，首先摆明态度：“我穷，请不起大餐，两位贵人给个面子，随便吃吃就好。”

结果一顿饭吃得热闹极了。

陈郡伟的主旋律是，求鼓励求甜言蜜语。

苏洋的大节奏是，嘲讽他嘲讽他嘲讽他。

路知意忙着劝架劝架劝架，最后发觉陈郡伟大概是这一阵太紧张，憋坏了，发泄发泄也好，便随他去了。

苏洋和陈郡伟旗鼓相当，你还别说，斗起嘴来异常有趣。

一顿饭吃得风生水起，到最后，苏洋笑了，陈郡伟不紧张了，路知意……路知意一个人埋头苦吃，吃撑了。

小孩仿佛又长高了，在夜色里与两人分别。

他终于如愿等来了路知意的鼓励。

他的路老师还穿着蓝色的飞行学院制服，于盛夏燥热的风里拍拍他的肩，说：“加油，小伟。”

他浑身舒坦，每个毛孔都叫嚣着心满意足，却还是再求了一句：“就这样了吗？这么简单敷衍吗？”

苏洋：“快滚吧，你耽误我们一晚上了，你知道开飞机的人有多累吗？”

陈郡伟怒道：“我跟你说话了吗？闭嘴！你以为我高三复习就不累吗？”

苏洋：“那还不是因为你成绩不好，所以累吗？成绩好的这会儿都跟搔痒似的，无所谓好吗？”

掐架的节奏又开始了。

路知意忍住笑，打断了他们，仍是简简单单的结束语：“快回家吧，你这时候还在外面磨蹭这么久，庄姐肯定急了。”

“真的不多说点什么吗？”

小孩睁着星星眼望着她。

她笑了，说：“你知道的，我等你的好消息。”

我等你的好消息。只这一句，陈郡伟胸口饱满、斗志昂扬了。

就是这一句，支撑着他这一整年。那么多人对他失望、对他不抱任何期望，只有她在等，等他闪闪发光。

就冲这一点，他也一定会给她一个好消息。

可是少年立在夜色里，低头看她半天，也始终如鲠在喉，有一句话迟迟未曾开口。

路知意，你还在想他吗？

路知意还在想他吗？

日子太忙，学飞的生活像是在打仗，一上飞机就如临大敌、浑身紧绷，下了飞机就只剩下大快朵颐填饱肚皮，然后上床睡觉。紧绷的弦一旦松掉，就只剩下精疲力尽后的倦意。

她只有做梦的时候有空想想他。

也许她的确没有那么喜欢他，也许是因为时间这个治愈伤痛的良药，她觉得自己想起陈声的次数并不那么多，一旦忙起来，常会把他抛到脑后。

想起他时，也不是什么痛彻心扉的滋味，是一种不浓不淡的惆怅，心酸有之，伤感有之，却又不至于痛哭一场。

直到大二快结束的那个月，她才终于又一次见到他。

陈声回来了。

去加拿大学飞的那群人都回来了。

一周后，大四生即将毕业，那一个清晨，准毕业生们坐在中飞院绿草如茵的操场上，一拨一拨上台拨须、领证。

赵老头一个个念着大家的名字，看着昔日青涩的面庞成长为今日能够独当一面的飞行员。这样的场景年年都有，他却依然年复一年地感动着。

若是要他说出人生中某一刻不虚此行的瞬间，那一定是眼前这一刻。

他的师长身份、职场头衔，没有什么比得上这一刻的成就感，这就是他来到中飞院的意义，也是他人生的意义所在。没有任何一刻比得上这一刻，这让他觉得自己从来不曾老去，他的心与这群年轻人一起，永恒翱翔在晴空之上。

那一天，路知意站在操场外，隔着铁丝网看着日光下的师兄师姐们。

她看见陈声上台了。

穿着蔚蓝色制服，挺拔如春日的青草，那眉那眼都无比熟悉。他依然是人群里最耀目的那一颗星。

他作为优秀毕业生发言。

他沉稳很多，不再眉眼一抬、目中无人地浅笑，但他开口时，下面的人都笑了，他说："各位熬过九九八十一难，终于逃出升天的同窗们，作为和你们一起幸存下来的小可怜，今天我代表毕业生们上台发言。"

你看，他还是那个张狂的人。

路知意站在清晨的日光底下，看着她的师兄，她曾经的意中人，她今日依然仰慕的陈声，在听闻他说出第一句话时，嘴角一弯，蓦地笑起来。

也是在那一刻，这一整年都没有掉下来的眼泪如倾盆大雨般簌簌落下。

原来她并不是不想他。

是不敢想。

人人都说年少的喜欢幼稚肤浅，难以维持，可他们都不知道，在她心里，陈声不只是浅薄的喜欢，不只是一个面目好看的年轻男生。

他是她梦想的所在，是她终其一生抬头仰望的晴空苍穹、万千星辰。

她从不后悔喜欢上他。

她想，也许她爱他。

正因为如此，她才要成为一棵橡树。

若有朝一日，她得偿所愿，请让她以树的身份和他站在一起。

大四的毕业生要离校了，中飞院这几天简直热闹极了。

Party 开不停，饭局一个接一个，就连武成宇这个大二的年级主席也攒了个局，为了感谢陈声带他们跑操整整一年，拉上年级上最能闹腾的一帮家伙，要给陈师兄开送别会。

李睿已经进了父亲的公司一个月，作为“成功人士”，当仁不让地也掺和进来，说地方他来定，钱也他来出。

后来徐勉又说，既然有了陈师兄，那凌师兄（凌书成）自然也要一起请，好歹当初高原集训的时候，两位师兄给予了大家春风般的关怀，怎么能顾此失彼呢？

除了年级上几个很能疯的家伙，武成宇自然是要把上次高原集训同一队的人都叫上的，轮到路知意这，他犹豫了。

这两人有过一段不可说的往事，当初还轰动全院，结果不知道怎么的，随着陈声去了加拿大集训，好像忽然之间不了了之……

那么问题来了，是叫，还是不叫呢？

李睿说：“叫呗，全队人都去了，就她不去，这不是此地无银三百两吗？”

武成宇还在迟疑，“可是万一叫来，两人当初恩断义绝，碰面了岂不是很尴尬？”

李睿：“你管他们尴不尴尬，反正你又不尴尬。万一他俩余情未了，被你这么一撺掇，说不定还死灰复燃了呢？”

武成宇大惊失色，“那我就更不能叫了！好不容易恩断义绝了，怎么能又死灰复燃呢？”

“……”李睿斜眼看他，“哟，原来武大主席还对我们年级第一一往情深啊？你也太怂了吧？当初陈师兄在的时候，你怂一点就算了。现在陈师兄都去加拿大一年又回来了，你居然还怂着？”

武成宇振振有词：“我这叫为人正直，绝不乘虚而入！”

李睿："呵呵，难怪注孤生。"

为人正直的武成宇，最终还是向路知意开了这个口，打去电话含含糊糊问了句："路知意，那个，我们打算给陈声师兄和凌书成师兄开个送别会，上回高原集训咱们一个队的人都会去，还有几个年级上和高年级师兄关系不错的人……大家一起唱唱歌、喝点酒什么的……你要是嫌吵，不喝酒，不去也没事，大家都理解……"

他一个人在电话那头瞻前顾后的。

哪知道路知意很干脆地应了一声："好。"

武成宇一愣，"你要去？"

"不是感谢师兄的照顾吗？全队都去，我为什么不去？"路知意答得理所当然。

这让武成宇万万没想到，他挂了电话还在思索，到底这算是余情未了、还想死灰复燃，还是往事随风，人家早已放下。

然而以他单身二十年的智商，想一整晚也想不出结果。他只能叹口气，心道看情况吧，万一路知意尴尬，他一定好好打圆场，不让她闹笑话。

另一边，武成宇联系的是凌书成，毕竟凌师兄好说话。大一一整年，他和李睿没少被陈声罚下蹲，如今回想起来还心有余悸，更何况当年他还一不小心差点和陈声成为情敌……

凌书成接了电话，得知他的来意，淡定地说："你等等啊，我问问你陈师兄。"

扭头，他问陈声："大二的想给咱们开个送别会，去不去？"

陈声闻言一顿，状似不经意地问了句："都有哪些人？"

凌书成嘴角一勾，问电话那头的武成宇："你陈师兄问你，都有哪些人？"

武成宇一一报上名字。

这一次，凌书成没给陈声转达，直接应下："行，明晚七点是吧？没问题。"

武成宇一愣，"你不问问陈师兄？"

凌书成："问他干什么？我们俩之间，很明显我才是说话算数的那一个。"

武成宇一脸蒙地挂了电话，半天都还晕头转向。

另一边，陈声面无表情地问凌书成："我什么时候说过我要去了？"

凌书成弯起嘴角，神神秘秘地说："我帮你问过了，小红也去。"

陈声一顿，冷笑，"她去她的，关我什么事？"

"那你别去，让我一个人去好了，没你的光芒压着我，老子正好翻身农奴把歌唱，全场最帅不接受反驳。"凌书成大言不惭。

然而他最终也没能翻身农奴把歌唱，陈声还是选择去这个局。

地点是李睿选的，就在学校附近的商圈，一家商务人士常常出没的高端KTV。一路上凌书成都在呵呵，"不是说不去吗？昨天还死鸭子嘴硬，今天怎么就言行不一了？"

陈声："好歹是我亲自带出来的人，相处一年，也有感情。"

"带的是一帮人，有感情的怕是只有一个人。"

"滚。"

身为主角，陈声和凌书成是踩着点去的，而配角们在李睿的带领下，早早地就到了约定地点。李睿才刚在他爸的公司入职一个月，今日西装革履地来面见昔日同窗，一身Gucci的西服烧包至极。

十来个大二的愣头青一路跟在他身后，抵达了金碧辉煌的KTV。

所谓金碧辉煌，是真的由内而外都透着一股富贵的味道——地板是金灿灿的，墙壁是金灿灿的，宽敞的包间内，就连茶几上的酒杯都是金灿灿的。头顶有一只可以旋转的金色球体，一摁下开关，四面八方都是闪闪金光，活脱脱八九十年代的夜总会现场。

众人神情复杂地看看李睿，又看看这地方，一言难尽。

武成宇瞠目结舌："这，这地方……"

李睿接口："怎么样，是不是很棒？有没有很符合你李总的气质？"

一群人笑得东倒西歪，气氛瞬间就活跃起来。

李总不愧是江湖人士，在社会上拼搏奋斗了整整一个月，已经懂得安排大家在包间唱唱歌、开开嗓，自己则带着武成宇去总台搬酒。

包间里一群男生，在场就两个姑娘，一个是路知意，另一个是大一的小师妹，名叫李灿灿，据说是大一的年级主席，活跃分子，和大二的交集也就因此多了起来。

苏洋跟这群人不是很熟，当初也没跟陈声和凌书成一个队，所以没来。

武成宇回头看了眼路知意，叫上她："年级第一，来，搬酒去！"

他是有意把她叫出去的。

李睿去前台要那三箱啤酒，武成宇就把路知意叫到了走廊尽头的楼梯间里，摸摸鼻子，说："当初也没好意思问，我不清楚你和陈师兄之间到底出了什么事，今天这种场合，会不会尴尬啊？"

路知意一顿，仰头看着傻里傻气的武成宇，他粗神经，大大咧咧又没心没肺，当了两年年级主席，一有活儿干，随叫随到，可以说是毫无心眼。可他低头关切地看着她，眼里的真挚叫她动容。

她笑了笑，说："没关系。我也是想来给两位师兄道个别，好歹当初高原集训一个队，同甘共苦，睡一个帐篷。如今他俩要走了，怎么着都该来送送。"

武成宇迟疑了片刻，"可陈师兄那边，你们俩真的能一笑泯恩仇吗……"

他怎么记得有句话，叫作不成情人就做敌人？

李睿在总台那头呼叫两人："喂，还搬不搬酒了？三大箱呢，都让你李总一个人搬不成？"

武成宇吼了一句："你先等一下！"

重新扭过头来，看她的眼神里依然是毫不掩饰的关切。

路知意心头一暖，冲他笑，"你放心，好歹还有革命友情在，就算不是男朋友，也还是师兄。"

话音刚落，电梯开了。

两位主角站在光线充沛的电梯里，一抬眼就望见两个面对面聊天的人，男的高高大大、一脸关切，女的嘴角含笑、眼波流动。

路知意和武成宇都扭头去看电梯里的人，却只看见一脸复杂的凌书成和面无表情的陈声。

凌书成先用"不是吧你，出轨也别找武成宇这傻大个啊"的眼神责备路知意，然后就用"呵呵你完蛋了，是时候跟明天的太阳说再见"的表情同情武成宇。

武成宇神经粗壮，并未接收到凌书成的讯号，还一心惦记着要护着路知意，别让她和陈声打照面，不然多尴尬，遂硬生生挡在了路知意面前。

"陈师兄，凌师兄，来得挺快啊！"他殷勤地引着两人往里走，"大家都在包间里等着呢。"

再扭头，朝路知意使眼色，示意她去跟李睿走一起。

陈声的表情又冷了几分，扫一眼武成宇，看都没看路知意一眼，径直往包间走。

凌书成只能呵呵笑着去跟武成宇聊天，“怎么挑在这么富贵的地方？”

武成宇：“李睿挑的。”

“听说他停飞以后进了他爸的公司？”

“是啊。”

“他爸干什么的？”

“卖油漆的。”

凌书成恍然大悟，看看这周遭金光闪闪的颜色，“难怪……”

只留下路知意还站在电梯间里，有些没回过神来。

李睿搬了箱啤酒，走过来叫她：“发什么呆呢，搬啤酒啊！”

路知意这才回过神来，“哦，好……”

她去总台搬了箱沉甸甸的酒，跟在李睿身后往包间走，脑中空空一片。

他好像又高了些，比以前瘦了，光看脸也能看出更加分明的棱角。皮肤黑了点，估莫是在加拿大飞了一年，日照充足。

不爱笑了。

她跟着李睿走进了包间，里头已经有人开始唱歌，音量开得非常大，音响里传来鼓点和电子乐的声音，震耳欲聋，叫人头昏脑涨。

路知意的脑子里只剩下一个模模糊糊的念头，他竟然看都没看她。

一眼都没看。

一阵莫名其妙的酸楚浮上心头。

Chapter. 06 云雾初开

武成宇一回头，恰好看见抱着啤酒、站在李睿身后的路知意，急忙上来接过那箱酒，“傻站着干什么？不重吗？”

他弯腰将酒放在地上。

武成宇这一低头，路知意刹那间察觉到谁的目光定格在她身上，朝前一看，坐在沙发中间的陈声就这么目光沉沉地与她在半空中撞上。

陈声看着体贴温存的武成宇，又看着傻乎乎站在那的路知意，眼神愈来愈冷，像刀刃似的足以把人划伤。

路知意浑身一僵。

她没想到两人的第一个对视，会是这样的一种状况，她不知所措；而他浑身敌意，冷冰冰的，像是对她深恶痛绝。

包间里，众人笑着、唱着、吼着、闹着，只有他与她简短地对视了几秒，寂静无声。

可也就是那么几秒的对视，路知意忽然间想夺门而出。

她来干什么呢？

原本就不该来的。

明知道会尴尬，明知道他也许还恨着她，来这里干什么？可那天武成宇一开口，她就迫不及待答应了。

她想，尴尬也好，不愉快也好，她总要再看看他，看看那个从加拿大拿到优秀飞行员荣誉、满载而归的他，看看她曾经的梦想、今日的期望，看他张扬地勾起嘴角，说那些不可一世的话。

可她无论如何也没想到，再见面时，他用这样冰冷而满是敌意的眼神盯着她。

接下来的时间，路知意越沉默，武成宇越是照顾她，陈声的情绪就越不佳。

众人闹腾得厉害，又是划拳又是玩桌游。

路知意一直有些状况外，玩得很不上心，在狼人杀里频频失误：明明是平民却被当成狼人票选出局，如果抽中狼人牌，话没说上几句就被大伙猜出来。

后来狼同伴们只要睁眼看见她，就想直接弃牌认输……

又一局游戏开始，“法官”李睿声音洪亮地说：“天黑请闭眼，狼人请睁眼。”

路知意手握狼人牌，慢慢地睁开眼。

李睿：“请狼人互相确认自己的同伴。”

她无声无息地环视人群，下一刻，骤然与陈声的眼神撞上。

包间里昏暗一片，只剩下头顶那盏球状彩灯闪烁不已，在场三名“狼人”，分别是凌书成、陈声和路知意。

法官明明叫狼人们确认自己的同伴，可凌书成无比心酸，只能仰天长叹，他的另外两名狼同伴一对上眼，就完全不想确认第三匹狼了……

他根本是匹孤狼！

而路知意就这样望着陈声，呆呆地，忘了移开眼，忘了呼吸，甚至忘了自己身处游戏里。

那双漆黑透亮的眼眸曾叫她心动，叫她心碎。她看不透那其中蕴藏着怎样的力量与情绪，只觉得身不由己，灵魂都快要出窍。

李睿不得不清清嗓子，扩大音量重复一遍：“狼人请确认你们要杀的对象！”

三匹狼，只有凌书成一个人有反应。

李睿只能听他的，却见凌书成指了指自己，比了个抹脖子的姿势——他的狼同伴眼中根本没有他，他选择自杀，这把看那对怨侣自由发挥。

李睿：“……”

这游戏没法玩了！

出人意料的是，这把游戏玩到最后，狼人赢了。

赢的原因并非是狼人聪明、会演戏，而是因为两匹狼玩得心不在焉，一看就在神游天外，反而叫人难以怀疑。

只可惜，赢了游戏的两匹狼毫无开心的意思，表情由始至终都淡淡的。

后来，众人玩开了，开始玩喝酒牌。

规则是一轮游戏中每人抽一张牌，从 A 到 K 每张牌都有不同的奖励或惩罚，比如抽中 2 的人可以灌下家一杯酒，抽中 3 的人就要当一轮“小姐”，这一轮里所有受罚喝酒的人，都可以叫该“小姐”坐到自己大腿上喂酒喝，并且这个游戏没有下限的地方在于，小姐喂酒时，不仅坐大腿、亲手喂到嘴边，还要娇滴滴说一句：“大爷您喝好。”

鉴于在场多是男士，男扮女装的“小姐”喂同是纯爷们的“大爷”喝酒时，场面真是gay到极点，引爆全场。

后来，大一的李灿灿抽中了喝酒牌，诸位师兄都很识相，该罚酒时自罚一杯即可，没有过分地让一个姑娘家坐到自己大腿上来，做这种没有下限的事情。

可李灿灿是个玩得很开的小姑娘，连续空了几个人，她不悦地说：“看不起我呀？愿赌服输，该喂就喂，干什么让我抽了小姐牌，结果啥惩罚都没有？”

凌书成似笑非笑地说：“这不是师兄正直，怕占了你的便宜嘛。”

“喂个酒而已，有什么便宜好占？”豪爽的李灿灿一拍大腿，“我中飞院的女汉子，还怕这个？来来来，我李灿灿愿赌服输！”

偏偏下一个被罚酒的是陈声。

众人起哄，李灿灿坚持，陈声的视线在人群中扫视一圈，淡淡地扫过毫无反应的路知意。她没有任何异议，甚至，为了迎合众人，不显得过于突兀，她还跟着一起笑。

陈声眼神一沉，放下了已经拿在手上的酒杯，点头，“行，你来。”

路知意目光一滞，心头一跳，抬眼就看见李灿灿笑靥如花坐在了陈声的腿上，将那杯金黄透亮的酒凑到他唇边。

她眨眨眼，活泼地说：“陈大爷喝好。”

全场爆笑，欢呼雀跃。

武成宇一脸担忧地朝路知意看过来，路知意知道他在担心什么，于是明明心里一片潮湿，还跟着众人一起笑着、叫着。

只是个游戏而已。

他们早就分手了，她根本没资格在意谁靠近他，谁与他亲昵。

而满场的欢呼，陈声只听进去一个人的声音。

像针扎，像刀割，像细碎的玻璃撒进胸腔，呼吸困难。他就着李灿灿的手将那杯酒一饮而尽，待她站起身来，腿上一松，他用牙咬开又一瓶酒，给自己倒满。

行啊，比玩得开是吧？

谁怕谁？

今夜不醉不归！

所有人都尽情玩乐，十三个人，三箱啤酒竟然不够，李睿叫服务员又送来三箱。刚开始大家还玩游戏，输家喝，后来就发展为你一杯我一杯，纯粹拼酒。

路知意本来不怎么会喝，来之前也打定了主意，就是看一看他，看看就行了，哪知道一狠心就喝多了。

一杯接一杯，冷冰冰的啤酒灌下肚子，脑中的思绪不翼而飞。

酒真是个好东西，喝着喝着，眼前就只剩下天旋地转、五光十色的包间，她没有理智去多想什么，只是听着众人的欢声笑语，一种她也很快乐的错觉便油然而生。

后来她胃中撑满了酒精，三瓶下肚就云里雾里，开始想吐。

武成宇就坐在她身旁，看她面红耳赤打着嗝，猜出她想吐，赶紧架着她往洗手间走。几乎是他前脚把她架出门，陈声后脚就哐当一声扔了酒瓶，跟了出去。

包间里众人都在喝，先前还能理智地敬师兄，现在压根就是东倒西歪狂欢起来。

李睿拿着话筒在唱歌，虽然唱得压根不在调上，但看表情，那叫一个自我陶醉。

李灿灿拿了另一个话筒，和他勾肩搭背，"同是天涯姓李人，不如一起唱个歌。"

然后两个人以同样的频率、在不同的调上各自狂奔，离正确音准差了十万八千里……

没人注意到扶着路知意出去吐的武成宇，也没人注意追出去的陈声。

武成宇一直盯着路知意，自己都不敢多喝，结果劝也劝不听，只能眼睁睁看着她喝成这个样子，才刚把人扶到洗手间外面，就开始为难。

到底该进男厕所还是女厕所……

路知意脚下虚浮，踉踉跄跄，不得已被他架着胳膊，软绵绵靠在他身上，一个劲说："厕所呢？想吐……要厕所！"

简直像在耍赖。

武成宇正纠结着要不要就这么直挺挺闯入女厕所，就被身后冲过来的人一脚踹到墙边了。那一脚正中屁股，不太痛，但很丢脸。

他手上一松，试图扶住什么维持平衡，结果上一秒还在怀里的路知意，下一秒就被人抢了过去。

武成宇一扭头，就看见面色阴沉的陈声。

面对陈声时，他一向有些底气不足，此刻也不例外。可他这回铁了心，脸红脖子粗地问了句：“你干什么！”

陈声死死攥着路知意的手腕，盯着武成宇：“我干什么？”

我打死你这个挖人墙脚的小兔崽子！

可不等他说话，这么一来一回更加晕眩的路知意就哇的一声吐了出来，还好没吃晚饭，全是一肚子酒。可这一肚子酒悉数吐在了……陈声的……身上……

陈声：“……”

武成宇原本想抢回路知意，好不容易在师兄面前脸红脖子粗了一次，哪知道目睹路知意吐了陈声一身……

他哈哈哈哈大笑起来，笑到肚子疼。

蓉城的商圈是不夜城，闪烁的灯海连成一片，热闹更胜白日。

陈声一身酒臭，脸色前所未有的阴沉。他背着路知意从金碧辉煌的KTV里走出来，恨不得脖子瞬间长到两米，免得一低头就闻到身上那股奇特的“芬芳”。

背上的始作俑者对此一无所知，昏天黑地吐完以后，险些一头栽倒在地，等陈声把她背起来时，她已经不省人事。

陈声是开车来的，就停在路边的临时停车位。

他摸出车钥匙开了锁，费力地将副驾驶的车门拉开，把路知意塞进去。她只是动了两下，眼睛都没睁开，继续呼呼大睡。

现在去哪?

陈声坐上车，侧头看了眼她，俯身去替酒鬼系安全带。她喝多以后总是这副人畜无害的样子，不管醒着睡着，面上都是一派天真，双颊灿若桃花。

他凑近了，啪嗒一声扣好了安全带。

却一时忘了起身。

他想不通，为何她能睡得如此安稳。

扶她走出包间的人是武成宇，待他追上去时，她已经不省人事，光是吐了他一身，然后就一头栽了下去。

呵，她对武成宇可真是放心。

昔日的高原红近在咫尺，却又仿佛已不是当年的她。

头发长了，齐肩的黑发松松散散扎成一束，有几缕搭在耳边，率性随意。

皮肤又白了些，两抹高原红只剩下若隐若现的痕迹。

她的穿着极为简单，宽松的白色棉麻短T扎进咖啡色的小西裤里，因她人瘦个高，更显腿长，有种说不出的味道，仿佛是极简的中性风，却又在中性里夹杂着一星半点女人味。

一年时间不算长，可士别三日就当刮目相看，更何况如今已有三百六十五日。

她变了，实属寻常。

陈声一只手抵在她身侧的车门上，一只手还握着已经系好的安全带，久久没有直起腰来。他低头看着她，神色极为复杂。

事实上，她变好看了，变得更能融入周遭人群了。

没那么特立独行，也没那么较真了。

这一整晚，他明明告诉自己无数次，不要看她，不要在意她，不要还像当初那个被她一个眼神一个笑容就牵着鼻子走的愣头青，可哪怕目光落在别处，余光永远在她身上。

陈声定定地看着呼吸平稳、睡得安心的醉鬼，内心一片荒芜。

比起她的从容，他真是差太远了。

他没她那么潇洒惬意，说放下就放得下。他宁愿她不要变，还和当初一样不起眼，顶着高原红、穿着打扮土里土气。

可谁都知道，时间回不去了。

陈声慢慢地直起身来，麻木地扶住方向盘，发动汽车往前行。

他穿过夜色，将路知意安置到附近的某家酒店里，从她包里摸出身份证，登记完毕。

全程，前台人员都用可疑的目光盯着他。

陈声临走前扔下一句："我看着像罪犯？"

值班人员赶紧摇头。

他指指自己，再指指背上的路知意，"我俩搁一起，只可能是她想对我犯罪。"

值班人员看看他，再看看他背上的女生，连连点头，"是的是的，您说的没错。"

间接肯定了他的美色。

陈声背着路知意走进电梯，心满意足地笑了笑，又微不可察地敛了笑意。电梯四壁是光亮的镜面，他从镜子里看着一身狼藉的自己和下巴搁在他肩上、呼呼大睡的人，眼神慢慢地暗了下来。

那些年少气盛的日子里，哪怕她还顶着高原红、一头短如板寸的头发，他也无数次在旖旎的梦里见到她。

第一次梦见那种场景，他吓出一身冷汗。那时的他们还结着梁子，见面时俨然一副狭路相逢勇者胜的场面，结果在梦里却变成了春色旖旎的十八禁。他懊恼地顶着黑眼圈去卫生间洗漱，大清早起床气就开始发作，可对着镜子刷牙时，却一再失神，想起梦里的场景。

后来他慢半拍地发现自己喜欢她，一再示好，偏偏被她屡屡推开。

某日韩宏塞了个“共享 U 盘”给他：“中飞院 8 号宿舍楼精品爱情动作大片三百部，拿走不谢。”

这个年纪，男生宿舍总这样。

没谁不沾那种片。

他拿回了家，插在电脑上，随手点开一部，画面中的女主角竟留着一头男生似的短发，背对屏幕，轻声叫着。那一刻，他的心都要跳出嗓子眼来。

仿佛做贼似的，他把这部片子保存了下来，也只保存了这一部。

后来，他再也不需要其他的片。

他甚至不希望女演员转过身来，只要那一个背影就好，同样的瘦弱，同样的骨感，同样的一头短发……只要这些，就能教他魂飞魄散。

那些日子里，他在夜里为她醉生梦死，却在白日里依然做着青涩少年，偶有拥抱亲吻，就能为之欢喜一整天。

盼她知他意，又怕她知他意。那些属于少年私底下的难以启齿的秘密，折磨他，又叫他流连其中。

镜子里，两人都成熟不少。

陈声目光沉沉地看着她的脸，自嘲地笑了笑，说什么容貌，谈什么美色，他对她有欲念，根本与谁更好看无关。

唐诗不好看吗？

可他的眼里只看得进这个没心没肺的人。

谁教他蠢。

电梯抵达七楼，陈声把路知意背回了房间，扔在床上。因心里有气，动作并不轻。

骤然就被抛在床上的人仿佛受了惊，动了动，翻了个身，不满地发出几个单音，又迅速陷入沉睡。

陈声低头看着自己这身衣服，脸色基本上是黑的，把人扔在这，自己到楼下的超市里买了件杂牌白 T 恤衫，重新回来了。

先洗澡，上上下下、里里外外清洁了好几次，确认没有味道了，然后才换好衣服走出来。

他用两只指头，把弄脏的衣服拎进垃圾桶。

最后站在床前看着床上的人。

他有片刻的停顿，不知道自己是否该这样做。

可是身体先一步做出反应，他还是从塑料口袋里拿出了醒酒药，那是刚才去超市买衣服时顺便买的。清洗了一遍酒店的水壶，然后插电烧水，他就定定地站在边上候着。

水开了，倒一杯放凉，继续等着。

等水凉的同时，他去洗手间拧了把湿毛巾，走出来坐在床边，顿了顿，还是拨开她挡在面上的头发，替她洗了个脸。

陈声没伺候过人，动作很生疏，力道放得极轻。

哪怕知道她喝得不省人事，也怕她忽然醒来对上他的视线，届时她早已走出感情纠葛，他还一副苦苦深陷其中的模样，多可笑。

他用毛巾擦拭着她的面颊，拭过睫毛，拂过唇边。

这里他碰过。

那里他亲吻过。

明明在一起的时间不算长，却好像历历在目。

他停在那里，终于没能继续下去，把毛巾一把扔进垃圾桶里，烦躁地揉了把湿漉漉的头发，又去探了探纸杯的温度。

差不多了，速战速决吧。

陈声啊陈声，你真怂，到了这个地步还念念不忘。

当初还不够惨吗？活了这么多年，从来没想过自己会低声下气去追谁，到最后卑微至极，还被她义无反顾地踹走。

他把解酒药倒在手心，端起杯子走到床边，有些粗鲁地将路知意拎起来：“张嘴。”

酒鬼迷迷糊糊继续睡。

呵呵，坐着也能睡?

陈声先把杯子搁在一旁，一只手撬开她的嘴，一只手把药丸塞了进去,然后端起杯子喝了一大口水,俯身就堵住她的唇,将水悉数灌了进去。

酒鬼双手胡乱推了几下，下意识咽下了嘴里的东西。

他也尝到了药味，口中微微发苦。

按理说，该到此为止了，已经过火了。可理智在这样说，身体却又违反了他的意愿。陈声的手紧紧箍住她的腰，发狠似的加深了这个吻。她口中的药味比他还浓，越尝越苦，可他不在乎，用力地咬着她的下唇、堵住她的呼吸。

路知意像是溺水的人，头脑里一团糨糊，只剩下身体的本能。

她起初是胡乱抵住面前的人，后来又迷迷糊糊回应着，由始至终都没有清醒过来，又或许是身体醒着，但头脑陷入了断片后的短路状态。

陈声的呼吸愈来愈急促，刚洗完澡，背上却又开始冒汗。

总是这样。

她总能轻而易举撩拨出他内心深处的欲望，哪怕只是一个吻，一个在她毫无意识的状况下发生的吻。

可有个念头忽然攫住了他。

她连是谁把她带到酒店来的都不知道，也许她断片儿前最后看见的是武成宇，如今也以为在她面前的是武成宇。

这样的念头教陈声猛然一顿，下一秒就松了手。

他看她倒回柔软的枕头上，双唇红得不正常，唇边还带着湿漉漉的痕迹，面颊也艳若桃花。

这一幕本该引人遐思，却叫他从头到脚都仿佛被人泼了盆冷水。

他哪里是在折磨她?他根本是在折磨自己。

身体有了不该有的反应，心里却一片冰冷，感情这东西真碰不得，折磨得他整整一年食不知味、夜不能眠。

可你看看她。

你看她睡得多好，梦里还能与人这样拥吻，躺下去了嘴角还不由自主带着笑意。

哈，这没心没肺的高原红。

陈声猛地站起来，环绕这房间一圈，将醒酒药、纸杯和自己留下来的所有痕迹一并扔进垃圾桶，又将垃圾袋打了结，一把扔出门。

他重新回洗手间洗了个冷水澡，穿好衣服走出来，又将洗手间的暖气打开。

最后，他看都没看床上的人一眼，拎起门边的垃圾袋就走了。

大门砰的一声关上。

路知意对此一无所知。

第二天，宿醉后的路知意醒过来后，先是看着这间陌生的屋子，愣怔片刻。低头，衣衫完好，头有些痛，她回忆片刻昨晚到底发生了什么，但记忆停留在醉倒于包间里的那一刻，此后就断了片。

洗手间里开着暖风，昨夜有人洗漱过的痕迹悉数消失。

垃圾桶里一无所剩，仿佛没人来过。

路知意发现大腿有些痛，一摸，才发现手机在裤兜里揣了一晚上，她在床上翻来覆去，那一块被压得很难受。

打开手机一看，呵，八个未接来电！

全是武成宇的。

她赶紧回拨了一个。

武成宇在那头大着嗓门儿问她："酒醒了没？"

"……醒了。"

"醒了就下来吃饭，这个点只能吃午饭了，你昨晚大吐特吐，这会儿还不得饿死？"

路知意一愣，"是你把我送酒店的？"

那边的人迟疑片刻，记起了陈声的叮嘱，遂点头，"是啊，你都喝断片儿了，一点不记得了？"

路知意摸摸鼻子，很是尴尬，"对啊，完全没有任何印象了，给你添麻烦了……"

武成宇就在同一所酒店，因为醒得早，又不便打扰宿醉的路知意，就一个人在楼下逛超市，硬生生逛了俩小时……

商圈有很多餐馆，他饿得不行，又想等着路知意一起吃饭，便在超市买了几只包子垫肚子。

午饭也在附近，武成宇细心，选了家潮汕砂锅粥，清淡的粥再加些广式茶点，也算是一顿丰盛的午餐。

路知意没吃过这些东西，她从不知道水晶虾饺里居然真的有一只Q弹的虾，也不知道小猪榴梿包里的榴梿能够像汤汁一样淌出来，对于宿醉后的人来说，真是美味又便于消化。

她挺不好意思的，再三跟武成宇道谢加道歉。

“昨晚把你衣服弄脏了没？”

武成宇：“没，一点也没。”

心中暗笑：嘻嘻，都弄陈师兄身上了……

路知意叹气：“我本来就不会喝酒，昨晚一高兴酒喝多了，给你添这么多麻烦，真是不好意思。”

武成宇：“不麻烦，一点也不麻烦。”

内心：反正麻烦的都是陈师兄……

路知意：“改天我再请你吃一顿好的，不然于心不安。”

武成宇：“啊，这么客气的吗？”

内心：哎，昨晚真是误会陈师兄了，原来他喜欢当活雷锋，做好事不留名，挥一挥衣袖，不带走一片云彩，好事都留给了他武成宇……

路知意吃饱喝足，靠在椅背上感叹：“人生中第一次喝断片儿，好像宿醉之后也没有头痛欲裂的感觉啊。”

武成宇说：“这是因为你年轻，等你年纪再大点，你再喝断片儿试试看。”

“听起来你很有经验的样子。”

“那可不是？”武成宇把筷子放下，翻了个白眼，“我爸是销售部门的，成天都在外面应酬。现在练出来了要好一些，以前隔三岔五断片儿，一回来就发酒疯，不是大半夜抱着我妈要给她高歌一曲，就是抱着我脑门儿使劲亲，说我是他的亲亲好儿子，那叫一个可怕。”

路知意咯咯直笑，笑完又忽地想起什么，心头一颤，迟疑地问他：“那，那我昨晚喝醉之后……”

武成宇一愣。

她心惊胆战地望着他，“我也发酒疯了吗？”

该不会也抱着他这样又那样……

武成宇眼神闪烁，笑了笑，“哪有？你不是那样的人。你喝醉酒可安静了，就呼呼大睡而已。”

路知意安心了，“多亏有你在，要不然我晚节不保。”

武成宇含糊其词，只能摸着后脑勺笑。

说实话，他也想不太明白，为什么陈声前前后后会是两个样，明明带走路知意的是他，好事做尽后，到头来却把功劳都拱手相让。

昨晚陈声把路知意带走后，他回了包间生闷气，李睿等人问起陈声和路知意的去向，他一个字都没说。一来这两人以前本来就有一段感情纠葛，二来人多口杂，谁知道将来会传出什么难听的话。

哪知道众人在包间里闹到大半夜，他却忽然接到陈声的电话，让他到 KTV 楼下去。

武成宇依言走出了 KTV，就被陈声带到了路知意住的酒店，被逼着又开了一间房，还收到指令：“明天早上她如果问起来，就说是你带她来的。”

他一头雾水，“为什么？”

陈声淡淡地站在酒店大门外，说：“你不是喜欢她吗？”

“我是喜欢她，但你……”武成宇犹豫片刻，“你为什么要帮我？”

“帮你？”陈声讥讽地笑了笑，转身走了。

那天之后，大四的毕业生纷纷离校，学校里忽然显得有些空荡荡的。

其他年级也依次迎来期末考试，玩乐一时爽，期末火葬场，众人一旦忙碌起来，也没工夫再去为了旧人的离去而感伤。

只有路知意会在出入宿舍的时候怔怔地望着人去楼空的男生宿舍发呆。

八号公寓，一楼尽头，那是陈声的窗口。

有时她下课归来，和苏洋一起从那栋公寓后面的小道穿过来时，总要探头去瞧瞧里面有没有他的身影。有一次，她看见他坐在书桌前打字，就凑过去敲敲玻璃，然后恶作剧似的蹲下来，把自己埋在窗台下面。

她听见屋内传来陈声的脚步声，下一秒，头顶响起他的声音：“地上有钱？”

恶作剧失败。

她懊恼地一抬头，就看见他微微上扬的嘴角，那抹嘲笑异常眼熟。可她站起来，被他伸手一捞，就这么叫人拎到了防护栏前。

隔着冷冰冰的铁栅栏，他在她额头上亲了一口。

一旁的苏洋哇哇大叫："少儿不宜！"

陈声瞥她一眼，"巨婴？"

害她又想骂他唐突，又忍不住笑出声来。

再后来，陈声去了加拿大，她就很少走那条小道了。

如今去图书馆，路知意时常经过那个路口，虽不从那经过，但总忍不住失神。从今以后，那扇窗里再也没有人值得她去敲敲玻璃、打个招呼了，再也没人把她从窗户底下捞起来，用带笑的唇亲亲她的额头了。

KTV送别会那一晚，路知意听人说陈声去加拿大之前就与川航签约，那天夜里有人恭喜他，他也只淡淡地接过酒杯一饮而尽，宠辱不惊。

她一边暗地里为他高兴，一边又心知肚明，这样的坦途对他来说，根本不足为奇。

他现在在做什么？

进入新的环境是否顺利？

他那样刻薄张扬的性格，会不会惹人讨厌？可她想来想去，总觉得自己白担心一场，光是看看在中飞院这些年他的受欢迎程度，就可想而知他会怎样如鱼得水。当一个人不够强大时，才需要八面玲珑去讨好人，若实力足够，只做自己也足以令人向往。

另一边，路知意在大一下学期被学院给予警告处分，哪怕两学期的成绩都名列年级第一，也失去了评国家奖学金的资格。如今又是一年期末，她又开启了学霸模式，在图书馆昏天黑地地复习刷题。

这一年，她势在必得。

可到底有什么和从前不一样了，她宁愿早出晚归，也绝不在图书馆熬夜奋战。哪怕梦里一旦有陈声出现，早晨醒来必定满心酸楚，她也一定会按时睡觉。

因为她忘不了那个夜里，陈声与她在图书馆门口发生的争执。

她也忘不了第二天，他天不亮就把她带去他的秘密基地，帮她温书复习，引她踏入那个广阔无边的世界。

他人走了，却依然对她有着举重若轻的影响。

唯一教人遗憾的是，她的档案里，政审情况被重新核实，路成民坐牢的事情终究还是没法继续瞒着，白纸黑字写得一清二楚。

路知意心知肚明，她大概永远没办法像陈声那样进入民航公司，成为一名民航飞行员了。

政审摆在那里，这是她过不去的坎，没有公司会要她。

所以接下来的两年，选择未来可做的职业就显得尤为关键。

值得庆贺的是，一个寒假过去，大三开学时，她终于拿到了国家奖学金，以四个学期都无一例外的年级第一的身份，众望所归。

整整一万块的国家奖学金，那笔金额打到银行卡上时，路知意激动得想跳上房顶。

路成民与路雨在电话里得知这个消息，一人说了几分钟鼓励的话。

路雨充分发挥出小学教师的特色，鼓励与威慑并存，总结起来就一句话：胜不骄，败不馁。

路成民就比较朴素了，基本上是感叹没有自己在，自家闺女也很优秀啊，爸爸真是自愧不如，爸爸想起当初的事情就很心酸，爸爸对不起你……

最后被路知意一口打断："爸，开学太忙，我这边还有点事，先不跟你说了。"

挂了电话，她有点惆怅，又有点想笑。

这番话听一次想哭，听两次心酸，听三次好像没那么难受了，听第不知道多少次，比如现在，就只想说一句："爸爸你不用说了，我可以替你成语接龙讲下去。"

但她不敢，她是孝顺女儿，怕气得路成民心肌阻塞。

后来她每次听路成民这样感叹时，就会神游天外，一般都会脑补若是此刻她是陈声，该作何反应。如果她真被陈声附身，大概会说："爸你唱戏呢吧？台词背得这么滚瓜烂熟，找导演加钱了吗？"

想到这里，她每次都得异常努力地克制住自己，不要在路成民一把辛酸泪的时候扑哧一声笑出来。

对于路知意来说，大三这一年有三件大事。

其一，开学不久，赵书记亲自找她去办公室面谈，说是由于她两年来成绩优异，在学业与各种校级活动中表现出色（毕竟年年都是年级第一，大一时参加校庆的舞蹈表演，大二的运动会第二次参加了女子五千米并一举夺得第二名），学院开会讨论后，决定撤销大一时对她的处分。

虽说政审一直都会成为她的阻碍，但没有记过处分对于路知意这样品学兼优的学生来说，是一件非要重要的事情。

赵书记坐在办公桌后，双手交叉、搁在桌上，很认真地看着眼前的孩子，说："当初的事情，处罚你是因为规章制度，并不是因为你品德有亏。我知道，有政审在，你想当飞行员的心愿可能会有很大阻碍，但是我认为这个世界上没有什么规矩是一成不变的，你能因为成绩优异、表现出色，在大一的时候得到学院的酌情处理，就有可能在将来就业时得到意料之外的机会。"

那番话说得路知意跟打了鸡血似的，忽然之间对未来又重拾了希望。她的努力不是没人看见的，规矩是人定的，就好像陈声那样，他才不是传统意义上的好学生，可他因为个人能力出色，不也一样走上了理想中的道路吗？

他比谁都厉害。

她也要拼了命向他靠拢才行。

第二件事，大三下学期，她也同样拿到了去加拿大实训的名额。

你看，她这不是踏着陈声的脚印踏踏实实往前走了吗？他走过的路，她都奋力去走一遍，兴许在加拿大实飞的时候，她也能看见他曾经看见过的一草一木、一花一树。

与此同时，苏洋和她同行。

路知意把消息捎回家时，路雨简直要去县城的庙里烧高香了，好在路知意拉住她，说人民教师不可以怪力乱神。不是笃信佛教的人，就别轻易跑去烧什么香。

第三件事，去加拿大之前，校招来了。

路知意忐忑不安地投了几家简历，川航的、国航的、东航的……几大航空公司她都去了。人家一看她的简历，又是女飞行员，眼前一亮，可二面时一问及更深入的个人情况，听她坦白地将家庭成分一说，就缄默了。

国家有政策，政审有污点，没法当飞行员。

这是铁律。

路知意那点侥幸之意终于被好几轮的拒绝刷得个一干二净。

她想，赵书记也许只是为了鼓励她，并不是真的认为她能靠自己的努力弥补政审上的缺陷。夜深人静想起来时，她在床上翻来覆去，也觉得如鲠在喉，到底是意难平。

都说祸不及妻儿，为什么仅仅因为父亲当年犯过错，她就得为此承担责任？可这样的意难平是没有结果的，她一不愿埋怨父亲，二找不到解决方案，到头来只能一筹莫展地期盼着会有转机。

好不容易学了三年飞行，好不容易过了飞行执照考试，若是到最后也没法如愿以偿成为一名飞行员，这些年来的努力是为了什么？

她开始去查阅国外的飞行员资料。

有没有可能她无法加入国家航空公司，但绕过政审这一栏，去国外飞行？

苏洋说："天无绝人之路，咱们去了加拿大问问那里的教员，我就不信学飞的人到头来只有这一条路可走。"

抱着这样渺茫的期望，路知意去了加拿大。

起初的一段日子，语言关很艰难。原来并不是你在国内各项考试都取得高分，就能适应国外的语言环境。加拿大人有加拿大人的口语，当地的俚语、俗语，和你在考试中听到的标准对白根本不同。

吃饭时，那里的人对她说："Time's too short. Don't eat，just binge."

她一头雾水，揣测对方让她及时行乐，别吃东西，出去嗨？

再三沟通，她才明白，对方告诉她训练太紧张，午饭时间有限，细嚼慢咽来不及，还是狼吞虎咽吧。

飞机上，她的澳大利亚籍教员坐在一旁，要她在起飞前汇报各项数据。

她自己汇报就很顺利，他一问起来她就卡壳。卡壳的原因是，澳洲口音简直可怕，她总是听懂一半，还剩一半全靠猜。

去加拿大这一年，路知意觉得自己进步最快的是想象力。

听了上半句，联想下半句。

看着对方的表情，揣测他的意图。

有时候只听懂几个单词，大脑就开始飞速运转，自动补全对话。

苦。

日子真苦。

可那段日子里，她过得充实忙碌，在紧张到一空下来就只能睡觉的生活节奏里，她竟也能找到些许乐趣。

机窗外的蓝天不见一丝雾霾，起飞后，广阔无垠的山河逐渐变成微缩景观。

食堂的三餐无比丰盛，中式西式二者有之，同行的人全都胖了一圈。

苏洋摸着自己的腰，第一个月说："我怀上了。"

第三个月说："怀半年了。"

临走时，面无表情："可能要生了。"

她听着来自世界各地的口音，看着加拿大地广人稀的壮丽美景，总是忍不住去想，她正踏着他的足迹，看他看过的美景，体验他有过的艰辛，朝他坚定不移地走去。

那条路的尽头，她也许不能和他并肩而立。

但对她来说，喜欢他、仰慕他、靠近他，是她一个人的事情。

转机出现在快离开加拿大的时候。

那一天，当她出色地完成飞行任务，将大型客机停稳在陆地上时，她的澳籍教员侧头问她："Susie, you know there's a boy in your college named Chen Sheng?"

Susie是她的英文名，有的中文发音对西方人来说很难正确读出来，为方便外籍教员称呼，同行的人都起了相对简单的英文名。

路知意听闻陈声二字时，表情一顿，几乎不敢相信自己的耳朵。

她蓦地抬头看着Tim，问："You know him? You saw him two years ago?"

看她这反应，Tim基本上确定她认识陈声了，咧嘴一笑，答道："Certainly. All of the coaches here know him. He is the best, the best among all the students from your college. I've ever met these years."

他是最棒的，这些年来，中飞院年年都有学生来，陈声是最棒的。

Tim说，他基本上不需要教员做过多指导，就能出色完成各项任务，最后还拿到了唯一一个优秀飞行员的称号。

当然，陈声的英语也是最好的，和各个国家的教员都处得极为熟稔，每逢休息日，还会呼朋唤友一同去登山远足、PUB小酌。路知意脑补，这可能不只是因为他有个人魅力，还和他有钱分不开……要不然，这些严厉的教员为什么单单和他成了朋友？

路知意的训练已经结束，不再需要 Tim 的指点，因此剩下的日子，多是一边实训，一边聊天。

从 Tim 口中，她得知了与陈声有关的更多事情。

于是这一趟加拿大之行，仿佛不只是踏着他的脚印往前行，更多的，是参与他曾经的人生。

最后，Tim 对她说："Do you know what part of him I like most？"

你知道我最喜欢他什么吗？

Tim 咧嘴一笑，露出一口大白牙，说放着大好的民航公司不去，他选择去了鸡不拉屎鸟不生蛋的中国南海，加入海上飞行救援队，年纪轻轻就这么不怕死，真教人佩服。

那一刻，路知意在八千米的高空，险些忘了自己在飞行。

她血液一滞，脑袋一空，不可置信地问 Tim："What he is doing now? Say it again！"

Tim 一愣，头一次听见路知意用这样直截了当毫不客气的命令口吻对他说话，还真是蒙了一瞬，重新说了一遍。

你不知道吗？

他在加拿大一边实训，一边和已经签订的中国民航公司毁了约，好像还赔了不少钱，最后加入了中国南海海上飞行救援队。

这一刻，路知意的眼前仿佛有烟火炸开，四肢百骸都不听使唤了。

事实上，大脑也失灵了。

他骗了大家。

他根本没去川航工作。

因他从不更新社交平台，从不与无关紧要的人过多往来，这一年多她压根没有得知过任何关于他的消息。武成宇不知道，别人也不知道……

等等，她从不敢向人问起陈声的消息，那些人顾忌着她和陈声过往的感情纠葛，所以也从不在她面前提起他来。

也许并不是没人知道？

也许只有她不知道而已！

路知意震惊地坐在驾驶舱里，窗外是一片蔚蓝色的苍穹和白茫茫的云海。她忘记了自己身处八千米高空，忘了还有 Tim 坐在身旁，忘了面前还有复杂的飞行系统等着她去操作，生平第一次，她在飞行期间成为一具行尸走肉，脑中空空如也。

慢慢地，有什么东西明朗起来，像是一只手拨开云雾，露出了一星半点湛蓝色的天空，有一个念头冒了出来，紧紧地攫住了她。

海上飞行救援队，需要政审吗？

Chapter. 07 滨海小城

沿海地区夏季多雨，上一秒还晴空万里，下一秒就能下起倾盆大雨来。

这一天之内，老天爷阴晴不定了好多回，眼下正下着今日的第四场暴雨。

夜里十一点三十一分，陈声被电话吵醒，翻身而起，猛地跃下床去接通座机。从电话铃响到他接起电话，字句清晰地说出“第三支队，陈声”，前后不过短短五秒，看得出，这种状况常常发生，他已形成条件反射。

与他同屋的凌书成也下意识翻身坐起，前一秒还睡眼惺忪，下一刻就跳下床来穿制服。

陈声在接命令，他就迅速推门而出，在走廊上挨个挨个门地敲过去，每次就两下，一共敲了四扇门。

等到陈声那简短一分钟的电话结束后，全员都套上制服站在走廊上了。

陈声从墙上的挂钩上一把取下制服，一边套上一边往外走，门外齐刷刷站了九个人，和他一样穿着白色制服，袖章上是一行小字：中国南海海上救援队。

他看了眼走廊尽头的窗，窗外风雨大作，夜幕黑得发亮。

“有艘渔船被困在十号灯塔东南方向，船上共三人。接到上级指令，第三支队全员出队，营救被困人员。”

“收到！”整齐划一的回答响彻走廊。

紧接着，楼道里传来跑步下楼的急促声。

基地就在海边，走出大门便能看见沙滩一片、瀚海无垠。

雨还在下，队员们没人打伞，都是跑步前行，豆大的雨滴劈头盖脸砸下来，几秒就把人淋得透湿。

不到五分钟，基地后方的停机坪上，四架直升机起飞，白色机身上印有 SCS 的字样。

The South China Sea，中国南海。

他们是中国南海海上飞行救援队第三支队，队长陈声。

凌晨两点，SCS 第三支队从海上归队，队员们一个个淋得跟落汤鸡似的，但雨已经停了。

直升机上载着三名从被困船只上营救回来的渔民，陈声把他们交接给基地的人，将海上的情况向刘所长汇报完毕，得到解散指令后，带着全队回宿舍了。

归来时的气氛就与出队时截然不同了，一众年轻壮汉边走边脱衣服，湿漉漉的制服不透气，粘在身上难受得要命。更何况这是沿海地区，就连风里都是一股腥咸的味道，在盛夏时节多吹几下，脸上、身上立马黏糊糊的。

澡是必须要洗的，出一次任务洗一次。

不洗一准臭烘烘。

队里的年轻人来自五湖四海，北方人不大习惯常洗澡，但陈声是必须洗的。不只他洗，凌书成也是勤洗澡、不节约水源的南方同胞。

听说队里的罗兵和贾志鹏就不怎么爱洗澡，屋子里臭得跟晒咸鱼似的。

基地里六个队，清一色只有男性。毕竟全国几大航校，每年培训出来的女飞行员不超过两只手，如此抢手的资源一早被各大航空公司挖去了，哪会有人想不开，跑这鸡不拉屎鸟不生蛋的地方做什么海上飞行救援？

于是队员们也就不拘小节了，出队归来，还没着家就开始脱衣服，一群人打着赤膊往宿舍走。

海天相接处泛着深蓝色，海面上有若有似无的光线，来自指引迷途的灯塔。

常年体能训练为这群年轻人塑造出了紧实的肌肉和充满力量的身体线条，一个个顶着湿漉漉的短发，有说有笑，夜幕下竟也有说不出的赏心悦目，像是一幅充满生机的油彩画，浓墨重彩。

第三支队十个人里，有两个是从中飞院跟来的，凌书成与韩宏。

凌书成是跟陈声哥俩好，分不开，要去民航一起去，要来海上就一起来，对凌书成来说没差别。反正他选择飞行这条路本身就被他爹骂了个狗血淋头——“让你学商科学商科，非要去学什么开飞机，开什么不都是个司机？你自己说，当司机有什么好的！你去当司机了，老子的家业传给谁？”

韩宏是成绩差劲，考了三次也没能通过飞行执照考试，结果没有民航公司肯要他，大四了还被停飞，一气之下跟着两人来了队里。

可惜的是，由于没有飞行执照，他来了队里也无法驾驶飞机，只能作为队员进行基本营救任务，比如爬绳梯到甲板上接应受难船员等危险工作。

这是他们在救援队的第三年。

一眨眼，三年都过了。

韩宏没跟两人在一个宿舍，基地的宿舍规格是两人一间，凌书成厚颜无耻先霸占了陈声，他就只能一边儿凉快去了。

不过韩宏是个好脾气的人，才不会和凌书成较真呢，最多不过和颜悦色地在背地里对大家说："你们知道吗，凌书成爱了陈声好多年。"

这也不算造谣，兄弟爱也是爱啊。

不过据说那天之后，基地里很多人看见凌书成都绕着走。一群钢铁直男，死都不怕，就怕被他看上。

宿舍两张床，两张书桌，地方宽敞，爱添置啥添置啥，条件比中飞院都好。好歹一群人风里来雨里去的，如果日子都过不舒坦，那该多憋屈?

陈声洗了个澡，出来后换凌书成进去洗。

他没急着上床补觉，而是打开手机看了眼，晚上十点收到一封新邮件，他那时候已经睡了，并没有看到消息。

队里的生活紧张忙碌，一出队就是生死攸关的大事。飞行救援又比单纯的驾驶飞机要难多了，海上事故一般发生在恶劣天气下，他得顶着狂风大浪稳定驾驶不说，还得组织救援行动。因此，自从来到基地，他基本上每晚九点按时睡觉，过起了老年人一般的养生日子。

陈声坐到书桌前，打开电脑查收邮件。

邮件并不算长，但很细致，像是时间表一样事无巨细地记录着个人情况。

他从头到尾看了好几遍，最后去饮水机前倒了杯水，端到窗前，一面看着雨后的夜幕与海面，一面慢慢喝着。

阴沉了很久的心情在这一刻也有了放晴的迹象。

浴室里的凌书成洗完澡出来，一边擦头发，一边扫了眼他的背影，"不睡觉，站在窗边看风景？好雅兴啊。"

又看了眼桌上发着光的电脑，笑了两声，"张成栋的邮件终于来了？"

对于这件事，凌书成知道得门儿清，陈声也没打算瞒他。

事实上，让张成栋去做这件事还是凌书成给出的主意，陈声心高气傲，拉不下脸去求人，由始至终都是凌书成在帮忙搭桥牵线。

凌书成把毛巾挂回浴室，走出来坐在陈声桌前，毫不客气地拿着鼠标点点点，陈声也没阻止他看那封邮件。

陈师兄：

你那边一切都还顺利吧？

毕业在即，学校里各种事情多到爆炸，学生卡要注销，图书馆欠款要还清，班级聚会、年级聚会开个不停，忙得我焦头烂额，说好的一个月一封邮件，结果一拖再拖，真是抱歉。

（凌书成：废话真多，订报纸是想了解世界大事，谁要知道送报员最近过得怎么样？）

这次是想告诉你，路知意不是三个月前从加拿大回来了吗？她真的好厉害啊，拿到了我们年级优秀飞行员的荣誉，如果没记错的话，那年你从加拿大回来，也拿到了这个称号，是吧？你们真是郎才女貌，缘分天注定！

（凌书成：啧啧啧，你才是天生的马屁精。）

从加拿大回来之后，她好像找过一些人问起你的近况，基本上都是我们当初一个队的，比如徐勉、于涵他们，武成宇她也问过，当然还有我。我按照你之前嘱咐过的，跟她说了你在滨城做海上飞行救援，她又问我知不知道更多细节。我看她好像已经查过你们救援队的相关资料了，说话的时候眼里都带着绿光，感觉摩拳擦掌、跃跃欲试了。

（凌书成：眼里还能带绿光？哈哈哈笑死我了，难不成路知意是头狼？）

后来我就有意无意去跟她聊天，关心她工作找得怎么样了，毕竟我们都顺利签下了公司，就她一个成绩最好，结果至今都没能进民航系统。不过昨天她告诉我说，她已经给你们基地投了简历了，但她叮嘱我谁也别说，特别是不要告诉你这件事。我看她也是走投无路了，进不了公司，但又不愿意放弃当飞行员这条路，可是去 SCS 吧，你俩又有过一段没结果的往事……我看她好像也挺尴尬的，就问她怕不怕去了碰见你，她说如果真能去你那，希望两个人相安无事，好好做事，最好不在一个队。

凌书成："啧，陈声，看到她说不想跟你在一个队，你哭了没？我都想替你哭，费这力气跑来替她铺路，结果人家说来了想避开你，哈哈哈，我怎么这么开心呢？"

说到这里，凌书成被粗暴地拉开，为了看完邮件，一边求饶，一边得到了继续坐下来看八卦的机会。

信里事无巨细地写着有关路知意的事情。

张成栋说话啰唆，这些年来每月一封信，看得人想把他塞回中学重学语文，但对于那几十封凌书成都吐槽不已的邮件，陈声却惊人地从未抱怨过一句。

甚至，他每一封信都反反复复看了无数次。

凌书成每次看到这一幕，都会沉默。即便以他的性子，插科打诨调侃一番陈声才是常态，但这个模样的陈声教他没法调侃。

越是不可一世的人，专情起来越是教人心惊。

明明张扬了二十来年，却偏偏在路知意身上栽了跟头，放弃民航公司是为她，一声不吭跑来这沿海城市也是为她，可到头来一个字都没告诉她，还这么迂回曲折地与 Tim 联系，又与她身边的同学联系，暗示她还有第二条路可以走。

凌书成忘不了当年在加拿大时，陈声一面实训，一面八方搜寻对政审要求不那么严格的飞行员出路。两人在加拿大待到半年时，他竟然请了个假，直接飞回国，到滨城去与人面谈。再回加拿大时，他就开始与川航协商毁约事宜。

他问陈声："值得吗？你俩手都分了，你还为她做到这个分上，她去不了民航，你也不去？"

陈声当时是怎么回答他的？

凌书成坐在电脑前，从邮件里收回目光，转而望向捧着杯子立在窗前的人。

那一年，陈声变得寡言少语，哪怕在人群之中也同样张扬地笑，可眼里的光却荡然无存。他笑着、闹着、说着、走着，但总也没有以前的意气风发了。韩宏觉得这样的他沉稳不少，可凌书成却宁愿他还和以前一样。

那天，陈声是这样回答他的："我不知道值不得值得，可我活了二十多年，一直这样，想做什么就去做了。"想靠近她，所以放低身段，也不顾别人眼里的她是个土里土气的高原红，这就粘了上去。

想对她好，所以绞尽脑汁想出些稀奇古怪的花招，廉价卖鞋，中奖短信。

到后来，哪怕分了手，也不愿看到她穷途末路、理想受挫，下跪求情也好，放弃前途转业也好，他想为她这样做，就这么义无反顾去做了。

值得吗？

凌书成想，像陈声这样的人是不会问值不值得的，他做的所有事情都只是因为他想这样去做，至于回报，他没有想过。他甚至并未抱着路知意一定会和他重归于好的念头，只是单纯地想为她做这些事。

这样的爱，怎么算得上是年少轻狂？

有时候，凌书成觉得跟他比起来，自己当年那一段为爱追小太妹、地下停车场打群架，真是没眼看。恕他直言，跟陈声一比，他就是个幼儿园巨婴。

凌书成合起电脑，问陈声："还不睡？"

"睡不着。"

他笑了，"睡不着也要睡，明天起个大清早，去找老大聊聊啊。"

陈声回头，淡淡地问："聊什么？"

"聊聊最近新收的简历？聊聊要不要给队里引进个新鲜血液？聊聊我们基地需不需要改善一下不太阳刚的精神面貌，弄个小姐姐进来刺激刺激？"

短暂的沉默后，陈声依旧没说话，却放下了杯子，往床边走。

凌书成灭了灯，躺上自己的床，调侃一句："我们铁面无私的陈队也要走后门了。"

陈声在黑暗里看他一眼，冷笑两声，"走后门？走谁的后门？你的？"

凌书成："……呸，老子说的不是这个后门，你别耍流氓！"

单身二十年娘里娘气的基地里，这样的对话完全是常态。

凌书成翻了个身，不理他了，没几秒就呼呼大睡起来。

唯独陈声躺在床上，目光寂寥地看着黑暗里的窗外，天还有好几个小时才会亮起来，黎明遥遥，不知道这样睁眼多久才能等到曙光。

他翻了个身，心中嘲讽，那高原红还需要他帮忙走后门？

能耐如她，一会儿拿个国家奖学金，一会儿拿个校运动会五千米亚军，一会儿在加拿大混得风生水起，一会儿拿个优秀飞行员。

她踏着这条路来了，一路走向他。

可他不是那时的陈声了，她也不是那时的路知意，他竟不知该喜该忧。喜的是，她终究还是落在了他的掌心里，当年他对她恨之入骨，如今有机会往死里折腾她了。忧的是，万一他心慈手软……

呸。

心慈手软？

他这人有仇必报，锱铢必较，不把她往死里整，他把陈声两个字倒过来写！

大四准毕业生里，论简历，路知意认第二，没人敢认第一。

她把简历投进官网上公布的招聘邮箱后，接下来的几天内，翻来覆去把 SCS 的资料查了个遍，从救援队出任务后的新闻报道，到关于滨城基地的详尽介绍，越看越心潮澎湃。

苏洋坐在一旁陪她看，时不时点评一下。

“这位小哥肱二头肌很是雄壮，你要是去了，一定要亲手摸摸看。”

“食堂看着不错啊，就是不太辣的样子，你一四川人跑过去，会不会寡淡到食不下咽？”

“噫，怎么全是壮汉，一个雌性生物都看不见？”

路知意说：“一般没有女飞行员选择做这种危险的职业吧？”

苏洋说：“也是，除了你这种威武雄壮的女人，估计也没谁了。”

路知意苦笑，“要不是民航没人要我，我也不至于去那么远的地方。”

南海，已经在中国的边界线上了，滨城之远，远在山河的另一边。

苏洋见她这么自嘲，赶紧拍拍她的肩，“打起精神来，你即将从年级上的两朵金花变成救援队里独一无二的队花了，还不知足？那边的汉子颜值高、体能棒，路知意我告诉你，把气魄拿出来！基地小哥千千万，一个不行天天换！”

路知意：“……”

去加拿大之前，苏洋也签下了公司，东航，实在是个好归属。

毕业在即，她一边陪路知意浏览网页、打发时间，一边异想天开，“不知道将来飞哪条线能不能自己申请，可以的话，我就申请飞滨城，有事没事去看看你。”

路知意怀疑地看她两眼，“你是想去看我，还是想去看救援队的小哥？”

苏洋抬了抬眉，“好友帅哥两不误嘛。”

路知意笑了。

毕业在即，日子是真忙。

曾经带过大家的教员、老师，知恩图报的孩子们一一请出来吃饭，一杯薄酒敬恩师，谢他们在校四年或严厉或慈爱的教诲。

依依惜别的同窗室友，会喝酒的不会喝酒的都不约而同喝个酩酊大醉。

成长不知是件好事还是坏事，二十来岁的年纪，不再像幼年时能够无所忌惮地表达情感，开心就笑，伤心就哭，如今只能借着醉意抱在一起，眼眶红了又红，说着哪怕不在一处了也要一辈子当好友、当兄弟。

可谁都知道，每段路有每段路的伴，分别以后，能怀念的只有这几年时光，没法朝夕相处，也没法常常粘在一处了。

继大一那年最后一次聚餐吃日料之后，寝室四人终于又一次聚在一起吃饭。

临别之际，那些愉快的不愉快的，最终都该画上一个句点。

苏洋提议吃火锅，说是火辣辣的、热热闹闹的，才配得上她们326室的活泼少女。

事实上，自从大一下期赵泉泉一封匿名信递上去，举报路知意不该拿贫困生助学金后，寝室里的关系就僵了。

路知意和陈声分手那天，又因“窗帘事件”和她发生争执。后来的三年里，赵泉泉就有些沉默寡言了。

做错事的不是自己，路知意没有什么好愧疚的，也没必要宽宏大量去搞好关系，各自相安无事便好，于是也就这么不冷不淡和她继续做了三年室友。

但总归住在同一个屋檐下，这几年，大家都知道赵泉泉过得不太好。

起初是不知什么原因，她忽然和空乘学院宣传部的副部长唐诗发生矛盾，就这么退出了部门。她一向有点小虚荣，有个干部头衔对她来说是喜事，结果到头来忙活一整年，却竹篮打水一场空。

接着，她受到了来自唐诗的恶意针对。

不知从哪里传来了赵泉泉手脚不干净的小道消息，在寝室里私下乱动室友的东西。消息传来传去，又有零零星星的人冒出来，举证说自己的贵重物品在某个场合掉了，好像当时赵泉泉就在附近。

唐诗用轻描淡写的几句话坐实了这件事——

“我托人买了两盒法国的巧克力回来，那天在咖啡馆碰见她，我就去上了个厕所，回来的时候巧克力和她都不见了。”

巧的是，那一天有人亲眼撞见赵泉泉在女生宿舍楼下把一盒巧克力扔进垃圾桶。

“我就说怎么她把一盒没拆封的巧克力给扔了，哈，原来是顺手牵羊！”

有人问：“既然拿了，为什么不自己吃掉，扔了干吗？”

“她家庭条件又不好，吃那么贵的进口巧克力，肯定是怕被室友发现啊。”

“既然怕被发现，有必要拿吗？”

“我怎么知道？说不定人家就是一时眼红，手一痒，也没想那么多呗。”

赵泉泉听闻这些谣言，打听到了唐诗的课表，某日中午，第四节课下课后，在教学楼底下堵住了唐诗，一言不合打了起来。

空乘学院的女孩子都很漂亮，自然而然平常也爱端着。

结果她们那天当着众人的面打起来，从站着扭打变成滚进草丛里扭打，场面一度极其混乱，还没人敢上去拉架。

笑话，没听说过打架，伤的都是和事佬？

她们才不愿意被牵扯进去。

据说赵泉泉特意留了长指甲，还在前一天晚上修剪成尖尖的形状，总之两人坐进空乘学院的领导办公室时，皆是一身狼藉、头发凌乱。

当然，相对而言，唐诗要更惨一些。

她的脸被抓出好几道伤，不只破了皮，伤口还很深，流了不少血。

唐诗哭着要他们学院的书记严肃处理赵泉泉。据说又是尖叫又是大哭，非要领导开除赵泉泉不可。但赵泉泉也不是善茬，先把唐诗诬蔑她的事情摆出来，占了个理。

唐诗大哭着说：“她撒谎！那巧克力本来就是她偷的！”

和她相比，从前胆小怕事的赵泉泉倒是不哭不闹，哪怕一身乱七八糟的，头上还沾着落叶，却冷静地站在那里，只说了一句：“调监控吧。”

唐诗闭嘴了。

后来的事情，全校皆知。

唐诗和赵泉泉分别被记过，因为唐诗受伤，赵泉泉必须赔偿医疗费用，于是校方请来了她的家长。

也是在那一天，大家才知道赵泉泉的家境如何，原来她的父母在她三岁时就离了婚，各自成家，也各自有了第二个孩子。赵泉泉这个拖油瓶只能跟着外婆，有时候去母亲家待几天，有时候去父亲家住一阵。

可是不论在哪，她都只是个客人。父亲是她的父亲，母亲也是她的母亲，可家却不是她的家。

赵泉泉的父母被请到学校后，听说了整件事，暴躁的父亲竟然当着众人的面给了女儿一巴掌。

按理说校方与家长谈话，细节是不该传出去的。

可这一巴掌在赵泉泉脸上留下了整整两天的痕迹，她的左颊整个肿了起来，自然也就人尽皆知了。哪怕她一周没去上课，可那天从办公室里捂着脸回到宿舍，就这么一路也够人猜出个七七八八了。

唐诗被撤销了宣传部长的职务，听说她一直以“品学兼优”闻名于空乘学院，还一心要摘得省优大、校优大的荣誉，结果最后灰溜溜毕业，当了三年干部，忽然被撤职，连个分团骨干委证书都拿不到。

可以说，这三年是白忙活了。那些平日里仰望她，私底下等着看她笑话的人，这回都得到了极大的满足。

学生时代困扰无数年轻人的心事，也许在某一刻看似无解，但终究会被时间的手抹平。于是寝室四人聚餐时，路知意回头看看从前的事，也忽然觉得那没什么重要的了。

意难平，终究也平了。

赵泉泉也好，唐诗也好，都不过是人生中的过客。

重要的是，她遇到了苏洋，遇到了武成宇，遇到了李睿、徐勉、张成栋等人，还爱过一个闪闪发光的陈声。

更重要的是，她拿到了来自滨城的面试通知，已经买了三天后的动车票，准备飞往祖国的最南方，迎接人生中重大的转折点。

政审这关一过，她再没有任何担心。

说她盲目自信也好，说她狂妄自大也好，她觉得如今的自己竟颇有几分陈声的影子，满脑子只有一个信念：我这么好，他们凭什么不要？

苏洋从火锅里捞出了烫好的脑花，分一半给路知意，“是的是的，你这么好，他们不要就是瞎了眼，得补补脑！”

吕艺只顾着笑。

赵泉泉还是略显沉默，但也弯了嘴角。

这顿离别饭，终于还是吃出了感情。

路知意看着与她最要好的苏洋，看着总有些隐士之风的吕艺，又看看都不太敢与她对视的赵泉泉，昔日喜欢的也好、不喜欢的也好，临别时分，终究是依依不舍的。

这一刻她仿佛又成长了一些，又懂得了一点。

原来人生里最难忘的并不只是欢喜时刻，那些令你懊恼的、气愤的、悲伤的、忧心忡忡的时刻，终会在离你而去时也显得珍贵起来。她没有哪一刻比此刻更明白，多年后，就连赵泉泉也会成为她怀念的一分子。

因为青春只有一次，喜怒哀乐都值得铭记。

路知意举杯，含笑说：“庆祝我们毕业了！”

众人都欢呼着，四只手，四只杯子，金黄透亮的啤酒，就这样清脆地在半空中碰在一处，仿佛四年前初来乍到的少女们，怯生生闯入同一间屋子，彼此碰撞着、磨合着。

啤酒被一饮而尽。

青春就在此刻散场。

那一天夜里，赵泉泉拖着行李离开宿舍，临行前留给路知意一封信。

她说对不起，当年还有另一封匿名信。她不是写信的人，但她一手促成了那封信的诞生。

信里说了很多，成长后的她深刻地反省了当年的过错，可她知道，路知意也知道，这些歉意已经于事无补。

路知意错过了民航系统，险些当不了飞行员。

她接受赵泉泉的歉意，但并不原谅她当年的过错。

不过这对赵泉泉来说，大概也不是什么重要的事情，毕竟各自已踏上各自的前程，此后再无瓜葛，她也不过是求个心安罢了。

可夜里，路知意辗转反侧时，却又想起当年她误会陈声的那一瞬间。

这样想着，她忽然一愣，回忆起自己被书记找去办公室时，曾与陈声在电梯里碰面。她当然知道他不是去举报她的，那他是去干什么的？

这个问题，她从未想过。

他到底是去办公室干什么的？

去滨城之前，路知意往家里打了个电话。

她要去海上飞行救援队的事情像是一颗定时炸弹，在家里掀起轩然大波，路雨和路成民都惊呆了。

“为什么好端端的要去什么飞行救援队？那得多危险啊！”路雨急切地问，“就简简单单开飞机不行吗？那么多航空公司，随便去一个不成吗？”

路知意一顿。

当初政审作假的事情露馅，记过也好、校招失利也好，她都统统瞒了下来。家里帮不上忙，说了也是瞎操心一场。

如今……

“小姑姑，我是我们年级最厉害的，飞行执照考试是最早通过的，成绩也是最好的。我们院长在毕业典礼上说了，能力越大，责任越大……”

对不起了蜘蛛侠，借用一下你的台词，没付版权费请你多多见谅。

“平庸一点的人就做平庸一点的事，像我这种很厉害的人，想来想去，还是应该多付出一点。”

哎，长这么大第一次说这么不要脸的话。

路知意忐忑不安地编了一堆理由。

路雨开着免提，听半天，没吭声，把电话递给路成民，“你来。”

哪知道路成民沉思片刻，接了电话就说：“爸爸觉得你长大了，思想越来越成熟了……”

话还没说完，手机就被一把抢了回来。路雨急了：“让你说说她，劝她别去干那么危险的事，你夸她做什么？”

路知意在这头都笑出了声。

一个消息抛下去，家里平地一声雷。

一个是父亲，一个是养她成人、情同母女的姑姑，作为长辈，无论如何不希望孩子在危险的岗位上工作。但在这种时候，女性和男性就体现出了差别。

路成民劝归劝，却觉得女儿的选择也值得尊重、值得鼓励。

路雨只能捶着胸感叹：“成，成成成，这还不是我的女儿，我才是咸吃萝卜淡操心！电话给你，你的女儿，你说了算！”

路知意哭笑不得，她没想到这消息一出口，家里的两人先闹腾起来，根本顾不上来念叨她。

她只能耐着性子跟小姑姑说："其实这一行也没你想象中那么高危，这就跟消防员、武警似的，大家都有防护措施，行动也有上级指挥，哪有那么容易出事？再说了，哪一行没有风险啊？要是做事不小心，当厨师也能煤气中毒，扫大街也会出车祸，你说是不是这个道理？"

"是个鬼啊！"路雨脑仁疼，"你上哪学的这么多歪理？"

上哪学的？

路知意一顿，苦笑两声，大概是和陈声学的吧。

这一通电话打了很长时间，挂断时，路知意嗓子都冒烟了，好歹是暂时安抚住了家中的两人。路成民的思想觉悟更高，她觉得让他去磨一磨路雨，这事差不多也就告一段落。

就在去滨城的前一天，武成宇又攒了个局，说是临到分别，来个送别会。

"大家好歹四年同窗，这就要各奔东西了，还是好好道个别吧。"

这一幕挺眼熟的，毕竟三年前的同一个时间点，他也攒了个局，为陈声和凌书成送别，如今又到了给自己送别的时候。

路知意第二天要去坐高铁，不敢喝酒，但武成宇在电话里一个劲让她去，盛情难却，只得打定主意，最多去坐坐，早去早回，绝不沾一滴酒。

没想到的是，武成宇居然当众跟她表白了。

酒杯一举，傻大个喝得个七荤八素，借着酒意上头，站起来就说："路知意，我喜欢你好久了，你，你……"

众人屏息。

武成宇面红耳赤，好半天憋出来一句："你敢不敢做我女朋友？"

全场爆笑。

连路知意都忍不住一边尴尬一边笑，感激于他的另眼相待，却又不得不与他说个明白。

武成宇急了，"你，你别说话，你要是答应做我女朋友，就点头，不答应的话，就喝了这杯酒！"

路知意："……"

叹口气，她从他手中接过那杯酒。

武成宇面如菜色，失望至极。

哪知道路知意接了酒，并没有喝，而是往桌上一放。

这下子武成宇又由悲转喜，不喝酒，那就是答应了！他整个人激动得面红耳赤。

可路知意抬头却说："不好意思，明天我要去赶高铁，有个面试，这酒我本来该给个面子喝下去的，但为了不误事，只能先以茶代酒了。"

她从一旁拿过自己的冰红茶，敬了敬武成宇，"敬主席这些年来为大家的付出、对我的照顾，哪怕今天大家就各奔东西了，希望将来的路上，你也能顺顺利利。"

武成宇垂头丧气，又是竹篮打水一场空。

可这结果也在预料之中。

他一早知道，路知意和陈声有过那么一段，就算分开了，也不太可能投入他的怀抱。不是他妄自菲薄，实在是……

那句诗怎么说的来着？

曾经沧海难为水，除却巫山不是云。

搁路知意身上，就成了"曾经沧海难为水，除却陈声不是人"。

他武成宇在她眼里，仿佛根本不是一个男人！

悲痛欲绝的武成宇喝了个酩酊大醉，拿着话筒撕心裂肺唱着："我知道他不爱我，他的眼神说出他的心。"

路知意扶着额头，"大家玩开心，我明天要早起，这就先回去了。"

可走出KTV，踏着盛夏燥热的风，她又忍不住笑出声来，笑着笑着，一旁走过一对情侣，女生指着天上对男生说："你看，今天晚上有好多星星。"

路知意下意识仰头，望着满天星辰，笑意一滞，慢慢地叹了口气。

仿佛自从那一年后，她就再也见不到那么亮的星星了。

哪一天的星星都比不上那一夜的亮。

哪个人都比不上……

她低下头，看着自己的影子，忽然有些惴惴不安。

终于又要见面了。

最近队里有古怪！

众人发现凌书成和陈声老往政治处跑，基本上是凌书成先跑，陈声一见他没影了，眉头一皱就跟了上去。

办公室里，刘主任很无语。

第三支队的凌书成三天两头往他这跑，关键跑来了又不说正事。

“主任，您这窗台脏了，我给您擦擦吧。

“哟，水凉了，主任，我给您打壶热水去吧？虽然天热，但老喝凉的对身体不好。

“主任，最近是不是到了招人的时候？简历多吗？有没有什么好苗子？”

刘建波指指大门，“没事别瞎捣乱，赶紧出去，上班时间唠什么磕？”

下一秒，陈声及时出现，拎着凌书成往外走，“不好意思，刘主任，这家伙今天吃错药了。”

可凌书成贼心不死，一有工夫就往办公室跑，终于叫他逮着桌上那几叠简历了，唰唰抽出路知意的，往刘主任面前一摆。

“老刘，走个后门成不成？我这师妹人美歌甜性格好，不招可惜了！”

刘建波扶了扶眼镜，面无表情地看着他，“你当我这是艺术团？”

“招个师妹，有利于基地团结，俗话说得好，男女搭配，干活不累……”

凌书成话没说完，被又一次出现的陈声一把拉出了门。

这一回，陈声压根顾不上和刘建波道歉。

被狠狠拉出门的那一瞬，凌书成有预感，陈声这回是真生气了。

两人插科打诨多年，即便是如今陈声成了队长，两人也没有上下级的尊卑之分——当然，凌书成并不是个傻子，分得清工作与私人生活，工作时，队长就是队长，他绝不会有半句反驳。

可这次，陈声把他一把推到墙上，面色阴沉地问他：“你干什么，凌书成？”

“我跟主任说说，把路知意给顺顺利利弄进来啊。”

“你吃饱了撑的？”

“我怎么就吃饱了撑的？你敢说你不是盼着她来？几年前就开始为她未雨绸缪，现在她要来了，你还装什么装啊！”

陈声一脸不耐烦，只想一拳揍过去，可他忍了。

“她进不进得来，不是你一句话的事，只能看她自己的本事。”

凌书成眉头一皱，“那她要是又卡在政审那关了呢？”

“那也是她自己的事情，你以为你开口就有用了？”陈声冷冷地说。

凌书成嘲讽地笑了两声，“我真看不懂你，行百里者半九十，都做到这分上了，最后又止步……”

“看不懂就算了，用不着你看懂。”

陈声平静地站在那，最后瞥他一眼，“别让我逮到下一次，你再往政治处跑一回，你试试看我会不会写报告说你玩忽职守。”

“我……”凌书成的脏话才刚出口，就看见陈声离去的背影。

一肚子邪火没处发。

气死个人。

陈声越走越快，越走越快，几步走过转角处，站在三楼的走廊边上，窗外就是一片平静蔚蓝的海。

海风拂来，带着夏日的燥热与南方的湿意，咸得像是要在皮肤上留下一粒粒细碎的盐。

滨城终日沐浴在阳光下，动不动就是湛蓝的天、灿烂的红日。

阳光照在他小麦色的皮肤上，闪耀着健康的光芒。

他静静地站在那，脑子里只有一个念头——

她不会希望她能进来只是因为有人走了后门。

她那么骄傲，骨子里要强至极，哪想看见凌书成在背地里替她说好话？那个人，做什么都想靠自己，半点歪主意都不愿意有。他就没见过比她更拗更蠢的人。

想到这里，他自嘲地笑了笑。

不，事实上比她更拗更蠢的还有一个，不然也不会一头栽进她的坑里，摔得个头破血流都爬不上来了。

Chapter. 08 针尖麦芒

周一，滨城又是一个艳阳天。

路知意轻装上阵，就拎了只背包踏出动车站，咬牙打了辆出租车，“去中国南海海上救援基地。”

人生地不熟的，还赶时间，虽说这会儿离约定的下午两点还有三个钟头，但她也不愿意走弯路。

不早点找到地点，她心里不安。

上了出租车，路知意才觉得自己是真的到了祖国的最南边。

车窗外苍穹蔚蓝一片，太阳热辣，空气潮湿，明明看不见海，却总觉得鼻端萦绕着咸湿的气味。

窗外走路的人、骑车的人，个个都是深色皮肤，沿海地带的人有自己独特的样貌特征，她说不清到底是什么特征，但一眼就看得出来。

司机操着很有地方特色的普通话，友好地问她：“来旅行吗？”

她一顿，笑了，“我看着不像本地人？我还以为我一只行李箱都没拿，应该不像外地来的。”

司机咧嘴一笑，被深色皮肤一衬，牙齿白得亮晶晶的。

“你皮肤这么白，哪像本地人？”

路知意一愣。

她皮肤白？她下意识摸摸自己的脸，朝后视镜里看了看，哑然失笑。

四年了，从她离开大山、学会防晒那一天起，四年时光匆匆而逝。

高原红不见了，小雀斑没有了，就连曾经的小麦色皮肤都养白了不少，虽无法跟土生土长的蓉城姑娘相提并论，但跟这里的本地人一比，确实是白得发亮。

她问司机小哥：“从这到救援队大概要多长时间？”

小哥笑着说：“还早呢，半个多小时。”

“那我先眯一会儿，你开着。”她微微一笑，打算闭目养神，再琢磨琢磨一会儿面试的注意事项。

说来奇怪，其实她并不怎么紧张。

以前大考前，苏洋常说：“你瞎紧张什么啊？学学我啊，逢考就念三遍，老子脑袋灵光，心中不慌。”

那时候她总是笑个不停，笑完继续紧张。因为成绩对她来说很重要，她无法克制自己的情绪。

可是如今……

如今的路知意，已经不是曾经的高原少女。

她眯了一会儿，时间在当下仿佛变得格外短暂，半小时一眨眼就过去。

下车后，她惊讶地看见那片偌大的基地以及基地对面一望无垠的大海，竟然就在这？就在海边？

那片基地是蓝白色建筑，大门上写着基地名称，往里一瞧，进门处是一大片翠绿的草坪，再往后是无数的建筑。

她拎着背包，孤身一人站在太阳底下，脚下是被日光炙烤得滚烫的沙滩。她站了好半天，仿佛也没觉得热。

看着看着，路知意蓦地一笑，她喜欢这个地方。

既然找着地方了，也不急着进去，毕竟离面试时间还有两个多小时。

路知意在附近走了走，海边的居民建筑是低矮小楼，个个都是乡间小别墅似的，一栋粉色，一栋蓝色，一栋白色，一栋浅绿……五彩缤纷，煞是好看。

楼与楼之间是狭窄的小巷，路也不太平坦。

滨城位于祖国最南边，经济不够发达，但旅游业蒸蒸日上。这份野趣配上大海的豪迈，当真有几分味道。

她在附近找了家面馆，坐下吃了碗面。

面色黝黑的老婆婆操着方言对她说了几句话，她听不太懂，一旁有当地的顾客替她翻译："阿婆说，这是今天早上天不亮她儿子刚刚捕捞回来的、最新鲜的蛤蜊和章鱼呢！"

路知意咧嘴一笑，伸出大拇指给阿婆比比。

阿婆也笑了，满面皱纹，条条都在说着岁月无限好。

吃完面条，她又在附近晃了晃，这里瞧瞧，那里看看，就连地上血红一片的槟榔痕迹都让她觉得特别好。

小孩对着墙角撒尿，可爱。

瘦瘦的野猫从垃圾桶里一跃而出，跳上房顶，可爱。

天也可爱，地也可爱，人也可爱，总之就是很可爱。

她一路笑着，看时间差不多了，这才掉头往基地走。

她总有一种人还没来，心就先安定下来的感觉。

路知意在基地前台登记后，被引着往面试的地点走。她一路走，一路看，走到三楼走廊时，楼下的空地上有一群人跑步而过，个个穿着白色短袖制服，深蓝色长裤，头发都剃成了板寸，看着精神抖擞。

她一阵热血沸腾，就好像网上的图片活了过来。

引她去政治处的值班男队员笑了笑，介绍说："这是我们第三支队。"

"这里还分支队吗？"

"当然，第一、二支队负责航海救援，第三支队负责飞行救援，四、五支队是陆地协作。"

他这么一说，路知意心里有一阵说不出的激动。她朝外一望，那群年轻男生很快跑过了空地，消失在视线里。可她笑容一滞，忽然走到窗口，用力探头望去。

第三支队，海上飞行救援。

等等，飞行支队？

她睁大了眼睛，想在人群里找到那个人的身影，可是没有他。她找来找去，那里都没有他的影子。

那群人很快消失了。

值班队员问她："怎么了？有什么事吗？"

路知意这才回过神来，很快收回视线，"没，没有，就是想看看大家是怎么出任务的。"

队员笑了笑，"放心吧，等你通过面试，这些都会有人一一教你。"

路知意也笑了，"你怎么知道我能通过？"

比她大不了几岁的男子笑了笑，露出一口大白牙，"我们这儿从来没进过女队员，连个投简历的女人都没有，今年知道有个女同行来面试，所有人都准备好拉起横幅迎接你的到来了。你放心，政治处对我们男同胞是有点苛刻，但是对于百年难得一见的姑娘家来说，绝对是温柔体贴多加照顾。"

路知意："……"

又窘又想笑，憋得很艰难。

男队员停在门口，指指办公室，"我们刘主任和另外两个协助面试的支队长都在里面了，进去吧，别紧张。"

路知意点点头，冲他感激一笑，"谢谢。"

男队员对她照顾有加，还好心替她敲了敲门，听见里面那句"进来"

后，推开门，用口型比了比：“加油！”

路知意嘴角带笑，昂首挺胸踏进办公室。可下一秒，路知意腿一软，险些跪下。

海边空间大，地方不要钱，办公室也挺大的，有半个教室那么宽敞了。三个面试官齐刷刷坐在那，目光整齐划一地向她投来。

路知意谁也没看见，就看见了左手边第一个。

只一眼，笑容没了。

再一眼，恨不能拔腿就跑。

成熟强壮版陈声，面无表情地坐在那，淡淡地看着她。

直到走进门的这一刻，路知意才前所未有地意识到，她与陈声已有三年不见。

在她的脑海里，陈声一直还是那个意气风发的英俊少年。那时候随口用“小白脸”形容他并非无中生有，大学时代的他皮肤白、个子高，唇红齿白，总让人想起春日里的青草，挺拔向上，清新雅致。

然而此刻，以面试官身份坐在面前的人，穿着白色制服，短袖上有文着救援队字样的袖章，和当初的陈声截然不同：黑了不少，皮肤晒成了小麦色；头发剃得极短，干净利落的板寸。

较之从前的清瘦，如今的陈声看上去有一种暗藏不动的力量感，双手在桌面随意地交叠在一起，哪怕处于放松状态，手臂的线条也隐隐勾勒出肌肉的轮廓来。

……

气质也不一样了。

他面无表情地坐在那里，目光与她在半空中对上，无悲无喜，仿佛看着陌生人似的。

那样的眼神教路知意心头一慌，进门前的镇定从容悉数消失，恨不能插上翅膀哧溜一下飞走。

怎么会是他？

竟然是他！

千百个念头从脑中一闪而过，但时间只过去须臾。

居中的刘建波和蔼地笑了笑，看着有些紧张的小姑娘，指指前面的椅子，“不用拘束，坐下聊。”

路知意收回目光，勉力稳住心神，先站着自我介绍了一句：“你们好，我是来自中飞院的毕业生，路知意。”

然后才依言坐下。

她才刚落座，刘建波就侧头对陈声笑了，“小姑娘也是中飞院毕业的，怎么，认不认识你这个小师妹？”

路知意的目光微微一动，落在陈声脸上。

却见陈声疏离地对刘建波笑了笑，“不认识。”

她心跳一滞，脸上礼貌的笑容都快挂不住了。

不认识。

简短三个字，将过往与今日分隔出一条楚河汉界。

刘建波又转向路知意，分别介绍了连同自己在内的三个面试官，“我是政治处主任，我叫刘建波。”

路知意：“您好。”

“这是第一支队的队长，郝帅，名字起得不错，可惜事与愿违。第一支队主要负责航海救援行动。”

路知意：“……您好。”

“这是我们基地第三支队的队长，陈声，负责飞行救援任务。如果你进了基地，十有八九就是跟着他了。”

路知意心里一阵狂跳，再一次对上陈声的目光。

可他还是那样，淡淡地看着她，像是传说中那种不苟言笑的魔鬼面试官，动不动给个下马威，绝对会让人笑着进来，哭着出去。

在那样的目光之下，路知意觉得自己是海上的浮萍，身不由己，一颗心起起伏伏，没个着落。

她拼命告诉自己：这是面试，集中精神。

他爱她也好，恨她也罢，旧怨情仇都暂且放放，眼下最要紧的是顺利通过面试。

可是一颗心还是无可避免地沉了下去。

三个面试官，每人面前都放了一份路知意的个人简历。

刘建波低头看了一眼，“我就先例行问几个问题……路知意，我看你的简历上，年年都是专业第一名，还去过加拿大实训，拿了优秀飞行员的荣誉称号？”

路知意点头：“是的。”

刘建波莞尔，抬头看着她，“小姑娘很优秀啊，那我想问问你，以你的条件，去几大航空公司应该也是完全不成问题的，为什么偏偏跑到我们这来了？”

他这样问，并非妄自菲薄，而是现实如此。

救援队不是不好，事实上，这一行和武警、消防队一样，备受赞誉，责任重大，但正因如此，才更缺乏人才。

国内的航校毕业生，但凡能进航空公司的，没几个会选择救援队。

这也是为什么陈声进来不到三年，就已经成为飞行支队队长的原因——以往队里的人多半是因为各种缘由没能进入航空公司，所以退而求其次选择了这里，算不上同行里的佼佼者，有的甚至是中等偏下。可他倒好，带着满身荣誉，原本可以烈火烹油、鲜花着锦，却偏偏义无反顾来到基地。

刘建波还挺惊讶的，他在基地待了二十年，如今已是奔五的人了，没想到这几年里接连遇到中飞院的优秀毕业生。

除了陈声，第三支队的凌书成也是个例子。

但路知意的简历他早已看过，政审情况也了解得一清二楚，这个问题是他特意挑出来的。

诚实，是任何岗位都极其看重的品质。

一室寂静，窗外的日光晒进来，细碎的光芒倾泻一地。

偶有风来，温热咸湿，带着海的气息。

归航的渔民天不亮就出发，此时满载而归，于是海面上寥寥几只船的影子，倦鸟一般逐渐靠岸。

路知意想了想，“不瞒您说，我的政审情况也在简历上，您应该也看见了。我父亲前些年因为一次意外，被判处故意伤人罪，入狱六年。国家有规定，航空公司的飞行员政审不得有污点，直系亲属若有犯罪记录，统统不予录取。我这情况，只能被航空系统拒之门外。”

刘建波和气地点点头，也不继续追问家庭境况，“这我能理解，你坦诚说出这个理由，比说些高大全的理由好得多。我也有自知之明，我们救援队确实不会是飞行学员的首选。”

他在基地待了这么多年，最怕一问这种问题，对方就滚瓜烂熟背一大堆台词，什么想为国家做贡献、个人利益放在群众利益之后，抑或是超人钢铁侠一类的妄图拯救世界的夸张言论。

这些年来，能去航空公司却非要来救援队的人，他见过的不超过一只手。

陈声和凌书成是最近几年的俩。

刘建波心里也清楚，这两人也并不是抱着什么拯救世界的决心来的，人人都有自己的私心，陈声没说过，凌书成倒是去哪都无所谓，为了兄弟情来的。总之，全然无私的人太少见，他也并不赞同那种无私。

人要先爱自己，才能更好地去爱别人，爱世界。

这话比较虚，但是这个理。

路知意笑了笑，说："救援队确实不是我的第一选择，毕竟我一开始就是抱着要去民航当飞行员的心愿报考中飞院的。事实上，我以前对救援队一无所知，甚至没怎么听说过这个行业，还是半年前在加拿大听我的教员说起，才开始查阅这个领域的相关资料……"

她的目光微微闪烁，但忍住了，没去看陈声。

"可是了解越多，就对这个行业有越多敬意。我看了那么多报道，有牺牲、有荣誉、有热忱、有心酸，到现在，我是真心诚意想要加入救援队，而不是什么退而求其次的选择。我学飞四年，除了飞行员，从没想过要做别的职业，如果能加入救援队，我会尽我所能，用我四年所学为这个行业做点什么，也为自己做点什么。"

刘建波笑了，"这次的高大全，我听着倒是新鲜，也没觉得假，反倒挺真诚。"

他说："可你是小姑娘，咱们基地从来没有过女队员。原因也很简单，一是待遇比不上航空公司，二是工作性质危险，三是对体能、应急处理能力都有较高要求，四是……"

叹口气，他说："四是没有女队员肯来。"

第一支队的队长郝帅噗的一声笑了出来。

陈声还是面无表情。

路知意分神揣测了几秒钟，他莫非是出任务时发生了意外，弄成面瘫了……但也只是短暂的一分神，很快又回过神来。

这种时候她还能走神，也是很服气了。

刘建波问她："你觉得你进了队，吃得消吗？"

路知意灿烂一笑，底气十足："吃得消。"

刘建波一顿，“哟，看这样子，很有信心啊！”

路知意点头，“我是高原长大的孩子，从小就做惯了农活，体能很好。后来去了中飞院，也一直没放下体能训练。大一下期的高原集训，我……”

她的目光止不住想向陈声那里挪，可到底是忍住了。

“我们队拿了第一名。”

她说了不少往事，举例证明自己的体能很好，应急能力出色，从高原集训到每年运动会的女子五千米，从高空应急措施训练到加拿大实训。

去年冬天，她和教员一起开小型客机时，半空中遇到冷空气，无意中钻入云层。

小型客机没有除冰除霜的功能，当时一只发动机就结冰冻住了。云层里有个洞，里面在下冰雹，当时只有两个选择，一是继续穿越云层，一是从洞里冒着冰雹出去。可是继续穿越云层，仅剩的发动机也面临熄火的风险；而冒着冰雹出去，机舱玻璃面临碎裂的可能性。

她和 Tim 产生分歧，Tim 认为应该继续穿越云层，不可冒险。

而她却认为，继续穿越云层，发动机肯定会冻住，不如冒险一试。

刘建波都听入迷了。

“那后来呢？”

“后来？”路知意笑了，“后来，飞机平安着陆，我拿了优秀飞行员。”

答案不言而喻。

郝帅在一旁啪啪鼓掌，“帅啊师妹！”

陈声淡淡地说：“你又不是中飞院的，师妹这个称呼从哪里来的？”

郝帅微微一笑，“迟早要进基地，这声师妹，我就不吝啬了。”

陈声嘲讽地笑了两声，没说话。

刘建波对于眼前的新人也挺满意，按例又问了几个问题后，把剩下的时间交给两个支队长，“你俩也问问，有什么想了解的，一并说了。”

郝帅的问题就很简单了。

“师妹今年多大啊？”

“二十二了。”

一旁有人冷笑一声，“简历上没写？”

郝帅：“问问更亲切嘛。”

“这么年轻？处对象了没？”

“……没。”

一旁又是一声冷笑。

郝帅权当没听到，笑容满面，“那行，师兄的问题问完了。友情提示一下，基地里全是一群如狼似虎的单身狗，你要保护好自己，活得谨慎点。生活中遇到什么难题，随时找郝师兄，师兄帮你撑腰。”

郝师兄什么的……听着莫名羞耻。

但师兄很亲切，都开始欢迎她的到来了，路知意露齿一笑，冲郝师兄友好地笑了笑。

终于轮到陈声了，他坐在那里稳如泰山，冷若冰霜，目光从简历上移开，落在路知意身上。

首先是对郝帅发言的总结——

“郝队长说得很对，基地里如狼似虎的不少，最大的一匹……”

冷冷地扫了眼郝帅本人。

郝帅：“……”

这厮又人身攻击了，绝对是嫉妒他长得帅。

刘建波咳嗽一声，心道，新人面前，留点形象好吗，各位队长。

陈声的目光锐利冷淡，路知意与他对视时，那颗被刘建波和郝帅安抚下来的心又开始惴惴不安。

年轻男人看着她，“救援队别的要求没有，体能和应急能力，就你所说，问题不大，剩下只有一个，听从指挥，诚实对上。”

诚实二字，他一字一顿，着重强调。

路知意心头一跳。

下一秒，陈声面无表情地问她：“路知意，你觉得你是个诚实的人吗？”

路知意失神了片刻。

大一结束后，他再也没有叫过她的名字。

就连他毕业那年，武成宇为他和凌书成组织送别会，她与他相处一晚，他也没有再叫过她，一次也没有。

事隔经年，他终于又叫出路知意三个字。这三个字从他口中说出来，总像有千钧重，叫她一颗心起起伏伏，难以平息。

可他目光灼灼地望着她，刻薄又尖锐地问她：“路知意，你觉得你是个诚实的人吗？”

只此一句，她就知道，他还在恨她。

当年的旧怨，他压根没放下。

她是个诚实的人吗？

路知意想说是，从小到大，她不爱撒谎，也很少撒谎。可面对他的这一刻，她说不出话来。她一生中说过的谎话屈指可数，最大的一个就是路成民坐牢的事，可就这一个谎言，她用了无数细节去弥补。

所有的细节，悉数落在陈声身上。

他曾对她笃信不疑，于是谎言破灭后，他成了最难以置信的那一个。

路知意的目光从他面上挪开，似乎不敢对上那双太过灼人的目光。

“陈师兄……”

“陈队。”他面无表情地纠正她。

“……陈队。”路知意看着他面前的桌子，心里酸楚难当，只能轻声说，“我不敢说我这辈子没说过谎，但总的来说，我认为我是一个诚实的人。”

“你认为你是一个诚实的人。”陈声轻笑两声，重复一遍她说过的话，总像是带着点嘲讽。

刘建波有些疑惑地看着他。

郝帅也看了过来。

陈声这个人，在基地地位超群，基本上大家不是喜欢他，就是敬畏他到不敢喜欢他。一群队员里，他不是资历最老的那一个，但绝对是能力最出色的那一个。对上从不溜须拍马，对下严厉刻薄，可他那队的却偏偏就服他。

不过郝帅是不会承认的。

陈声嘛，顶多算是第三支队能力最出色的，他俩一个航海，一个飞行，没得比。

不过今天，刘建波也觉得他有些反常了，严厉是没问题，怎么这状况看着像是……有点针对？

办公室里一片寂静。

路知意连礼貌地笑都做不到了。

刘建波咳嗽两声，替路知意解围：“陈队还有别的问题吗？”

陈声静静地坐在那，长腿从桌下伸出来，动作随意而张狂，目光还是那样直直地落在路知意脸上，口中只说了两个字：“没了。”

他竟然就只问了一个问题。

诚实。

像是一个巨大的嘲讽，他质疑她的诚信。

路知意面上火辣辣的，却并不是因为被他当众下了面子，分明是内心某个角落一阵天崩地裂。

没想到再见面时，他依然如此。

冷漠中带着厌恶。

她坐在那里，心中一阵酸楚。

大概是看她面色有异，刘建波用更温和的语气说：“行了，其实这简历我们政治处之前就讨论过了，上面的意思也是觉得你很优秀，留下来是理所当然的事情。今天面试也是必须要走的章程，既然顺利结束了，那就欢迎你来到我们救援队了，路知意。”

他笑呵呵地打破陈声与她之间的僵局，“既然是小师妹，我就把人交给你了，陈队。希望你好好带她，争取让咱们第三支队早日如虎添翼。”

陈声短暂地沉默片刻，扯了扯嘴角，“我能不要吗？”

“……”

刘建波嘴角一抽搐，“不能。她是学飞的，难道我能把她分给郝队？”

“那你把她分给陆地协作好了。”

“你开玩笑吧你，这么优秀的飞行员，跑去做陆地协作？”刘建波气得瞪了陈声一眼，心道这人今天怎么了，吃炸药了？人小姑娘挺好的，干什么老给人下马威……

郝帅拍拍胸脯，“来我这来我这，师兄敞开怀抱欢迎你。”

陈声冷笑一声，站起身来，问刘建波：“主任，面试结束了吧？”

“你把人收队，面试就结束。”

陈声二话不说站起来，把笔往桌上一扔，迈着长腿往外走，头也没回，都快走出门了，才不冷不热地扔下一句：“回去办手续，下月一号，进队报到。”

刘建波总算松口气。

郝帅遗憾地啧啧两声。

只有路知意呆呆地坐在那里，忘了起身跟队长说再见，忘了感谢刘主任收下她，也忘了跟郝帅说声谢谢，谢谢他对她和和气气、热情欢迎。

好一会儿，她才如梦初醒地站起身来，做好一个被录用的应聘者该有的姿态。

踏出基地时，日光正浓。

她该打道回府，回蓉城办理各种手续，准备下月来滨城报到了。

就这样尘埃落定了？

她被郝帅一路相送，走出了基地大门。郝帅还在一个劲地对她说："路知意，对吧？你存个我的手机号吧，下个月来了，我带你好好参观一下，讲点注意事项。"

路知意没有半点被录用的喜悦，整个人都失魂落魄的，她在手机上输入郝帅的手机号后，才回过神来，"……可我是第三支队的，让您来，不太好吧？"

"有什么不好的？进了基地的门，都是基地的人，一家人不说两家话。"郝帅热情至极。

路知意再三感谢他，终于拎着那只轻飘飘的背包离开了。

穿街走巷才能打车，沙滩边上没有出租车。她走了几步，没忍住回头看，偌大的基地矗立在日光下，熠熠生辉。

她扫过那片青草地，越过那些白色建筑，仿佛望向了更深处、更远方。

他在哪里呢？

而在她不知道的地方，有人站在走廊尽头的窗口，看着独自一人从沙滩上离去的人，很久很久也没有动。

日光下，她的身影逐渐变成小黑点，然后消失不见。

他慢慢地松了口气，又像是憋了口气，心情说不出的复杂。

陈声还立在走廊尽头发呆，凌书成就找来了。

"人都走了，还傻站着干什么？韩宏还等着你安排聚餐地点呢，你不开口，他没法预订。"凌书成走到他身旁，顺着窗户往外看，下午三点，日头正盛，沙滩上已经没有人影了。

陈声没说话，转身往楼道走。

"他长这么大了，订个餐厅都需要听人安排，真是越活越回去了。"

凌书成："话也不能这么说，遇到你这么个挑剔的人，他不也是怕地方选得不好，被你啰唆？”

一边跟上陈声的步伐，一边又没忍住问了句：“见到路知意了？”

陈声半天没吭声，最后才嗯了一声。

凌书成笑了，“怎么样，她还和以前一样吗？这么久不见，还挺想她那高原红的。”

说着，他幽怨地瞥了陈声一眼，“偏偏这时候让我们出任务，明明只需要两三个人就行，你让谁去不好，非让我和韩宏去？罗兵和贾志鹏都在打游戏，说你没私心，鬼都不信！”

两人走出了大楼，一路往训练场走。

陈声略显沉默，凌书成那一张嘴就没闭上过，说了半天，一看陈声，他一副寡言少语、兀自出神的样子。

“你倒是说两句话啊，怎么，见了路知意，脑子都坏掉了？”

陈声淡淡地说：“我没什么好说的。”

“那她定下来了没？进我们队，是吧？”

“是。”

“哈，山水有相逢，到底还是一家团聚了！”凌书成笑了。

陈声脚下一顿，扫他一眼，“一家团聚？你什么时候从你家户口挪出来了，还挪到她家去了？”

“都是中飞院出来的，如今又聚头了，当然是一家人。就是咱俩现在都晒得跟煤炭似的，不知道的还以为咱俩跑海南挖矿来了。啧，小师妹万一不认识我们了，有些人恐怕要心碎了。”

日光太盛，陈声被刺得眯了眯眼。

他没工夫去搭理凌书成的插科打诨，只是慢慢地看向远方。

变的何止他们，她也变了。

高原红彻底消失不见，皮肤也不再是从前的小麦色，一头鬈发松松散散扎在脑后，化上淡妆，穿上高跟鞋，白衬衣与小西裤被她一米七几的身高一衬，挺拔而出众。

没见郝帅看她那眼神，跟看香饽饽似的？

她说过的话反复回响在耳边。

加拿大实训时，一只发动机熄火，冒险穿越下冰雹的云层……她轻描淡写几句话，他却能清楚地想象出那时的情况有多迫在眉睫。

张成栋每月一封信，却还是无法详尽地让他看见他错过的这两年。

心情越来越烦躁。

抵达训练场，时间已经差不多了，全队的人都在那等着。

陈声看了眼表，说：“先跑三千米。”

一群剃着板寸、精神抖擞的年轻人齐声喝道：“是！”

贾志鹏咧嘴问了句：“队长，咱们晚上到底吃什么啊？”

陈声反问他：“你想吃什么？”

“我想吃你们四川火锅。”贾志鹏的嘴越咧越开。

一旁的罗兵插话：“我想吃烤肉！”

白杨也嚷嚷：“找个离郑阿婆清补凉稍微近点的地方，成吗？我想吃她家的清补凉！”

一队年轻人都是二十来岁，脱离了校园，来到救援队，却仿佛依然稚气未脱。执行任务时严肃谨慎，可一旦放松下来，好像还和在航校时一样。

陈声瞥了一眼这群热热闹闹的家伙，不咸不淡地抛下一句：“都给我专心点，不好好训练，今晚还想吃这吃那？喝西北风得了。”

一群人哄笑起来。

“不带这么严厉的啊！”

“就是，好不容易一个月改善一次伙食。”

“报告队长，基地的饭菜太营养了，三餐均衡，健康到我的肌肉越来越发达了。我喜欢清瘦型小白脸，一想到要变成施瓦辛格那种壮汉就心慌慌，必须吃点地沟油、三聚氰胺，补充一下体内的毒素了！”

“……”

陈声：“脑子本来就不好使，还补三聚氰胺？”

前一刻还因他脸色阴沉而有些严肃的气氛刹那间被打破，队员们嘻嘻哈哈一阵，该训练还是积极投入。

基地的日常就是这样，不是在训练待命，就是在赶赴现场的路上。

那些踏入民航系统的飞行员，离了航校就鲜少进行体能训练了，飞完值班表安排的航班，其余时间就放假，可以说是非常自由，个人时间充沛。

但救援队不同，在这里，队员们朝七晚五，每日保持训练。

训练场很大，比中飞院的操场还要宽敞，训练设施齐全。也因此，队里的人肤色都被晒成了小麦色，头发为了方便，剃得短短的。当然，因为训练的缘故，来时还有几个清瘦的豆芽菜，如今都成了“施瓦辛格”。

陈声入队，带着众人开始训练。

跑步时，眼前浮现出路知意的模样来。

她白了，他却黑了。她留长了头发，他却剪了个板寸。

总觉得一切都调了个头。

而令他耿耿于怀的，是她那碍眼的高原红不知何时让他看顺了眼，如今却消失不见了。这仿佛是个隐喻，昭告着两人的过往也渐渐变得云淡风轻。

Chapter. 09 未来可期

路知意花了半个月时间，结束了在中飞院的大学时光。

她回了趟家，陪路雨和路成民待了几天，然后回到蓉城，坐高铁去滨城。

临行前，路雨准备了一肚子唠叨，在汽车站对她嘱咐了又嘱咐。

“每周至少打一次电话回来。”

“好。”

“钱不够用了就给家里打电话，别藏着掖着。”

“……小姑姑，我有工资的好吗？”

“有工资怎么了？刚开始工作的年轻人，花钱的地方可多了，要是钱不够用，一定要跟家里说，别找人借钱，借钱不是好习惯……”

“停，这话我从小听到大，说点新鲜的吧。”

路成民嘱咐：“和领导同事把关系处好，不溜须拍马，但也要不卑不亢。”

“我知道。”

“在外面遇到难事，一定要告诉我和你小姑姑，哪怕帮不上忙，出出主意也是好的。”

“好。”

……

家人的唠叨总是这样，二十多年听过来，耳朵都起茧子了，他们却依然在重复同样的论调。

听话懂事如路知意，偶尔也会心燥不安，尤其是青春期。

就连眼下，听着老生常谈的唠叨，她也有些无奈。

好不容易到了发车时间，她几乎是有些庆幸终于能脱离苦海了。

路成民要替她搬行李箱到大巴上，路知意忙道：“爸，我自己来，自己来就行。”

路成民笑了：“这种笨活儿你就让我干吧，将来你离得那么远，爸爸就是想帮你也帮不着了。”

也就是在那一刻，看着路成民弓着腰，有些吃力地把行李往车底下的空间里塞时，路知意的无奈刹那间消失了。

曾经是家里的顶梁柱，而后遭逢大难，短短六年就成了今天这样子。

路成民很高，年轻时也是镇上不少女生爱慕的对象，可如今路知意看着他清瘦佝偻的模样和过早到来的两鬓斑白，喉咙发堵。

曾经巍峨如山的父亲，如今已成为老头子。

她上了车，坐在靠窗的位置，侧头看着站在窗外冲她挥手的人。

司机叫了一声："要发车了，都到齐了没？"

半分钟后，大巴就发动了。

县城四面环山，建筑低矮陈旧，广告牌花花绿绿、乱七八糟，唯有天上的蔚蓝一片，青山的苍翠巍峨和在云端若隐若现的贡嘎雪山，足以令人心生向往。

路知意坐在座位上，拼命朝窗外挥手。

厚重的玻璃隔住了彼此的声音，她只看见路雨和路成民的嘴唇开开合合，却听不见他们在说些什么。

这一刻，她前所未有地意识到，她终于就要飞离这群山了。

她离开了这里，将来只会在思乡时候，以故人的身份回来。她再也不会与雪山牦牛终日为伴，再也无法睁眼便看见贡嘎雪山。

她会把路成民和路雨接出大山。

她终于能够冲上云霄，远离贫穷与落后了。

可也是在这一刻，她望着消失在大巴后方的两个小黑点，望着从窗外渐次闪过的青山绿水，望着那涌动的云、缭绕的雾，忽然之间泪如雨下。

这情绪来得太突然，略显矫情。

她笑了笑，抬手去擦那滚烫的热泪，如释重负，又带着几分心酸。

再见了，二郎山。

再见了，冷碛镇。

苏洋在高铁站等着路知意，她大老远就看见了她，又蹦又跳地朝她挥手。

一同来的，还有一个不速之客。

陈郡伟。

两年前，陈郡伟顺利结束高考，三次模拟考试都没上过重本线的人，忽然间超常发挥，以三分的微弱优势，超过了重本线。

陈家上下，举家欢庆。

结果填报志愿时，他险些没和他妈打起来。

陈郡伟一直就打定了主意，他要学法律。不为别的，从小到大看着他爸妈这么拧巴的婚姻，还死拖着不离婚，他爸没法和真爱好好过日子，他妈也浪费着自己的人生，他心里就气。

所以陈郡伟自打懂事起，就立志要学法，别的法他无所谓，《婚姻法》他是一定要往死里钻、往死里修的。

可他这分数，若是留在省内，选不了好学校的法律专业。

庄淑月给他打点好了，要他去北方念书，那所学校名气不错，法学院师资力量也挺好。可陈郡伟在这节骨眼上犯了病，非要留在省内不可。

那一阵，陈郡伟和家里拧，也跟路知意拧。

庄淑月一早看出儿子对家教言听计从，找上路知意劝他，前途为重。可路知意的劝说头一回在陈郡伟这失去作用。

反正就是“我不”“你闭嘴吧”“说什么都改变不了我的心意”“我偏要留下来看着你”……

最后是苏洋出马，看不得路知意在实训后累得人仰马翻，还被这小屁孩弄得没法休息的样子，她直接要了陈郡伟的手机号码，一个电话拨过去：“你给我滚出来。”

苏洋到底跟他说了什么，路知意并不清楚，但忐忑不安又别无他法，只能死马当成活马医，没拦着苏洋这一点就燃的“炮仗”。

可没想到的是，苏洋一出马，陈郡伟就妥协了。

隔天就跟他妈说：“我去北方。”

后来他和路知意的联系就慢慢少了，起初还会隔三岔五微信骚扰一下、尬聊一番，渐渐地那对话框就沉了下去，只在逢年过节时冒出来了。

没了强撩，也没了尬聊。

后来她去加拿大那一阵，小孩竟然能插科打诨问她在加拿大过得怎么样，遇到帅哥没，跟他哥比如何，遇到好机会，赶紧好好纵情欢乐一番，国外民风开放，男性健美强壮，必须抓紧时间，合理利用资源。

路知意：“……”

哭笑不得之际也松口气，她知道，对于陈郡伟来说，她真的只是路老师了。

可也是在那一刻，她忽然意识到，没有不会淡的感情，没有放不下的人。时间有法力无边的手，拨快指针，一切都会成为过去。

只是她不知道，在她的生命里，陈声是否会成为过去，又究竟什么时候才会过去。

如今她与他重逢，她拿不准，在他心里，他俩好过那一段大概也过去了……吧？

苏洋是一早说好要来送她的，路知意并不吃惊，但看见陈郡伟也来了，还是惊讶得眼睛都瞪大了。

陈郡伟上下打量她一番，“哟，这还是我的路老师吗？当初那土里土气的高原红哪去了？”

苏洋一巴掌拍他脑门上，“少没大没小，闭嘴吧你。”

路知意更惊讶了。

苏洋怎么和陈郡伟这么熟了？

有猫腻。

路知意到得早，在动车站的麦当劳和两人坐了坐，聊了几句。

陈郡伟三句不离“你见到我哥了没”“你俩还有机会吗”以及“赶紧旧情复燃吧”。

苏洋每分钟重复一遍：“两年学说话，一生学闭嘴。陈郡伟，你上辈子是八哥吧？”

这俩炮仗凑一起，几乎全是斗嘴，路知意全程笑到脸抽筋。

临别之际，她排队检票，那两人就站在围栏外看着她，冲她挥手。

苏洋冲她大声说：“去了之后，好好照顾自己，有人欺负你就告诉我，我开飞机去轰炸你们基地！”

路知意大笑。

陈郡伟也笑，懒洋洋地冲她挥挥手，“去吧，路老师。我哥如今听见你的名字还讳莫如深，说他忘了你，打死我都不信。你只管折腾他，可劲儿折腾，折腾完了，他还是会心甘情愿俯首称臣的。”

路知意还是笑。

念念不忘，也许只是因为耿耿于怀。

可那些都是后话了，她拎着行李箱，抬手冲两人挥挥，“回去吧。”

回得去的是人。

回不去的是四年时光。

她转过身，将车票插进检票机里，拎着行李箱匆匆而过，踏上了去往滨城的动车。

柔情温软的蓉城，阴雨连绵的蓉城，别了。

等待她的，是咸湿的海风，金色的沙滩，热烈的日光，基地里对她念念不忘抑或是耿耿于怀的旧时冤家，陈声队长。

跳上车时，路知意笑了。

上动车时在笑，下出租车时，路知意就笑不出来了。

只见滨城的海滩边上，基地大门外，十来个剃着板寸的壮汉齐刷刷站在那，个个翘首以盼，面上洋溢着幸福的笑容，手里高举横幅，上书：热烈欢迎第三支队队花路知意的到来。

在第三支队全队人的身后，还有一群涌过来看她的人，基地终于迎来独一无二的女性成员，全员都沸腾了。

听那天第一支队的郝队长说，新队员长得可漂亮了，肤白貌美大长腿。

于是赶着午饭饭点，一群人有的饭也不吃，有的囫囵吞枣几口吃光，还有的端着盘子就来了。

路知意拎着行李箱下车，回头一看这人山人海，脚下一软，险些一头栽倒下去。

这这这……

这和她考上中飞院，离开冷碛镇那天，简直惊人的相似！

除了基地没有铜锣腰鼓，想到这，路知意心有余悸地擦擦额头。

一开始，她连凌书成和韩宏都没认出来。当初在中飞院时，这群师兄们一个比一个注意形象，不光陈声，基本上人手一瓶发蜡。

头可断，发型不能乱；血可流，皮鞋不能不擦油。

可以说，上述这句话绝对堪称他们的座右铭。

可如今呢，这俩人剃着板寸，晒成了巧克力，由于训练的缘故，身材都高大了不少，刹那间从以前的花美男画风，一跃成为今日的健美教练海报风。

路知意拎着行李，目瞪口呆走近了些，终于认出了凌书成。

“……凌师兄？”

黑了八个度的凌师兄咧嘴一笑，露出一口大白牙，抹了把那一头板寸，上下打量一番路知意，重逢第一句就是：“我的妈，女大十八变，古人诚不我欺啊！”

他冲路知意招招手，“过来。”

路知意上前去，手里的行李被一旁的人接了过去，她还以为是哪个好心人士，侧头赶紧道谢，哪知道定睛一看，“……韩宏师兄？”

韩宏拎着行李冲她笑，“难为师妹还记得我，师兄真是太感动了。”

“……”

路知意的心情十分复杂，又惊又喜。

喜的是初来乍到，却和故人重逢，那藏在心底的忐忑不安刹那间烟消云散。惊的是眼前这阵仗如此浮夸，这基地难道是什么龙潭虎穴，师兄们进去两年，怎么变成这样了……

可不待她胡思乱想，凌书成已经一只手搭在她肩膀上，一副哥俩好的样子，一面冲众人宣布：“咱们第三支队的新队员来了，各位，热烈欢迎一下？”

十来个壮汉一拥而上，把路知意团团围住，兴高采烈地伸手介绍自己。

“我叫贾志鹏！”

“我叫罗兵！”

“我是白杨！”

……

壮汉们个个身高一米八以上，铺天盖地压过来，路知意头一次觉得海拔一米七处，含氧量严重不足……

郝帅在一旁扑哧笑出声，“喂，你们别这么吝啬啊，把你们队宠围得这么严严实实的，也不让我们其他队的认识认识？”

三支队的壮汉们一听，围得更加紧凑，把队宠挡在其中，就不让他看。

笑话，基地百来号人，就这么一个小师妹。

肥水不流外人田！

自产自销！

基地外热闹得不行，陈声还在政治处办理交接手续，毕竟是他的队里进新人，又是之前基地里从未进过的女性队员，上面也有一些叮嘱。

“……之前宿舍没分过男女，她来了多有不便，我想的是，暂且把她安置在你们队那层，走廊尽头不是还空了两间屋子吗？你让她住最里面那间，离你也近点，就是隔壁。你平常多看着些，虽说我信得过大家，但毕竟男女有别。”

陈声点头。

“至于女厕所，这个有点难办。”刘建波摸摸鼻子，“已经跟上面申请过了，基地得新建女厕所，训练场得修一个，值班大厅修一个。但是办公楼这些地方，还是不好动工。这事儿也麻烦，谁知道这么多年了，咱们还能进个女队员？”

说着，他自己都笑了出来。

笑着笑着，窗外传来一阵热闹的笑声。

刘建波一顿，“外面怎么了？这不是饭点吗，不吃饭，跑出来瞎高兴什么？”

陈声往窗边走了几步，一眼瞧见大门外的场景，嘴唇紧抿，没吱声。

刘建波也往外看，一看就笑了。

“哟，小姑娘来了，难怪这么热闹。”

陈声沉着张脸，这就要往外走，“主任，那我先出去了。”

刘建波一看他那表情，就知道他不高兴了，忙说：“小事情，小事情，毕竟是基地头一回进女队员，我都高兴，何况这群家伙？”

陈声：“……嗯。”

刘建波又看他两眼，似笑非笑，“咦，怎么大家都挺高兴的，就你不大高兴的样子？”

陈声：“……没有。”

“这么说，你也是高兴的？”

陈声面无表情站在那里，咬了咬后槽牙，“高兴，非常高兴。”

刘建波哈哈大笑。

“你小子，还敢说不认识她？那天看你的表情我就知道，恐怕不止认识这么简单吧？”

陈声还是面无表情：“没事我就先出去了。”

“去吧去吧。”刘建波挥挥手，“这半个月都摆着张臭脸，我才不想看。”

陈声颔首，扭头就走。

关门那一刻，他眯眼，冷冰冰地扯了扯嘴角，耳边还残留着刘主任那句话。

哈，他和她何止认识而已，还是曾经有一腿的关系。

不过看现在这情况……

他快步往楼道走，奈何经过每一扇窗都能轻而易举看见大门外的热闹场景，众人把她团团围住，居然还举了横幅。

他咬牙切齿在心里怒骂凌书成，幺蛾子真多。

又一扇窗过，别的队都去了？

再一扇窗过，哈，郝帅那厮也去了！

每多过一扇窗，脸色就阴沉一分。

呵呵，这情形，恐怕是每个人都想跟她有一腿。

于是大门外正热闹着，一旁忽然传来一道冷冰冰的声音。

“都吃饱了撑的，跑来大门口唱戏？”

十来个壮汉猛地回头，顿时收敛不少。

“陈队？”

“队长来了，队长来了。”

“嘘，横幅，收起来，收起来！”

“往哪收啊，总不能围腰上说这是红裤衩吧！”

……

众人一阵手忙脚乱。

大门内，不苟言笑的陈队长就这么走了出来，众人一散开，路知意就暴露出来。

海拔一米七的空气终于重新清新起来。

她喘着气，心有余悸地抬起头来。

下一秒，心脏又提了起来。

不远处，她的队长黑着张脸朝她走来，面色不虞，来势汹汹。

路知意：“……”

救命！

队长冷着张脸，满面肃杀地走出来，大伙都老实了。

凌书成笑眯眯地说：“这不是听说小师妹来了吗？咱们出来给她接个风洗个尘。”

他一边说，一边若无其事挡住了身后的贾志鹏。那家伙手里还拎着揉成一团的横幅，拼命往身后藏，脸上挤出一个天真无辜的笑容，就差写着：我手里啥都没拿。

陈声瞥一眼：“手里拿的什么？”

贾志鹏以自己都不敢相信的语气说："……红，红裤衩？"

一群人憋笑憋出内伤来。

陈声扫了一眼那抹挡也挡不住的红，没说话，目光转而落在路知意身上。

路知意规规矩矩站在那，响亮地叫了一声："队长，第三支队路知意，正式到基地报到！"

海边日头正盛，她琢磨着午后才能到，便戴了顶棒球帽。

眼下见到陈声，她一把摘下帽子，一头拢在帽中的长鬈发顿时倾泻而出，瀑布般披散在肩上。

基地门口几十号人，目不转睛望着这一幕。

陈声仿佛听见众人无声的"哇——"，一刹那间，空气中充斥着"队宠不愧为队宠""这福利为毛就落在了他们队"等诸如此类的脑电波。

因为就连他，也有一阵晃神。

今天的路知意穿得极为简单，纯色圆领白T恤衫，下面是灰色棉麻短裤，及膝。

圆领之上，锁骨纤细，轮廓清晰漂亮。

裤腿之下，小腿笔直，仿佛两截白生生的藕节，还又细又长。

戴着棒球帽时，有一种帅气的美，干净利落，英姿飒爽。

而此刻，帽子一摘，长发及腰，虽然蓬松鬈曲，但并未染过色，日光底下乌黑光亮，别有一种女人味。

她仿佛也看开了，他要假装不认识，摆出队长的姿态，那她可不得好好配合他？她干脆规规矩矩站在那，摘帽示意，面上露出一个灿烂的笑容，眼睛都弯成了两轮新月，两排小白牙在太阳底下亮晶晶的，煞是可爱。

陈声对上她没心没肺的笑容，一顿。

伸手不打笑脸人，这是亘古不变的真理。

所以"大尾巴狼"不得不收起獠牙，淡淡地看她一眼，点头，"跟我进去。"

路知意又一次响亮地回答道："是！"

谨遵队长大人吩咐。她雄赳赳气昂昂跟在陈声身后，挺直了腰板，煞有介事地往里走。

凌书成给她竖了个大拇指，无声地比口型："牛！"

韩宏拎着行李朝她挥挥手，“你先进去，行李交给我。”

顶着几十个壮汉直勾勾的目光，路知意跟在自家队长身后往里走，边走边冲两边的人群微笑示意，试图在来基地的第一天打好坚实的群众基础。这样一来，万一哪天被陈队长这小心眼子折磨，也不至于扒皮拆骨，好歹还有人站出来帮她说两句。

当然，这只是她的美好蓝图。

在陈声的淫威之下，真的有人敢替她撑腰吗？

路知意表示怀疑。

下一刻，她正首长般左右微笑示意，先她几步走在前头的人就跟后脑勺长了眼睛似的，忽地回头看她一眼。

“你是来报到的，还是来视察的？”

“……”路知意亦步亦趋跟上去，埋头认真道，“报到的，报到的。”

不敢再乱送秋波了。

热辣辣的日光晒下来，她那一头黑黝黝的头发立马开始发烫，赶紧拢进帽子里，又一次戴上棒球帽。

陈声领先她半步，淡淡地问：“手续都办好了？”

“办好了。”

“左手边这栋楼，政治处，后勤部。”他看都没看她一眼，平静地叙述着。

路知意慢半拍地意识到，他在替她介绍基地，赶忙记在心里：“我知道了。”

“右边这栋，财务部，医务室。医务室只负责简单的应急处理，如果遇到情况严重的伤员，务必送去市医院进行救治。”

“明白。”

“这一栋，食堂，共两层楼。一楼普通餐厅，二楼清真食堂。”

“好的。”

“前面是训练场地，分室内和室外。除恶劣天气以外，每天早上七点在室外训练场集合，朝七晚五，进行体能训练，随时待命。”

“是。”

他介绍得一板一眼，公事公办。她也就答得谨慎简短，默默记在心里。

两人穿过训练场往宿舍楼走。

路知意环顾四周，能在中飞院看见的训练设施，这里都有，甚至还有好些没见过的大型设施。

她愣愣地问："那些是什么？"

陈声扫了一眼，"除飞行员专用设施之外，基地还有航海训练设备、陆地训练设备。"

路知意点头，"所以基地的日常相当于坐班制，哪怕没有任务，也要一直进行训练，朝七晚五，没有休息的时候？"

陈声终于侧头看了她一眼，笑了两声，不冷不热地问："怎么，怕了？"

她还没来得及回答，他就语气平平地说了下去："怕就放弃，现在还来得及，拿着你的档案和手续，开开心心回蓉城去。那里日照少，用不着戴帽子，爱长发飘飘就长发飘飘，爱露胸露腿也没人管你。"

路知意一顿，低头看看自己。

T恤的圆领小到刚刚露出锁骨，别处包得严严实实，连短袖的袖口都快到手肘了。短裤及膝，大腿一丁点都没露出来。

要不是因为路程漫漫、滨城炎热，她也不会穿得这么随意。三十五六度的气温，他还要她怎样？要知道，这种温度，这种太阳，她巴不得裸奔。

这人说话还是那么刻薄。

路知意有几分好笑，不动声色地说："队长你放心，我会尽量克制住自己。"

这次换陈声一顿，"克制什么？"

"克制住我想要露出好身材跟大家分享美的冲动。"

陈声讥讽了一句："好在哪里？"

路知意天真地看着他："不好吗？包得严严实实的，队长都看出我有胸有腿了。"

陈声看她片刻，冷笑一声，"很好，几年不见，本事没什么长进，口齿倒是见长。"

话音刚落，大长腿加快速度，抛下她就往宿舍大步流星地走去。

路知意亦步亦趋跟上去，光看他那后脑勺也看得出，他的怒气值正勇攀高峰。

可他越气，她反倒越想笑。久别重逢那一刻，他整个人的气质都变了不少，沉稳了，寡言了，尖锐了，冷淡了。

可这一刻，当他说话刺她，被反将一军后愤怒而去时，她终于松了口气。

你看，不管一个人怎么改变，骨子里依然藏着同样的灵魂。

陈声依然是那个陈声。不管他是今日的陈队长，还是当初的陈师兄，他的小心眼子坏脾气、刀子嘴和豆腐心，都未曾改变过。

陈声把她领到 3 号宿舍楼，带她踏进电梯。

“日常出行走楼梯，今天是你初来乍到，为了熟悉地形，坐一次电梯。”他冷冰冰地说。

路知意点头，跟他一起走了进去。

陈声按下三楼的按钮。

“基地没有进过女队员，你是第一个。财务和后勤部有女性职工，但不住在基地里，每天去大楼里上班。所以基地目前只有那栋办公楼有女厕所，训练场没有，其他大楼包括值班大厅都没有，女生宿舍更没有。”

路知意一愣。

“那现在这栋是——”

“男生宿舍。”

“……所以我也住男生宿舍？”

陈声淡淡地睨她一眼，“这不挺好的吗？日常训练有我看着，你不方便压抑自己的天性，自由活动时间可不就正好释放一下？有胸露胸，有腿露腿，想裸奔也没人拦着。”

“……”

“毕竟你有……”陈声嗤笑一声，“露出好身材跟大家分享美的冲动？”

“……”

路知意深呼吸，默念三遍：我不生气。念着念着，又想笑。

陈声面无表情地盯着合上的电梯门，充沛的灯光下，电梯像是新的一样，四壁都是镜面，纤尘不染，将人照得无处遁形。

电梯之所以新，当然跟队员们不走电梯这个原因分不开。

狭小的空间内，空气霎时间安静下来。

路知意站在陈声身侧，很明显感觉到身侧的人浑身上下都散发着不容忽视的气焰。她朝面前的镜面看去，先是看见两人的脚。

她穿一双白色跑鞋，他的则是灰色跑鞋。

就这么一眼看去，她的这双像是小孩子的脚，袖珍迷你。

再往上，他穿黑色运动长裤，她则是灰色棉麻短裤。

啧，他那腿是真长！教她这大长腿都自惭形秽了。

目光继续上移，他的白色制服因汗湿的缘故，贴在了腰腹上，棉质衬衣的材质一旦打湿就成了透明的……

路知意暗暗心惊。

基地的日子真不是人过的，当初那整整齐齐的六块菜地，如今简直成了轮廓分明、难以忽视的山丘，随着呼吸一起一伏，格外扎眼。

不知不觉，目光已攀升至胸部。

她忽然一阵迟疑。不知道是进了中飞院训练强度增大还是怎么的，这几年来，她仿佛迎来了第二次发育，胸前花苞似的长开了。

和苏洋一起去澡堂，脱下衣服往隔间里走时，苏洋总爱点评一番，"啧啧啧，到底是什么样神奇的力量，硬生生把你这男孩子一般扁平的胸肌变成了现在这'汉堡王'？"

大四那年，李睿依然常来学校跟故友们约饭，也在见到路知意时情不自禁感叹一句："路知意你膨胀了！"

……

路知意只能对自己说，童言无忌，童言无忌……

然而此刻，当她看见陈声比往日紧实精壮不少的身材，忽然间一阵无语。

四年前，他在食堂对她说："你放心，像我这种涂脂抹粉的小白脸，对胸肌还没我发达的异性不感兴趣。"

四年后，她自以为"胸肌"发达不少了，却没想到他的也在长！

所以现在她很可能依然是胸肌没他发达的异性……

路知意陷入沉思，盯着他的胸肌发呆，面上的表情变幻莫测，一会儿苦恼，一会儿欣喜。

直到电梯叮的一声打开，她才大梦初醒般回过神来，一抬眼就在镜子里对上陈声的目光。

只见他安安静静地看着她，语气平平地问了句："好看吗？"

"……"

"从脚到胸都审视了一遍，我是不是该问一句，你还满意你看到的吗？"

"……"

路知意觉得来基地后，大概她每天的主旋律就是高呼一声救命了。

路知意正式入住三楼尽头的空房间。

这一层楼基本上都是第三支队的人，虽说一个姑娘家住在男生宿舍，怎么想都不太方便，但好在房间里有独立卫生间，热水器有之，淋浴有之，也不至于活不下去。

屋子已经收拾好了，十来平米的小空间，有张铺好的床，一扇开了一半的窗，一张书桌和一个小小的书架。

陈声看她进了门，站在门口说："给你半天时间安顿下来，明天正式加入集训。"

路知意回头，"那我也要出任务吗？"

"不，你待在基地嗑瓜子看电视就行……"陈声面无表情，"进了队不出任务，你以为我们真是把你请来当吉祥物的？"

还能不能好好说话了！

路知意讪讪地说："知道了，明天开始加入集训，一起行动。"

陈声："给你半个月时间适应，训练一场不落参加，有任务就跟着去。队里每个人都有自己的职责，没谁会专程跟着你、指点你。凡事自己多看多学，跟得上就继续，跟不上就退出。"

说完这话，他转身就走。

"陈声……"路知意叫住他。

陈声脚下一顿，回头看着她，"你叫我什么？"

"……队长。"

"还有事？"

路知意深吸一口气，走到他面前，仰头看着他，"陈队长，我知道我们以前有过一些不愉快，但既然已经没办法让时光倒流，我们又不得不朝夕相处，如果可以，希望你能忘记我以前的冒犯，今后好好相处，我会努力做一个好队员，听从你的指挥……"

说着，她伸出手来，拿出示好的姿态。

陈声看了她片刻，没说话。

在她眼里，他们的过去是不愉快？呵，她还想让他忘了，今后她做她的队员，他当她的队长，井水不犯河水。

无名火一点即燃。

陈声扯了扯嘴角，"你想跟我好好相处？"

路知意的手还停在半空，郑重其事地点点头。

下一秒，她看见她的队长微微一笑，冷冰冰扔下两个字："做梦。"

路知意："……"

手僵在半空，笑容也凝固在脸上。

行李还在韩宏那，那群人不知道干什么去了，至今没回来。

路知意把门关上，在寝室里四处看看，摸了摸床单被套——新的，都是蓝白格子的花纹，大概全队都是统一标准。

她有些沮丧，又有点生气，没想到他居然变成今天这个样子。

要死不活就算了，还针锋相对、油盐不进。

路知意重重地躺在床上，想来想去都气不过，干脆大喊一声："啊……"

这么用力一叫，倒是出了口恶气，要知道她可是憋了一路了，被他刺来刺去还没法还击，胸口真是堵得慌。

她躺在床上又啊了好几声。

还不过瘾，最后索性跳起来，走到窗口，探出头去大喊一声："啊…………"

像是吊嗓子，又像是释放压力。

喊到一半时，余光察觉到旁边的窗户也探出个头来。

她一惊，硬生生把余音给吞了回去，猛地侧过头去。

宿舍不是没人吗？

来时静悄悄的，陈声说这个点所有人都在吃饭，没回来……这个念头转了一半，在看清隔壁的人时，路知意石化了。

近在咫尺的窗台上，陈声面无表情地靠在那，"你吃错药了？"

"……"路知意难以置信地望着他，舌头都不听使唤了，"你，你住我隔壁？"

"你有意见？"

"……没有没有。"

"没有就好。"他瞥她一眼，离开窗前时，声音还飘了过来，"有病吃点药，医务室的位置你是知道的。"

她知道什么？

她什么都不知道。

她只知道他住她隔壁，啊——!

中午一点，去食堂补了中饭的凌书成和韩宏回来了，亲自把她的行李送到了房门口。

凌书成敲了敲门。

路知意从床上一跃而起，边走边问："谁啊？"

韩宏捏细了声音："你好，你有快递到了！"

路知意听出来了，一边笑，一边打开了门，"韩师兄，凌师兄。"

凌书成把饭盒递过来，"还没来得及吃午饭吧？给你打了点饭。"

路知意都快感动坏了，先把行李箱拎进屋，然后去接那盒饭，"谢谢师兄，我都忘了我还没吃饭。"

她邀请两人进屋坐坐，凌书成忙说："不了，还有一小时就要开始训练了，我俩先回去眯一会儿。"

韩宏："你呢？你多久开始训练？"

路知意说："陈……队长让我明天开始参加集训，跟你们一起出任务，主要目的是边看边学。"

凌书成笑了，"边看边学？"

依他看，要她贴身随行才是主要目的吧？

"行，你舟车劳顿的，赶紧睡个午觉，下午起来收拾收拾，养精蓄锐，明天才好加入训练。"凌书成嘱咐两句。

韩宏要跟他一起走，走之前又想起什么，拉了把凌书成，回头对上路知意的目光，笑着伸出手来，"差点忘了，欢迎加入第三支队，小师妹。"

凌书成也笑了，言简意赅："等你很久了，路知意。"

拿到面试通知那一天，她欢天喜地。面试通过那一天，她如释重负。但只有今天，在新宿舍的门口听见故人对她说："等你很久了，路知意。"她才忽然间觉得，时间其实也没那么可怕。

踏入的是新基地，重逢的却是故友。

这样的开端让她想起初入中飞院那一天，一切都是崭新的，未来可期。

Chapter. 10 战士无畏

怀着紧张忐忑的心情，路知意睡了个没那么踏实的觉。

次日清晨，她六点就起床了，正洗漱呢，有人敲门。

凌书成隔着门板问她："路知意，起来没？"

她赶紧吐掉嘴里的泡沫，"起来了！"

"洗漱完就去食堂吃饭，你的卡和制服都还没准备好，直接刷脸就成。全基地都知道三队来了个姑娘，不用担心没人给你饭吃。"

路知意笑着应了声："好！"

凌书成不放心，多嘱咐了一句："别化妆，头发扎起来，千万别迟到。你队长这几天跟吃了炸药似的，别没事找事惹上他，他这人……"

话音未落，一旁的房门开了，陈声面无表情地走出来，淡淡地看着他。

凌书成眼都不眨一下，话音一转，"他这人工作认真、态度端正，对上不卑不亢，对下和蔼可亲，实在是个尽职尽责的好队长。"

说到这，他一转头，满脸惊讶地看着陈声："你，你什么时候出门的？"

然后就是一脸懊恼，"走路都没声的吗你！偷听我讲话……"

陈声："……"

冷冷地瞥他一眼，转头走了。

食堂的早餐很丰盛，稀饭馒头包子咸菜，豆浆油条煎饼锅盔……应有尽有。

路知意果然靠着刷脸就打来了一盘子饭，她挑的自己爱吃的，豆浆、油条再加一个包子。

整个食堂，自打她走进去，上至窗口的大叔大妈，下到每张桌上埋头苦吃的队员，都不约而同对她行注目礼。

路知意算是淡定了。

看吧，反正看不了多久，等他们习惯了基地有她这么个女队员在，就不至于这么稀奇了。

凌书成和韩宏还是跟陈声挤在一桌。

三人公不离婆，秤不离砣。

虽说队员们都挺服陈声的，但毕竟不如这两人和他一路从大学走来，自然对他多了几分敬意，少了几分平等相处的友情。

凌书成看着离他不远的路知意，此刻正单独坐在一张桌上，穿的是白色 polo 衫、黑色运动裤，虽说和众人的制服有出入，但好歹选了同一个颜色，中规中矩。

头发也扎成了丸子，在脑后绑得紧紧的。

他满意地点点头，“小红还是很懂事的。”

伸手推了推陈声的手肘，“看看人家，你还担心她露这露那，分散大家的注意力呢，人小红穿得多保守啊！”

陈声淡淡地瞥了一眼不远处努力吃饭、无视众人目光的路知意。

Polo 衫衣领很高，最上端的扣子一系上，从脖子到胸口，曲线毕露。袖口也紧紧贴在胳膊上，手臂的弧度一目了然，像是嫩藕。黑色运动裤有些贴身，将她又长又直的双腿勾勒得一览无余，从桌下伸出来，随意地交叠在一起，引人遐思。

“哪点保守了？”

陈声啪的一声，将筷子拍在桌上，端起盘子走了。

韩宏：“欸，去哪儿？”

“不吃了。”那人头也不回地离开了。

韩宏一头雾水，“你又怎么惹他了？”

凌书成神秘一笑，朝他勾勾手。

韩宏凑过来，竖起耳朵，只听见凌书成含笑说了句——

“你有没有听过一个词，欲盖弥彰？”

韩宏一脸茫然，“什么？”

凌书成道：“禁欲系的性感，别有风味，更何况在陈声眼里，小红恐怕披个麻袋，都能让他气血上涌。”

韩宏正在喝八宝粥，闻言一口喷出来，喷了凌书成一脸。

“你说的气血上涌，是我想象中那个气血上涌？”

凌书成淡淡地抹了把脸，“我现在就想打得你鼻血上涌。”

吃完早餐，众人纷纷去了训练场。

路知意也解决掉包子，喝完最后一口豆浆，将空盘、空碗都放在餐具回收台上，一个人朝训练场走。

沿途都有人跟她打招呼。

“嗨，三队的新人，对吧？”

——这是比较正常的。

“早上好呀，队宠！”

——这是比较调侃的。

“美女，有没有考虑过转队？我们四队有家一样的温暖，转过来哥哥们疼你。”

——这是比较欠揍的。

路知意都已经走到训练场了，欠揍的人还叽里呱啦说不停。

“我叫吕新易，加个微信呗！”

路知意微微一笑，“我不用微信。”

“这年头还有人不用微信？那你把手机号给我一个呗，有事找我，保证随叫随到，为你解决一切问题。”

有人在后面嗤笑一声。

“我怎么不知道你们四队的电话什么时候变成110了？”

路知意回头一看，“……队长。”

叫吕新易的年轻男人也微微一顿，收敛了笑意，“陈队。”

陈声去了趟办公楼，出来时正巧看见吕新易一路跟着路知意到了训练场，走近几步，对话尽收耳底。

他扫了吕新易一眼，“离她远点。”

吕新易也不生气，嬉皮笑脸地说：“陈队说什么呢，我这不是关心关心新人吗？你们三队成天忙着上天入地，不像我们陆地协作，两支队待命。你们忙起来昏天暗地的时候，我们也帮你们照顾照顾姑娘，分担一下工作嘛。”

陈声笑了，“照顾？哦，这么说来，去年会计处的那姑娘也是托了你的照顾吧？”

吕新易的脸色一变，“集合了，我先走了。”

说完，头也不回就走了。

路知意一愣，看着他匆忙离开的背影，“会计处的姑娘怎么了？”

陈声：“怀孕了。”

路知意：“……他的？”

“不然你问问他去？”陈声冷冰冰地说，“进了基地就踏实做事，才刚来就忙着搞男女关系，叫人知道，三队的脸往哪搁？”

路知意撇撇嘴，“又不是我主动跟他搭话的。”

“腿长在你身上，走不走他说了算？”

“是是是，你说的都对。谨遵队长教诲，从现在开始，在基地我绝对不跟任何一个男人说话，你满意了吗？”

陈声扫她一眼，“你这是在说我不是男人？”

“谁知道呢？”路知意笑了，翻了个白眼，往三队集合的地方走去

陈声：“……”

她不知道？呵呵。

在两人身后站了好一会儿的凌书成，这会儿才带着韩宏走上前来，一脸同情地拍拍陈声的肩，“没事没事，别气啊，她早晚会知道。”

韩宏嘿嘿嘿，“没错，实践出真知，实践是检验真理的唯一标准。”

陈声：“滚。”

在基地的第一天集训，仿佛重回大一。

陈声带着众人跑操训练，从三千米到俯卧撑，从引体向上到仰卧起坐。路知意跟着一队男性队员步调一致，也不喊累，不过一个小时工夫，已经满头大汗。

陈声仿佛没看见似的，经过她时，顶多淡淡地说一句：“五指并拢，动作标准点。”

或者伸脚踢踢她的腿，“腿打直，膝盖不许离开地面。”

一旁的贾志鹏频频回头看她，见她面红耳赤还咬牙坚持，忍不住出列：“报告队长，路知意是新队员，又是女孩子，我认为应该减轻训练强度，分开训练。”

陈声：“你是队长我是队长？”

贾志鹏面上一红，“我只是提个不成熟的小建议……”

“驳回建议。”

“……”

路知意感激地看了眼贾志鹏，“不用减轻强度，我能跟上。”

陈声也并没有半点赞赏的意味，淡淡地看她一眼，“你必须跟上，不然就离队。”

众人一阵沉默，看他那么严苛的样子，都不敢吭声了。

陈声眉头一皱，“都继续做，停下来干什么？我让你们停了？”

大家又赶紧继续仰卧起坐。

一整个上午，队伍的节奏就是训练一小时，休息半小时，训练一小

时，休息半小时……

十二点整，解散。

路知意的衣服都湿透了，再看看周围的人，没一个不是落汤鸡。

事实上不止他们这队，训练场很宽阔，远处还有其他队在训练，基本上强度都差不多，就跟军训似的，很难相信一个行业的人每天都在重复这样的训练。

可路知意是知道的，所谓飞行救援，并不单单是飞行，飞行不过是辅助罢了，真正重要的分明是救援。要想在海上作业，在空中作业，体能是最基本的要求。

众人三三两两去食堂吃午饭，凌书成叫上路知意，“走，食堂去！”

路知意回头一看，陈声独自一人往办公楼走了，迟疑片刻，对凌书成说：“你和韩师兄去吧，我找队长有点事。”

说完，她快步朝办公楼走去，试图追上那个身影。

宿舍的热水器很好用，但淋浴喷头似乎有些年头了，出水不顺畅，还老是卡住。

马桶有点堵，冲水时迟迟下不去。

还有，制服什么时候发？她的职工卡又什么时候下来？

路知意是新人，这些事情不好越过陈声，直接去跟政治处反映，所以只能去找他。况且他那人，如果她让凌书成帮她转达，他肯定要不高兴，多半还会冷嘲热讽回答一句：“她哑巴了，需要你当代言人？让她自己来。”

最后一个原因，她无声地叹口气。

哪怕他总是刺她，她还是忍不住想跟他多说几句话。

路知意追进了办公楼，看见陈声上楼去了。

她快步跟上去，结果刚到三楼转角处，就看见刘建波停在那，恰好和陈声打了个照面，两人说起话来。

她赶紧往楼梯下走两步，免得撞上去。可两人说话的声音无可避免传进她耳朵里。

刘建波问：“看见短信了？”

陈声：“嗯。”

“我今天上午从窗子里看见了，你让路知意跟着大家一起训练的？”

“是。”

刘建波略一迟疑，“我叫你来就是想说说，她毕竟是个女孩子，我看她训练到后面，好像体力都有点透支了。好歹男女有别，你这么一起训练，会不会让她吃不消？”

路知意听见自己的名字，憋了口气，靠在墙壁上进退两难。

下楼离去吧，一定有声音，颇有种做贼心虚的意味。

上去吧，那就刚好打断两人的谈话了。

结果她没来得及动，就听见陈声开口了。

“基地批准她入队，是因为她能力出色，而不是因为她是女性。如果她进来之后，我对她处处照顾、特殊待遇，别人会怎么看她？他们会理所当然认为她弱，认为她需要保护，认为她只是个摆设。那么她进队的意义，就只是为基地增添一名女队员，当一道风景线了。”

刘建波皱了皱眉，“可你也不能苛求啊。训练是一回事，把人往极限上逼又是一回事……”

“您知道她的极限吗？”陈声从容不迫地打断了他。

刘建波一顿，疑惑地看着陈声。

陈声目光平静地跟他对视着，“我有分寸。她的极限远远不止眼前这样。”

思索片刻，刘建波才说：“你有分寸就好。人我已经交给你了，怎么训，按理说是你的事，我也不该质疑或者过多干涉，但她毕竟是个姑娘，上面也挺重视的。如你所说，她确实是因为能力出色进来的，可我看着，上面也有一点别的意思。”

“什么意思？”

“你知道，我们这行不容易有女队员，现在各行各业都在搞宣传，我们能有一名优秀的女飞行员参与海上飞行救援，哪怕她并没有出什么力，上面看重的是她的形象和参与。只要她在，而且是漂漂亮亮地在，对我们的宣传就有利。”

陈声的声音明显生硬了几分。

“我不想知道上面有什么意思，但她进了我的队，我就要对她负责任。她是一名飞行员，不是什么吉祥物。”

刘建波当然看出陈声不高兴了，忙说：“那只是上面的一点考虑，不是我的意思。而且我跟你说这话，只是让你照顾好她，也没什么别的目的。”

“我知道。”陈声淡淡地说，“我也会照顾好她的，请您放心。”

“那你打算收敛着点，不那么严格训练她了？”

走廊上有片刻的岑寂，片刻后，陈声笑了。

他摇摇头，“我会尽全力往极限上训练她。”

刘建波一惊，“什么？”

可眼前，第三支队年轻的队长身姿笔直地站在那，正午的太阳从窗外照进来，照在他一丝不苟的面容上。

他说：“照顾好她的最好办法，不是凡事放水，对她呵护有加，是将她培养成不逊于这里任何人的救援队队员。别人能做什么，她就要做什么。别人面临险境能达到的程度，她只能比他们做得更好。”

陈声闭了闭眼，那一瞬间仿佛想起多年前在高原上的某一幕。

连同他在内，所有的男生都疲惫不堪、举步维艰，唯有她这个小姑娘奋力向上攀登，一定要拿团建第一。

凌书成背不动帐篷了，她接过去，负重前行。

李睿要吐，她几步跑下来，一点一点叮嘱他平复高反的举措。

……

想到这里，那些伤人的事情仿佛也远去了。

他是小心眼，斤斤计较，锱铢必较；但他也是一名救援队队长，肩负着更重要的责任。在生死面前，小情小爱只是过眼云烟。

“刘主任，路知意是以一名战士的身份来到这里的，不是花瓶。我的任务是带好每一个队员，让他们发挥出自己最大的能力，在海难里救出更多的人。她也是我的队员，她也不例外。只有把她培养成最好的战士，她才不需要别人的照顾，在险境里也一样能自己照顾好自己。”

做这一行，在危难面前，连伤者都来不及救援，谁还有工夫去分心照顾自己的队友？如果能力不合格，就没有资格参与救援行动。

路知意不会希望自己成为花瓶，他也不希望浪费一个有天赋的战士。

说完这些，陈声问了句：“您还有事找我吗？”

刘建波仿佛陷入沉思，有些尴尬，又有些感触，拍拍他的肩，“行了，没事了。你办事我一向放心，之后的事情也都交给你了，我不过问。”

说完，他匆匆回了办公室。

陈声又在原地停留片刻，转身往楼道走，结果刚转过弯，冷不丁看见站在几级台阶下的人。

路知意的衣服还湿着，额头上有汗湿的发丝粘在那儿，可她浑然不觉自己模样狼狈，只是目光灼灼地望着他，眼里若有光。

陈声脚下一顿，忽然间定住，仿佛被人施了咒一般。

楼道里的空气凝固了，窗外的知了不叫了。两人一上一下对视着，谁也没说话。

楼道里一时寂静无声，仿佛时针停摆，整个世界都静止了。

陈声居高临下地看着路知意，她的眼里像是燃着火光，炙热地回望着他。连日以来的冷漠相待，在这一刻仿佛全都露了馅。

前功尽弃。

他有些心烦意乱，为什么不管是在三年前，还是三年后，他与她的相处总是他占下风？暗中示好的是他，穷追不舍的是他，被抛在脑后的是他。如今两人重逢，明明关系还僵得要命，偏偏表面上态度冷淡，背后对她关切不已的还是他。

结果还让她听见了。

陈声冷冰冰地问她："是谁教会你偷听的？"

"我没偷听，我是想来找你说点事，没想到刚好撞见你和刘主任在说话……"

"既然知道我们在说话，有礼貌一点避开谈话很难吗？"

陈声的面具被撕下，态度颇有些咄咄逼人。

路知意顿了顿，没有回应他的质问，抬手撩开额头上那缕濡湿的碎发，低声说："谢谢你，陈声……"

"叫我队长。"陈声淡淡地说，"要我纠正你多少次，你才记得正确的称呼？"

他简直像是竖起了浑身的刺，每一句都在找碴儿。

可这一次，路知意并不伤心。听了他对刘建波说的那番话后，她忽然之间就不怕他的咄咄逼人了。

她从容地站在台阶下，仰头看着逆光而立的他，正午的日光热烈又辉煌，从他背后的窗口射进来，将他的轮廓都晕染成模糊不清的毛边，这让他整个人看起来像是快要融化在日光里，温柔又明亮。

她蓦地一笑，朗朗道："队长也好，师兄也罢，你讨厌我也好，疏远我也罢，总之谢谢你。"

"谢我什么？"

“谢你不把我当花瓶，而把我看成一名战士。”她的目光明亮，嘴角含笑，身姿挺拔地站在那里，哪怕模样狼狈、衣服都湿透了，却坦坦荡荡，昂首挺胸，“第三支队路知意随时待命，愿听队长差遣，今后上刀山、下油锅，一声令下，在所不辞！”

那声音清脆响亮，回荡在空无一人的楼道里，还带着一点回音。她的目光是那样澄澈，唇角的笑意仿佛带着能灼伤人的热度。

陈声的心跳蓦然一滞。

自打重逢以来，她的形象与以前大相径庭，早已被基地无数人奉为女神。五官不见得多精致，但那眉那眼都恰到好处，蓦然抬首，眼睛亮如星辰。而她一笑，周遭见惯不惊的风景仿佛也刹那间柔软明亮起来。

海风温柔，天空蔚蓝。

可一直以来，他不肯承认，也不愿承认她的改变。他一向不是个会被外表打动的人，毕竟要论长相，他已经相当出众了。要想赏心悦目，对着镜子看就成了，何必非要找个模样出类拔萃的人？

然而这一刻，陈声不得不正面这个事实。

当她以这样狼狈的姿态出现在楼道里，当她目光明亮、嘴角含笑地对他说出这番听起来像是要誓死效忠他这“暴君”的话时，他胸腔里的那颗心脏都不受控制了。

路知意的美不在皮囊，在骨子里。他怀疑她的身体里住着一个太阳，日出东方时，拥有冲破一切的力量。

可她是太阳，他就是飞蛾。他扑了一次，差点被她烧死；要是这回还扑上去，那就是找死。

他看起来像是那种傻子吗？

呸。

陈声默不作声往下走，与她擦肩而过时，微微侧头，与她对视片刻。

“戏精？”

他淡淡地抛出两个字，走了。

路知意：“……”

他怎么接收不到她那颗感恩的心呢？

刚才他跟刘建波说的那番话简直教她感动得一塌糊涂，她也想说点什么回应他一下，有一个这么看重她、爱护她的队长，她也想努力报效他啊！

路知意噔噔噔往下跑，追了上去。

“我说真的，你以后只管增大训练强度，我要是喊一句累就跟你姓！”

陈声脚下未停，语气淡淡的，“你想冠夫姓，也得问问我娶不娶你。”

“……我不是那个意思。”路知意无语。

不是那个意思？陈声的脸色更冷了。

路知意没捕捉到队长大人这颗敏感而情绪化的心，效忠的话宣布完毕后，就又凑了上来，换了个话题。

于是陈声往食堂走，身后就跟了个甩都甩不掉的尾巴。

尾巴很着急地反映各种生活问题。

“队长，我的淋浴喷头好像有点问题，很多地方堵住了，出水不顺畅。”

“……”

跟他说有什么用？他是她的老妈子？

“马桶好像也是堵的，冲个水半天下不去。”

“……”

所以呢，他还负责管道疏通？

“还有，门锁有点奇怪，明明锁上了，稍微使点劲一推，不用开锁都能推开，这样好像有点危险……”

路知意略尴尬，不好意思说昨晚凌书成来找她拿中午的饭盒，她在换衣服，明明锁了门，结果凌书成拍门的力道略大了点，直接把门给拍开了……

好在她穿得快，赶紧把睡裙给撸了下去。

陈声脚下一顿，侧头看她，“路知意。”

“啊？”

“你仔细看看我的脸。”

“？”路知意茫然地看着他。

陈声指指自己，淡淡地问了句：“我脸上写着保姆两个字吗？”

“……”

“还是我看起来精通管道疏通、开锁修门等各项技能？”

“……”

路知意讪讪地说：“可你是队长，这些事情我也不知道该跟谁反映，只能来找你……”

“后勤部这三个字，不认识？”

“可是那天面试结束，刘主任说今后生活和工作上不管遇到什么问题，找你就对了……”

“你长这么大，不懂什么叫场面话？”

“……”

路知意跟着陈声，一路到了食堂。

这个点，满食堂都是吃饭的人，陈声在食堂门口停了下来，“你打算跟我跟到什么时候？”

路知意咧嘴一笑，“反正都走到食堂了，干脆一起吃个饭？”

“我为什么要和你一起吃饭？”

“因为我秀色可餐？”路知意一脸天真。

陈声看她两眼，“秀色可餐不太明显，脸皮厚若城墙倒是肉眼可见。”

说完，他冷着脸转身走了。

路知意没再继续跟，就站在原地看他浑身散发着“生人勿近”的气焰，一路绕过喧哗的人群，朝打饭的窗口走去。她蓦地一笑，颇有几分得意。

论不要脸，他才是天下无敌。

可如今他这么要脸，她也得成全成全他，毕竟她曾经狠狠摔过他的脸面，如今也算是一报还一报。

大不了她放低姿态，让他摔回来。

就冲着他在走廊上对刘建波说的那番话，她心甘情愿。

路知意定定地望着那个背影，壮了，黑了，有男人味了，更成熟也更小气了。

可这一刻，耳边回荡着他与刘建波的对话，她前所未有地觉得，她的队长较之从前，更沉稳，更优秀，也更令人挪不开眼了。

她低头看着自己的影子，嘴角一弯，笑了。

路知意原以为训练的日子大概会日复一日重复很久，没想到第一天训练，当天下午就遇到了紧急情况。

顶着热辣的太阳，一群人在操场上做引体向上。

这一组要做满三十个，三十个结束后，可以去电子阅览室休息一小时，队员们看电影的看电影，打游戏的打游戏。

离路知意不远的罗兵，口中数着数："五，六，七，十三，十四……"

陈声离他挺远的，却跟长了顺风耳似的，忽地掉过头来，走到他面前，淡淡地说："一到三十，你再数一次。"

罗兵装傻，"怎么了队长？"

"我看你数学学得挺好，想让大家也听听看。"

"……"罗兵腆着脸笑，"队长你别拿我开玩笑。"

"没开玩笑。"陈声轻描淡写，"你跳跃性思维相当出色，下来吧，引体向上不用做了。"

罗兵有点蒙，傻愣愣地松了手，从单杠上跳了下来，望着陈声。

却听陈声道："这么喜欢跳，原地做一百个蛙跳吧。"

罗兵："……"

"还愣着干什么？"

"队长我错了……"

"两百个。"

"我下次再也不敢……"

"三百个。"

"……"

陈声微微一笑，"你还有话要说吗？"

罗兵默默地摇头，哭着蹲下去，抱头蛙跳。

众人都笑喷了。

大概在罗兵跳到五六十下的时候，基地的喇叭突然传来一阵警报。

陈声的对讲机忽然亮了，他将对讲机别在腰间，此刻听见动静，立马摘了下来，从对讲机里传来值班大厅的紧急通知："第三支队陈声请注意，接到任务，立刻出队，上机待命！"

所有人面色一变，都从单杠上跳了下来。

"停机坪集合！"

陈声一声令下，第三支队全队人员都往直升机停靠的地方跑去。

路知意下意识跟了上去，跟着众人风一样绕过训练场，跑过宿舍后的大道，抵达了视野开阔的停机坪。

她不知道出了什么事，也没人来得及跟她解释。

她自知此刻不是询问的时间，只能跟着大家盲目行动，心跳如雷。

停机坪就在靠海的一侧，与沙滩由围栏隔开。十架直升机停靠在空地上，整整齐齐。

陈声高声喝道：“集合！”

全员以极快的速度停在飞机前，向右看齐。

与此同时，对讲机里传来基地大厅的指示，五号灯塔四点钟方向，距离灯塔三点五海里处，一艘海上游轮发动机失火，请求救援。

第一支队已出动救援船只前往失事地点，第三支队立马出动，于空中配合救援行动。

陈声字句清晰：“船只型号如何？船上共有多少被困人员？”

大厅回应：“小型游轮，五人被困。”

“收到！”

陈声放下对讲机，沉声喝道：“罗兵，凌书成，一号救援机，凌书成主驾。白杨，韩宏，徐冰峰，二号救援机，徐冰峰主驾。贾志鹏，陈声，三号救援机……”

他每安排完一组，被点到的队员就一刻不等攀上了直升机。

“剩下队员，基地待命，如救援机不够，听到命令后立马支援。”说完，他自己也往直升机上走，走到一半，头也不回地再下最后一道命令，“路知意，上三号机。”

前一刻还茫然紧张的路知意忽地被点了名，像是被拧紧发条的士兵，猛然抬起头来，朝着他的方向大步跑去。

她没出过任务，除了网上见到的新闻报道，寥寥数语简介某次行动成功了、救出多少人、事故起因，她对救援行动一无所知。

平静无澜的新闻用语下，没人知道真正的海上救援有多惊险。

她的心脏跳得厉害，口干舌燥，肾上腺素飙升。

可眼前，那个身影敏捷地跃上直升机，迅速落座于驾驶座，戴好耳麦，做好准备措施，所有动作一气呵成，不见一丝慌乱。

路知意前一刻还在隐隐发抖的手刹那间又安稳下来。她一把攀住后机舱的舱门，稳稳跃进后座，系好安全带。

她看着那人的后脑勺，听他对着耳麦里说了句：“坐标五号灯塔，四点钟方向，三点五海里处。一号机起飞，二号机跟上。”

一望无垠的晴空，三架飞机腾空而起。

螺旋桨的巨大声响淹没了蝉鸣鸟叫，淹没了风吹密林，飞机载着救援队的队员赶往事发地点。

基地变成了小黑点。

巨大的海风从半空中呼啸而来。

在这一刻，人类变得渺小如斯，瀚海波澜四起。

陈声不断通过耳麦与基地沟通。

耳麦连接着基地和其他两架救援机，基地传来最新指示，陈声需要立马做出判断，对其余人员下达命令。

没有人去理会路知意，她也帮不上半点忙，可她背脊笔直地坐在后方，将陈声的声音一字不落听入耳中，聚精会神。

呼啸的海风掠过耳边，吹起碎发。她不耐烦地将耳边头发一把捋至耳后，脑中只有一个念头：剪了吧，真碍事。

坐在后座，螺旋桨的巨大声响几乎是路知意能听到的全部声音，她要很费劲才能捕捉到陈声对耳麦里下达的命令。

前排两人戴着耳麦，隔音，且能自由通话。

陈声嘱咐了一句什么，贾志鹏回头望着路知意，指指挂在头上的耳麦，拼命吼道："戴耳麦！"

路知意从来都只坐过驾驶座、副驾驶，直升机后排还从未尝试过。

她扭头胡乱找了一气，在后壁上看见了悬挂的耳麦，一把扯过来戴上。终于，隔音耳麦阻断了外界的巨大噪声，她的世界瞬间清静下来，只剩下微弱的电流声。

下一秒，她听见基地传来新的指示。

"与失事游轮保持通话中，目前火势已蔓延至底舱，船上五人已全部抵达船头甲板。第一支队，第一支队，请汇报位置。"

郝帅的声音从耳麦里传来。

"第一支队收到，救援船已抵达五号灯塔附近，七点钟方向，距离失事船只有半海里，预计三分钟内抵达目的地。"

没了上次见面时的亲和热情，这一次，郝帅的声音听上去格外严肃。

"第三支队请汇报任务进度。"

路知意呼吸都放轻了，下意识抬头去看驾驶座上的人。

陈声安然而坐，目视前方，一边操纵直升机，一边稳稳地回答："目标船只已在视野里，三支队各救援机准备下降，于目标船只四点半钟方向，半径五米、高十米处悬停。”

船只着火，直升机不能在正上方悬停，否则一旦发生爆炸，必然受到波及。

路知意几乎立马就明白了。

顶着螺旋桨掀起的狂风，她努力朝下看，蔚蓝无垠的海面上，前方不远处已经出现一只白色私人游轮。

三架直升机径直朝游轮靠近，开始下降。而基地的救援车也抵达现场，与救援机同样的色彩，红白相间。

游轮的火势蔓延很快，刚开始时只是白色船只，待直升机下降至规定高度时，船尾已然冒出浓浓黑烟，火光清晰可见。

五个被困人员站在船头拼命挥手，惊慌失措。

救援船尝试靠近，但海上风浪太大，两艘船剧烈晃动着，难以接头。

耳麦里传来郝帅的声音：“报告，风浪太大，无法上船救人，第一支队请求放出充气筏，请基地通知被困人员，穿戴好救生装备，我队队员将在海里接应被困人员！”

基地立马对船只上的人员发出通知。

陈声悬停在半空，目不转睛地望着下面，等候命令。

很快，可容十人的橘红色充气筏从救援船上放出，由一队两名队员卧倒其中，双手划水，靠近浓烟滚滚的游轮。

游轮上的五人穿着救生衣，有人不待充气筏靠近，就扑通一声跳了下去，奋力朝救援队员游去。

整个过程大概持续了两分钟，充气筏靠近了游轮，被困人员依次跳进海中，被救援队拉上充气筏。

意外发生在最后一刻。

那一刻，船尾的火已蔓延至船头，眼看整艘游轮快被火势淹没，甲板上只剩下一个年轻女人，惊慌失措地喊着救命，却不敢往海里跳。

浓烟四起，呛得她一边咳嗽，一边哭喊。

救援队也不敢太过靠近游轮，毕竟火势太大，没法靠近。

队员在充气筏上拼命喊：“跳下来！快跳！”

再烧下去，油舱该爆炸了。

可女人死死抓着围栏，死活不敢往下跳。她尖叫着：“我不会游泳！我不敢！”

“快跳啊！快跳！”

“我，我不行……”

直升机上听不见下面的人在说什么，但耳麦里一直传来郝帅和基地的对话。

“报告，被困人员不肯跳海。”

“风浪太大，火势蔓延太快，充气筏不敢靠近船头。”

“请求登船救人。”

基地的总指挥一口回绝：“不行！火势太大，来不及登船！”

下一刻，耳麦里响起陈声的声音：“第三支队，三号救援机，请求放下绳梯，登船救人。”

半秒钟后，总指挥回应：“批准，一分钟内，务必离开甲板。”

路知意蓦地抬头看向前方，只见陈声侧头命令贾志鹏：“放绳梯，登甲板。”

贾志鹏毫不迟疑地跨向后座，弓着腰站在路知意身侧，从她脚边捧起盘成一圈的绳梯，一把拉开舱门，朝下面用力一掷。

下一秒，他将机上的安全绳穿过双肩、扣在腰上，确认牢固后，抓着绳梯就往下爬。

路知意惊呆了，一把摘了耳麦，探出头去看。

悬停的直升机发出巨大噪声，螺旋桨依然飞速旋转，绳梯在半空剧烈晃动，而贾志鹏就这样飞速往下爬，抵达了绳梯底端。

他从对讲机里对陈声说：“队长，绳梯长度不够，需要降低悬停高度大概五米左右。”

陈声：“收到。”

下一刻，他没有任何迟疑，操纵着直升机下降。

游轮上的火光越来越盛，被困女子尖声惊叫，泪流满面。

充气筏上的人还在拼命喊她：“跳啊！快跳！”

她死活不跳，而直升机在此刻下降五米，继续悬停。

贾志鹏拉着绳梯抵达甲板，一手拉着绳梯，一手从腰间拉出同一条安全绳上的另一个接头，二话不说绕在女人身上，又在她腰部牢牢扣好。

“跟我走！”

女人拼命尖叫。

贾志鹏怒道：“你想死吗你！”

他不顾女人的挣扎，拉住她的手往绳梯上一放，“抓紧了！”

下一秒，他一手拉住绳梯，一手拿起对讲机，“队长，已救起最后一名被困人员，可以起飞了！”

陈声：“收到。”

直升机立马开始上升高度，拉着两个在绳梯上摇摇晃晃的人，驶离着火船只。

贾志鹏试图往绳梯上爬，但安全绳一端在他身上，另一端在那女人身上，要爬就得两人一起爬。

他低头冲那女人说：“往上爬！”

女人一直在哭。

他吊在半空这么久，爬上爬下，胳膊都快脱力了，有些气急地说：“你打算这么一路吊回去？往机上爬啊！”

女人死死攥着绳梯，一边摇头，一边哭。

贾志鹏：“……”

她想吊着，他不想跟她一起吊好吗！

救援机升空离开现场，充气筏也驶离着火船只，往救援船划去。

一分半钟后，游轮爆炸。一声巨响后，火光冲天，气流四涌。

三号救援机离船只最近，受到波及，猛烈地晃动了几下。

路知意险些没坐稳，朝一旁倒去。耳麦里传来贾志鹏一声惊呼。

陈声的脸色都变了，立马问下方：“贾志鹏，下面情况如何？”

贾志鹏那边沉寂片刻，片刻后，大骂一声：“这女人不往上爬，我差点脱力抓不住绳梯！”

陈声：“……被困人员如何？”

“哭得撕心裂肺，中气十足，目测好得很！”

“……”

陈声：“你坚持一下，我加速往回开，五分钟内抵达基地。”

路知意全程没作声，慢慢地回望着事发地点，爆炸后的游轮黑烟四起，火光冲天，又慢慢被大海吞没，重归岑寂。

天上三架飞机，海上一只救援船，充气筏已经划至救援船船尾，救援队队员一一接应筏上的人。

等到飞机重新降落在停机坪上时，全员下机。路知意回望大海，此刻的海面已是蔚蓝一片、平静美好。

船上被救的五人悉数被送往医务室，看上去没有什么大碍，但仍需进一步检查。贾志鹏手腕扭伤，想必是被爆炸波及，紧急情况下为抓紧绳梯，出了一点意外。

下机后，第三支队全员在停机坪集合。

陈声冷静地下达指令："贾志鹏，医务室报到。韩宏、徐冰峰，留下检查救援机。凌书成，整队回训练场，继续待命。"

说完，他步伐匆匆往停机坪外走。

路知意望着他的背影，问凌书成："他去哪里？"

凌书成："出完任务，各队队长要参与指挥部会议，回来转达每次任务的细节纰漏和不足，还要写五千字报告。"

"报告什么？"

"报告下次遇见类似事故，该如何处理，如何调配，如何改正，如何进步。"

"……"

路知意怔怔地望着那人的背影，耳旁似乎还回响着他在机上言简意赅的命令，下方浓烟滚滚、火势冲天，他却镇定沉着，有条不紊地下达指令。

三架飞机，九名队员，悉数听从他的调遣。

随时随地都有爆炸危险的游轮，他一声令下，贾志鹏毫不犹豫往下跳。

那份信任，无法言语。

凌书成整队，让全员回训练场。

回头一看，队末的路知意仿佛还没从那场行动中回过神来。他停了几步，等她走到身边时，问了句："吓着了？"

路知意略一迟疑，问他："如果今天是你，队长让你往下跳，你跳吗？"

"跳。"他毫不犹豫。

"哪怕跳下去可能会葬身火海？"

"那也得跳。"

路知意神情凝重。

结果凌书成反倒笑了，“傻吗你？所有行动都要得到指挥部批准，才能执行，要是真有危险，上面也不会同意。今天也是得到评估结果，确定还有充足的救援时间，才同意贾志鹏下甲板救人的，别怕啊。”

路知意点头，“第一次参加行动，内心难免有点波动。”

凌书成扑哧一声笑了，末了拍拍她的肩，“你放心，如果将来遇到特别危险的状况，陈声也不会让你下去的。”

“……救援的时候，他还分亲疏远近？”

凌书成摇头，“最危险的情况，他都亲自下去。”

路知意一愣。

凌书成微微一笑，反问她：“不然你以为队长这么好当？”

Chapter. 11 天地之外

下午六点，路知意从训练场解散。

陈声一直没回来，全程由凌书成带队训练。

几年不见，原以为只是气质变了、外形变了，可直到第一次出任务归来这一刻，路知意才深刻意识到，不论是陈声还是凌书成，不论是韩宏还是这群队员们，哪怕平日里可以插科打诨、幼稚搞笑，但骨子里，他们与她已然有了质的区别。

危难时刻，他们是战士，而她还只是个飞行学员。

去食堂囫囵吞枣般吃了顿晚饭，她甚至一扭头就忘了自己吃了些什么，回到宿舍，就坐在桌前做笔记。

海上飞行救援专业术语。

海里。

特殊方向用语。

……

她埋头认真写着，笔尖唰唰唰，努力回忆陈声与基地沟通时说的那些话，然后上网查阅更多资料。

晚上七点半，房门忽然被敲响。

她一顿，从屏幕前抬起头来，回头问了句："谁啊？"

外面停顿片刻，传来简简单单一个字："我。"

那声音低沉干净，仿佛某种沉稳而动听的乐器。大提琴，钢琴，或是别的什么。

路知意倏地站起来，一路小跑到门边，一把拉开门。

开门的瞬间，走廊上的声控灯熄灭了。屋内亮着一盏小台灯，借着微弱的光，她看见了门外的陈声。

他一身制服，身姿笔直站在那，不动声色地低头看着她。

她一阵紧张，仰头问他："找我有事？"

陈声收回目光，从她身旁跨进屋内，擦身而过时，扔下一句听不出语气的话："不是说马桶堵了，喷头坏了，门锁有待维修？"

路知意一顿，"你不是让我找后勤部吗？"

陈声头也不回地往浴室走，生硬地回答说："后勤部下班了。"

"……"

他经过桌前，扫了眼桌上的电脑屏幕，目光又落在她的笔记本上，脚下一顿。她把他说过的话全都默写出来了？

路知意瞧见了，心里一紧，忙跟上来解释说：“我想赶紧适应适应出任务时的那些术语，有个大概的语言环境……”

陈声沉默了一会儿，继续往浴室走。

她的小熊毛巾挂在挂钩上，洗漱台边摆着粉色的漱口杯、配套的牙刷。再抬头，墙上挂着一套白色的内衣内裤，表面有细密漂亮的蕾丝……

路知意哪里想得到陈声会来？昨晚洗了内衣裤，又不好意思往走廊上挂，一大群大老爷们每天进进出出，她没脸把东西挂出去，只好挂在浴室里。

哪知道被陈声看见了……

她面上一红，跳起来就去取衣架，一把塞进怀里，跑出浴室往衣柜里乱塞一气。

再回来时，浴室里陷入一片奇异的沉默。

陈声背对她，摘下喷头在检查，拧开外盖，“晚点去买瓶白醋泡泡，水垢堵住了。”

路知意点头，“好。”

他又揭开马桶的水箱，“灰尘堵住出水口了。”

弯腰查看马桶内侧，“不知道里面是不是有杂物，还要买把通马桶的刷子。”

路知意继续点头：“好。”

“门锁我不会修，锁不上就换一把，明天我给后勤处说一声。”他直起腰来往外走。

路知意满脸感激：“谢谢队长，大恩大德，没齿难忘。”

她把他一路送到门口。

陈声脚下一顿，回头看着一脸“队长慢走”的她，“你站在那干什么？换衣服，出门。”

路知意：“啊？”

陈声眼睛一眯：“真把我当修理工？马桶塞、白醋，还要我给你送货上门？”

路知意一窘，“马上去买，马上去买！”

她随便套了件衬衣在短袖外面，就这么穿了双人字拖，一把抓过钱包，这就往走廊走。

陈声就站在外面看着她。

她赶紧讨好他："队长你回宿舍休息休息，我去去就来，回来敲你的门。"

刚跑了没几步，身后传来他平平淡淡的声音："我也去。"

啥？

路知意睁大了眼睛回过头去。

昏暗的声控灯下，她的队长冷冷淡淡地朝她走来，"你知道超市在哪？与其迷路了让我大半夜到处找人，不如我送佛送到西。"

他越过她往前走，影子逶迤一地。

路知意先是一愣，又蓦地一笑，追了上去，喜滋滋地道："队长真是好心肠！"

哪知道她欢喜过头，乐极生悲，下楼梯时又蹦又跳，左脚的人字拖忽地飞了出去。她一个趔趄，咚的一声撞上前面的陈声。

陈声险些被她撞下楼梯，好在扶住楼梯扶手，稳住了身形。

路知意心有余悸地抬起头来，正对上陈声面无表情的脸。

他淡淡地问了句："又想咬吕洞宾？"

原本还心有余悸的路知意，闻言扑哧一声笑出来，弯腰去捡落在他脚边的拖鞋，"我又不是故意的。"

几年前，还是少年的陈声也总是这样对她说："吕洞宾又被狗咬了。"

她一边穿鞋，一边止不住地笑出来。

你看，总有什么是不变的。

在他身上，旧日的影子或多或少都在，教她怀念，教她欢喜，教她心酸又欣慰。

她哪知道陈声低头看着她，T恤衫领口松松垮垮，她一蹲下，一道弧线就落入他眼底，眼眸陡然沉下去。

他的喉结动了动，心跳猛然一滞。

第二波发育，诚不我欺。

超市在市区，从基地离开，穿街走巷十来分钟就能抵达。

十来分钟里，陈声安静如鸡，宛若优雅高冷的贵族人士，每一个呼吸、每一个步伐，都以其独特的方式昭告着生人勿近的讯息。

不得已，路知意只好扛起乡村话痨老大姐的大旗，拉近拉近距离。

“天黑得挺迟啊，这都八点钟了，还没黑透。”

“哦。”

“……”该怎么接?

“凌师兄跟我说，平常队员进出基地都要请示你，那你出入基地又请示谁？”

“主任。”

“哦……”

陈声充分发挥出言简意赅的特色，能说一个字，绝不说两个字。

路知意侧头瞄瞄他冷若冰霜的脸，实在头大，并行一路，一句话都不说，气氛未免也太尴尬了。

早知如此，刚才就该说自己按照导航找过去，用不着他带路。

既然来了超市，该购置的生活用品索性一并买了。

洗发水、沐浴露、润肤乳、防晒霜……路知意认认真真在货架前挑选日用品，逐渐把篮子堆成了小山。

她挑东西速度很慢，总是习惯性看一看价签，对比一下同类产品的价格，盘算哪个划算，才最终确定下来，拿起瓶瓶罐罐往篮子里放。

陈声就在一旁看着她，好半天才不冷不热问了句：“基地给你的工资不够用？”

滨城消费水平很低，哪怕基地一个月只给六千基本工资，也能在这舒舒服服过着土豪日子，更何况队里还有额外补贴。

虽说如今她只是实习期，但基地对她还是相当照顾，并没有因为在实习期就少给半毛钱。

路知意又选定一瓶洗衣液，边往篮子里放边说：“够用啊。”

“既然够用，省这几块几毛干什么？”

她一顿，直起腰来看他，“能省一点是一点。”

陈声看她选个日用品都再三斟酌、反复对比，没由来一阵烦躁。

生活给她诸多磨难，这不假，可既然走出了大山，能够养活自己，还这么苦哈哈过日子，到底是为了什么?

基地多是同龄人，年纪大的也大不了多少，个个都明白这个道理，平日里训练辛苦，有钱了就好好犒劳自己，没必要把日子过得跟苦行僧似的。

她倒好，还是那老一套。

陈声嘲讽道："过惯了穷日子，改不过来了？"

话一出口，他就后悔了。

果不其然，路知意嘴唇紧抿，抬眼对上他的视线。

按照她以前的性子，陈声觉得她会刺回来，会骂他不知人间疾苦，可没想到她只是看他片刻，笑了笑，"是啊，过惯了穷日子，习惯货比三家不吃亏了。"

他沉默几秒："人就一辈子能活，战战兢兢也是活，率性潇洒也是活，何必？"

他以为她是为了自己。

他以为她想省钱，想攒钱，这么反复对比价格，只是穷人的习惯使然。

换作从前，路知意不会对他解释什么。他说话刻薄，但凡嘲讽她，她一定懒得解释，一是认定了他的大少爷做派，二是自尊心不允许她剖开内心，说些她身为穷人鸡毛蒜皮的困扰与烦忧。

可眼下，路知意认认真真抬头望着他，说："不是我不想率性一点，谁想买个东西还这么婆婆妈妈的？我也想走进商场看上什么就买什么，可我还要攒钱买房。"

陈声一顿，"买房？"

"我爸和小姑姑还在冷碛镇，我想早点把他们接出来。"

"接到哪？"

"蓉城也好，滨城也行，总之不在高原待着了。"

她选好东西，打算往收银台走，刚弯腰要去拎篮子，就被陈声先一步拿走。

他若无其事往超市出口走，克制住自己追问的心情，只说了一个字："哦。"

但路知意自己解释了下去。

"镇上太小，我爸那点过去，人人都知道。我想他抬起头好好过日子，而不是被冠以杀人犯的名号，被无知幼童指指点点。别人对他稍加好颜色，他就仿佛受了人天大的恩惠似的，活得窝囊又没底气。"

她声色从容，仿佛并非在说着什么难以启齿的家事，而是与老友谈笑风生。

陈声侧头，看她片刻。

“为什么跟我说这些？”

说话间，两人已走到收银台。

谈话终止。

收银员一一刷过条码，将东西放入塑料袋，抬头笑道：“你好，一共是两百三十七元。”

路知意付过钱，看见陈声自觉接过了塑料袋，她跟在他身后往外走时，眼底一片浅浅淡淡的笑意。

踏出大门，走在滨城的街道上，身侧是海滨城市特有的棕榈树。

夜幕低垂，星辰无限，一切仿佛又回到从前。

连日来的冷言冷语、针锋相对，今日终于消减下去。就算是不共戴天的仇敌，也没那精力时时刻刻都竖起浑身的刺，动不动拼个你死我活，更何况他们不是仇敌。

路知意走在他身侧，继续回答在超市里没有回答的问题：“因为这些我早该对你说，但从前自尊心太强，总盼着下一次，总以为还有机会说……”

陈声脚步一顿，走得慢了半拍。

她低头看着两人成双成对的影子，“……哪知道后来已经来不及了。”

陈声默不作声听着，半晌，笑了两声，“那你现在又为什么说给我听？”

“因为要坦诚。”

“路知意，你的坦诚就像个笑话。”

“像吗？”她心里一阵刺痛，但还是笑了，扭头看着他，“要是能博你一笑，那也不错。”

陈声没笑。

他与她对视着，试图从她眼里看出点什么。这样的对白，究竟是因为余情未了，还是因为如今他是她的队长，她想要将过去一笔勾销，从此两人相安无事、好好相处，所以妥协讨好？

思及此，陈声平静地问她：“路知意，你现在的愿望是什么？”

“愿望？”

“是，最想要完成的事情是什么，最近的目标是什么，生活的动力是什么，这些愿望。”

路知意想了想，俏皮一笑。

“最想要完成的事情，就是刚才说的那样，早点存够钱，把我爸爸和小姑姑接出大山，换一个环境，将来过上好日子。

“最近的目标，应该是尽快融入团队生活，早日参与行动，不只是作为一个旁观者，而是真正作为一名救援队队员。”

“生活的动力……”她认真想了想，刚想厚颜无耻地说一句“是你”，就被陈声不耐烦地打断了。

他说：“够了，不想听了。”

说完就快步往前走。

路知意一愣，追上去，“为什么不想听了？”

为什么？她还问他为什么。

现在和从前，根本没什么两样

同样的问题如果放在他身上，他的回答永远只有三个字。

最想要完成的事情是什么？——路知意。

最近的目标是什么？——路知意。

生活的动力是什么？——路知意。

真是可笑，真是不公平。在他的蓝图里，她永远是第一位。可在她的人生里，他到底算什么？

纵使她也对他余情未了，他的地位也永远不会是第一。

陈声觉得自己陷入一个怪圈，他毫不怀疑要是哪天他问路知意一句：“我和你小姑姑、你爸一起掉进水里，你先救谁？”

她的回答一定会是：“小姑姑，爸爸。”最后才是他。

陈声自认是个小气的人，斤斤计较、锱铢必较——这八个字是她总结的，他全认了。所以他烦躁至极。

回去的路上没有绕路，两人经过了一家理发店。

路知意停下了脚步，对陈声说：“队长，你先回去吧，今天谢谢你帮我这么多忙了，大恩大德，没齿难忘。我打算剪个头发再回去。”

说到最后，她讨好地冲他笑。

剪头？

陈声看看理发店，又看着她那一头好不容易留长的头发，顿了顿，说：“如此大恩，一句谢谢就完事了？”

她一愣，立马狗腿子似的补充：“将来你要是有需要，我给你做牛做马、上刀山下火海……”

“当真？”

“千真万确。”她信誓旦旦。

陈声点头，“做牛做马不用了，做一件事就成。”

“什么事？你尽管说。”

理发店外，男人盯着她，淡淡地说：“这头发别剪了。”

“……”

“怎么，刚才说过的话，这会儿就不管用了？”

“队长，换一个要求，成吗？这头发太长，实在麻烦。”

“不换，就这一个。”

“……要不你再考虑考虑？”

“不考虑。”

路知意：“……”

行，她算是看明白了，他就是想让她不痛快。

对视片刻，她冲他笑，“行，那我今天就不剪了。”

陈声面色一松，瞥她一眼，“嗯。”

两人继续往回走。

路知意一路狗腿子似的找话说，也许是她终于听话不剪头发了，陈声看着心情不错，居然也有一搭没一搭回应她了。

虽然大多是“嗯”“哦”“对”之类的，但总好过她自言自语。

一路回到基地门口，沙滩上海风阵阵，浪潮拍岸。

夜色下的海岸线极长，一路蜿蜒到无边夜色中，消失在视线尽头。

也许是满天星辰，也许是浪花阵阵，路知意忽然找到些许勇气，停下了聒噪而没有意义的独白，叫住了拎着塑料袋沉默着往前走的人。

“队长！”

男人脚下一停，没有回头，等待她的下文。

细沙钻入人字拖里，咸湿的海风吹在面上、发间，她看着他被风吹得有些鼓鼓囊囊的棉质T恤，蓦地一笑。

下一秒，路知意轻声说：“这几年，你过得好吗？”

陈声默不作声，半晌，笑了两声，声音有些哑，“你说呢？”

她说？

她想了想，忽而一笑，答非所问。

“我很想你。”

四个字，教陈声立在海边，动弹不得。他呼吸急促，听着海潮，听着风声，听着她在他身后的呼吸声。有那么一刻，他是真的想放下这些年的怨和苦，就这么轻易原谅她了。

她没心没肺地在他身后笑着，说：“那你呢？你想我了没？”

他心中波澜万丈，她倒是笑得这么气定神闲，仿佛刚才说的话只是一个玩笑。

也许真是她的玩笑，是他太当真了。

陈声勉力定住心神，冷冷地说：“不想。”

那人在身后长吁短叹，“哎，那真是太遗憾了，我这么招人喜欢，你居然不想我。”

陈声：“呵呵。”

呵完拔腿就走。

可因她一句话，他失眠一整夜，翻来覆去地想着那四个字。说好要折磨她，说好有仇报仇，有怨报怨，可她居然用四个字就教他想要缴械投降了！

陈声烦躁不已。

不过等到第二天下午，午休完毕，众人陆陆续续来到训练场集合时，陈声才真的连呵呵都呵不出来了。

那个长发女队员不见了。

他大老远往训练场看，一眼望去，全是穿制服的汉子，个个剃着板寸。

他以为路知意还没到，走近些，才看见众人都将她团团围住。

他皱眉：“都干什么呢？”

一群壮汉立马散开。

然后陈声抬头望去，表情一僵，简直是五雷轰顶。

“路知意，你昨晚答应我什么来着？”

“答应你我昨天不剪头啊。”她答得理所当然。

“那你这是？”

“但今天是今天，今天又没答应你不剪头。”

第三支队的队花，路知意同学，顶着一头比板寸长不了多少的“新式板寸”，站在太阳底下咧嘴笑着，摸摸头，一脸天真烂漫。

路知意顶着一头短发，清清爽爽站在太阳底下，脖子凉飕飕的，脑门儿像是轻了十斤。

与她相比，队长的表情就很沉重了。

三队的队员们发现，队长的怒气值以肉眼可见的速度飙升上来。虽然不知道他为什么生气，但秉承着感天动地的队友情，大家赶紧给队花打马虎眼，圆个场。

“哎呀，剪个头嘛，不至于不至于，队长怎么可能生气呢？我们队长胸襟广阔就像那中国南海的嘛！”

“讲道理，这么热的天，我都恨不能剃光头，何况小路？”

“是啊，无法想象身为女人要如何坚强地活下去。”

“而且她们要戴胸罩……”

贾志鹏偷偷用胳膊肘顶了罗兵一下，低声说：“你说什么呢，人还站这儿呢，你不要脸人家还不能要了？”

“我这话有错吗？不信你自己问问……”罗兵扭头，“路知意，你戴没戴……”

话没说完，罗兵被一旁的韩宏一把捂住嘴，勒住脖子带到一边。

韩宏拍拍他的头，指指天上，“那是什么？”

罗兵一头雾水，“太阳？”

韩宏：“还想看见明天的太阳吗？”

罗兵：“？”

训练场上，陈声盯了路知意好半天，明明脸色都黑了，却无法发作。

说她不听从命令？可剪头发这事不在队长的管辖范围内。

他只能恶狠狠地盯了她半晌，最后把牙齿咬得咯咯响，“集合，整队！”

这一天的训练从八千米跑开始，众人都惊了。

训练正式开始，队员们挨个从陈声眼前跑过。到路知意了，他的视线里，她从正面变成侧面，最后只留下一个背影。陈声看了两眼，猛地别开头去。

短发背影，性感板寸，他的喉结动了动，脑中浮现出片子里的那一幕，呼吸都不对了。

陈声暗暗握拳，青筋都浮了起来。

回宿舍就把那片子删了。

删他个一干二净！

路知意的职业生涯就这么拉开了序幕。

在基地的日子过得很快。人一旦忙碌起来，日子充实起来，就察觉不到时间的流逝。每天睁眼就踏着紧张的节奏往食堂跑，为了补充体能，路知意的食量变大不少。以前两个包子、一杯豆浆就能满足她，如今至少两倍。

午饭就更夸张了，她能吃四两面，或者三大碗米饭。

每次吃饭时，路过的壮汉们都会给路知意竖大拇指。

“可以，女中豪杰。”

“吃这么多都不长肉，老天爷瞎了吧？”

“啧啧，看见你面前这一堆，我算是明白非洲为啥闹饥荒了。”

入队不过短短三个月，路知意很快就和基地众人混熟了。

不只是本队人发挥出男子汉作风，处处照顾她这个小姑娘，就连其他队的人也对她不错。有时候谁家里寄了点好吃的来，路知意也有幸能分一杯羹。

偶尔是家里做的霉干菜扣肉饼，偶尔是谁家妈妈亲手做的盐渍青梅，很是开胃。

某日一队队员送了半只真空包装的手撕烤兔给路知意，笑着说：“我家也是四川的，在滨城吃不着家乡的味道，就让我爸给我寄了点过来，喏，你也尝尝。”

路知意受宠若惊，连连摆手，“你吃你吃，我不用。”

“拿着，都是一个基地的，客气啥！”

路知意简直感动得抱着烤兔不知说啥好，心里有个小人在给他哐哐磕头。

凌书成对此意见老大了，“吃着队里的饭，望着别人队的米！啧，路知意你吃里爬外！”

不过他的态度也是转换自如，当路知意把那半只兔子贡献出来，请大家一起吃时，酒足饭饱，他就立马改口了。

“一队是我们的好基友，大家要互帮互助，互相扶持。要知道，我们来自五湖四海，为了一个共同的目标走到一起，既然都是一家人，你的就是我的，我的……”

韩宏接口：“那还是我的。”

众人哄堂大笑。

路知意发现一个奇怪的现象，每个队的队员们处事风格都与队长很相似，仿佛带头的是什么样，底下的人就学什么样。

就好比第三支队，队员们都有样学样，和陈声神似，私底下插科打诨，但总是刀子嘴豆腐心，护短得不行。自己的人，自己可以欺负，但别的队休想动他半分。

郝帅那个队，个个都和郝队长一样和蔼可亲，看起来像是心眼没长全的傻大个。

当然，也有不那么友好的队。

比如刚来基地时碰见的那个烦人精，吕新易，传说中把财务部上一个会计姑娘肚子弄大的那人。他是第四支队的队长，负责陆地协作，陈声这队都不怎么待见他。

自然而然，两队人的关系也不大和谐。

三队的人随陈声，心气虽高，但不会盲目自大。食堂里碰见，训练场碰见，基地的人员抬头不见低头见的，哪怕不是一个队，也大多会打个招呼、点个头。唯独遇见四队的人，几乎从不打招呼，笑脸都懒得给一个。

起初路知意不明就里，还在状况外，四队的人来跟她打招呼，她也不知道对方是谁，傻笑着回应。

三队的人看见了，总是有意无意隔开她和对方。

某日在食堂吃饭，吕新易和另外一人端着盘子坐在她对面，“一起坐？”

俗话说得好，伸手不打笑脸人，路知意对吕新易虽然没有半点好感，但也不好意思直说：“我不想挨你坐。”

然而不待她做出反应，不远处的凌书成已经发话了。

“路知意，来，这边吃饭。”

她赶紧端起盘子，“不好意思，我师兄叫我。”

转眼就溜了。

坐到了凌书成和韩宏对面，自然也就坐在了陈声旁边。

她笑嘻嘻叫了声："韩师兄，凌师兄……"

侧头，讨好地冲他笑，"队长早上好。"

凌书成咂嘴，"啧啧，三个师兄在这儿，就陈声得了个早上好，简直不把我和你韩师兄看在眼里。"

路知意："谁叫我是马屁精呢？"

陈声："呵呵。"

她以为这样就能弥补她剪短头发对他造成的伤害了吗？

天真！看看他的黑眼圈！看看！

没人提四队的人如何如何，事实上，凌书成根本没有说过四队的坏话，半个字也没提。只是这样的次数多了，路知意也渐渐明白过来——四队的人，在他们这并不受欢迎。

嫁鸡随鸡，嫁狗随狗，进了三队就是队长的狗。路知意觉得自己很懂事，无比自觉地跟上了队里的方针，上面说疏远谁，她就绝对不跟谁好，这是基本觉悟。

开玩笑，本队队长小心眼得跟什么似的，她才不愿意堵枪眼呢。总之，队长说什么就是什么，队长他什么都没说，难道她还不会看眼色呀？

说起眼色这回事，路知意又觉得有些蹊跷。

最近陈声看她的眼神可怪了，当面总是恨不能一个眼神戳死她，一转眼在她看不见的地方，就总有一道热辣辣的目光锁定她。她每次一回头，就看见他匆忙挪开的视线。

他到底是喜欢她还是讨厌她来着？这个口是心非的家伙！

路知意跟队一个月，第二个月开始参与救援行动。

因为还是新人，她要做的事情很简单——驾驶。

陈声开始把她分配到别的机上，一般配备一个凌书成看着她，她主驾驶，凌书成主救援行动安排。也就是说她只需要操纵直升机，凌书成从队长那里得到指示，该架救援机上的队友该做什么、如何去做，都是他需要决定的事情。

起初路知意很紧张，因为救援行动总是发生在危急时刻，刻不容缓，这可跟开客机不同。

她面临的不是穿越云层和冷空气，不是气流带来的颠簸，更不是与飞鸟发生撞击的危险。她需要适应各种极限操作，比如最大限度地将救援机悬停在海面上，比如靠近正发生火灾、随时可能爆炸的船只，比如此刻。

暴雨天，早上还平静优雅的大海似乎暴怒了。

海水变成了深蓝色，蓝得发黑，像是浓郁的墨汁，一波接一波从远方涌来，化作巨大的浪头拍打着空气。

渔船翻了。

船上的人穿着救生衣在海上若隐若现，时而浮出水面，时而被巨浪卷入水下。

路知意艰难地操纵着救援机，海上可见度极低。

暴雨倾盆，狂风大作，她大开着窗，不得不探出头去看海面的场景，因为机窗玻璃全被雨水灌满，什么都看不见。

她满头满身都被雨水打湿了。

这样的巨浪，救援船没法来，这片海域风浪过猛，翻船的可能性太大。

两架救援机抵达现场，在空中盘旋，尽可能靠近海面。

陈声的声音从耳麦里传来。

“两名被困人员已经被浪头冲散，我带一号机去营救三点钟方向的落水者，二号机负责九点钟方向的落水者。”

“收到。”

路知意冒着大雨找到落水者，降低高度，悬停直升机，放绳梯。

凌书成亲自爬下绳梯营救被困人员。

机上还有个罗兵，可今日天气太恶劣，下去的风险太高，凌书成也选择了自己去。

路知意艰难地伸出头去俯瞰下方，凌书成极为艰难地向下爬着。半空中，绳梯剧烈晃荡着，没有支点，凌书成的行动也受到限制，不得不缓慢而行。

可海浪太大了，落水者转瞬就被冲到了更远的地方。

橘红色的救生衣起起伏伏。

路知意不得不再三操纵飞机去追赶那个被海浪驱使着不断改变方位的落水者。可瞬息万变的浪头岂是池中物？他们总也追不上。

凌书成已经在绳梯上吊了将近十分钟，再这么下去，他的体力也会耗尽。

路知意急了，她向陈声汇报着实施状况，耳麦里沉默片刻，传来他冷静的声音。

“跟上一号机，保持十米左右的距离，悬停不动，准备接应。”

她不明就里，但仍回应：“收到！”

随即向不远处的一号机驶去。

暴雨中，她隐约看见一号机也悬停不动了，耳麦里传来很低很嘈杂的对话声，她辨别出来的只有一句。

“徐冰峰，你来。”

这是陈声的声音。

你来？

你来什么？

她茫然地揣测着陈声的命令。

视线里，一号机打开了舱门，有人系着安全绳，一手拉住舱门，半个身体都悬空，另一只手使劲拽了拽绳扣，最后确认安全措施已就绪。

他要干什么？路知意探出头去，从凌乱的雨幕里望向一号机。

她看不清那是谁。队员们都穿着白色制服，这么大的雨势，压根看不出准备执行任务的是哪一个。

是徐冰峰吗？

她心跳忽然加快了。

耳麦里却传来另一个声音：“接到基地指示，目前海风吹往东南方向。二号机准备，浪头太大，等队长跳进海里，成功与落水者会合后，会被浪头推向你们的位置。凌书成负责在绳梯上接应队长，路知意，随时观测队长的位置，必要时紧急改变航向，务必让队长靠近绳梯。”

风势太大，浪头太大，仅凭一架救援机难以完成任务，所以现在需要两架飞机一同配合。

路知意怔怔地望着一号机。

风雨大作，天昏地暗。

老天爷仿佛破了个洞，暴雨如注，而在她模糊的视线里，那个攀住一号机舱门的人攥住了腰间的安全绳，纵身一跃，朝海面跳去。

浪头一个接一个，大有吞没天地的气势。

她魂飞魄散地看着那个朝海里跃去的人，仿佛终于明白了凌书成曾经说的那句话：“最危险的情况，他都自己去，因为他是队长。”

他不会让自己的队员去接受最危险的挑战。他选择以队长的身份，直面最险峻的危机。

那道白色身影仿佛一只飞鸟，在暴雨中以一道优雅的弧线坠入海面。

路知意听不到他落海的声音，螺旋桨的噪声、巨大的海浪声和这漫天无尽的大雨，淹没了他的身影，也仿佛给一切按下消音键。

陈声落水后，路知意等了很久，都没有看见他浮出水面。

那半分钟的时间格外漫长，明明只是须臾，却又仿佛过了一生。

海面宛若巨兽，拥有吞食天地的力量，吞噬了大雨，吞噬了船只，也吞没了陈声。

路知意探出头去，死死盯着海面。

出来啊。

快出来。

雨水连成线，将她的短发冲成一缕一缕，又沿着她的面颊滑落，沿着脖子注入制服里。棉质衣料贴在身上，睫毛也被雨水打湿。滨城的雨仿佛带着咸湿的味道，扎进眼里激起炽热的疼痛感。

她听见耳麦里的徐冰峰在向基地紧急汇报："队长进入海里三十七秒，还未浮出水面。"

然后是四十一秒。

五十二秒。

身后的罗兵没了声音。

一号机的徐冰峰也没了声音。

天地都寂静了。

路知意的心跳静止在这一刻。

她怔怔地望着汹涌的海面，不可置信，忘了呼吸，所有的感官都定格了。

直到某一刻，海平面上忽然出现那个白色身影，像是鱼跃一般，骤然闪现在视野中。他怀里紧紧抱着个人，将安全绳的一端绕在那人身上，吧嗒一声扣紧。被巨浪推动着，他怀抱那人往二号机的方向而来。

凌书成的声音终于在耳麦里响起："二号机，凌书成，已在绳梯上准备就绪，随时准备与队长接头。驾驶员，请降低飞机高度，让绳梯进入海面。"

路知意："收到，立马降低高度。"

她收回探出窗外的脑袋，拉动操纵杆，一言不发降低高度，顶着狂风往海里去。

“安全绳已没入海里，可以悬停飞机。”

“收到。”

她紧紧拉起操纵杆，猛地将飞机悬停在半空。

罗兵从她身后递来一方干毛巾，“路知意，擦脸。”

她头也没回接过毛巾，用力擦了把脸，擦得皮肤一阵火辣辣的痛。她把脸埋在毛巾里，重重地吸了吸鼻子。

滚烫的热泪，只敢藏在无人看见的地方。

擦干眼泪，任务还要继续。

Chapter. 12 致命温柔

这次救援行动总共持续了四十七分钟。

两名被困人员均由陈声自海中救起，凌书成在绳梯上接应，最后两名被困人员，连同陈声在内，都坐上了二号救援机。

陈声垫后，最后一个自绳梯爬上来。

路知意在看到他出现在机舱内的那一瞬间，眼眶酸涩难当。

陈声几乎是进入舱门后，就靠在座椅上平复呼吸，闭眼一瞬，复而睁开，与路知意对视片刻。

她戴着耳麦，浑身湿透堪比进入海中的他。眼眶有些红，不知是被发梢滑落的雨水打湿的，还是因为其他。

他看她片刻，还喘着气，声音低哑地问了句："是谁教你驾驶直升机时不看前面的？"

是训诫的语气，淡淡的，仿佛刚才经历生死一刻的另有其人。

路知意蓦地笑了，回头看前方，操纵着飞机往基地的方向返回。

身后，罗兵在问："队长，你还好吧？有没有哪里受伤？"

陈声转了转手腕，"右手韧带可能拉伤了。"

凌书成询问两个落水者："你们呢，现在感觉怎么样？呼吸困难吗？有没有受伤？"

两人惊魂未定，说话颠三倒四，又是道谢又是哭。

凌书成原本还挺严肃的，听着听着就忍不住笑场，一抬头，接收到队长凌厉的眼神，又赶紧憋住，"先别说话了，你俩休息一会儿，待会儿回了基地还是要去医务室检查一下。"

一场风波趋于平静。

机舱之外，暴雨仍未停歇，天昏地暗，瀚海无垠，巨浪不断翻滚着，依然拥有吞噬一切的力量。

仿佛末日来到，可末日分明刚刚过去。

医务室，陈声坐在椅子上，手臂搁在桌面。穿白裙子的队医在替他检查右手。

半晌，医生下了结论："韧带拉伤，我给你敷药绑上，半个月内不能使力。"

陈声蹙眉，“最多一周。”

医生瞪眼睛，“最少两周！”

“十天。”

“这也要讨价还价？”医生匪夷所思，“我是医生还是你是医生？”

陈声沉默片刻，妥协道：“那好，两周。第一周不使力，第二周只驾驶飞机。”

医生：“……”

“算我服了你。记着，驾驶飞机也不准用力，要是又扭了，第一时间来找我！”

陈声笑了，“知道了。”

刚才在海里，他体力消耗过度，此刻坐在椅子上闭目养神，等待医生给他包扎手腕。

队医在基地也待了好几年了，比他大三岁，名叫柏静宁。这些年来，两人打过的交道不少。私底下，柏静宁叫他“拼命三郎”。后来叫着叫着，就变成了简称，三郎。

路知意一路找来医疗室时，恰好在门外看见柏静宁替陈声包扎手腕。

白裙子的医生素净漂亮，面上只描了眉毛，涂了点浅浅的口红，边给陈声缠绷带边说：“三郎，你怎么不学学吕新易他们？来基地这么多年来，到我这医疗室的频率还不到一年一次。你倒好，多的时候一个月要来好几次，怎么，就这么迫不及待想见我？”

三队的人都在训练场整队呢，路知意是偷溜来的。

陈声不在，凌书成成了领头羊，这个小灶还是可以开的，他一边对她挥手，一边挤眉弄眼，“你就代替我们去看看队长，顺便送上全队人员最真挚的问候。”

罗兵也不想训练，立正道：“报告，申请和路知意一同探望队长！”

凌书成：“申请驳回。”

“为什么？”

“队花秀色可餐，队长看了都能多吃两碗饭；你面目可憎，对队长的伤势不利。”

罗兵在心里骂娘。

路知意一路小跑着来了医疗室，身上湿透的队服都没来得及换，这么一路暴晒着，抵达大楼时都快干得差不多了。

短发乱糟糟地贴在额头上、耳边，何止一个惨字了得。

偏偏她站在门外，却看见陈声神情疲倦地躺在椅子上，神色倒是有几分放松。他放心地将自己交给那位漂亮医生，任由她在他手腕上涂药、包扎。而医生叫他三郎。

那亲昵的语气叫她一顿。

她喘着气，忽然之间动弹不得，进退两难。

柏静宁很快看见了她，抬头问道："你是……"

下一秒，注意到她这身制服，顿悟，笑起来，"啊，我知道了，你就是三队新来的队花吧？"

一句话，躺在椅子上的人蓦地睁开双眼，朝门口看来。

路知意下意识后退一步。

陈声不咸不淡地说："来都来了，站在外面干什么？"

她讪讪地笑着，又走进了医疗室。

房间里开着空调，整洁干净。室内还有一间屋子，应该是摆放药品的地方。

柏静宁一边替陈声绑绷带，一边笑着对她说："你好，我姓柏，你叫我柏医生就行了。"

路知意点头，"你好，柏医生，我叫路知意。"

她的目光挪向陈声。

陈声问她："不去训练，跑这来干什么？"

她站在原地，迟疑片刻，说："凌师兄叫我来看看你，大家都挺担心你的。"

陈声的表情冷了一点。

"是吗？"

看来是他自作多情了，担心他的是大家，不是她。

也对，她这种读书时代死也不肯耽误学习的学霸，进了基地也一样，什么事情都耽误不了她的训练进度。他怎么会指望她一时情急、不顾一切跑来看他？

他复而闭眼，又躺回椅背上。

"教他们放心，一时半会儿还死不了。"

路知意："……"

柏静宁却扑哧一声笑出来，并不知道路知意和陈声的那段过去，还当她刚进队，没适应陈声这冷言冷语，赶紧安抚她，“你别介意，三郎就这德行，啥时候他要对女人温柔点，不那么绝缘，太阳一准儿打西边出来。”

这话教路知意沉默了。

她抬眼看看柏静宁，这位医生又有多了解陈声呢？什么时候她与他之间，沦落到了现在这个地步，需要一个外人来替她解释他的真心？

阳光从窗外倾泻进来，照在柏静宁纤尘不染的白色制服裙上。她与她都穿白色，却完全是两个模样。

医生穿着合体的衣裙，头发一丝不苟挽在脑后，眉毛弯弯，双唇莹润，饱满漂亮得仿佛春日里初绽的杏花。

可她呢。

路知意垂在腰间的手动了动，触到自己皱巴巴还泛着湿意的制服。

她与队里的男性们一模一样，穿一件白色衬衣，下着深蓝色长裤，没有一点腰身，没有一点突出女性曲线美的剪裁设计。

她还为图方便，剪了一头极短的发，素面朝天，满头凌乱。

两人面对面站着，真教她自惭形秽。

她的嘴边浮出千万句话，想反驳柏静宁，陈声从来就不是女性绝缘体，他只是没把其他女人看在眼里。若他将谁放在心上，他能给的何止温柔。

他们都不知道，谁也不知道那年三月，陈声给过她怎样的春天。

一刹那间，过往悉数涌入脑中。

她看见他站在三月的小溪边，将那条拼命摆尾的草鱼扔进她怀里，看她一屁股坐进田野间，笑得整片林荫都随之颤动。

他牵着她的手在院子里看星星、乘晚风，说回到过去他是办不到了，但他会努力撑起她的现在和将来。

他为她折腰，为她锱铢必较，为她爬上四千米的高山，为她做尽天真傻气之事。

那些话在嘴边起起伏伏。

可路知意只能拽住衣角，云淡风轻笑了笑，说：“队长，你没事就好，那我就先归队了，跟大家汇报一下你的状况。”

她转身快步离去。

她哪里怨得了他？都是自己做得不对，都是她骗了他，伤了他的心。

路知意匆匆往训练场跑，却不知道在她走后，陈声猛地从椅子上站起来，快步走到窗口。

柏静宁吓了一大跳，“你干什么？还没包好呢！”

陈声一言不发地站在那，目光定定地盯着从大楼里匆匆离开的人。

她暴晒在太阳底下，头发乱七八糟，穿着那身湿衣服，都快晒干了还没来得及换。她抬起手臂，使劲揉了揉眼睛。

他的胸口涌起一阵酸胀感。

有如释重负，有酸楚，有出了口气的满足，随之而来的却是更多的不满足。

训练结束后，凌书成让大家回去换换衣服，今晚聚餐。

队里有这个习惯，一个月聚餐一次，今儿又到了大快朵颐的好日子。贾志鹏可高兴了，改善健壮体格，从地沟油喝起。

罗兵问了句：“那队长手受伤了，还去吗？”

凌书成说：“我刚才打电话问了下，他说他就不去了，让咱们吃高兴。”

路知意却迟疑片刻，暗地里对凌书成说：“凌师兄，今晚我也不去了吧。”

凌书成挑眉，“你也不去？那你留在基地干吗？陪队长？”

他本是调侃，却不料路知意异常认真地点点头，“嗯。”

凌书成：“嗯？”

路知意眨眨眼，“还有件事我想请教一下你。”

“你说，但凡师兄能解答的，知无不言言无不尽！”凌书成一脸“不容易啊，我们小红也开窍了”的表情，老泪纵横。

下一秒，路知意的表情严肃了些，四下看看，凑过来。

“我想问问你，医疗室的柏医生是怎么回事？”

嗯？柏静宁吗？柏静宁能有什么事？

凌书成蹙眉仔细思索着。

路知意见他没反应过来，赶紧小声补充：“今天我去找队长的时候，听见她很亲热地叫队长三郎，还有说有笑……”

凌书成恍然大悟。三郎不就是拼命三郎的简称吗？医疗室众人都对陈声这个称呼，久而久之，那栋楼里都叫开了。

话到嘴边，他猛地刹住了车。

抬头再看看眼神里都掩不住焦急的路知意，凌书成顿了顿，长长地叹口气，“这事儿，怎么说呢？”

“你就直说吧。”路知意心都提到了嗓子眼。

凌书成摇摇头，叹息。

“落花有意，流水无情啊。”

路知意眼睛都瞪大了，“她果然对队长有非分之想！”

凌书成再接再厉，“是啊，俗话说得好，女追男隔层纱，陈声这种铁汉柔情，要真被她的绕指柔给融化了，那你可咋办？”

路知意咬咬腮帮子，没吭声。

凌书成严肃地抓住她的肩膀，“路知意，我问你，你对陈声，到底还有没有想法？”

“我都追到基地来了，能没有吗？”路知意低声承认了。

“那你可抓紧了，别让人捷足先登。”凌书成给她打气，“师兄我是站在你这边的，你可得好好把握住机会，毕竟你俩还有一段过去，旧情复燃、干柴烈火，这可比柏医生那边强多了！”

“是吗？”路知意叹气，“可队长对我好冷淡哦，我说我想他，他都没有半点反应……”

凌书成急了，一拍大腿，“你怎么知道他没反应？反应这种事，又不是总体现在脸上！”

路知意抬头一愣，“不在脸上，那在哪里？”

凌书成笑了，神神秘秘凑到她耳边，“今晚灌他两瓶酒，看看别的地方。”

路知意：“……”

“你到底还想不想跟他好了？”

“想啊，可是……”

“可是什么啊可是！想就上！生米煮成熟饭，他还逃得出你的手掌心不成？”

“……”

看路知意一脸踌躇的样子，凌书成再放大招。

“来，师兄再给你支个招。”

“什么招？”

“今晚你拿着酒，就说去孝敬他，借用他的电脑。”

"借电脑干什么？"

"打开D盘，有个文件夹叫作《飞行理论》，打开你就知道了。"

凌书成冲她眨眨眼，用一种"一切尽在不言中"的眼神看着她，替她最后加油打气一番，扬长而去。

路知意："哎，师兄，你话还没说完啊！"

凌书成头也不回地摆摆手。

哎，真想为自己高歌一曲，路见不平一声吼，该出手时就出手，他凌书成也算是仁至义尽、感动中国了。

宿舍三楼是三队的天下。

如今队员们聚餐去了，一时间人去楼空，只剩下斜阳夕照从走廊尽头的窗外洒进来，一地亮堂。

路知意踏着余晖出了门，往基地旁边的小巷里跑，叮叮咚咚拎着两瓶江小白回来了。另有两只塑料袋，一只装了些热带水果、瓜子花生，另一只是从巷子里的阿婆那买来的海鲜烧烤。

她倒不是脑子进水，真要按照凌书成的指点去跟陈声生米煮什么熟饭。

可今日的救援任务结束后，她才真正意识到这个职业的高危性，过去都把话挂在嘴边，面试也好，入职也好，总觉得所有的可能性都已熟记在心，可知道与看到，分明是两件截然不同的事。

她开着直升机返回基地时，脑子里反反复复回荡着一个念头。

如果陈声没有上来呢？如果他就那样沉入海底，被汹涌瀚海永远留住了呢？后怕像是水草一般缠住了她。

路知意从小卖部回来时，天已经黑了。她踩在沙滩上，一脚一个印，细沙偷偷往人字拖里钻，硌得难受。

可她没去在意这些细节，只是把酒和塑料袋往沙滩上一扔，双手聚在嘴边，迎着海风大吼一声："啊……"

壮壮胆，她重新拎起酒和袋子，撒丫子往回跑。

三年了。

她过得并不轻松，艰难时刻心头全是他。

前途莫测时，咬咬牙跟自己说，踏着他的脚步往前走就成。得偿所愿时，欢呼雀跃中又总能生出一丝怅然，因为少了个人站在身旁分享喜悦。那一星半点的缺憾，是无论身边多热闹，都始终填不满的空白。

她想，她欠他一句对不起，不是插科打诨式的，也不是含冤带怒的。

路知意回想了一遍来基地后和他相处的日常，毫不怀疑他与她的关系正从冰点慢慢往回升温，可这温升得他不情不愿，也一定升得他很憋屈。做错事的是她，可她从未卸下心防，真心诚意地跟他道个歉。

这样想着，路知意拎着酒回到宿舍，踏着一地声控灯来到他的门前。

空无一人的走廊，每走一段路，头顶的灯就亮一盏。

一地昏黄。

她在门口站定了，看见门缝里透出来的明亮灯光，揣测着她的队长在里面做什么，然后深呼吸，抬手敲门。

手指曲起，指节响亮地叩在门板上。砰砰砰三声，清脆似鼓。

屋里传来男人的声音："谁？"

低沉，散漫，似深夜的海浪。

路知意莫名有些紧张，拎袋子的手都紧了紧。

"是我。"

脚步声靠近门口，在门后顿住。

陈声淡淡地问："是你？你谁？"

路知意翻了个白眼，大言不惭，"三队队花啊。"

屋里的人好像被她噎住了，片刻后，一把拉开门。

门外果不其然站着他们三队的队花，顶着满头的昏黄灯光，拎着两只白花花的塑料袋，脚下踩着人字拖，穿了身白 T 恤衫加花里胡哨的大裤衩，满脸笑意地站在那。

她扬了扬袋子，"队长，来来来，吃大餐。"

然后才后知后觉地发现，队长穿了件白色工字背心，下面是条黑色短裤，头发也湿漉漉的，有水珠淌在肩上。

"你刚洗了澡？"

陈声看了眼她手里的塑料袋，"吃什么大餐？你没跟他们去聚餐？"

路知意笑眯眯，"本来是要去的，但一想到大家都走了，你一个人在宿舍肯定寂寞难耐，我就舍命陪队长，主动申请留下来了。"

陈声居高临下地看着她，"太阳打西边出来了？"

她伸手戳戳他的胸，"你倒是让一让，请我进去坐坐啊！"

戳完还反馈了一句："胸肌很有弹性。"

陈声：“……”

弹你妹啊！

路知意把两只塑料袋往桌上一放，开始往外腾东西，边腾边报给他听。

“烤生蚝四只！”

“烤扇贝四只！”

“秋刀鱼两条！”

“烤老虎虾六串！”

……

报到最后，她嘿嘿笑着拿出那只饭盒，打开后往他面前一送，“香喷喷的烤猪蹄两只，吃哪补哪。”

目光落在他绑着绷带的手上。

陈声：“……”

补你妹啊。

他看了眼一桌的美食，揶揄她：“今天挺大方啊，花了不少吧？不存钱买房子了？”

海鲜烧烤一大堆，水果全都挑最好的，花生瓜子好几袋，还有两瓶江小白。

路知意仰头冲他笑，不卑不亢道：“要买啊。但是队长比房子重要，房子可以迟点再买，队长可不能……”

后面的话，她含含糊糊吞了。

陈声：“队长不能什么？”

“队长不能饿着。”她换了个说法。

陈声瞥她一眼，往卫生间走。

路知意冲他背影叫了声：“哎，趁热吃啊！你去哪？”

“洗头。”

他是洗到一半，听到有人敲门，胡乱擦了把头发就出来的。

路知意跟到了卫生间门口，看他把头埋进洗漱池里，一只手拧开水龙头，又单手往头发上浇水。

“你就这么洗？”

“不然呢？”

因为弯了腰的缘故，他说话的声音又低沉了两分，带着点喉音，一丝喑哑。

他闭着眼，弯腰凑在洗漱池前。

耳边传来她沙沙的脚步声。

下一秒，水流中忽地多出一双手来，拉开他那只没受伤的手，掬起一捧温热的水花往他发间淋。

他浑身一僵，却听见她的声音无比自然地传来耳边："我来吧。"

陈声下意识要拒绝，可话到嘴边，又咽了下去。那只原本要洗头的手在半空中没了着落，慢慢落在洗漱台上，按住了，没再动。

她的动作很轻，捧了水往他头发上淋，然后又揉了揉。看他头发湿得差不多了，又关了水龙头，去一旁拿洗发水。

"蓝色这瓶吧？"

他顿了顿，闭着眼也不忘怼她："你不识字？"

路知意在他看不见的地方翻了个白眼，挤出洗发水，在掌心搓出了泡泡，然后往他头发上抹。

狭小的卫生间，昏黄的灯光，高高大大的男人弯腰不动，仿佛对她俯首称臣一般，而她站在他身旁，仔仔细细替他洗头，动作轻而缓慢，略有几分生涩。

这一刻对路知意来说，是一个好的开始，一个和好的征兆。

他肯让她碰他的头了呢。

接下来一起喝酒，一起吃肉，然后趁着气氛很好，赶紧认认真真认错道歉，得到他的原谅。就算他不原谅，至少消消气也好。

她的如意算盘打得响当当，却不知这一刻对陈声来说，简直是个挑战。

闭了眼，没了视野，那么其他的感官理所当然就变得更加敏锐。他俯首撑在台子上，感受着她用手在他发间轻轻揉搓，偶尔挠一挠，不痛不痒，却点燃了什么。

她的指尖落在他耳边，像是带着火星子。

她按着他的头皮，每一下都教他浑身发麻。

她拧开水龙头，又开始往他头发上泼水，边泼边问："水温合适吗？"

水温是合适的，温温热热。可那水流滑落在发间、颈间，就开始滚烫灼人。她用那双手在他发间作乱，轻轻拂过耳边的泡沫，又理了理脖子上方的发茬儿。

陈声不动声色地站在那，胸腔里仿佛被人点起火苗来。

最后，她用毛巾替他擦了擦头发，“好了。”

陈声抬起头来，却没直起腰，依然用手撑在台子上，淡淡地说了句：“你先出去，我洗个澡。”

“要不要我……”话说到一半，路知意回过神来，“哦，好。”

洗澡这事，她就不宜冲动了。

路知意出了洗手间，还替他把门带上，听见门内响起水声，一个人打量着这间宿舍。

简单干净，硬汉作风，没有半点多余的摆设。两张床，一张书桌，一个衣柜，一个鞋架，书桌上有简约书架。

她的目光落在桌前的笔记本电脑上，忽地一顿。

于是陈声正在冲冷水澡时，忽然听见外面传来路知意的声音。

“队长，我用下你的电脑行吗？”

他应了声：“嗯。”

“有密码吗？”

“我名字缩写加生日。”

“哦，好。”

她并没有问他生日是什么时候，那就是说牢记于心了。知道这一点，陈声在水流中闭了闭眼，四肢百骸都一阵轻松。

门外，路知意放心地回到书桌前，端端正正坐下来，打开电脑。

输入密码。

进去了。

她嘿嘿一笑，没想到这么轻松就能动陈声的电脑了，赶紧回忆片刻凌书成的指点。

我的电脑，D盘，果然有个叫作《飞行理论》的文件夹。

路知意精神一振，点了进去，准备一睹这传说中的惊天大秘密。哪知道文件夹里只有一个AVI文件，1.5个G，文件名是一串拼音。

她一愣。难道是电影？

也没多想，她移动鼠标点开了文件。窗口蓦地弹出来。视频播放器有自动记忆功能，顺着上次的播放进度就放了起来。

奇怪的是，播放进度还停留在开始的几分钟。

画面上，一个短发少女背对屏幕，跪坐在浅灰色的大床上，未着寸缕，没有正面。她身体纤细，蝴蝶骨清晰可见，嘴里轻声说着日语。

路知意顿了顿，把进度条拉到一半的位置，关键地方虽然打了码，但也并不妨碍她一眼看出这是岛国爱情动作片的事实。

搞什么飞机？

凌书成有病吧？骗她来看陈声电脑里的这东西？

电脑的音量还开着，男女嗯嗯啊啊的声音异常销魂。路知意面红耳赤把视频一关，无语地站起身来，想假装什么事情都没发生。可转念一想，不行，她把进度条拉走了，下回陈声再放时，不就知道被人动了这玩意儿吗？

她又赶紧坐回椅子上，飞快地打开片子，把进度条往回拉。

画面上又出现了少女背对屏幕的那一幕。她撇嘴，什么啊，电脑里就一个片子，翻来覆去看，还能有感觉吗？

还有啊，他怎么就停在开头五分钟这地方？难道说队长……只需要五分钟……

路知意的污秽思想停不下来。

她带着批判的目光看待这片子，眯眼盯着屏幕，觉得这女演员也不怎么样啊，那头短发短得也太过分了吧？

跟她当年念书时候的那头板寸有的一拼。

等等——

下一秒，路知意倏地瞪大了眼。

一模一样的板寸……

一模一样的板寸？

进度条停在五分钟处，也就是说——他只看这个背影。

凌书成不会无缘无故叫她来看什么《飞行理论》背后的秘密。他意有所指。

路知意瞪着眼睛坐在椅子上，蒙了。

也就在同一时间，卫生间的门咔嚓一声开了，洗完澡的队长穿着工字背心、大裤衩，擦着一头湿漉漉的头发，很有气场地走了出来。

他朝她的背影看去，“你在看什么？”

路知意神情复杂地转过身来，挪动身体，把电脑屏幕露了出来。

指指画面上的背影，她欲言又止。

陈声：“………………”

“？？？？？？？？？？”

“！！！！！！！！！！！！！！！！！！！！！！！！”

炸了。

电脑屏幕停留在短发少女的背影上。

路知意按下了暂停，神情复杂地望着刚洗完澡出来的男人，指指屏幕，“这个……”

陈声在原地僵了两秒钟，下一刻，大步流星走到她面前，砰的一声将笔记本合拢。

“谁让你乱动的？”语气不善。

“队长，我分明征求过你的同意好吧？”

“我只同意了你用我的电脑，同意你乱翻了吗？”

她嘀咕：“可你也没不同意啊……”

陈声面无表情看着坐在椅子上的她，盘着腿，嫩白的小腿异常显眼，还仰头冲他强词夺理。

他淡淡地说了句：“你拎来的东西还吃吗？爱吃吃，不吃走人。”

路知意见好就收，赶紧从椅子上跳下来，“好好好，吃饭吃饭。”

她仿佛女主人似的，将海鲜烧烤摆了一桌，又一人开了一瓶江小白，还殷勤地招呼他：“坐。”

陈声：“……”

这里明明是他的地盘好吧？

瞥她一眼，他不动声色坐了下来，等着看她还有什么花招。

路知意端起酒来，小巧的玻璃瓶在灯光下熠熠生辉。

她说：“走一个？”

陈声看了眼那白酒，“啤酒都喝不了两杯，还喝白的。”

路知意执着地把酒瓶举到他面前，“啤的是娱乐娱乐，白的才能代表我的心意，你瞧瞧，一片丹心清澈见底，没有半点杂质。”

“为什么想起找我喝酒了？”他盯着她。

路知意那明晃晃的笑容终于消减下去，顿了顿，她说：“因为有句话迟到三年，一直没跟你说。”

陈声看着她，没说话。

她站起身来，将那瓶酒举到半空，轻声说：“对不起，队长。”

他的目光落在桌上的烧烤堆里，很浅很淡。

“你对不起我什么？”

“对不起说假话骗了你。对不起在一起的那些日子里，明明有很多机会可以开口说清楚，可因为自尊心作怪，一拖再拖，拖到事情没了转圜的余地。对不起在被陈法官拆穿真相时，你一路追出来，那么告诉我说你相信我，我却选择逃避真相，不对你解释。对不起让你一等就是三年，这句话到今天才有勇气说出来。”

她一鼓作气，把那些憋了很久的话一口气说完，屋子里刹那间安静下来，仿佛蚊子振翅的声音都能听得一清二楚，连同她的心跳在内。

她迟到了整整三年。

这一句对不起，消磨了他与她的感情，也令那段本该令人想起来就笑的时光黯淡不少。

她屏息看着陈声，猜测着他的反应。他会原谅她吗？会觉得这话到今天才说出口已经于事无补了吗？还是别的什么？

风扇在头顶呼呼转动着，扇叶都泛黄了，老旧，布满灰尘。

屋内只开着一盏昏黄壁灯，他与她面对面坐着，一桌烧烤香气扑鼻，蒜蓉的气味和孜然的香味混合在一起，有一种难得的居家感。

那一刻，陈声有些晃神。

多年前，在他以为他和她会这么顺顺利利一路走到最后，拥有三口或四口之家，每日对坐着话家常，一日三餐你做饭我洗碗的时候，不是没想过今天这一幕。

饭桌上有饭菜的香气，昏灯一盏，薄酒两杯，说些有的没的无聊的话，于他而言也有趣得很。

可谁知道命运弄人，今天这一幕来是来了，他们却已经分开三年。

她的对不起迟了整三年，他就等了她整整三年。

风扇呼呼转着。

她的手还端着酒瓶，搁置在半空。

陈声看着那一桌菜，问：“为什么选在今天？”

她站着，他坐着，她便低头看着他，“今天你往海里跳的时候，我差点以为我再也见不到你了。”

“见不到不是更好吗？你来这之后，我并没有给过你半点好脸色。”

“要是一个好脸色需要你付出生命的代价，那我宁愿你天天都臭着张脸。”

他不紧不慢笑了两声，“我要是天天都臭着张脸，路知意，你能在基地待多久，忍多久？”

“忍到你累了，懒得跟我摆脸色为止。”

“要是我没累，你先累了呢？”

“不可能。”她斩钉截铁。

陈声抬眼看她，“这么笃定？”

路知意端着酒瓶，静静地看着他，轻声说：“你热也好，冷也罢，笑也好，哭也罢，你在哪里，我就在哪里。”

屋子里一室寂静，谁也没再说话。

两人对视着，她恨不能将所有感情投射在目光里。

他试图看清她的真心。

良久，陈声的手抚上了自己面前那瓶酒。

“路知意，你的谎话说得太多了，狼来了的故事听过吧？”

“听过。”

“一而再再而三说谎，你觉得还会有人信你吗？”

“那你信吗？”

她问得很轻快，目不转睛地盯着他。

陈声的手握紧了酒瓶。

“我怎么知道这次还是不是狼来了？”

“那你试试看啊，试试看不就知道了？”

他笑了，“我怕了你，要还是狼来了，空欢喜一场，后头还有三年苦日子等着我，我怕我熬不过去了。”

他这话说得云淡风轻，带着点笑意，苦笑。连日来的冷淡皆是面具，此刻被她摘了去，生也好，死也罢，横竖是一锤定音了。

这三年是怎么过来的，有时候试图回想，却总也记不清了。

起初是恨她，恨自己意气风发二十年，一头栽进她的大坑里，爬都爬不起来。被骗了，被忽视了，被抛弃了，被冷眼旁观了，面子里子都丢尽了。

可怒火再烧，也不可能一直烧下去。

他没那么多精力去牢记这种刻骨铭心的恨与痛，久而久之，不得不承认，他的恨不过是来源于爱。

他仍盼着她追上来，仍盼着她道个歉，仍惦记着她的政审走不通民航系统，所以千方百计来帮她开个路。

她那么执着于当一名飞行员，总会顺着他的足迹跟上来吧。可她那样对他，他凭什么不要自尊去帮她？以德报怨，这不是他陈声的原则。

所以他自欺欺人，告诉自己他不是为了帮她，是掐准了她的七寸，等她走投无路，一路跟过来，他可得好好折磨折磨她。

打蛇打七寸，他以为他掐住了她的命脉。哪知道她来了，他才发现是她逮住了他的七寸。

飞扬跋扈小半辈子，还以为自己天不怕地不怕，哪知道二十岁那年遇到她，旦夕之间有了致命短处。他的短处，叫路知意。

陈声端着酒，有些心灰意冷，又有些自嘲。终于等来她的对不起，他竟觉得身在梦里，不可置信。

路知意何曾见过这么落魄的他？唯独三年前，他从家里追出来，在小区的河边追上了她，那时候他露出过这样脆弱的一面，几乎是苦苦哀求她说一句那不是真的。

此刻，他没了张扬，也没了冷漠，苦笑着坐在她面前，哪里有半点白日里那个不可一世的陈队长的样子？

他像个迷路的稚童，唯一的救命稻草就是她，可她骗过他，他不敢抓。

路知意觉得自己被架在火上烤，一面心知肚明他就算不敢抓，也还是会抓；一面煎熬于她的一个冲动、一个错误，令他受尽折磨，也令她自己受尽折磨。

为什么没有早一点妥协？为什么当初他追上来的时候，她没有第一时间说清楚？

哪怕一切都是假的，至少爱他这一点是真。她错了，她不该连这件事都含含糊糊敷衍他。

路知意触到陈声的眼神，那一刻忽然很想哭。她想再说点什么，可喉咙干涩沙哑。

陈声却把酒瓶端了起来，在半空中与她碰了一下，清脆的一声。

“喝吧。”他仰头，大口吞下那火辣辣的白酒。

路知意一咬牙，坐下来，也跟着仰头痛饮。

酒这东西，她从未发现它有半点好处，难喝得要命，喝了又难受得要命，这世界上为什么还有那么多酒鬼？

不可理喻。

可这一刻，她心甘情愿往肚子灌。火辣辣的刺激感一路从喉咙蔓延至胃里，可她觉得该，她就活该受着。

最后一桌子烧烤倒没吃几口，两人光顾着拼酒。

路知意没有辜负陈声对她的鄙视，一瓶白酒下了一半，就开始放开了嗓子号。

“队长，我错了，我真的错了……”

她开始抹眼泪。

“是我心高气傲，觉得你爸当年判了我爸，我这辈子都在你面前抬不起头来，索性一了百了，又说了谎话。”

陈声闭眼靠在椅子上，“你又说了什么谎话？”

“我说对你的感情也是假的，那不是真的。”

“……”

他也喝了不少，脑子没那么快转过弯来。

“所以到底是真的还是假的？”

“真的。”她一把鼻涕一把泪，隔着桌子拉住他的手往左胸上搁，“你自己摸摸看，真心真意，千真万确。”

陈声：“……”

清醒了一点，掌心的触感软极了，像棉花，像果冻，弹性十足，泛着热乎乎的体温。

他抽了抽手，“你矜持点。”

路知意不肯松手，抹眼泪，“你不信吗？”

“我信，我信。”

她又破涕为笑，终于松开他的手，不强行把他的手往胸上拉了。

隔了张桌子，两人离得太远。

路知意干脆把椅子朝他身边拉，又想起什么，泪眼婆娑地凑上来，“队长，那个柏医生跟你什么关系啊？你是不是喜欢她？”

陈声：“……为什么这么说？”

她鼓着腮帮子指着他，“你让她叫你三郎了！什么狗屁外号，恶心！”

她还哆嗦了一下，把手臂伸出来，“你看，鸡皮疙瘩都给我恶心出来了。”

陈声看不见什么鸡皮疙瘩，只看见她白生生的手臂。晒了三个月，防晒霜用了几大瓶，好像还真有用，至少与他搁在一处，她简直是白玉一样熠熠生辉。

酒精上头，光是看着她白嫩嫩的手，陈声就有些受不了。

他挪开视线，“没什么关系。”

“那她为什么叫你三郎？”

“医疗室都那么叫，说我是拼命三郎。”

“啊？”路知意愣住，“所以不是三郎，是拼命三郎？”

“不然你以为？”

路知意砰的一声把脑门磕在桌面上，哀号：“凌师兄骗我！”

“凌书成？”

“是啊，他说你俩有暧昧关系，三郎是爱称！”

“……”

路知意醉得惨一些，陈声还好，只是略微头晕，心智都还清醒，当下皱了皱眉，想起什么。

“我问你，是不是凌书成让你看我电脑 D 盘的？”

“是啊。”

“……”陈声捏了捏拳头。

可他这一问，路知意又来了劲。

她猛地抬起头看他，理直气壮地问：“那你说说看，为什么留着那种片子？”

陈声顿了顿，“男人的电脑里有几部片，很稀奇？”

“有几部不稀奇，稀奇的是只有一部。”

“所以呢？”

“所以你要不要偷偷告诉我，为什么那女演员还是个板寸？”她笑嘻嘻地凑过来，贴在他耳边轻声说，“你悄悄跟我说，我不会告诉别人的。”

“……”

陈声努力维持心神，想把这个醉鬼推开。

三年了，胸长开了，飞行技术提升了，人际关系处得更好了，偏偏酒量酒品一点也没上来。还是老样子，喝多了酒发酒疯。

可醉鬼不依不饶地攀住他的脖子，还强行撒娇：“跟我说跟我说，不说的话我就去告诉全队人，你的片子里有个跟我长得差不多的女人，一样的板寸，一样的好身材，整整三年就只靠着她的背影解决生理需求！”

陈声：“……”

要疯了。

大热天的，他就穿了件背心，她也就穿了件薄薄的棉质 T 恤衫，领口还挺大，这么揽着他的脖子蹭来蹭去，擦枪走火不过一瞬间的事。

Chapter. 13 不愿黎明

他坐在那里，一动不动，也没伸手推她。片刻后，只转头看着近在咫尺的人。

“别动了，路知意。”

“你不告诉我，我就要动。”她还威胁上了，又是在他耳边说悄悄话，又是攀住脖子不撒手。

“你再动，我不保证你能平平安安走出这间屋子。”他眸色渐深，声音低哑。

耳边是她呼出的热气，面前是她柔软的身体，双臂水草似的缠住他，而她的声音含娇带嗔钻入耳里。

真要命。

昏暗的灯光里，路知意笑了。

她依然没松手，攀住他的脖子凑拢了去，略带醉意的目光忽然清晰不少。

“那就别让我出去。”吻住他之前，她如是说。

那一刻，陈声忽然发现，狼来了。

说来说去，她还是那个小骗子，借着酒意装醉，仿佛这样道歉就没了抛弃自尊心的挫败感。

他眼眸一沉，死死掐住她的腰，按捺住怒气，离开她的唇，“你又撒谎？”

她眨眨眼，“我可没说我醉了，这个不算吧？”

她还笑！眼神亮晶晶的，还挺得意是吧？简直是十二万分的挑衅。

陈声站了起来，一把架起她往床边走，把她狠狠地丢上床去。他欺身上来，“你很得意是吧？”

路知意躺在他柔软的床上，也没急着起来，反倒把脚用力一揣，两只人字拖以优美的抛物线落在地上。她攥住身下的凉被，感受着热烈的酒意，平生第一次懂得了酒的好处。

难喝是难喝了点，可喝过之后，浑身上下每一个细胞都被唤醒了。

她认识他一年又三年。

四年零三个月。

那些沉寂在大学时光的爱与恨，此刻被酒精一蒸腾，终于化作无限欲望，教她想要抛开一切束缚，抛开那些年少轻狂、自尊自爱、心高气傲、家庭负担，抛开这二十来年背负在身上的种种枷锁，什么穷人的孩子早当家，什么读书是她路知意唯一的出路，什么奖学金，什么优秀飞行员……她全都不稀罕了。

她这一辈子没有什么时候是为欲望而活的。

家境贫寒时，物质生活缺失，她忍住属于少年人吃吃喝喝，买买买的欲望。

当家教时，为了减轻家中负担，她无法跟同龄人一样享受无忧无虑的周末。

期末考试，大家都说尽力而为，三天打鱼两天晒网，这本该是年轻人的常态，可为了奖学金，她不得不熬夜奋战，一心一意冲刺那个第一名。

面子，里子，金钱，荣誉，前程，房子。

她的生命里，充斥着太多杂质。她也想好好活一次，忘记那些负担，忘记她的家庭，忘记一切，只是单纯为了自己的欲望去随心所欲。

此刻，那个欲望名叫陈声。她想要他，她想无拘无束沉入这个世界。爱与欲从来分不开，就好像这些年来她对他的渴望，只增不减，永不停息。

借着酒精，她像是女妖一般，伸手揽住他。她笑着，眼神明亮又迷离，在他耳边呢喃："队长，我想你了。"

四个字，再寻常不过，她曾在海边说过一次，以插科打诨的口吻。

此刻，这四个字宛若致命毒药，彻底令他沉沦下去。

那就下去吧。

仿佛投身海底的那一瞬，满脑子只有找到落水者的念头，没有我要浮上去一说。

没有了少年时温柔缠绵的吻，此刻的双唇是交缠不休、你追我赶的，是一场不死不休的战事，是复仇式的快感。她没多久就像是一汪水，从眼波开始，就能一点一点溺死他。

酒精是炙热的，欲望是炙热的，体温也是。

风扇在头顶呼呼转着，空调也没来得及开。屋子里是盛夏的燥热气息，汗水化作晶莹透亮的珍珠，一颗颗浸出额头，浸出皮肤，在摩挲间化作湿漉漉的水渍。

没有什么你的我的。

分不清是你的手还是我的脚。

全都融为一体。

她痛得蹙眉，却还笑得畅快。她叫着他的名字："陈声，陈声……"喋喋不休。

三年来，他的体能训练终于在此刻派上用场。一场鏖战，鹿死谁手，只能一战方休。

像是一场激烈角逐，她躲，他追。

路知意不敢叫出声来，难为情，只好咬着嘴唇小声呜咽。枕在身下的被子被她拧得乱七八糟，她也是，整个人乱七八糟。

白 T 恤衫没了，衣服掉在地上，花里胡哨的大裤衩挂在椅子上。

陈声一声不吭，像是要整个人连同灵魂在内，全部穿透她。

原来男女有别是真的。她不服输了二十来年，在中飞院时和一群男生比，来了基地和一群队员比，却从来没有这么清醒地认识到，原来他与她是真的天差地别。

这种时候，他像是坚硬的钢铁，她却只是一汪软绵绵的水。

或者海绵。

任他捏扁揉圆，任他往死里压榨。

有那么一刻，她觉得自己像是坐在机舱里，手握操纵杆，全世界只剩下螺旋桨巨大而规律的声音。他就是那螺旋桨，仿佛不知疲倦。她有一种要机毁人亡的错觉，往下看，飞机下面是一片情欲之海，波涛汹涌，眼看着就要淹没她。

她开始战栗，浑身哆嗦，仿佛身体都不听使唤。

"慢，慢一点。"她磕磕巴巴地对他说。

他置若罔闻。

路知意一口咬在他肩膀上，试图缓过劲来，不要被那种烟火一般盛大的快感湮没，可没想到这一口倒是咬出了他的反应。

一言不发很久，只蛮横冲撞的陈声，在这一刻忽地不顾一切起来。

然后是最后的焰火，漫天金星。

结束了。

陈声埋在她颈间，低声喘息。

路知意还在余韵之中，难以回过神来。

两人就这么黏黏糊糊挤在一起，直到呼吸都已平复，路知意忽地睁开眼睛，"几点了？"

陈声倒在她身侧，闭眼没说话。

她又慌慌张张爬起来，没穿衣服很尴尬，怕他一睁眼就瞧见了，于是去拉扯他身下的凉被，可他沉甸甸地压在上头，她只抽出一个角来。

“你让让。”她咬牙。

陈声就这么漫不经心睁眼看着她，淡淡地说了句：“摸也摸了，亲也亲了，还不让看？”

路知意下意识捂住关键部位，低头一看，白T恤衫在脚边，她赶紧弯腰捡起来，胡乱套在身上去拿餐桌上的手机。

八点半了。

她惊呼一声，“两个小时了？”

从踏进门来给他洗头，再到拼酒，最后拼上了床，两个小时都过去了。

陈声靠在床上盯着她，“怎么，在你的预期里，我不配这么久？”

路知意从椅子上摘下花裤衩，麻利地穿上，“哪里哪里，我先溜了。”

她也顾不得穿内衣内裤，跑回床边趿上人字拖就要跑，哪知道床上的男人一个箭步跨下来，一把攥住她的胳膊。

“上完就溜？”

路知意回头，就对上陈声暗沉沉的眼眸。她讨好地冲他笑，“再不溜，凌师兄就该回来了。这，这种状况要是被他看见，够他嘲笑咱们一年。”

也许是被嘲过这么多年的阴影震慑住了陈声，又也许是她口中那句“咱们”软化了他，他松了手，随手拿过一旁的短裤套上。

“走吧。”

路知意一愣，“咱俩住得这么近，不用送了。”

陈声没多说，先她一步开了门，下巴一努，“走还是不走？”

“走，走走走。”

路知意哧溜一下钻出了门，哪怕知道这层楼都走光了，也还是双手抱胸，仿佛怕那两只白兔子跃跃欲试地跳起来。

她从裤兜里掏出钥匙，开了门，刚想说“你别送了”，身后的人却先她一步进了屋。

她一顿。

男人回头，瞥她一眼，“关门。”

？

路知意一脸疑问，但仍然关了门。难不成他还想抽根事后烟？可她才刚回头把门关上，就被人抵在了门板上。

身后，那人不紧不慢地说："路知意，你该不会以为刚才那样，我们之间就两清了吧？"

"我都欠债肉偿了，你还没消气？"

"三年的债，两小时就想还清，你是不是太天真了？"

她贴在门上，感受着他的热气与压力。明明身体有些吃不消，她却低声一笑，用略微低哑的嗓音冲他说："那行啊，有能耐，你就继续讨债好了。"

室内并未开灯，一片昏暗，唯有窗外传来一星半点的光线。

他在门上来了一次。

路知意意识涣散时，还念念不忘，"别把门弄坏了……"

陈声笑了，笑完说："还有工夫担心这个，看来是我不够努力。"

然后……然后他更努力了。路知意再也没空担心别的什么了。从门上到椅子上，最后跌跌撞撞倒在她那柔软的小床上。他太大一只，床却只是一米五的单人床，两人翻来覆去，险些掉下来。

床板不知够不够结实，吱吱呀呀叫个不停。可路知意这回没空担心床会不会塌了。

她自顾不暇。

而后，他不论如何折腾她，一只手始终拢着她的脑袋，指尖插进了她柔软的短发间。他轻轻揉着，感受着那短短的发茬儿，和柔中带点刺手的触觉，只觉得更加难耐。

就是那头板寸，这些年来念念不忘，始终过不去的坎。

多少个夜里靠着那个与她留有同样短发的背影聊以慰藉，却无论如何难以填补空虚。身体是发泄了，可若人的情感也能轻而易举随着肉身一同说放就放，那这世上也不会有这么多痴男怨女了。

都说长发才是千千结，水草一般缠住人心，挣脱不开。可她明明只有一头短发，却依然教他无法释怀。

他用力揉着那头发，吻上她早已白皙的双颊。

消失了也不要紧，他记得它们在哪。在她微微泛红的双颊上，在眼睑下，在鼻尖旁，在他心心念念的姑娘脸上。那两抹滚烫的红，昔日因高原日晒而起，今日却只是因他而起，因情欲而动人，因快意而夺目。

他的小姑娘长大了，腰肢纤细，婀娜多姿。

她半眯着眼睛躺在黑暗里，宛若希腊神话中的女神，但她并非雅典娜，不是智慧与贞洁的化身，也绝非维纳斯，单单是爱与美的纯洁象征。她是阿尔忒弥斯，月光之神、野兽之神，是黑暗里绝对的诱惑，是教他修身养性多年，却一眼便能失控的存在。

希腊神话里，阿尔忒弥斯是原始大自然的女神，在林莽和山野间手持弓箭，以狩猎为戏。她不够柔美，不够娇怯，可她拥有最自然的美，能够引发人最原始的欲。

路知意就是这样。

而在这场角逐里，陈声难耐，她也逐渐失控。爱欲之所以强大，不在于欲的本身，而在于爱。与深爱之人的云雨之欢，光是胸腔里的满足与激动，就足以令身体抵达欢愉的制高点。

虽然他们谁也没说，只是不知疲倦地纠缠着，仿佛要拼个你死我活。

凌书成在十点半回到宿舍。

一群人喝多了，跌跌撞撞各回各家，他还拎着两袋打包回来的海南鸡，想着给路知意和陈声一人分一半。

哼，一群吃货，就他最讲义气。

他先是走到路知意的门口，哐哐拍了两下门。

原本还听见里头有动静的，不知怎么的，敲门之后里头反而安静下来。他叫了两声："路知意？"

"给你买了鸡！"

里头没声音。他想，难不成是睡着了，不想动？

他撇撇嘴，"算了，先放我们这，明天早上给你。"

然后就回到自己的宿舍门口，掏出钥匙开门。喝多了，手有点抖，捅了好几次才捅进去。他在心里骂，死陈声，听见他打不开门也不来帮个忙，亏他还给他带鸡呢！

门开了，他顺手把墙上的灯给按开，再一看屋子里，愣住了。

桌上摆满了海鲜烧烤，却没动过几口。陈声的床铺乱得吓人，被子一半搭在地上，一半还在床上，床单像是七级地震后的模样，皱皱巴巴。

可陈声不在。

什么情况？

他把外卖搁在桌上，挠挠头，晕乎乎地往卫生间走，洗漱完了赶紧出来躺着。困了困了，得睡了。

他揉揉眼睛，没精打采地坐在自己床上，忽然发觉地上有个什么白花花的东西，弯腰捡起来一看——

吓！

这，这什么玩意儿？

两个罩杯，蕾丝花边……

下一秒，凌书成触电一般松了手，路知意的内衣就这么掉在地上。

酒醒了。

脑子被雷劈了。

身体动弹不得。

凌书成眯起眼来，回头看了看墙壁，如果他没猜错的话，隔壁这会儿一准睡了俩。

可以啊路知意。一点就通，孺子可教！

他嘿嘿嘿地翻身上床，心想这回陈声不知道得多感激他，三年前三年后都是这样，要不是有他这个中国好室友、超级智囊在，陈声哪有那么容易和小红走到一处去？

可是钻进被窝，凌书成又有点心酸。怎么就他还单着？他这么优秀，这么聪明，这么无私，这么伟大，凭什么没有伴？

凌书成借着酒意很是失落了一阵子，最后咬着被子，呜呜呜心酸入睡。

隔壁，被凌书成的敲门声吵醒的两人动了动，陈声刚想说话，就被路知意一把捂住嘴。她压低了声音在他耳边说："你别吭声，我还要脸。"

陈声瞥她一眼，没说话。

敲门的动静消失后，她紧绷的身体终于放松下来，也拿下了捂在他嘴边的手。

陈声触到她柔软的手心，眼眸暗下来。

她却无辜地打了个呵欠，"困了，快睡。"

翻个身，继续梦周公去了。

可床还是太小，哪怕翻个身，两人也只能黏黏糊糊挤在一起，肌肤相贴，好在室内开了空调，算不得热。

她嘟囔了一声："床这么小，还非要来挤我，烦。"

陈声："……"

明明之前还不是这个态度的。她这欠债的一直讨好他，怎么一还完债，就两副面孔了？

陈声阴恻恻地看她片刻，行吧，念在今天是第一次，饶了她。

来日方长，欠他的，他迟早讨回来。

基地也有休息日，并不会一周七天压榨员工。只不过每逢周六日，各支队都要安排值班。本队由队长安排值班表，于是路知意很神奇的，嗯，次次都跟队长一起值班。

队员们都觉得挺正常，毕竟是新队员，队长亲自教，言传身教嘛。

只有三个人觉得不正常。

韩宏和凌书成一早看出陈声心头有鬼，趁职务之便把妹？路知意……路知意被刁难了好几次，深感公报私仇的男人很可怕。

总之，一夜同床共枕后，迎来不用值班的周六。

但陈声还是被生物钟唤醒。早晨六点，他缓缓睁开双眼。

海边日出早，又是盛夏，窗外早就天亮了，轻薄的窗帘遮不住光，屋内朦朦胧胧亮着光。

他睡得不太舒服。宿舍安排的单人床太小，因大伙都是壮汉，睡一个他倒是没什么问题，如今两人睡一起，夜里也不敢翻身，生怕一挤她，她就滚下床去。

醒来的一瞬间，背都僵了。

陈声借着光看着面前的人。他与她面对面侧卧着，路知意还在熟睡，身体随着呼吸略微起伏，凉被只到胳膊处，圆润小巧的肩头都露在空气里。

他就这么看了她很久，丝毫意识不到时间的流逝。

睡梦中的女人介于少女与年轻女郎之间，眉宇间还带着一抹稚气，可他知道她醒着时，那双眼眸但凡睁开，就有一种难以言喻的坚韧成熟。

都说穷人的孩子早当家，这话听起来像是一种夸奖，可实际上呢，谁希望自己的孩子过早被生活折磨得早熟懂事？

陈声看着她，觉得她熟睡时可爱多了，像个孩子，不谙世事。

要不是背僵、腰酸，他大概还会继续躺在这里盯着路知意看，可同一个姿势重复太久，他终于还是放轻动作爬了起来。

几乎是刚穿好拖鞋，就察觉到背后的人略微一动。

他回头去看，路知意还是那副模样，双眼紧闭，仿若还在熟睡……

但身体比之前要僵硬多了。

陈声瞥她一眼，没拆穿，穿了鞋往她的卫生间里走，上个厕所，洗把脸，出来时她还一动不动躺在那。

他又从一旁的椅子上把短裤拿了过来，穿上，站着看她片刻，她还是那么躺着。

他站在床边俯视她，叫了一声：“路知意。”

一动不动。

“醒了吗？”

还是不动。

他淡淡地盯着她紧闭的眼睛，说：“行，睡着也好。大清早的正是男人晨勃的时候，精力好，性欲旺，你衣服也不穿，一副要干吗随你的模样躺我面前，我懂你的意思。”

他弯下腰来。

路知意几乎立马察觉到一片阴影落了下来，罩在脸上。下一秒，她猛地睁开眼，一副迷离的样子揉了揉脸。

“几点了？你都起来了？”

“……”

她把被子往胸上拉了拉，一脸刚睡醒的样子，“你刚才在跟我说话？我还在做梦，就听见你的声音……”

剩下的说不下去了。

因为面前的陈队长面无表情地盯着她。

“接着装。”

她：“……”

不装了不装了。

陈声直起腰，“起来吃饭。”

路知意缩在被窝里，“今天又不用训练，也没轮到我值班，起这么早干什么？”

“一日三餐按时吃，这跟你起不起早没关系。”

“一顿不吃也没事的，我更想睡懒觉。”

陈声看了她片刻，似笑非笑，“我怎么觉得反过来了？”

他只说了一半，但路知意几乎是立马明白了他的意思。从前在中飞院时，她是那个勤勤恳恳永不睡懒觉的人，别说周末了，就是国庆七天假、寒暑双假，她都准时早起，要么去图书馆，要么在家看书学习。

反观陈声，他就是那种连早读早操都逃，但还回回考第一的人。

气人。

陈声毕业后，路知意还听赵书记在大会上提起过他。

当然，赵书记没有直接点名，只说："年轻后辈，能力出色、狂妄一点，未尝不是好事，坏只坏在有的人不可一世，但真本事半点没有。

我曾经有个学生，就是你们前几届的，他都大二下期了，一共就上过五次早读，想上的课就上，觉得老师注水的课就一节不上。那门课的老师告状多次，我也实在没辙了，就把那家伙招来办公室，问他有没有什么要向我检讨的。

你猜他说什么？

他想了想，对我说：我检讨，上学期我轻轻松松领先第二名四十三分，这学期只拉了他三十五分。"

全场哄笑。

赵老头面无表情："笑，还知道笑？那时候我觉得那家伙真难办，今儿看了你们这群家伙才知道，你们这个年纪的年轻人，狂是真狂，有本事狂的，还真没几个。我倒巴不得你们都是他，有他的天资，有他的悟性，可你们没有，你们只有他的狂。有什么好狂的？"

台下交头接耳，个个都猜出他说的是谁。

那就是当年的陈声。中飞院鼎鼎大名的狂妄后辈，可师兄师姐、师弟师妹，没有几个不服他的。就连赵老头本人都服气了。

思绪从遥远的时光拉回来，路知意抬眼看他，淡定地说："不是我不想吃饭，偏要睡懒觉，是体力不支，身体不适。"

陈声刚想问哪里不适，又立马闭上了嘴，表情一时之间有些复杂，心虚中透着一点点……骄傲？

他顿了顿，"那我给你带回来。"

刚转身，床上的人又一骨碌爬起来，"算了算了，我自己去吃。"

他转头，"不是说身体不适？"

"你要真给我带回来，被人撞见就说不清了。"路知意指使他，"你把脸转过去。"

陈声还沉浸在她怕被人撞见这回事里，淡淡地说："亲也亲了，摸了摸了，转过去看什么？"

“我害羞。”路知意理直气壮。

“多练习练习就适应了。”陈声很镇定。

“……”

路知意：“转过去！！！”

很好，她终于抛下了最后一点温柔队员的假象，只剩下凶残粗暴了。

陈声转过身去，心想两副面孔不可怕，可怕的是好的那副如今被她扔了。

两人在七点的样子出了门，准备一同去吃个早饭。未来如何相处，两人的关系是个什么定位，得好好谈谈。

偏偏开门就在走廊上撞见个人。

隔壁幽怨地咬着被子呜呜呜一整夜的凌书成今日值班，手里拎了只袋子，正锁门呢，就听见隔壁房门啪的一声开了，一扭头，正对上两个鬼混一整夜，大清早出来觅食的人。

他皮笑肉不笑地扯了扯嘴角，“早啊。”

怎么不多打几炮?

陈声还没来得及开口，路知意抢在前头说：“凌师兄早啊，我屋里马桶堵了，请队长来帮我通通。”

陈声：“……”

凌书成：“……”

“呵呵，是吗？”凌书成眯眼笑了笑，“这么早通马桶啊？”

看了眼手表，“七点钟，你俩起得够早啊。”

路知意：“……那不是因为堵了一晚上，味儿太大了吗？我一晚上没睡着，就打电话给队长，发现队长也没睡，刚好一起……通个马桶……”

凌书成若有所思点点头，“这样啊，是挺巧。他昨天晚上不在宿舍，我还以为你俩组队出去玩了呢。”

说着，他把手里的袋子递给路知意。

“喏，像是你落在我们宿舍的。”

路知意把袋子接过来，就看见凌书成扬长而去的身影，边走还边跟他俩挥挥手，意思再明显不过：老子不当这电灯泡。

她也不知道这蹩脚的谎话凌书成信不信，信也好，不信也罢，反正总比一口说出“是啊昨晚咱俩睡了”来得好。

她一边松口气，一边低头打开那蓝色袋子，下一刻，虎躯一震。

陈声："什么东西？"

路知意从袋子里拎出她的纯白色少女内衣："……"

陈声："……"

千算万算，没算到这遗落在陈声宿舍的内衣。

路知意崩溃地打开自己宿舍的门，将袋子扔在桌上，羞耻到没脸见人，半捂着脸来回踱步。

"凌师兄他是不是知道了？"

"他一定知道了！"

"要不我这会儿追上去，就说这玩意儿不是我的？"

"不行，这整栋楼里除你之外，压根儿没其他女人。"

"我的天，亏我刚才还说了一堆通马桶什么的，简直像个傻子！"

陈声就倚在门边，静静地看着她抓狂的样子，末了轻描淡写地说："你什么时候不像个傻子了吗？"

路知意揪着头发绝望地瞪着他，"你还有心情说风凉话？奸情被人发现了，你怎么一点也不害臊？"

"迟早要公开，早一点，晚一点，区别不大。"门边的人平静地说。

路知意一下子愣住了，抬头看他，张着嘴的样子颇有些傻气。

陈声沉默片刻，依然是那样淡淡的神情，听不出情绪的语气，"或者你不打算公开，只想来个一夜情，然后就翻脸不认人？"

路知意没说话，只是与他对视着，试图从他面上找出点蛛丝马迹来。可重逢后，陈声变得极为沉稳，总是波澜不惊的样子，教人猜不透他心里到底在想些什么。

她干脆走到他面前，充满期待地看着他，"所以你打算既往不咎了，对吗？以前的事情就一笔勾销了？"

她背对窗户，正对他。

那扇方方正正的玻璃窗外，朝阳投入耀目的光辉，将她的背影也纳入其中。

床铺还有些凌乱。

她素颜站在他面前，短发清爽率性。

陈声与她对视片刻，掀了掀嘴皮子，"我看起来像是那么大度宽容的人？"

是的，既往不咎了。

他的目光落在她的胸口，“一夜情就想偿还三年的债务，这么天真？”

早就输了吧，从她踏入基地面试的那一刻起，旧账就一笔勾销了。她笑一笑，朝他投来一个温柔的目光，他就再也不记得她亏欠他的三年时光。

看她下意识抱了抱胸，有些紧张的样子，他又说：“挡什么挡？路知意，用不着这么警惕，你是有多自信才会觉得别人看你一眼就想犯罪？”

根本用不着看这一眼。他光是看着和她差不多的背影，就已经犯罪整整三年了。

带她出门吃早饭的路上，陈声一路都是这个态度。

冷淡是必然的，尖酸刻薄是改不掉的，谁叫他锱铢必较，有仇必报？

可路知意不跟他计较，相反的，他说得越起劲，她就笑得越开心。

陈声眯起眼，“路知意，你有点自尊行不行？”

他说这么多，可不是想看她笑得一脸幸福，仿佛他在夸她似的。三年的苦，三年的怨，他真是巴不得一天之内还给她，因为他说不出口，只想让她也痛一痛，这样才能表述清楚。

谁知道路知意大度地说：“自尊什么的，我就不要了，全都给你。”

她仰头冲他笑半天，然后才敛了笑意，“过去就是太要面子，太爱自尊，所以错过了整整三年，一路追来这里。”

陈声不说话，低头看着她。

她抿了抿唇，“今后不会了。我现在很清楚自己要的是什么，不需要的是什么。”

“所以，不要自尊了？”

“不要了。”

“面子也不要了？”

“不要了。”

“自负要强，事事非得当第一的劲头呢？”

“统统不要了。”

他审视她，“这些都不要了，那你要的是什么？”

她笑了，拉拉他的衣角，“你啊。”

一举一动、一颦一笑，都是过去不曾有过的小姑娘姿态。过去是她棱角太分明，凡事一板一眼，总以自尊为中心。那时候总觉得贫贱不能移，富贵不能淫，威武不能屈，所以天塌下来，都要用面子去撑着。

而今才明白，在他面前，面子和自尊都是放狗屁。

陈声一路把她带到基地外面，沿着沙滩走了一小段路，又穿街走巷去吃早餐。

基地人多，此刻却只适合独处。

滨城的早晨阳光热烈，温度怡人。沙滩被日照晒成了金黄色，而海面仿佛缀满钻石，熠熠生辉。

偶有海风拂面，肆意欢快。海鸥从头顶飞过，嘹亮高歌。

这座城是坦荡自在的海滨小城，不同于蓉城的温软柔情，它明亮而率性，要么日光灿烂，要么暴雨连绵，没有中间地带。

陈声吹着海风，问路知意，是什么让她选择把自尊和面子都排在他的后面。

她答，因为那三年里，她无数次想着，如果当初没有撒谎就好了。

如果没有否认对他的心意就好了。

如果早点说清楚就好了。

如果不那么胆怯，不拖那么久就好了。

如果没有那么多如果，如果他们从来没有分开过，那就好了。

“后悔的事情太多，疼了三年才醒悟，这个世界上没有人能够什么都拥有。每个人都想要维持骄傲，想要金钱，想要权力，想要地位，想要爱情。可世上哪有那么好的事？面子里子都是你的，不好的都是别人的，纯属扯淡。”

她走到一半时，蹲了下去，在沙滩上拢了一堆湿乎乎的细沙，可一个浪头拂过来，凹凸处就被抚平。

她仰头看他，笑了，“喏，自尊就是这么回事了，我曾经以为它重千斤，结果它不堪一击，风一吹会散，浪一拍会碎。”

陈声不说话，就只看着她。她把手递给他。

他一边冷冷淡淡地说：“自己没长腿，起不来？”一边还是接过那只手，把她拉了起来。

路知意蹦起来的那一瞬间，没有松手。继续往前走时，也没松手。

她低头看着脚下的沙滩。

“我也没想到我抓住了一些易碎又没有用的东西，一抓就是二十年。”她侧头看着他，“事到如今才明白，父母会老去，会提前离开；子女会成家，会陪伴他人；自尊会破碎，哪怕辛苦维持多年，坍塌却只要一瞬间。这个世界上很少有什么会永恒不变，所有事物都只是沧海桑田，包括容貌，包括身体，包括我们一辈子追求的物质财富、美丽事物。”

“三年了，顽固的高原红不见了，昔日好友各奔东西，心心念念的民航公司死活进不去，爸爸出狱了，和仿佛永远对彼此看不顺眼的室友也没有任何瓜葛或怨恨了……好多事情都变了。

“毕业那天，我想了想，这三年来如果真的还有什么没有改变的话，那么我对你的仰慕，一定是其中最牢固的那一个。

“它支撑着我走向你。”

走过暗不见天、看不清未来的那场漫天大雾，走过那几年里数不清的大考小考，走过前后好几个口沫横飞、恨不能一记眼刀就能捅死学员的毒舌教员身边，直到揭下你冷漠的面具，直到与你肌肤相亲。

她在清晨的日光里，对他说了许许多多。

过去是她不对，隐瞒太多，宣泄太少，说谎太多，坦白太少。所以一股脑选在今天全说出来了。

她死皮赖脸地攥着他的衣袖，“我说了这么多，你原谅我了吗？”

陈声：“没有。”

“这样都不原谅？”

“不原谅。”

“那你还要怄气到什么时候？”

“欠债肉偿，怄到我对你的肉体感到厌倦的时候吧。”

“那我这具肉体如此迷人，性感又可爱，你可能要怄到你闭眼断气那一天为止了。”

陈声看她两眼，“你的肉体迷不迷人，我没看出来，脸皮厚如城墙、固若金汤，这点倒是肉眼可见。”

可到最后，两人在小面馆里对坐着，吹着风扇吃牛肉面时，陈声默默地把碗里的牛肉夹给了她。

一旁的阿婆笑容满面地操着方言说：“哎呀，年轻人哦，真是浓情蜜意！”

路知意笑嘻嘻凑近陈声，“不是不原谅我吗？既然不原谅，为什么把牛肉送给我？”

陈声淡淡地说：“第一，我减肥。”

“那第二呢？”

“第二，为了维持住你固若金汤的脸皮，多吃点胶原蛋白，好好补补。”

“……”

路知意吃一口面条，抬头看一眼他。

说一千道一万，那个别扭的陈声，还是回来了。

一顿早餐，两人就如何在基地相处的重大问题进行了深刻讨论。

路知意初来乍到，又是难得的女队员，理所当然不想因为和陈声的事情招人非议。

“本来大家就对我够关注了，要是知道我才刚到基地三个多月就和你胡来，指不定怎么看我。”

陈声面无表情，“能怎么看？不都俩眼睛睁着看？”

“我是认真的。”路知意把筷子搁下，“你是队长，要让人知道咱俩的关系，你怎么对我都有人说闲话。你要是管得严，人家该说你给我开小灶了。你要是放点水，人家又说你罩着自己人，什么脏活累活都交给其他人。”

陈声的重点抓得很奇特，眼神微微一动，抬眼看她，“咱俩的关系？咱俩什么关系？”

路知意：“队长，你的重点找偏了。”

“别兜圈子。”陈声靠在椅背上，吹着风扇淡淡地看着她，“我问你，我们现在什么关系？”

路知意摸摸耳朵，四下看看，凑近了来，压低嗓音，“睡过一觉的关系。”

“……”

陈声盯了她片刻，点头，“成，那我心里有数了。”

“有什么数？”

“明年今天，你的回答大概会是，睡过三百六十五觉的关系。”

路知意笑弯了眼。

从中飞院到基地，地下恋情这个坎，看来是过不去了。

陈声虽然心里暗暗不爽，但也明白，基地人多口杂，路知意也不过初来乍到，这么快就和他擦枪走火，能理解的最多韩宏、凌书成两人，其他人哪管他们过去那一段？若是把关系挑明了，今后不光他难做，路知意也难做。

立了功——

“你看看，这就是自己人的好处。上面有个队长在帮你，还愁没前程？”

犯了错——

“呵呵，工作时间浑水摸鱼谈恋爱去了吧？把队长迷得七荤八素的，俩人一起犯蠢。”

横竖都是他这个队长趁职务之便，而路知意少不了得个“花瓶”称号。

当初是他义正词严对刘主任说，路知意不是个“花瓶”，是他的战士。而今，为了路知意能够继续当个出色的战士，他不得不低头，认了这个命。

什么叫马失前蹄？呵呵。

接下来的一周里，陈声因手腕韧带拉伤，无法亲自出任务，凌书成成了最大赢家。他俨然化身为代理队长，众人唯他马首是瞻。

某日吃午饭时，他在饭桌上顺口指使陈声：“倒饮料吗？帮我带杯可乐。”

桌上众人一惊，可以啊，气焰越来越嚣张了，敢对队长呼来喝去了！当个代理队长还当出了自信啊。

陈声扬了扬包着绷带的那只手，“抱歉，没有多余的手了。”

凌书成一脸疑惑，“你这手伤挺严重啊，端杯可乐都成问题？那昨晚你是哪里来的体力去隔壁……”

吱——

陈声蓦地站起身来，椅子在地上摩擦出一声尖锐的声响。

众人：完了完了，队长生气了。

凌书成要被揍了吧？

啧啧啧，老虎身上拔毛。

几秒钟后，陈声端起凌书成面前的空杯子，“加冰吗？”

“不加，最近肠胃不好，不能喝太凉。”

陈声面无表情，端着两只杯子朝饮料机走去。

众人：……

凌书成乐呵呵地接收了来自四面八方的敬意，优哉游哉地跷起二郎腿，坐在那笑笑，“低调，低调啊。”

有一个秘密，全基地除了那俩当事人，就他一个人知道。

每晚十二点，大家都歇下了，他的室友兼队长，就会悄无声息地溜到隔壁开始夜生活，直到每天早上五点半，才准时爬回宿舍。

对此，凌书成是羡慕嫉妒恨。

基地一百来号单身汉，就陈声一人有性生活。

腐败！可耻！知道什么叫独乐乐不如众乐乐吗？

他如此对陈声发出抗议，陈声面无表情地盯着他，“你的意思是，要我陪你也……？”

凌书成干笑：“……随口一说，随口一说。”

对陈声而言，这是第二次地下恋情，女主角却还是上一个。

地下有地下的刺激，也有地下的烦恼。

刺激用不着多说，白日里一丝不苟的上下级，夜里变身制服诱惑、老板与我二三事。因基地宿舍不隔音，路知意不敢叫出声来，两人就各自压抑着声音，以肢体的形式爆发出来。床板吱呀作响，像是一首老旧动人的歌谣。

可惜烦恼也多。

烦恼之一，基地的标配床太小，睡一人绰绰有余，睡两人就很拥挤。

他夜夜都光临路知意的宿舍，并不都是为了做那档子事，单单相拥而眠也很令人满足。可床小，夜里不敢乱翻身，一翻身就滚下床，于是心理的欢愉往往伴随着清晨到来的腰酸背痛感，肉体的悲痛无以言表。

烦恼之二，没有名分，无法护犊子。

路知意要做个融入集体的好队友，他拒绝不了。久而久之，基地的壮汉们不拘小节，常大大咧咧和她打成一片，轻者勾肩搭背，重者帮忙跑腿。

不知什么时候起，队里的人但凡去一趟超市，总会给她带点零食回来，有时是一盒巧克力，有时是几包薯片。她不仅仅是队花，还成了队宠。

徐冰峰从超市回来，随手扔了盒巧克力给路知意，“喏，给你带的。你们女生就是爱吃甜的。”

陈声冷眼旁观，那盒子上的广告语煞是醒目：送给最爱的人。

罗兵从巷子里回来，带了碗清补凉给路知意。

“我一口气吃了三碗，想起你怕热，就给你也捎了一份。怎么样，够意思吧？”

陈声眯眼看着那碗清补凉，呵呵呵，一口气吃三碗，拉死你。

这些都是小事情，他堂堂二十五岁的大男人，会为这些小事生气？笑话。他哪里是生气？他简直是愤怒。

眼睁睁看着自己的白菜被一群猪拱，还不能护着，还得乐呵呵装出一副“队里如此和谐，队长好开心哟”的模样来。

没名分的苦恼，谁人能懂？

于是两人每晚的睡前对话，很容易就变成了“怨妇陈声三百问”。

“今天贾志鹏又给你买冰激凌了？”

“罗兵送的腌萝卜好吃吗？”

“我在财务处楼底下看见郝帅跟你勾肩搭背了。”

“你是不是觉得郝帅特亲切特和蔼？”

……

陈队长平静地叙述着所见所闻，路队员就卖力地配合表演。

“天天吃冰激凌，难怪贾志鹏长那么胖！自己胖就算了，还好意思拉我下水，想让我跟着胖，简直居心叵测！”

队长的眼睛眯得不那么危险了。

“罗兵真小气，送礼物居然就送腌萝卜，一大罐子顶多值五块，我还得顿顿都吃着下饭，不然天气这么热，用不了多久就坏了。我都吃出心理阴影了！”

队长的脸色好看了那么点。

“郝队长和气是和气，但是跟我在一起的时候，三句不离你——你们陈队长对你好吗？哟，陈队长放你出来兜风了？陈队长一天到晚板着脸，他不累我都累得慌，你们没意见吗？——我看他十有八九暗恋你。”

路知意一本正经胡说八道。

队长眉头就此舒展开来，一把将她拥进怀里。

“靠近点，别掉下床了。”

“……这也太近了点……等等，靠近点就靠近点，你手往那儿放？……喂，喂……啊！不能碰那里……”

通常情况下，醋意大发却又无处宣泄的队长，会采用这种肉搏的方式，重拾男人的自信。

他从不说他爱看她隐忍地咬紧牙关，只敢轻声哼哼的模样。她蹙着眉，额间是亮晶晶的汗，欢愉中带着难耐的神情。而他看着她紧闭双眼，单手揉着那头短而柔软的发，简直像是上了天。

爱欲是食髓知味的盛宴，是恋人间缠绵不休的序曲，是这燥热而忙碌的基地生活中最好的治愈剂，是他将她纳入生命最完整的表达。

在那极致的一刻，很多话无须说，也传达到彼此心底。他所求不多，愿与她灵魂紧贴，双唇相碰，如此而已。

烦恼之三，既盼她早日成为出色的战士，又怕她成为敢闯敢拼不怕死的救援队员。

喜于她的成长，忧于她的进步。

他对她的感情总是矛盾丛生，愿她发光，又愿她永远只是一块璞玉，被他紧紧藏着掖着，这样就不必与他人分享。

可这些，陈声从不对路知意说。骨子里，他依然是那个不可一世的陈声，张扬而我行我素，看不惯的从不隐瞒，看看老子的脸就知道我待不待见你，这一向是他的作风。

可人活一世，总在成长。

他偶尔觉得自己应当感谢路知意，若不是她，他不会成长得这么迅速。他为她学会的最深刻的一件事，便是宽容。

若我爱你，应为你遮风挡雨，共享喜怒哀乐，为你所做一切皆是心甘情愿，不必说，不必抱怨。

于是这一切烦恼，因她的归来，都变得无足轻重起来。只要清晨睁眼，她在身畔。只要夜里敲门，她在门边。

基地这日子，路知意倒是过得不错。

总之，冷漠的面瘫队长继续冷漠着，该别扭就别扭，该嘲讽就嘲讽，哪怕夜里在床上就换了副面孔，往死里弄她，看她失控了、受不住了，末了一声不吭抱紧她，一脸“我刚才好像太过分了”，结果又不道歉。

可她总能从那拥抱里品出点什么。他仿佛要将她揉进身体里，揉进生命里。那种力道偶尔会教她喘不过气来，可那一刻，喘不过气是世界上最美妙的滋味。从身体到灵魂，通通叫嚣着哪怕窒息也要停留在他的怀抱里。

片刻不离。

她一直记得童年时候看的一部老电影，张国荣与王祖贤主演的《倩女幽魂》，在宁采臣与小倩不得不分离的那一刻，光与影里飘出一首粤语歌来。

黎明请你不要来

就让梦幻今晚永远存在

留此刻的一片真

伴倾心的这份爱

命令灵魂迎入进来

请你换黎明不要再不要来

那种滋味，她日日体会。

白日里，他是众人的队长，是队里的主心骨、顶梁柱。可夜里，他是她一个人的陈声，他也会像个大男孩一样在极乐的瞬间失控，也会抱紧她，仿佛她是他的一切。

哪怕他不说。

路知意总是躲在被窝里偷偷笑，抱紧他的腰，慢慢地拿脸去蹭他。有的事情，他不说她也明白。

那些深藏不露的爱，令她无数次想起那首歌，黎明不要来。

Chapter. 14 我意昭昭

滨城入秋后，基地出了件大事。

那日市里开安全大会，刘建波把陈声和郝帅带上了，一起出席会议。一同开会的还有滨城的消防队、武警支队，看得出，分量很重。

队里剩下凌书成主持大局，他倒是习惯了，反正陈声不在，队里就他说了算呗。

说起来，韩宏跟他们是一批来的，可就因为当初成绩差劲，来了基地后也不为自己好好打算，飞行执照一直没有再考，所以位置尴尬，不上不下。

可韩宏倒觉得没什么，他本来也没什么雄心壮志，和兄弟在一起，日子过得挺充实，这就足够。

当天下午三点多钟，有艘大型货轮在海上触礁。

凌书成收到通知，立马带队出任务，因货轮上人员众多，几乎全基地五个队都出动了，一同参与行动。

陈声在时，从不过多照顾路知意，众人做什么，她就做什么，绝不徇私。

可凌书成不一样。凌书成还是很照顾这个小师妹，当即分派任务：徐冰峰、罗兵，一号机。凌书成、贾志鹏，二号机。白杨、韩宏，三号机。

路知意一愣："那我呢？"

凌书成说："你和其他人留在基地，等待后续通知。"

救援船启程。

救援机出发。

基地里众人各自奔波忙碌，井然有序。

路知意在基地与剩下的三队队员一同等待，等到中途时，已有救援船先载着部分遇难的货船船员归来。

这时候就是四队五队负责陆地协作了。听说货船触礁时，不少人受伤，还有人坠船，被浪头打到船下起不来，此刻人事不省。

四队五队的人都忙着处理伤患，轻伤可以送往基地的医务室进行临时救治，那几名重伤的就必须送往市医院进行紧急处理了。

海滩上一片混乱。柏医生和好几名白大褂都在基地门口，人一从救援船上送下来，他们就开始就地处理。

路知意正提着心等待凌书成的后续通知，就被匆忙经过的四队队长吕新易抓了壮丁。他有些焦头烂额，因伤患太多，此刻要送往市医院。

可陆地协作不光要负责伤患，还要配合一队二队三队进行救援行动。救援船需要补给，找陆地协作。海上目前风向如何，找陆地协作。市里主干道上交通情况如何，是否会拥堵，找陆地协作……

好像全世界的琐碎杂事都要找上门来。吕新易憋了口气，只觉得忙到爆炸。

队员在对讲机里汇报："吕队，我们人手不够，缺两名队员开车继续把伤患往医院送！"

吕新易恰好走过停机坪，扭头就看见路知意和其他几个等在那的三队队员，"路知意、冯青山，我们人手不够，赶紧过来！"他把手一招，下了命令。

冯青山小心翼翼地说："吕队，副队叫我们在这等着，如果现场还需要派机过去，咱俩随时要预备着支援……"

"还支援个屁啊，一群要死不活的伤患躺在那儿，都去支援吧，爱干啥干啥，让人死在沙滩上得了！"吕新易大怒。

冯青山顿时不敢吭声了，看他叫得急，与路知意对视一眼。

路知意也能看见海滩那边乱七八糟的场景，点头，"走吧，我们去帮忙。"

没承想这一帮，帮出了事。

负责陆地协作的是第四支队和第五支队，如今第五支队负责安排现场，救援机、救援船只调控，海上情况如何，人员分配如何；而第四支队主要负责伤员救治安排，也包括道路交通情况。

路知意与吕新易上了一辆面包车，紧急运送两名在货船上受伤的船员去往市医院。

车是临时调来的，没有警报灯。车上没有其他人员，除却一名医务室的护士跟车，就只剩下她和吕新易在前座驾驶。

两名伤员一名是溺水，一名是在撞击中胸骨骨折，喘不上气。跟车护士说应该是胸骨扎进肺部，情况紧急。

可上了车，两名飞行救援队员哪怕会驾驶汽车，也一头雾水，一是对路线完全不熟悉，二是从未支援过陆地协作，不明流程。

护士在后面催促着，神情焦急。

路知意一直呼叫吕新易，想要知道路线和路况，可那边一无所应。

这情况也不可能调头回基地要指令了，情急之下，路知意只能打开手机地图，搜索市立医院，按照导航一路找过去。

冯青山驾驶汽车，她来认路。那护士忙着处理两名伤者，根本无暇跟他们搭话。

可没想到的是，因车上众人都不通路况，地图上选择的是最近的路程，也是最堵的一段路。

堵车延误了伤患的救治时间。当两人焦急万分地抵达医院时，那名肺部被胸骨刺穿的病患已经休克。等候在医院外的医护人员将他抬上担架，几乎是以百米冲刺的速度往手术室狂奔，留下路知意与冯青山不知所措地站在原地。

到底是松了一口气。

一路堵过来，总算是到了。

两人面面相觑，上车往回开，他们并不知道，回到基地后，还有一场不小的风波在等着他们。

路知意与冯青山载着跟车护士回到基地时，各队仍然在忙。

指挥中心的人在与海洋管理中心商议货轮打捞事宜，医务室更是忙得不可开交，听说柏医生都要抓狂了，因为绷带库存告罄，好些外伤药也供应不上来了。

两人往停机坪的方向走，大老远看见救援机都回来了，凌书成留在原地对众人说着什么，韩宏一看他俩现身，急不可耐地冲了过来。

“你俩跑哪去了？”

路知意一愣，“四队的吕队把我俩分去运送伤员了，说是人手不够，情况紧急。”

韩宏气得扯开嗓门嚷嚷：“就他人手不够，需要支援？就他牛，有能耐调走我们队的人？这王八蛋！”

路知意一听，情况不对，“怎么了，凌师兄也找我们了？”

韩宏深吸一口气，“我们人手不够，凌书成在对讲机里拼命呼叫你俩，需要增加两架救援机支援现场，哪知道叫天不应叫地不灵。”

三队队员一共十七名，却不是人人都能驾驶飞机。不少人都跟韩宏情况一致，当初在航校因为各种原因被停飞，或是没能通过飞行执照考试，没有驾驶飞机的资格。

一梯队的队员都在凌书成的指挥下飞往现场，留在基地的就只剩下路知意和冯青山还有驾驶资格，而他们两人一走，凌书成一旦需要支援，剩下的人员里压根没人敢开救援机去现场。

说话间，凌书成已经收到通知，要他去指挥中心开总结会。

他无暇与路知意说点什么，只在匆匆走过时一脸哀怨地指了指她，大意就是，“你坑死我了，小师妹！”

这倒不是凌书成做戏，他这反应已经是轻的了。

也好在出问题的是路知意，要是队里的大壮汉，他铁定冲上来就是一记无影脚，不踹到对方趴下不解气。

这次开会，三队少不了要被扣上一顶“人员安排不当，指挥沟通不及时”的大帽子，他这代理队长吃不了兜着走，少说也要挨一顿批斗，外加几万字检讨。

然而事实就是，就连凌书成也低估了这次事件的严重性。

原以为行动出了问题，顶多是支援不到位，最终结果还是没什么大影响。毕竟也就他在现场手忙脚乱了一阵，向一队二队的救援船申请支援后，问题就得到了解决。

可哪知道下午六点半时，货轮伤员的家属跑来基地闹事了。

那名伤员年约四十，一直在货轮上工作，是附近小渔村里的人，一家老小就指着他赚钱糊口。今日的海难里，他在触礁过程中撞击到肺部，胸骨刺穿了肺叶。经过市医院的抢救，他性命无虞，目前已经清醒过来，但因失血过多，送医途中耽误的时间太长，今后基本不能干重活，相当于失去了劳动力。

一家老小扑在他床前抹眼泪，偏隔壁病床的病号问了句：“救援队不是离医院挺近的吗？二十来分钟就能到，怎么会耽误这么长时间啊？”

按照刚才医生所说，这起码得耽误了一个多小时。

伤员家的老太太是哭得最起劲的，起先还在号啕大哭，边哭边喊：“我的儿啊，你叫我们一家老小怎么办啊！咱们全家就靠你一个人赚钱养活，你现在干不了活儿了，我们一家人只有喝西北风啊……”

此刻闻言，也忘了哭，猛地抬头去看儿子。

男人刚动了手术不久，麻醉药的药效还没退完，说话时舌头都像是打了结，不清不楚的。又因为伤的是肺，说话时几乎全是气音。

他半眯着眼睛歇在那，费力地说："路上堵车，开车的也找不着路，一路查导航，稀里糊涂的。"

临床病友立马说："那你这情况，赶紧去找救援队的算账！耽误送医时间的是他们，他们得负这个责！"

伤员的妻子迟疑了，"可救援队的救了我老公，我们怎么好去找他们问责……"

病友拿出手机，眉头一蹙，"我给你找找，之前还看了个新闻报道，说是 120 出车抢救一个心脏病突发的人，结果因为自己的原因在路上耽误了太长时间，半路上人就死了。后来家属把医院给告了，拿了几十万赔偿金呢。"

"这，这样好吗？"妻子有些胆怯。

可病友劝道："怎么不好？凡事都有个规章制度，120 出车，规定时间是多少分钟内必须抵达现场，因为自己的原因耽误了时间，影响了病人的救治时间，都得赔钱，凭什么救援队就不赔钱了？"

老太太一听，立马站起身来，一把拉过年幼的孙子，咬牙切齿地说："走，我们找人算账去！"

这种事情层出不穷，人不为己，天诛地灭。

一路上，老太太都在理直气壮对儿媳说："我儿子是一家人的支柱，现在丧失了劳动力，今后难不成真让我们喝西北风去？再说了，本来就是他们耽误了我儿子的救治时间，该他们赔钱！你要瞎好心，不要这钱，别人也会要。人人都在为自己打算，多我一个不多，少我一个不少！"

哪怕她心知肚明，从即将沉没的货轮上救出她儿子的，也是她即将前去声讨的救援队。可钱这种事，没人会拒绝，没人嫌多。

基地大门外闹起来时，路知意正在训练场和全队人一起听凌书成的总结。他开完会回来，整个人灰头土脸的，被批了个狗血淋头。

上面可不管他是不是代理队长，总之这件事情是你负责，人员调配上出现问题，我们就找你算账。陈声？陈声远在市中心开安全大会，这事儿跟他有什么关系？不过他所托非人，回来也是要写检讨、挨批斗的。

于是下班时间早到了，训练场人去楼空，只剩下三队全员留在那听凌书成传达上面的批评。

"路知意、冯青山，擅离职守，下周交一万字检讨，这个月体能训练加倍。"

“你们剩下的，每人五千字检讨。”

众人哀号：“为什么我们也要写？”

凌书成痛心疾首：“因为吕新易来调人，你们没一个跟他反驳！我们三队的人，他说调就调。哦，就他忙不过来，就他需要支援，我们去现场的三架救援机上载的就不是人了？”

末了，他咬牙切齿，“只写五千字，够你们偷着乐了，老子要写五万！”

“……”

众人：我的内心毫无波澜，甚至有点想笑？

训练场这边正忙着开批斗会，大门外忽然闹了起来。

凌书成收到通知，一愣，这不才从指挥中心开完会回来吗？怎么上面又要召唤他了？他有点无语，敢情这是没批够，第二次叫去接着批？

不过上面还添了句话：“把你们队的路知意和冯青山一起叫来，不要从大门前那条路过来，绕路走。另外，嘱咐所有队员待在基地里不要出去，特别是不准靠近大门。”

绕路？绕什么路？大门那边出什么事了？

凌书成出神地挂断电话，冲路知意和冯青山把手一挥，“你俩跟我去指挥中心，其他人解散。基地大门外可能出了点状况，你们去食堂吃饭，吃饭待在宿舍不要到处走动。”

而此刻，基地外面热闹极了。

伤员家属上门闹事，不仅一家老小齐上阵，还带上了小渔村里的街坊邻居，全员出动。

都说一方水土一方人，好比蓉城人生在阴雨连绵的四川盆地，好悠闲，会享乐，过着慢节奏的生活，不如北方人那般风风火火、豪迈、神经大条。而沿海地区民风淳朴，当地人热情好客，表达善意时如夏季的海风一样扑面而来，燥热有力；而若是宣泄怒意，也跟这海边常有的台风差不多凶悍。

一群长期风吹日晒的渔民聚集在一处，拼命吼着要救援队给个说法。其实说法到底如何并不重要，重要的是给钱。

门外闹得厉害，指挥中心派了不少人去拦着，人事处的亲自出面调解，试图缓和这群人的怒气，可渔民们说着说着就动起手来，推推搡搡，群情激奋。

好在基地的队员也不是吃素的，体能体格都摆在那，不至于出大事。

而指挥中心，凌书成带着路知意和冯青山到了大厅，抬眼就看见吕新易也在那。两人打了个照面，吕新易瞥他一眼，他狠狠瞪了回去。

中心副主任张书豪也在一旁，此刻正为大门外的事情焦头烂额，也没工夫去搭理这两人的暗波涌动，只看了眼凌书成身后的人。

“路知意，冯青山，是吧？”

路知意背都挺直了，一颗心悬在半空，但仍是镇定地答道：“是，我是路知意。”

冯青山更紧张一些，说话都有些中气不足。

张主任在会议室的大圆桌后落座，指指对面的椅子，“都坐。”

四人依言坐下。

他翻开记事本，眉头紧蹙，扫一眼对面四人，“今天中心是我值班，本来这个点已经下班了，但事情紧急，我已经通知中心李主任，还有正在市里开会的政治处刘建波主任，要他们赶回来了。”

很显然，上面要追责了。

在座四人都是心中一紧。

凌书成莫名其妙地问了句：“怎么回事？我以为刚才开总结大会的时候，已经把事情说清楚了。”

张主任看他一眼，指指身后的玻璃窗，“你自己看看吧，伤者家属找上门来了，要基地给个说法，不给说法就告我们救援过程出现重大失误，耽误了伤者的救治时间。”

他威严地看着面前三人，扫过凌书成。

“原本以为问题不算太严重，是三队行动过程中人员安排不得当，导致沟通出现问题、现场混乱了一阵，没想到后续还有。”

目光落在吕新易面上。

“运送伤员是四队的任务，按理说出了任何情况，都该找你们四队问责，可吕队说，今天负责运送出事伤员的，是三队的两名队员，这可把我弄糊涂了。”

终于，他的视线转向了路知意与冯青山，手中的钢笔在纸上一顿。

“人还没来齐，如何处理，有待商榷。现在你们先把今天的情况一五一十阐述一遍，该担责的，一个一个来。”

基地大门外，人声鼎沸，吵闹不已。

指挥中心里，大圆桌上坐了四人，偌大的室内无人应声，只剩下一片死寂。

刘建波匆忙赶回基地时，天已经要黑了。

滨城的天黑得晚，八点半时夜幕才正式降临，他在市中心开了一整天的会，这会儿又焦头烂额赶了回来。基地具体发生了什么事，他已经在电话里得知大概。

面包车开回基地时，大老远就看见基地大门外黑压压一片人，堵得个水泄不通。他嘱咐司机："小王，从后门进。"

郝帅咋舌："这群人想钱想疯了？也不想想没有救援队，那艘货轮上有几个人能活下来，这会儿还找上门来讹钱了？"

刘建波眉头紧锁，"苍蝇不叮无缝的蛋，我们要是没犯错，人家也找不到基地来。"

郝帅笑了一声，"他们怎么不去找交管局？哈，路上耽误了，耽误了又不是我们的人不会开车，明明是堵车。如今堵车也是我们救援队的错了！"

郝帅愤愤不平，看着那群群情激奋的人，不齿又轻蔑。刘建波是担心事态失控，忧心忡忡。唯有陈声一言不发，面色紧绷坐在后座。

郝帅侧头问他："你怎么一声不吭？想好怎么办了没？这事儿也只有吕新易那狗东西做得出了，人手不够，拉你的队员去凑。现在出事了，你们三队也被拉下了水，恐怕没那么容易解决了。"

陈声一字一句地说："该怎么解决怎么解决。"

"依我看，恐怕你那俩队员和吕新易得五五开了。吕新易决策不当，他俩是在运送途中出了状况。"郝帅沉思片刻，"好在今天你不在现场，这事儿牵连不到你身上。上回老刘不还在说吗，中心有意培养你，指不定三五年的，你也不用辛苦带队，成天风里雨里了，早点坐进指挥中心去，安安稳稳发号施令就成……"

刘建波忍无可忍，"我那是为了激励你们，按理说这话本来不该传出来的，你现在人前人后说了多少次了？把我卖得一干二净！"

郝帅笑嘻嘻插科打诨一番，混了过去。

他和陈声是经常怄气斗嘴，但那不过是两个各自心高气傲的人攥着面子不放手罢了，事实上棋逢对手，哪怕嘴上不服输，心底还是钦佩对方的。

比起吕新易这种小人来说，他的确欣赏陈声。

所以他还在低声替陈声出主意，“要不，这事能做到什么程度，就做到什么程度吧，别和吕新易起冲突。你还有你的前途，护着自己人是该护的，但要有个度，你那狗脾气，没人拉着怕是要蹿上天去，你还是注意着点？”

郝帅说了半天，陈声才终于有了反应。他扯了扯嘴角，嘲讽似的说了句：“前途？”

车停了，他拉开车门，长腿一迈，下了车，头也不回扔下一句：“前途算个屁。”

他的人，他不护着，谁来护？

吕新易是吧，想好怎么死的了吗？如果没想好，他来替他想，好好地想，仔仔细细地想。

陈声抵达指挥中心时，人还在走廊上，就听见会议室里的声音了。

吕新易与三队的人素来不和，这回是把这不和发挥得淋漓尽致。

“张主任，这事有我的责任，我绝不推卸。但事情闹成现在这样，要说是我一个人的责任，那我也是不敢担的。”

凌书成冷笑，“你是想让我们三队跟你一起担责任，是吧？”

“犯了错自然要担责任，没错的话，我想让你担也没法担。”

“你还有理了你？要不是你，我在现场需要支援的时候，会一个人都找不着？” 凌书成怒声质问，“路知意才来基地几个月，冯青山也是上半年才来的，他们不懂规矩，难道你也不懂？你缺人手使，找谁都行，就是不能找我们三队！海上救援有两个支队，陆地协作也有俩队，就我们飞行救援的只有一个队，能驾驶飞机的更是一个巴掌都数得过来。你把人调走了，我们怎么出任务？”

吕新易：“哦，我算是听出来了。凌副队长的意思是，就你们三队的人比较金贵、比较高人一等，基地其他队的都是不中用的，就只有协助你们的份，是吧？沙滩上那么多伤员，个个危在旦夕，我要是不找人支援，你们把人救回来也是等死。就算我们陆地协作的不值钱、不重要，那些伤员难不成也不值一提？”

凌书成：“你少胡说八道，我没那个意思。这事我对事不对人，你随意调派人手，就是你的不对！”

吕新易很是淡定：“非常时期非常处理，我自认我的决策没有问题，救人为先。”

会议室里吵得不可开交。

吕新易振振有词，起初说自己愿意担责任，可说着说着，狐狸尾巴就露出来了——他连决策都没错，后续有什么错？后续送人去医院，不都是三队的人在做？既然决策没错，那就是过程出了岔子。

他正说着，会议室半掩的门被人敲响。

陈声站在门口，一脸平静，抬手在门上轻叩两下，指节与门板碰撞，发出清脆响亮的声音。

“张主任，李主任。”

指挥中心的主任都在里面了。

政治处的刘建波是和陈声一块儿来的。

吕新易被打断了。

李主任颔首，“来了？都坐。”

刘建波扫了一眼在场的人，“大老远就听见这里吵吵嚷嚷的，有什么事不能好好说，非得用吼的？”

他的视线停留在吕新易面上。

去年会计处那年轻姑娘被这家伙弄怀孕，又被指使着去堕胎，后来因为胆子小，不敢动手术，瞒着吕新易偷偷去了医务室，求柏医生给她开点药，想要药流。

药流的风险极大，对身体伤害更大，要不是柏医生拦着，那姑娘恐怕还真要这么干了。

柏医生从她嘴里撬出了罪魁祸首的名字，问她：“你俩都是成年人了，你情我愿，男欢女爱，再正常不过。既然有了孩子，生下来就是，为什么还要打掉？”

那姑娘面色苍白，“他说他还年轻，需要奔个前程，这会儿不适宜结婚生子。”

“所以就让你把孩子打掉？还让你自己来打？”

“他今天值班，没法走……”

结果当天下午，柏医生想去训练场找吕新易谈谈这事，就发现他人不在队里。一问之下才得知，吕新易今天休假，待在食堂里和别的人在打牌呢。

柏医生当时就气炸了。这不是人渣吗？把人姑娘肚子搞大了，骗着哄着让人去做人流，自己居然乐呵呵和人打牌！她一气之下就把事情捅到了政治处，想要治治他这私生活不检点的人渣。

可吕新易对那姑娘无情，姑娘却对他有情有义，哭着跟刘建波说是自己心甘情愿的，不怪吕新易。

轮到刘建波与吕新易谈话时，却得了个推卸责任的回答。

吕新易说："那天是我喝多了，人事不省，她主动勾搭我。刘主任，我这人一向胆小，绝对不敢胡作非为。"

他的确胆小，来基地七年了，身为队长，最危险的任务永远交给队员。出了事，挺身而出的是个姑娘，而他除了推卸责任，旁的就是狡辩。

事情到最后，是那姑娘哭着辞职，隔天就走人了。

柏医生说得对，男女之间那点事，你情我愿，旁人哪怕替姑娘不值，也没办法真做什么。毕竟那姑娘自己都不跟吕新易计较，政治处也没法真处罚他什么。

说他私生活不检点？基地可没这规矩，说进了队里就得了断红尘当和尚，最后只能私底下给他个警告，然后就放他走人。

可刘建波知道他是这种人，早就看不起他了，当下在指挥中心里，看他的眼神就很冷淡了。

陈声看都没看吕新易一眼，语气平平道："第三支队陈声报到。"

李主任点头，"你来了也好，你是队长，这事有你在场更好。"

吕新易笑了笑，"恐怕陈队来了也起不到什么作用。事情发生的时候，原本就是凌副队长在指挥，陈队远在市中心开大会呢，既然不知道现场是个什么状况，也帮不上忙。"

陈声淡淡地说："我看不一定。不在现场，出任务是帮不上忙，但我的人被某些小人暗地里使绊子，还是我本人在场比较好。"

吕新易被噎了一下，气也上来了。

"陈队好大的本事，人不在现场都跟开了天眼似的，动不动就知道有人给你们使绊子了。我是不如你了，人在现场都被坑了一把，还以为都是一个基地的，哪怕不在一个队里，大家也是齐心做事。哪知道不是一个队的人，还真不能乱用。没准儿麻烦就找上门儿来了。"

陈声的目光冷冷地扫过去，"既然知道不是一个队的人，不能乱用，你还乱用什么？”

“陈大队长，麻烦你讲讲道理，我是为了救人才用的你家队员。他们任务没完成好，害得基地被人堵上门，现在还在外头闹，这难道怪我？”

李主任眉头一皱，“好了好了，都别吵了，还嫌基地不够丢人？”

陈声侧头，“李主任，我有几句话想问问我的队员。”

李主任微微一顿，点头，“你问。”

陈声来得晚，确实有知道细节的必要。

陈声就这么孑然一身顶在最前头，回头看着插不上话，像俩犯了错的傻瓜一样被钉在原地的人，“三队行动时，你们的任务是什么？”

路知意攥紧了手心，“原地待命，等候支援。”

“这话凌书成有没有亲口对你们说过？”

两人点头，“说过。”

陈声瞥了眼吕新易，再问：“吕队来调走你们的时候，说了什么？”

路知意答：“他说四队要运送伤患去医院，但人手不够，要我们去帮忙。”

“你们没拒绝，就这么扔下自己的任务，去当司机了？”

“拒绝了，我和青山都说了不去，要等在原地待命，等候副队的通知。”

“那为什么最后还是擅离职守？”

“因为吕队发火了，说沙滩上的伤员伤势严重，继续等下去会没命，他命令我们立马前去支援。”

吕新易的脸白了一点，“陈声，你这什么意思？尽挑对自己有利的……”

陈声压根没理他，从容不迫继续问：“运送伤员一向是四队的职责，这么多年很少出过什么岔子，因为天气因素、交通状况都在可控范围内。路知意，我问你，你们今天为什么会耽误伤员送医时间？”

“因为我们不通路况，对路段也不熟悉，所以遇上大堵车。”

“不熟悉，难道不会向吕队申请交通路况报道？”

冯青山答：“我们申请了，一路都在试图联络吕队，可他一直不接电话，对讲机里也不作任何反应。我们别无他法，车上的伤员又危在旦夕，最后只好根据手机地图导航找去医院……”

吕新易几乎是抢白，“胡扯！现场那么忙，我听不到对讲机的声音也是正常的。但你们也用不着这么推卸责任，什么全程都在试图联络我，根本没有的事！”

陈声的视线落在他面上，嘴角一扯，“有没有这回事，查查通话记录不就知道了？”

吕新易冷笑一声，从制服口袋里掏出手机，一把扔在会议桌上，“那你查啊，当着大家面查，我还怕你不成？”

陈声笑了，“查通话记录这种事，怎么好劳烦吕队？”

他拿出自己的手机，“麻烦吕队报一报你的身份证号，我们还是请移动公司查吧。”

吕新易脸色一白。

会议室里又争执了好一阵。基地外的事情被政治处暂时缓解了。刘建波匆匆离去，要代表基地去医院探望病人，慰问之余，少不了要进行抚恤。

吕新易不肯担责，强词夺理也要给自己辩护。他的理由是，他固然有工作上的疏忽，但犯下错误、耽误时间的实打实的就是三队的人。

陈声冷冷地说：“我的人的确犯了错，在吕队的教唆下，抛下自己的任务，违背副队的命令，擅离职守。我身为队长，自会处置，绝不徇私。”

他眼眸沉沉地盯着吕新易，“但吕队一心只惦记着自己的任务，不仅耽误别的队执行任务，自己的任务也执行得一塌糊涂，难道就没错了？你要是觉得自己没错，我来帮你数一数。第一，你随意调派三队队员，是错。第二，路况报道不能及时传达，是错。第三，身为队长，任务执行失败不肯承担责任，只会推卸责任，是错。”

他淡淡地收回视线，“现在，够清楚了吗？”

吕新易咬牙切齿，“清楚，清楚极了。可要不是你自己队规松散，没有规矩，怎么可能我一调派你的队员，就能轻而易举把这两个蠢材调走？这事难道就没你半点责任？”

会议室里静得像是被人按下静音键了。

片刻后，陈声说：“你说得对，没有规矩，指令不达，这是我的责任。你担你的责任，我为我的失误买单，再公平不过。”

路知意的心都揪紧了，想说话，却知道这不是说话的时候。

吕新易：“好，那指挥不当的过错，我就担了，怎么处置就听上面的。你呢？”

陈声一动不动站在那，声色从容：“上个月收到指挥中心的调令，要我三个月后调来中心。我自认能力有欠缺，做事不够周全，还需要继续在队里锻炼。”

李主任和张主任都是一惊。

张书豪道：“陈声，不要拿前途开玩笑！这事该谁承担责任，就是谁的责任，你没必要一个人担下来！”

陈声：“我是队长，该我担。至于队员犯的错，我们队内自己解决。”

路知意压根没想到事态会发展到这个地步，开口叫他：“队长……”

“不到你说话的时候。”他淡淡地瞥她一眼。

凌书成在一旁急得要命，“我是代理队长，当时是我的错，用不着你来担！我自己来！”

“你也闭嘴。”陈声眉头倏地皱起来，眼神冷冽地盯着他。

全场鸦雀无声。中心的两位主任面面相觑，最后张书豪说：“你们先回去吧，如何处理，我们会跟上面汇报，讨论后公示。”

陈声带着三人离开指挥中心时，全程一言不发。

凌书成一路诚诚恳恳认错：“都是我的错，指令传达不够坚定，他俩才一时不察着了吕贱人的道。我错了，他俩也错了，但错得最离谱的是吕新易。你要是有啥教诲，这会儿就说吧，咱们认错，但你不该把自己也拉下水。”

一边说，他还一边朝路知意和冯青山挤眉弄眼，要他俩一起道歉。

陈声压根儿没理会，停在训练场，只说了一句：“每人三十圈，跑不完，今晚不用睡。”

凌书成一惊，“三十圈？”

“四十。”

“喂你这是不是……”

“五十。”

“五十也……”

“六十。”

凌书成刚要张嘴，被冯青山和路知意一把捂住了嘴。

路知意身姿笔直，一丝不苟答了句：“是！”

两人拖着凌书成就开始跑圈。

六十圈，一圈不少。累了就用走的，走一段平复完呼吸继续跑。

跑完时，已是凌晨两点。

陈声一动不动站在跑道旁，三人要死不活跑完全程。跑完时，不分男女，悉数倒在了跑道上，动弹不得。

肺里仿佛针扎，身体陷入极度疲倦的状态，快要脱水了，快要晕厥了，每一个细胞都在叫嚣着，可路知意只能瘫在那里，除呼吸以外，别的功能仿佛都丧失了。

路灯还亮着，一盏一盏，昏黄孤独。

蚊虫聚集在灯泡周围，一圈一圈绕着，不知疲倦。

她闭着眼，只想在此地长眠，满心愧疚。都是因为他们不懂规矩，连累了整个队，更连累了陈声。

六十圈其实也少了。

身体停止了运动，可大脑里纷繁芜杂全是杂念。直到眼前的路灯光被什么挡住，她整个人陷入一片阴影当中。睁眼，陈声站在她面前。

他把手递给她，说："起来。"

她看见他平静的脸，眼眶忽地一酸，"你走吧，让我在这儿清醒清醒。"

他看她片刻，"这是几个意思？"

"犯了错，需要好好反省。"她吸吸鼻子，"我不知道你要去指挥中心了，要是你真因为我去不了……"

"别往自己脸上贴金了。"陈声看着她泛红的眼眶，淡淡地说，"就算没有今天这事，我也会找机会跟指挥中心说，我不会离队。况且今天你是有错，疏忽职守，不听命令，但我也有错。我不是意气用事才替你们担责任的，是我这个做队长的教导不够，没有事先跟你们说清楚遇到突发情况时该如何应对，才出现今天这种情况。"

路知意的重点不在后面。她怔怔地望着他，"为什么不去指挥中心？"

去了那里，就再也不用出任务，再也不用风里来雨里去，一切只需要用脑子，而不必身犯险境，基地里每一个人的最终目标就是进入那栋大楼。

为什么不去？

陈声就站在夜色里，夜幕低垂，灯火昏黄，小飞虫绕在他背后乱糟糟飞着。可他安静而挺拔，面容已有些模糊不清，可眼神里却有着不动声色的力量。

他说："何必问？你知道原因的，路知意。"

她的热泪一下子涌了上来。

她知道他没有说出口的话，她知道那个原因。

在她成为能够独当一面的战士以前，他是不会离去的。前途算什么？安稳算什么？为了她，他连救援队都来了，还贪图什么前途，期盼什么安稳？

她撑着地爬了起来，抹着眼泪对他说："我真的知道错了，我就是个彻头彻尾的大蠢蛋！"

他看她狼狈的模样，满头的汗珠，"你到今天才意识到这一点，确实是很蠢了。"

他伸手去拉她，无视一旁的两具"尸体"，一边往宿舍走，一边淡淡地数给她听："身在福中不知福，在中飞院时把我推开，已经很蠢了。等你三年，这时候才来找我，更蠢。来了基地还沉默是金，不知道第一时间讨好我，蠢到家了。"

他侧头看她一眼，"你说你蠢成这个样子，我要怎么离队，怎么去指挥中心？"

路知意用力擦了把脸，点头，"你说得对，我真蠢！"

她咬咬牙，"队长，我发誓我从明天开始会更加努力！"

"努力干什么？"

"努力训练！"

他摇摇头，"愚不可及，无药可救了。"

到这份儿上还在说训练。他在说爱她，她在说工作。陈声无比心疼自己。

可他清楚，她知道他对她的担忧与不放心。他爱的那个路知意，一向是个女战士，犯了错，她会原地爬起，比任何人都更努力、更上进。

Chapter. 15 秘密情愫

对于延误伤员救治时间的事情，最终处罚公示在一周后。

送医原本就是四队的任务，不管把谁扯上，吕新易实打实要承担责任，不仅胡乱指派他队队员，扰乱彼此的行动，还未及时给予送医人员路况报道，最后工资被扣，当众检讨，留队查看半年，并且被撤销了队长职务。

三队的路知意与冯青山在工作途中擅离职守，给予警告处分。

队长陈声管教不力，警告处分。

代理队长凌书成在行动中人员调派不力，警告处分。

全基地的人在训练场开大会，吕新易拿着连夜写出的检讨书，颜面全无地上了台，当众念了一遍。

台下有人在笑。他平日里作风不好，人品有问题，和其他队的人关系相当恶劣，这回又给基地招来了坏名声，一群渔民打上了门，如今这下场，众人都喜闻乐见。

听说基地赔了钱，还被上面批评了，这群风里来雨里去、冒着生命危险进行营救行动的人个个都不服气。辛辛苦苦多少年，一朝被老鼠屎臭了名声，可气。

经过此事，三队、四队的人关系更是降至冰点，见面巴不得鼻孔朝天走。

路知意为此心情沉重了好多天，每日除了刻苦训练就是刻苦训练。

三队的人都安慰她：“小事情，谁来基地没犯过小错误啊？”

“是啊，干的都是生死攸关的大事，小失误当然在容错范围内了。”

“何况这本来就是小人搞我们，你别介意。”

可不管别人怎么说，若她当初肯坚定立场，死活不听吕新易的命令就好了。又或者，她来了滨城好几个月，若是肯多花点心思在熟悉路况上就好了。

她想起过去念书时，老师总说：“大家都会的，你也会，这没什么稀罕。你们要懂得在完成课上任务的同时，自己去拓展，去学习超纲的内容，那才是将来你们在社会上面临激烈竞争时的资本。”

她现在根本就是个及格边缘的小学生。超纲内容？不存在的。

于是路知意又多了点任务。她开始了解别的队都做些什么，一个合格的救援队队员应该具备些什么能力，又有什么技能是将来也许会在工作中用到的。

她厚着脸皮踏入医务室，虚心向柏医生请教，如何进行 CPR（心脏复苏），救援时如何应对内脏出血的重伤患者。

她请郝帅吃饭，向他了解执行任务时，海上与航空该如何互相协助。

她翻墙搜索国外的救援资料，查阅很多海难事故的细节，思考在同样的情况下自己会做出怎样的选择。

她趁着周末不值班的时候，骑着共享单身去市里四处走动，熟悉这座城市。

在完成自我布置的任务时，路知意遇到了各种突发状况。

柏医生笑眯眯问她："你们陈队长还对你那么凶吗？"

她讪讪一笑："偶尔吧。"

……比如在床上，做激烈运动时。

柏医生忧心忡忡："这人，就没有半点温柔的时候！我都跟他说了，你是女孩子，对待女队员得有耐心。何况你还这么上进，比他队里那些糙汉子不知道强到哪去了！"

路知意开始走神。温柔的时候吗？其实也不是没有，比如激烈运动完后，搂着她亲亲眉毛、亲亲鼻尖，一脸不知道怎么表达爱意的时候。

想着想着，她开始面上发热。

柏医生奇怪地凑近来，"你怎么了，脸怎么这么红？"

路知意回过神来，义正词严地说："天气太热了！"

柏医生默默地抬头看了眼呼哧呼哧喷着冷气的空调，心道，能进救援队的，果然不管男男女女，都是皮糙肉厚的"汉子"。

请郝帅吃饭那天，路知意还带上了笔记本，两人约在基地不远处小巷里的一家海鲜馆。她替郝帅点了不少菜，自己压根儿没吃上几口，认认真真奋笔疾书，把郝帅给的一切指点都写进了本子里。

吃到一半，陈声来电。她掏出手机瞧了瞧，一顿，跟郝帅比了个手势，悄悄溜到店外接通。

陈声开门见山问她："在哪？"

估计是训练完回宿舍换了身衣服，转眼就发现她不见了，食堂里没人，宿舍里也没人。

路知意摸摸鼻子，“在外面呢。”

答了和没答并无二致。

陈声沉默片刻，“外面是哪？”

“南巷这边。”

南巷附近餐馆不少，基地的人一去那里，基本都是改善伙食，胡吃海喝。

陈声会过意来：“你约了人吃饭？”

路知意老老实实交代：“请郝队吃饭，请教他关于航海救援的事情。”

陈声淡淡地问：“你一开飞机的，志向挺远大啊，怎么，想从天上一路管到海上？”

“……”

路知意：“不是，我就是想多学习多了解一点。”

“了解什么？航海救援，还是郝帅？”

路知意气笑了，“喂，你这人怎么这样？我还不是惦记着上次犯了错，想要好好进修一下，将来不说给你争光，至少别拖你后腿？”

“是吗？学着干一队的活儿，给谁争光？我，还是郝帅？”

“……”

他怎么还没完没了了？路知意想翻白眼。

“你讲讲道理好吗？”

“嘟……”

通话中止，那头的人直接挂了电话。

路知意拿着手机站在原地，鼻子不是鼻子，眼睛不是眼睛，可气着气着，又觉得气出粉红色的泡泡来，像是夏天的汽水、冰箱里的西瓜，水汪汪，甜滋滋。

戏精队长，醋王陈声。

她收起电话，扭头回了小餐馆，继续向郝帅请教。

郝帅和陈声是完全不同的两种性格，一个好说话，一个浑身带刺，一个和蔼可亲与众人打成一片，一个冷漠高傲动辄骂得你妈都不认识你。可这样极端的两种性格，却都是热心肠讲义气的人。

路知意虚心请教，他也就不吝赐教，没有半点藏着掖着。

哪知道这话谈到一半，餐馆里来了个不速之客。

路知意正听郝帅讲要点呢，讲着讲着，他忽然停了下来，饶有兴致地望着她身后。路知意莫名其妙扭头，这一扭头，可不得了，她家队长找上了门！

只见陈声黑着张脸站在她身后，居高临下、虎视眈眈地盯着她。

路知意："你怎么来了？"

陈声看她片刻，又看了眼郝帅。

训练刚结束不久，她就跟只兔子似的窜走了，他回宿舍没看见她，去了食堂也没看见她，敢情私底下约汉子了。呵，还换了身衣服，短T恤衫热裤。

这裤子除了是四个角的，跟她的内裤有什么分别？短得屁股都认不出来这是它的遮羞布了。

陈声越想脸越臭，从旁边的空桌子边拎了只椅子，往他俩桌前一摆，二话不说坐下来。

"我听凌书成说，你最近刻苦训练，四处请教，明明是个天上飞的，非要精通陆地海上的各种技能。我怀疑你有篡夺队长之位的嫌疑，特来监听。"

路知意："……"

郝帅："……"

然后这晚，路知意在陈队长面无表情的凝视之下，笔记都快记不下去了。

郝帅左看右看，笑眯眯发现蹊跷之处，到后来找了个借口先走了，"剩下的时间留给陈队，你俩慢慢聊啊。"

路知意和陈声约好了把地下恋情进行到底，当下还在装蒜，"我俩有啥好聊的？走吧走吧，一起回基地吧。"

没想到她正准备站起来，就被陈声一把摁住了肩膀。

郝帅眼观鼻，鼻观心，目不斜视往外走，"今晚月色不错，我去沙滩上散散步，你俩自己走吧。"说完赶紧溜之大吉。

开玩笑，陈声那酸溜溜的醋味，方圆十里都闻得见了，他要是个傻子才会留下来当这电灯泡！

郝帅脚下生风，边走还边感慨，想他这等脾气好、性格好、长相更好的美男子，竟然比陈声那"冲天炮"晚一步脱单，这还有没有天理了？而他不知道的是，其实这个问题也困扰凌书成很多年了。

餐馆里，路知意往后一瞧，确定郝帅走了，扭过头来故作生气，"你干吗呢？郝队肯定看出来了！”

陈声：“哦。”

抬手叫来服务员，要了份菜单。

“我还没吃饭。”说着，点了几份菜，一大盆蛋炒饭。

路知意：“吃什么吃，饿死你算了。食堂又不是没饭，跟到这里来干吗？影响我办正事！”

陈声眯眼，“正事？他是正事，我是什么？”

“你是碍事。”路知意翻白眼。

“碍着你俩交流感情了？”他皮笑肉不笑。

路知意又好气又好笑，起身说：“我上个厕所去，神经病，给你点时间好好冷静。”

她是走了，陈声留在桌前生闷气。生着生着，拿过她留在桌上的笔记本，翻开看了两眼。

认认真真的笔记，一丝不苟的备注。路知意的字迹很漂亮，一看就有好学生的风范，和当年在中飞院时一模一样。

他想起当年的很多事，比如她熬夜奋战，比如她死活要考第一，比如他带她去老爷子的基地温书，比如……

时间改变了很多人、很多事，可总有什么是不变的。

比如她的认真，比如他爱她的这份认真。

他出神地看着那本笔记，看着看着，又笑了。可路知意回来时，他又敛了笑意，绷起脸来。

回基地的路上，长长的小巷，抬头便是漫天星光。

路知意絮絮叨叨说着今天从郝帅那里得来的收获，正说着，忽地被人拉住了手，一惊，“干吗呢你，被人看见怎么办？”

她惊慌失措，四处看，这附近常有基地的人出没，万一被人看见了，地下恋情可就曝光了。更何况前不久她还犯了错，陈声一力承担，这个节骨眼上两人的关系要是传出去，铁定难听死了。

可陈声紧紧攥住她，她挣脱不得。他拉着她往前走，说了句：“看天上。”

路知意一顿，抬头望去，漫天星辰一如珍珠闪耀，遍布苍穹。而她低头，忽地被人摁在小巷的墙壁上，偷了个吻。

她面上滚烫，怔怔地看着他。重逢以来，他冷漠、刻薄、沉默、隐忍，爆发也多在动情时刻，粗鲁中偶尔透露出几分怜惜，爱也从不说出口。

可此刻，他在悠长狭窄的小巷里，叫她抬头望天，却又低头吻她。

陈声握住她的手腕，感受着掌心里纤细而蓬勃的脉搏，眼前是她放大数倍的脸。

他低头，用力地在她脖子上啃了一口。

一阵刺痛，肯定留印了！路知意吃痛地嚷了一声，压低了嗓音问他："你到底在干吗？"

他看她一阵，低声说："盖个章，看谁还敢觊觎。"

"……"

路知意据理力争："郝队并没有觊觎我。"

"以防万一。"

"没有万一。"

"你怎么知道没有？"

她无语地看着他，最后哼了一声，"你吃醋了。"

陈声淡淡地看她一眼，在她耳边轻描淡写："有你在，吃什么醋？"

她刚要开口，就倏地合上了嘴，明白了他的言下之意。

——吃你就够了。

变态！流氓！一言不合就壁咚羞耻 play！

回去的路上，她一路控诉。最后趁着沙滩上月黑风高，四下查探一番，发现并没有人影，赶紧一把抓住他的手，义正词严地说："继续保持，不要停。"

走过青涩的年少时光，经历分分合合的大风大浪，矜持与羞耻什么的早已抛至脑后，只想放肆分享与彼此在一起的好时光。

她笑得眉眼弯弯，拉着他的手走在夜深无人的海滩上，侧头一看，他笑了。舒展的眉眼，带笑的眼睛，迷人到星夜、海浪都忍不住为之失神的张扬。

她看了他半天，胸口是饱胀的，眼眶却是滚烫的。

如果没有来到基地，如果不是他在等着她，从未放弃过她，她险些不知道自己错过了些什么，又差点永远错过些什么。

路知意轻声说："陈声，多笑一笑吧。"

他一顿，侧头看她。

她攥着他的衣角，踮脚亲亲他上扬的唇瓣，不轻不重咬一口，又加重语气，强调了一遍："但是只许对我，只对我笑！"

陈声蓦地笑出了声。

他说："路知意，这算是捍卫领土主权吗？我只知道小狗圈地时，会在地上撒泡尿。"

"……"

路知意一脸无语，他俩为什么不管说什么，正经与否，都会一秒切换到剑拔弩张插科打诨的状态？

她正想开口，就听见他的下文。

"好。"

"……"她一顿，"好什么好？"

"只对你笑。"他轻描淡写地说，明明她都笑了，他却又画蛇添足再来一句，"我怕你真在这撒泡尿，那就太有碍观瞻了。"

这个人，甜不过三秒。路知意撇撇嘴，重重地立马撒开他的手，以示报复。

"回基地了，地下恋情继续中，陈队长，注意言行举止，吃醋要适可而止！"

星夜无边，姑娘走在前头，年轻的队长跟在后头。

海浪声似是一首协奏曲，海风也温柔起来。

陈声看着她的背影，定定地想着，可能是要认输了。

重逢以来，他一面盼着她重新走回他身边，一面又不肯软化，总是生硬冷漠地折磨着她。两人之间明明已是亲密无比的关系，却始终回不到从前。

他想起老宅的溪流树林，他与她笑得开怀舒畅的时候，好像已经很远了，却又历历在目，仿佛就是昨天。

路知意在进步，全队人都看出来了。

起初对于一众老队员来说，她不过是第二个凌书成，抑或低配版陈声——来自名校，以优异的成绩进入基地，起点比大家要高一些，但也仅此而已。

壮汉们对此也没什么威胁感，不是因为性别歧视，而是在体能方面，确实男性天生就要优于女性。何况路知意初来乍到，哪怕念书时成绩优异，到基地后又不是比文化考试，是实打实地出任务救援，她的路还长着呢。

大家都很照顾她，险境不让她去，体力活也都抢着干了。

可渐渐地，他们发现哪里不对了。

路知意来到基地的小半年里，从一个纸上谈兵的毕业生，很快成长为一名体能出色、不逊于男性的救援队员。

她先是跟着大伙出任务，连续出了一个月，旁观救援行动的全程。

大家还时常跟她开玩笑："行不行啊路知意，不行赶紧卷铺盖溜啊，真留下来了，将来累死累活没得选啊！"

她就露出一口小白牙，笑容满面说："不溜，不溜。"

一个月后，她开始加入救援行动，但仅限于驾驶直升机。直升机与客机完全是两种类型，需要两种完全不同的飞行执照，好在路知意去加拿大学飞时练习了多种机型，大中小型客机，连同直升机也一起考了。

队员们考虑到她是女孩子，也不会让她去第一线执行任务，一般情况都是三号机，离最危险的地方越远越好——这还是陈声坚持要她去现场，否则依这群壮汉的意思，路知意连现场都用不着去，就留在基地等待后续通知，迫不得已时再去支援。

这一段时期，大家依然爱跟她开玩笑。

"怎么样，受得了吗你？前面就是事发地点，可能会爆炸哦！路知意，要不赶紧开飞机溜了吧？"

罗兵笑嘻嘻问过她无数次："怕不怕？怕的话，你罗大哥的肩膀给你靠！"

当时路知意和罗兵一架飞机，两人都戴着耳麦，前一刻还在耳机里指挥的陈声奇异地沉默了好几秒。

罗兵调侃完，纳闷儿地问了句："队长，任务都安排完了吗？我怎么没听见我的名字？那我要干什么？"

陈声的声音冷冰冰地从耳机里传来："你还需要我安排？你不是自己都给自己安排好了吗？还是活络活络肩膀，准备好做路知意的人肉靠枕吧。"

其余几架飞机的人都笑出了声，耳机里一阵欢腾。

后来，罗兵暗暗告诫自己要收敛些，执行任务时别口无遮拦惹队长生气。他家队长不是小气，只是工作时一丝不苟，所以才会生气。

一定是这样。

只可惜罗兵的醒悟好像是多余的，收不收敛都没什么用了，因为自那以后，他再也没能和路知意飞同一架飞机，没机会改过自新了。

罗兵：这大概只是个巧合？

四个月后，路知意从直升机驾驶员晋升为救援队员。

这是她自己要求的。

她考虑了好几天，终于在某次训练结束时对陈声说："队长，我想正式参与救援行动。"

陈声问她："你以为你现在在干什么？开飞机出去玩？"

"我不想只是开飞机了。"

陈声一顿。

路知意说："爬绳梯、下甲板、入海……所有的事情都是你们在做，而我一直好端端地坐在驾驶座，偶尔也让我下去下去吧。"

陈声的声音刹那间冷下来："你以为下去是干什么的？游泳吗？下去很好玩？"

滨城没有冬天，四季如夏。

此时已经入冬，可温度依然保持在二十来度，温热的海风从海滩吹来，一路吹过训练场，吹在两人面上。她的头发又长长了些，齐耳了，梳在耳边像极了素面朝天的学生妹。

有时候陈声看着她，怀疑她从未长大过，永远素净地停留在读书时代，褪去了高原红，皮肤白皙像豆腐脑，抿唇笑起来有一种难以言喻的稚气。

可他那稚气的小师妹就这样站在他面前，见他语气冷冽，也没有半分怯意，反而趁着四下无人，偷偷拉了拉他的手。

"让我去吧。我知道你们护着我，危险的事情都不让我干。可我既然来了救援队，就理应参与救援行动，而不是被你们保护得好好的，一直待在自己的舒适区。我也有自知之明，最危险的事情不会逞能去抢着干，但我也该迈出这一步了，你就让我去做点力所能及的事吧，行吗？"

她真是捉住了他的软肋。她知道他这人素来吃软不吃硬，这么撒个娇，好言好语讲道理，他根本拒绝不了。

那晚睡前，陈声睁眼看着黑漆漆的天花板，良久，无声地叹了口气。

他侧头看着身畔熟睡的人，感受着内心巨大的矛盾。他盼她早日成为出色的战士，却又怕她身陷险境。可若是不曾身陷险境，又算什么战士？

天亮时，他穿好制服，在窗边默然而立，看着海平面上初升的朝阳。

路知意从卫生间里走出来，精神抖擞，一身蓝白色制服穿在她身上，英姿飒爽。她笑吟吟地站在门边，说：“队长，去食堂吃饭啦。”

而她的队长回过头来，朝她招招手。

路知意走了过去，仰头看他，“怎么了？”

陈声审视她片刻，下定决心，说：“今天开始，如果有合适的时机，我会让你下机的。”

路知意一顿，下一刻，笑成一朵狗尾巴花，敬了个非常不标准的礼，“收到！谢谢队长！”

他微微眯眼，警告她：“不要得意忘形。”

“放心吧，我一定出色完成任务，尽全力营救伤员！”她拍胸脯保证。

陈声却只是定定地看着她，“我只要你照顾好自己，量力而行，路知意。”

他的话像是一记重拳打在她心上。不可一世如他，天不怕地不怕如他，对救援行动一丝不苟如他，而今却只是担心她的安危。

路知意前所未有地意识到，这一刻的他不是队长，是她的意中人，她的灵魂伴侣，仅此而已。

她收起了笑意，认认真真地望着他，“我一定好好照顾自己，不让你担心。”

路知意第一次下机是在甲板上，游轮发动机出故障，停在海中央无法运行。

这种情况既无爆炸风险，也无伤员，只需直升机进行物资配送、技术人员运输。路知意收到命令，背着工具箱护送技术人员爬绳梯、下甲板。

驾驶飞机的是陈声，他目不转睛地看着她，而她抵达甲板，抬头对半空中的他比了个 OK。

天上一轮红日，云霞万里，她压根看不清他，只是想让他安心。而半空中的人俯瞰着她，没有笑出来，眼里却有了淡淡的笑意。

有了第一次，之后就频繁得多。

陈声并未让她执行什么危险的任务，只在必要时放她下去历练。

可路知意的进步是众所周知的，她在体能训练时的刻苦，为救援行动做了充分的准备。而她不断查阅国内外最新的海上救援报道，了解事故起因，反思救援行动，也令她在面临突发事件时能够当机立断做出应对措施。

三队的壮汉们一时之间感受到了压力。

笑话，姑娘家都能做到这个地步，他们凭什么不努力？难道眼睁睁被一个小丫头碾压不成？

一时之间，三队的人成了名副其实的拼命三郎，全员都开始提升自我。

过去偶尔抱着得过且过的念头，反正都来了这鸡不拉屎鸟不生蛋的地方，放飞自我就没什么大碍嘛。可如今呢，在路知意潜移默化的影响下，众人都严肃起来。

不能落后，比小姑娘都不如了，说出去像什么话！

陈声看着这群人忽然间的上进，一时之间心情有些复杂。

恨铁不成钢好几年，推着拉着要人往上走，收效甚微，队员们的表现于他而言只能算是勉勉强强过得去。没想到路知意一来，居然事半功倍，并且这纯属无心插柳柳成荫。

他有几分哀怨，可哀怨过后，又气笑了。

也不是第一天认识她了，不是吗？

她身上似乎总有一种奇怪的魔力，当初高原集训也是这样，因为她的努力，周遭的人也仿佛受到了感染，抛下放弃的念头，努力追赶她的步伐。

他在太阳底下看着一群刻苦训练的人，忽然就察觉不到头顶炙热的阳光了。

眼前是一片蔚蓝苍穹、巍峨高山，草原上有一朵杏色的格桑花，努力向上，想要成为一株挺拔的大树，却丝毫未曾意识到她身为花的迷人之处。

可无意识的美才最教人无法抗拒。

另外，随着时间流逝，地下恋情岌岌可危，曝光的可能性危在旦夕。

首先是路知意下机执行任务的过程中，素来冷静自持的队长总像是丢了魂，目不转睛地盯着下面，好几次耳麦里有队员跟他讲话，他要么保持沉默，要么前言不搭后语。

“你说什么？重复一次。”

第一次听到陈声这样说时，贾志鹏心头一紧，觉得队长是对他刚才所言不满意了，赶紧回想一遍哪里不妥，可没发现问题出在哪里，于是只得小心翼翼再说一遍。

陈声哦了一声，回应了他。

贾志鹏松口气，原来真的只是重复一遍刚才说的话，不是哪里说错了。

然而第二三四……不知道多少次需要重复请示时，众人默默沉思：好像每次路知意出任务时，队长就成了……老年痴呆？

同样的话，为什么要一再重复？咦，好像有点不对劲。然后是陈声夜里不在寝室过夜这件事，逐渐浮出水面。

第一次，徐冰峰收到从湖南老家寄来的土特产，下饭专用的剁椒罐头，夜里十一点才想起来要分给大家，于是一扇一扇敲响队友们的宿舍门，递上罐头。

轮到队长这间了，一敲开，发现只有凌书成在。

徐冰峰探头进去，“咦，队长呢？”

凌书成笑呵呵打哈哈：“厕所呢，上大号。”

徐冰峰赶紧缩脖子，怕闻到臭味似的，“那你帮我给队长带一罐，我就先走了，不打扰他老人家。”

第二次，贾志鹏半夜想吃冰激凌，从小卖部拎了一口袋回来，挨个分发。

轮到队长那间了，屋子里又只剩下凌书成。

贾志鹏问：“队长呢？叫队长来吃冰激凌啦！”

凌书成：“队长在拉屎，拉完再吃，你搁这儿吧。”

贾志鹏：……忽然之间就不太想吃了。

一而再再而三，有时候是队员上门要请教点问题，有时候是递交第二天的请假报告，有时候是单纯送点吃的，可队长……

队长他总在拉大号。

后来同志们私底下偷偷交流：队长他咋了，为啥总是尿频尿急尿不尽，难不成是前列腺……

这话传来传去，被耿直的罗兵传到了队长那里。他忧心忡忡地凑上来讨好队长：“队长，我老家那有个老头子，祖传三代，专治前列腺问题……”

听说事后，陈声把凌书成胖揍一顿。

贾志鹏偷偷跟罗兵咬耳朵：“肯定是凌书成没帮队长保密，害得队长那啥有问题这事暴露了出来……”

罗兵点头：“肯定是！”

路知意被这事乐得在被窝里笑了好一阵，然后就被摁在身下强行证实了一波。

陈声：“再笑一个试试？”

路知意：“……不笑了，不笑了。”

“我前列腺有问题？”

“没问题，没问题……”

地下恋情险些曝光事件之三。

某日，白杨的亲妹妹三天后就要结婚了，他连夜写了请假条，第二天早上起了个大清早，穿好制服来到队长宿舍门口，敲敲门，笑容满面准备递交假条，请个一周的探亲假。

门开了，穿着大裤衩的凌书成又堵在那，“起这么早，干吗啊？”

白杨挠挠头，憨笑说：“队长在吗？我找他交个假条。”

凌书成一时语塞，心道反正陈声前列腺有问题这个谣言也传开了，干脆继续沿用老套路，随手指指卫生间，“拉大号呢，假条到训练场再交吧。”

他看了眼手表，打算再眯个十来分钟，门一关，回床上躺平了。

白杨吃了个闭门羹，有些失望。

因为妹妹要结婚了，他这当哥哥的太兴奋，大清早就起来请假，哪知道队长又在蹲厕所……

结果他刚转身，准备离开，就听见身后传来开门声。一回头，路知意的宿舍门开了。

陈声特意早起了半小时，准备偷偷溜回宿舍换套衣服，哪知道蹑手蹑脚踏出房门，正好与回过头来的白杨撞了个正着。

他一顿，手里还拎着昨天穿的上衣，皱皱巴巴等待洗涤，而衣服的主人光着膀子，胸肌腹肌都格外显眼。

白杨的表情显然有些呆滞，还没回过神来，看看陈声的宿舍门，又看看路知意的宿舍门。

不是说在蹲厕所吗？

陈声也凝固了两秒钟，两秒后，从容地指了指路知意的宿舍门。

“她马桶堵了，我来帮她通一通。”

白杨：“可副队说你在蹲厕所啊……”

“……”

外面都质疑他 × 功能了，凌书成居然还拿蹲厕所来搪塞大家！

陈声暗暗咬牙，面无表情地说：“我宿舍的排气扇坏了，蹲厕所味太浓，就借用路知意的厕所一用。”

白杨显然有些蒙：“可你刚才不是说在通马桶……”

陈声再咬牙，点头：“是，我一不留神把她马桶给堵了。”

这一回，谣言又传了起来，原来队长不仅前列腺有问题，还便秘，并且是一次性能把马桶堵住的那种便秘。

罗兵偷偷跟大家咬耳朵：“我奶奶也是这样，一周只拉得出一次，次次都把马桶堵了。”

原来队长的频率是一周一次啊！

众人：这是一条有味道的谣言。

地下恋情险些曝光事件之四。

队长周末去了一趟市中心的大型超市，买了一袋日用品和零食回来，恰好回到基地时到了午饭时间。

日用品是给自己买的，零食是投喂深夜秘密伴侣的，以及大晚上的进行了体力劳动，煮一碗馄饨或者汤圆补充体能是很有必要的。

他把一大袋东西搁在凌书成旁边，叮嘱了一句：“帮我看着，我去打饭。”

路知意也在这一桌。

毕竟和陈声双人共进午餐就相当于昭告天下了，所以现在她常常混入凌书成和韩宏这一桌，这两位师兄完全就是人肉掩护，替她补全了她与陈声常常待在一起的漏洞。

本来嘛，四人都是中飞院毕业的，说是“中飞院连体婴”“基地四侠”，也不会惹人生疑。

（凌书成：真的吗？）

可事情坏就坏在，路知意今天值班，没有和陈声一同去超市，当然也就不知道那袋子里装了些什么。

不一会儿，贾志鹏端着餐盘路过这桌。他眼睛尖，一眼瞥见凌书成身旁的椅子上搁了只塑料袋，里头装满零食。

当下把餐盘往桌上一放，“好哇副队长，有零食都不同享！”

凌书成：“这不是我……”

话音未落，只见急性子贪吃胖子贾志鹏同志振臂高呼：“同志们，有吃的，上啊！”

四面八方涌来一群壮汉，兴高采烈挤成一堆，拉开塑料袋就开始抢吃的。

凌书成：“……”

薯片瞬间被扒光，盐渍梅子不知道被哪只手抢走了，泡椒凤爪经过一番争夺，最终花落罗兵家。

最后只剩下一堆日用品可怜巴巴缩在袋子里，无人问津。

洗手液：我做错了什么?

马桶刷：如今的我还没有臭味!

牙刷：不要抛弃我!

而这时候，捧着瓜子兴高采烈的贾志鹏还想再看看袋子里有没有漏网之鱼，伸手进去翻了翻，忽然之间被一只大红色的长方形盒子吸引了注意力。

咦，这是……

这不是!

贾志鹏的眼睛都直了，一把将抢来的瓜子塞进罗兵怀里，勾着指头拎起那只盒子，颤声说：“你们，你们看，这是什么……”

一群壮汉的目光都聚集在他指尖上。

那是一盒杜蕾斯。大红色的，醒目的，非常显眼的杜蕾斯超薄。

众人看完那盒子，下一秒就去看凌书成。

凌书成立马举起双手，直接把陈声给卖了：“这不是我的啊，是队长的。”

于是路知意前一秒还在笑，后一秒看见贾志鹏拿着的东西，像是忽然被一道闪电击中，猛地跳起来，一把抓过那盒东西，飞快地往塑料袋里一塞。

于是众人的视线又很快投在了她身上。

贾志鹏：“你干吗啊路知意？”

路知意一时语塞，脑子卡壳好几秒，然后才义正词严地说：“这是队长的私人用品，大家这么在公众场合聚众围观，不……不太好吧？”

贾志鹏：“……你说的也对，好像是不太好。”

罗兵愣了几秒才反应过来，眯眼，一语道破真相：“可队长跟咱们一样万年单身狗，平时天天待在基地，也没见他谈恋爱，他买这玩意儿干吗？”

贾志鹏立马点头：“你说得很对！他买这玩意儿干吗？吹气球吗？”

白杨拍大腿：“是啊，况且咱们基地里也没几个女的，队长天天跟咱们一群汉子待在一起……”

话说到一半，他猛地一顿，侧头看着路知意。

路知意心里一紧，脸色都白了。

下一秒，只听白杨摇头，斩钉截铁地说：“你不算女的！就跟纯爷们儿似的，钢铁硬汉，上天下地比我们这群大老爷们儿还厉害，和你滚床单，这不跟搞基似的？”

他一边哆嗦，一边说：“想想都害怕。”

众人哈哈大笑，纷纷点头表示赞同。

路知意：“……”

凌书成：“噗……”

韩宏一口把刚吃下去的饭吐了出来。

片刻后，主角回来了。

陈声端着刚打回来的饭，发现自己的位置被人团团围住，一众壮汉人手一袋零食，把他的补给品瓜分了。

他心里一凉，立马低头去看袋子里头的杜蕾斯，看到它还好端端待在角落里，无人问津时，他松了口气。

“都堵在这干什么？光天化日之下，都是土匪强盗？”他把餐盘搁在桌上，眯眼盯着大家手里的东西。

贾志鹏叫人来抢吃的时候，压根儿没想到这是队长的所有物，后来又被那盒杜蕾斯分散了注意力，如今才意识到自己老虎屁股上拔毛了，赶紧将抢来的瓜子塞了回去，“哪里哪里，咱们就是欣赏欣赏队长的品位，看看您平日里都吃些什么，才好提升自己的品位，上行下效，共同进步！”

陈声：“……”

在贾志鹏的带领下，众人纷纷把零食塞了回去。

陈声："还杵在这干什么？"

大家：哦，散了散了。

一众大汉神色各异、交头接耳走掉了，就是看陈声的表情还有些奇异。

走远些了，白杨迟疑着对大家说："他买那玩意儿干什么？我们基地里全是钢铁侠，他买来也没有用武之地啊！"

徐冰峰笑了笑，意味深长地说："是我小看凌书成了啊，真是个能屈能伸的大丈夫，为了讨好队长，当真什么没下限的事都做得出……"

失算失算，不，是失敬失敬。

在他眼里，陈声与凌书成一个宿舍，这套买来是干什么用的，简直一目了然。

众人恍然大悟，原来是这样……真相简直可怕。

于是自那天后，众人看凌书成的目光变得颇有深意。

凌书成在发现大伙看他的眼神瞬间又是尊敬又是嫌弃之后，起了疑心，想靠近点问出个所以然来，白杨等人一脸他是细菌的神情，逃也似的跑掉了。

凌书成知道哪里不对劲了，当天下午，一把将贾志鹏拎到宿舍楼下。

"说，你们中午私底下说了我什么？"

贾志鹏哆嗦着嘴硬："没，没什么啊……"

凌书成眯眼，把他摁在墙上，威胁他："你不说，别怪我不客气了。"

贾志鹏是队里出了名的胆小鬼，怕事，怕训练，连恐怖片都怕，当下哭丧着脸："行行行，我说我说，你别动手动脚，我不吃那套！"

凌书成一顿，"我什么你？"

贾志鹏哭唧唧，"我是钢铁直男，不来这套的。你和队长那啥就算了，队长又帅，身材又好，哪点不比我强？"

当日，凌书成在宿舍楼下把贾志鹏暴打了一顿。

Chapter. 16 偷走他的心

在基地迎来第一个初春时，路知意的生日也到了。

人生的头十八年都没有什么庆祝仪式，直到十九岁那年，陈声在高原集训时送来一个拙劣粗糙的蛋糕。奶油是劣质奶油，香精味里混杂着腻味的甜，两人都没有吃完。

可甜的不是蛋糕，是他千里迢迢骑着借来的摩托，四处奔波，就只为买来一个蛋糕的举动。

生日当天，路知意在清晨醒来，身侧是还在熟睡的陈声。

她定定地看他好片刻，回想起了当初的场景。

那时候两人还在冷战，他一个劲儿追在她屁股后面讨好她。可她年轻气盛，因他在小伟面前说的那番话伤了自尊，死活不肯搭理他。

那个生日，两人都在高原集训。当晚，陈声借了小卖部的摩托，替她奔波了一晚上，凌晨才敲响宿舍的门。

她在楼顶与他和解、释怀。他点燃了蜡烛，捧着蛋糕要她许个愿。而她许了什么愿呢？

想到这里，路知意笑了。

那时候的她径直吹灭了那只蜡烛，拉住陈声的衣领，毫不矜持地吻了他。

后来他在天台上吻了她一遍又一遍，大言不惭说："一年就这么一次机会，好不容易许了愿，我帮你多实现几次。"

真不要脸。

路知意在回忆里沉湎多时，再看看眼前的人时，禁不住感叹时光匆匆。

是从什么时候起，他的下巴上冒出了青色的胡茬儿，哪怕用剃须刀剃得干干净净，也还是有一层属于青年的淡淡的青灰色了？

晒黑了，再不是当初她戏言时所称的"小白脸"了，少了几分张扬，多了几分沉稳。

她说不准自己是更喜欢当初的陈声，还是今日的陈声，但毋庸置疑的是，更爱了。当初的他是个大男孩，今日的他却是陈队长，是盖世英雄。

她还记得两人在一起的时候，有个周末，他带她去乡下的老宅玩。乡里有人在摆摊套圈，十元钱五只圈，这东西在城市里已经看不到了，也只有在乡镇上还偶尔能碰见。

两人童心大起，买了十个圈。陈声撸袖子，意气风发地说："要哪个，你说！"

"我说了你就能套到？再远都行？"

陈声眯眼，笑了笑，"尽管说。"

路知意干脆指着最远处的一只长颈鹿抱枕说："那你给我套那个好了。"

陈声扯了扯嘴角，"小意思。"

而结果却是，陈声用尽了十个圈，一个未中。套圈的规矩是，必须要竹圈完完整整套中一整个物件，那东西才归你所有。而聪明的摊主将竹圈做得极小，恰好与物件一般大小，如此一来，套中可就太难了。

十个圈用尽后，再来十个圈。

很快，新一轮的圈也用尽，陈声的脸越来越黑，一声不吭继续买圈。

摊主倒是眉开眼笑。

路知意心疼钱，拉拉陈声："算了，套不中就走了，也不是什么好东西。"

陈声要的可不是东西，是面子，当下放了狠话："套不中，不走！"

如此反复好多次，圈没了又买，买了又套，久套不中的陈声终于运气爆棚，中了一个。不过他没能套中那只长颈鹿，只套中了近处的一只小老虎。

摊主把陶瓷小老虎送到两人面前，陈声接了过来，依然脸色难看。

其一是套这么久才套中一个，面子没找回来；其二是费了这么大力气，却只得来一只做工粗糙的小老虎。

他不咸不淡地说了一声："老板，你这老虎怎么是瘸腿啊？"

摊主笑嘻嘻地说："这是我自己捏的。"

路知意扑哧一声笑了出来，从陈声手里接过它，"就这样吧，挺好的。"

陈声臭着脸嘀咕了一句："好什么好？难看死了。"

然而回家的路上，路知意始终把玩着那只小老虎，爱不释手，不管他如何嗤笑。

"你没有过好玩具吗？这种小东西也能让你喜欢。"

"高原上本来就没有什么高档玩具，小时候我们也只是玩玩卡片，能有个钥匙扣就不错了，做工还没这东西好呢。"

看她那样珍视地把它捧在手里，陈声心里也有些酸涩、饱胀。

那时候，他忽地对她说："路知意，再笑一次。"

她一顿，不解："啊？"

他看着她，说："像刚才那样，斜眼看着我，再笑一次。"

"什么毛病。"路知意瞪他一眼，还以为他在捉弄她。

可陈声不依不饶地伸手，按住她两边的嘴角，硬生生拉扯出一个难看的笑容，然后才满意了。

路知意伸手去推他，推到一半，听见下文。他定定地看着她，声音很轻很稳。

"路知意，真想把全世界的好东西都弄来送你。"

她顿时忘了已到嘴边的话。

"星星也好，月亮也好，只要你想要，我就是粉身碎骨也给你搞来，只要……"夕阳下，陈声安安静静看着她，停下来不说话了。

"只要什么？"她的心都提了起来。

他的眼里倒映出她的模样来，"只要你像刚才那样对我笑。

那一刻，路知意忽然有点想哭，憋住了，半晌才说："刚才我是怎么笑的？"

"肆无忌惮，无法无天，好像我拿你没有半点法子似的。"

她又没忍住笑了出来："神经病，你是受虐狂吗？喜欢别人这么对你笑？"

陈声一脸"你别得意"的表情："别人不好说，只对你这样。"

"你喜欢我一脸你奈我何的贱表情？"

"不是喜欢，是我真拿你没有半点法子，奈何不了你。"陈声踢了脚路边的石子，哼了一声，"路知意，想老子横行霸道半辈子，一朝在你这阴沟里翻了船，你可要好好珍惜。"

"……"

哼，说她是阴沟，还想她好好珍惜他？

这狗东西，说点情话也难听得要命。可那时候的路知意低下头去，忍了半天，还是笑起来，肩膀都在抖。

不喜欢吗？喜欢得要命。

在基地的清晨，忽然间回想起过去的事情，路知意枕在他身侧，慢慢地笑弯了眉眼。

她伸出手去，隔着空气，轻轻描摹他的眉眼。

好遗憾啊，如今的陈队长，再也没有那么幼稚的时刻了，不会孩子气地对她说好听的话，也不会做一些愚蠢傻气的举动来逗她开心了。

哼，现在换她像个神经病似的去逗他了，他还一点也不配合，总也不笑。

她的手停在他的鼻尖上，却猛地被他攥住。

前一秒还闭着眼的人，此刻仍然没有睁开眼睛，只是淡淡地问了句："你还要对我动手动脚多久？"

"……"

路知意："你醒了？"

陈声缓缓睁眼，漆黑透亮的眼眸定格在她脸上，手里还攥着她作乱造次的食指，"你在我脸上指来戳去这么半天，能不醒？"

她心里有事，哦了一声，等着他说点什么，今天是她的生日呢。

可陈声看她片刻，却只是说了句："醒了还不起来？今天不训练了？"

路知意有些失望，都这么几年了，他果然不记得了……

她贼心不死，还若无其事地问他："今天星期几来着？"

陈声淡淡地说："星期五。"

她又咬咬腮帮子，"那几号了呢？"

"三月二号。"

"……"

她都提示到这份儿上了，他竟然还是想不起来？？？

路知意黑了脸，翻身跃起，趿上人字拖就去卫生间洗漱了。越想越心酸，她换好制服，从卫生间出来时，又叫住在窗边换好衣服的他："今天晚上出去吃饭吗？"

陈声背对她，也没回头，"基地不是有食堂吗？怎么，你想改善伙食了？"

路知意："……"

算了算了，她鼓着腮帮子，推门往外走，"我先走了，你走的时候注意点，别被人看到了。"

她又气又失望，走了几步，又慢慢叹口气，替他找理由。都过了三年了，一个日期而已，忘了有什么打紧的？况且这么多年都是这样过来的，何必非得一遇到他就开始庆祝生日了？她都这么大人了，难不成还期盼着一个生日蛋糕不成？

又不是小孩子了……

可是不管如何安慰自己，失望还是失望的。

路知意心知肚明，在意中人面前，每个姑娘都希望自己能做个长不大的少女，永远像个孩子，永远被人宠爱。

然而她家队长对她的宠爱，是一整天的严格训练，一点水都没放。

做下蹲时，陈声看她心不在焉的，居然面无表情地说："路知意，出列，再做两百个。"

路知意："……"

很好，这份生日礼物确实特别，都这样了她还肯跟他在一起，绝对是真爱无疑。

下午训练结束后，路知意回了宿舍，陈声说有些生活用品要买，却一去不回到深夜。

路知意怔怔地坐在床上，在失落与自我安慰中反反复复。她有点想家，有点想小姑姑，也有点想爸爸了，最后揉揉眼，迷迷糊糊翻个身，睡了过去，直到被电话铃声吵醒。

电话是路雨打来的，她和路成民轮流在那头说话，祝她生日快乐。

路雨问："有没有和同事出去庆祝呀？"

路成民在一旁说："庆祝什么啊，都这么大人了，何况还在救援队，随时要准备出任务的，哪能擅离职守？"

路雨："那么多人呢，就不准寿星放个假了？"

路成民："哪有那么娇惯孩子的？过个生日就能离开工作岗位了？"

……

两人还你一言我一语争执起来。

路知意哭笑不得，赶紧说："行了行了，你俩别争，我已经庆祝过了。"

为了让家人放心，知道她远在祖国的南边也过得很好，路知意撒了谎。

"中午吃过大餐了。"

"什么大餐？海边嘛，当然是海鲜了。"

"都吃了些什么？海里面的东西我也不认识，反正不是虾就是蟹，不是贝壳就是鱼，我叫不上名字。”

“怎么做的？我怎么知道怎么做的？我又不是厨师！反正好吃就对了。”

……

她睁着眼睛说瞎话。

一通电话打了半个多小时，挂断时，胳膊都酸了。

路知意回头看看窗外，夜幕已低垂多时，海岸线吹着风、打着浪，海风吹进屋里，撩动了她的发。这一刻，她感到前所未有的孤独。

陈声去哪里了？

换作从前，她会给他打电话，哪怕他只会寥寥数语答几句：“训练场，快回来了。”

她也会安安心心等着他。

可今天她不想打电话。

路知意站在窗边患得患失，不知过了多久，训练场上几乎没有人了，斜对面的宿舍楼也渐渐熄了灯。

陈声却还没回来。

她气馁地坐在那里，看了眼手机，已是夜里十一点多了。

还剩不到一个小时，生日就真的过了，她要不要干脆给他打个电话，或者发个短信？再不说，就真的要郁闷到下一个生日了。

路知意心酸地拿着手机，迟疑不定。

大门却忽地被人敲响。

她一惊，“谁？”

门外的人沉默片刻：“这么晚了，还能是谁？”

终于浪回来了，还这么冷漠地回答她，看来是真的一点也不记得她的生日了。

路知意灰心了，整个人没精打采的，几步走过去开了门。

门外的声控灯已经熄灭了，陈声站在走廊上，手里拎了只袋子，定定地看着她。

路知意随意扫了眼那只袋子，问：“你是回四川买生活用品去了吧？”

说完就转身要回屋，下一秒，手腕忽地被人拽住。

“路知意，跟我来。”

这一幕似曾相识。

路知意回过头来，看着在漆黑一片的走廊上不肯进屋的男人，他穿着件单薄的卫衣，拎着只白色塑料袋，拉着她的手要她跟他走。

她一顿，忘了回应他，事实上是不敢回应。

她在期盼与失落中循环一整天，此刻是真的不敢再有所期待。

万一他并非记起了她的生日呢？万一她又空欢喜一场呢？一而再再而三失望，此刻的她已经经不起打击了。

她只能任由他拽着她往天台走。

宿舍楼一共五层，顶楼很老旧，一片空地上架起了好几根竹竿，上面飘飘荡荡挂着队员们的床单被套。

陈声拉着她爬上顶楼，边走边说："白天要训练，不好因私事耽搁，所以来迟了。"

那颗碎成灰尘的心顿时聚拢了一点。路知意站在天台上，吹着风，望着他。

陈声松开握着她的手，从塑料袋里取出一只小圆盒，在原地坐了下来，解开纸盒上的粉色绸带，将罩在外面的盒子摘了下来。

他取出蜡烛，插在蛋糕上，用早已备好的打火机点燃。

蛋糕不大，和上一个差不多。

他抬头看她，说："坐下来吧。"

天台没有灯光，只有训练场和远处隐隐投来的微弱光线以及蛋糕上熠熠生辉的两支生日蜡烛。

路知意慢慢地坐下来，一言不发看着那蛋糕。

蜡烛有两支，数字十和八。蛋糕与三年前那个大小一致，甚至模样也相同，一模一样的小熊，一模一样的巧克力花朵。

他还记得那年的生日蛋糕长什么样。

他记得她的生日。

那堆灰尘聚拢了来，慢慢活了，又拼凑成一颗心的模样。她觉得脸上热辣辣的，又觉得眼眶好像更热一些。

她又误会他了吗？

海风吹动着周围的床单，那些宽敞而飘逸的"窗帘"将他们围在一个隐秘的世界里，他与她隔着一个蛋糕，面对面坐着，好像多年未见的老友同坐一席、追忆往昔。

一切惊人的相似。

路知意好半天才找到自己的声音，低低地说了句："我以为你忘了……"

"不会忘。"他只说了三个字。

三个字，路知意的眼眶顿时滚烫得随时能坠下泪来。

她哽咽着说："怎么又是十八啊？"

"因为高原少女永远十八。"

"高原红都没了，还叫什么高原少女？"

"谁说没了？"他轻声应着，伸手拂了拂她的面颊，"在这呢。"

她的泪珠倏地滚落。

"早就不见了，骗谁啊。"

"我不像你，我从来不骗人的。"陈声从容地说，拉起她的手碰了碰自己的左胸，"你忘了吗？三年前我说过，你在这里，路知意。"

她仰着头，眼睛湿漉漉的，像星星，像钻石，充满期待地望着他。

陈声凝视着那双眼睛，低声说："高原红在这里，板寸在这里，死活要考第一的骄傲固执在这里，自尊心强到撒谎骗人还抛弃我的劣迹斑斑，也在这里。"

路知意笑了，边笑边哭，"你就是不肯原谅我，是不是？都大半年了，你还这样，对我不冷不热，总像是我热脸贴你冷屁股，你屁股不嫌累吗？动不动就提当年的事，好汉都不提当年勇，你怎么老提我那堆破烂事？"

陈声看她片刻，哑然失笑，"我也不想提，我也想忘，可是当年太痛了，痛到现在都忘不了。"

路知意抽抽搭搭指指那蛋糕，"那你怎么不记得当年你说要补给我一个更好的？结果三年前是这样，三年后还是这样，滨城又不是高原小镇，你就不能挑个不那么寒碜的蛋糕？"

陈声低头看看那蛋糕，伸出食指抹了一指尖的奶油，往她唇边凑："你尝尝。"

她一边说脏死了，一边吃掉那点奶油，一顿。蛋糕模样是一样的，但味道却不同了。那个是糖精味很浓的廉价蛋糕，劣质奶油，这个却很好吃。

陈声说："滨城最好的蛋糕店，一个蛋糕比一顿海鲜盛宴还贵。我站了好几个小时，亲自指点师傅照着当初的模样做了一个，样子不是最好的，但味道应该还不错。”

路知意抹了把湿漉漉的眼睛，“然后呢？”

“然后？”陈声一顿，不明就里。

她指指蛋糕，“既然要严丝合缝按照当年的流程来，这会儿不该是端着蛋糕叫我许个愿吗？”

陈声笑了，从善如流，端起那蛋糕，凑到她面前，“许个愿，路知意。”

她也笑，在他毫不意外的目光下，猛地低头，一口吹灭了蜡烛，然后将蛋糕接过来放在一旁，拉住他的衣领就凑了上去。

漫天飞舞的床单，头顶璀璨的星辰，从遥远的地方吹来的轻柔海风，和她与他热烈不已的心跳，都在这一夜成为不灭的记忆。

她不顾一切地吻着他，像是记忆里那一刻。那时候的她与他皆是第一次拥吻，生涩而不熟练，却像是拼了命一般将所有的炙热情感寄托在那一个吻上。

海边的风不是山间的风。

这个天台不是集训地的天台。

今日的她不是当年的“高原红”，陈声亦非往日少年。

可心还是当年那一颗，敏感骄傲，脆弱坚强，明明灭灭都只为他，欢喜悲伤都因为他。

她哭着吻他，最后泪流满面。明明是欢喜时刻，却不知为何心中悲喜交加。她仰头问他：“陈声，和当年相比，你更爱我了吗，还是爱得少了一些？”

陈声将她被海风吹乱的发丝撩到耳后。

他轻声答：“爱多爱少，你不知道？”

她又哭又笑：“有时候觉得多了些，有时候又觉得少了点。”

“少了哪一点？”

“少的那一点，是因为你不肯说出来了。”

陈声慢慢地笑了。他说：“因为爱多了，所以话少了。”

路知意这小半辈子一共庆祝过两次生日，十九岁一次，二十三岁一次。两次都在夜深人静的天台，面对面坐着的只有陈声。

她呜咽着笑，心想足够了，能与他重逢，能教他不计前嫌，能成为他的士兵、他的不二之臣，还有什么不满足的？话少一点也罢。

两人在天台并肩坐着，远处是海，近处是训练场，天澄澈得仰头便能看见星星，周遭纯白色的床单像船帆一般被吹得鼓鼓囊囊。

路知意吃掉一块蛋糕，问他："你怎么不吃？"

陈声说："太甜，太腻。"

她眼珠子一转，笑了，咬了一口奶油在嘴里，凑上去喂他。

陈声淡淡一瞥："也不嫌恶心。"

下一秒，吻住她的唇，尝到了奶油的味道。

这一夜，在无人的天台上，她大胆得不像往常的路知意。脱离了队长与队员的身份，只仰头望天，于是天台不再是天台，成了当日的高原，当日的红岩顶。

星辰很近，夜风很凉，而在她的眼里，他是唯一的星光。

"既然平时话少，今晚就多说些吧。"她侧头看他。

"说点什么？"

"随便说说。"

他顺了她的意："那你起个头。"

于是她杂七杂八问了他很多那三年没有陪伴彼此的时光里，他是如何过的，又为什么要放弃民航公司来到基地。

陈声望着远方的大海，说："答案你都知道，何必明知故问？"

"因为我想听。"

他沉默了片刻，认了："因为你。"

"把路指明就行了，为什么自己也跑来了？"

"因为不放心。"

"不放心我找不到就业方向，将来无所事事？"

他答："不放心你没了我，日子还过得风生水起。"

路知意一噎，想反驳，却又听见下文。

"又不放心你没了我，日子过得不够风生水起。"

两人沉默了片刻，迎面而来的只有风。

他怕她一个人过得太开心，那他该有多不甘心？可爱是如此矛盾丛生，他怕她太开心，亦怕她过得不开心。

路知意很久才找到自己的声音："我听凌师兄说，你也遇到过危险，两艘游轮撞在一起，油箱爆炸，你差点没来得及跳船。"

"他倒是什么都告诉你。"陈声不咸不淡地笑了两声。

“那也是因为你什么都不告诉我。”

“……”他默认了。

“左耳短暂性失聪了两周？”

“是。”

这回换路知意沉默了。

他侧头看她，说：“既然选择了这条路，在所难免。”

路知意顿了顿，才说：“我知道。”

陈声看她严肃得过分的表情，笑笑，“想劝我今后不要那么拼？”

出人意料的是，她反倒摇了摇头，“今后我和你一起拼。”

陈声倒是被她说得一愣。

路知意笑了，说：“陈声，我给你唱首歌吧。”

怎么说着说着还要唱？陈声啼笑皆非，看了看她，点头。

路知意事先警告他：“别笑我发音不标准啊。”

她是优等生，一直都是，只可惜来自高原大山，英语口语始终不如他漂亮。可发音不漂亮，也碍不了她给他唱这首歌。

也并不是什么新歌，她不算是个爱听音乐的人，学生时代还有闲情雅致淘歌听，如今被训练和工作占据了绝大部分的生活，只偶尔心血来潮打开播放器。

那一日去市区采购，一个人戴着耳机，走着走着，恰好听到这一首。她当场在原地停留了好片刻，仔细辨认女歌手都唱了些什么。

只觉得无比贴切。

Long live all the mountains we moved

I had the time of my life fighting dragons with you

I was screaming long live the look on your face

And bring on all the pretenders

One day we will be remembered

……

万岁！

我曾在生命里与你并肩战斗，

愿你我共赴过的山川河流永存世上，

愿那一刻你面上的微笑永不褪色。

万岁！

我曾与你分享生命，

那些我们一同历经的苦难折磨，

那些你我共同穿越的层层阻碍，

那个王国的光芒如此闪耀，只因你我。

我无所畏惧。

那一天在她的歌声中落幕。

午夜十二点，仿佛有缄默的钟声敲响，她拾起了水晶鞋，与陈声离开天台。

未来很长，心很坚定，她想，她会永远在心里为他呐喊着万岁，做他的不二之臣，为他赴汤蹈火，随他出入风雨。

却没想到那一天很快来临。

十一月的滨城依然燥热，这座城市没有春秋冬，只剩下夏天。那一日，全队接到任务，海上一艘油船着火，危在旦夕。

全员几乎是以百米冲刺的速度冲向停机坪的，因为着火的不是别的船种，是油船，载满石油，一触即燃，爆炸几乎是瞬间的事。

果不其然，在救援机起飞之时，海上已然传来巨大的轰鸣声，海天交界处爆发出一阵艳红色的光，仿若落日时分壮丽而盛大的夕阳。不同的是，艳红色的光芒只有那么一瞬，紧接着便是浓烟滚滚。

安排任务时，陈声的目光刚刚在路知意面上停留了须臾。她定定地看着他，目光里满是坚定。

那一刻，他想起了她说过的话，她要和他一起拼。话到嘴边，变了调。

“路知意，三号机。”

天是一望无垠的蓝，没有一丝云。

海上有风，像是每一个晴朗的日子那样，温柔地吹拂着晴空里的鸟与海面上的浪。

可第三支队的人并未在这美景上驻足片刻，神情凝重地赶往事发海域。

海面上一片狼藉，油船碎裂，海上是大片大片燃烧的焦油，浓烟四起。在那片令人瞠目结舌的灰烬里，有人趴在救生圈上，奄奄一息地伸手挥舞红色的T恤。

有人跳船了，事先朝远处游去，离船越远越好。

路知意在机上看到这一幕，稍微松口气。

陈声在耳麦里命令众人尽可能远离爆炸船只，哪怕只是残骸，同时尽全力搜寻存活下来的受难者。

海上还燃烧着熊熊大火，救援船无法靠近。在这样的情况下，飞行队迫不得已要降下绳梯，冒着火势救人。

谁去？

路知意听见陈声的声音，无比平静、语速极快地从耳麦中传来。他说：“第三支队队长陈声，驾驶一号机，申请与副驾驶白杨交换位置，下绳梯救人。”

她一个反驳的字也说不出，哪怕她也戴着耳麦，因为她是第三支队的成员，只能听从队长与指挥中心的命令。

指挥中心考虑片刻，“下海危险太大，油船随时可能发生二次爆炸……”

“我会尽快。”

一方面担心队员生命安全受到威胁，一方面却不能对海上漂浮的生还者见死不救，指挥中心商量了半分钟，同意了。

但他们只给陈声三分钟的时间，若是三分钟还没能救起全部受难者，陈声务必回到绳梯上，离开现场。

那一刻的路知意想起了很多事。

过去看到的社会新闻里，高楼大厦燃起熊熊烈火，哪怕明知闯进去死的可能性比生还的可能性要大得多，为什么消防队员们还会义无反顾往里冲？

因为命令。

因为他们的职责是救人，哪怕只有一线生机，也要冒死往里冲。

她看见陈声攀住绳梯下去了。浩瀚无边的火海就在底下，而他义无反顾往下爬，身穿救生衣，并无半点防火措施。

可就在陈声下去救起视线里唯一一名生还者，拉着他的手往一号机的绳梯上够，托起他要他向上攀爬时，耳麦里传来新的指示。

陈声发现了又一名生还者。

他救起的那人死死拉着他的手，指着离油船残骸更近的地方：“我妹妹还在那里，她是个孕妇，求求你救救她。”

主船体与陈声离得较远。

他已经清楚听到指挥中心在催促着他立马上机，不论还有无生还者，都要离开现场了。可面前的男人死死攥着他，哭着求他救人。

“她还怀着孩子，六个月了，求你了……”

陈声顿了顿，在耳麦里说：“第一名伤员已经攀上绳梯，一号机白杨，朝第二名伤员靠拢。”

他要带着这个人，让白杨靠近事发处。

指挥中心立马做出反应：“不行，来不及了。一号机位置太远，你过不去了。”

陈声说：“不可能扔下她不管。”

“可这样就来不及了，你只有三分钟，现在时间所剩无几，不够时间让二号机挪位置了。”

“来得及！”

陈声对上那人含泪的双目，说完那句话，陡然松开绳梯，跃向大海，朝油船残骸游去。

海上浓烟滚滚，烈焰不止。哪怕火焰之下就是汹涌浪头，也浇不灭这漫天大火。

陈声的身影消失在浓烟之中。指挥中心一直在呼叫他的名字，可对讲机不能沾水，他一跃进大海就信号全无。

主船体上的烈焰愈加浓烈，黑烟一团接一团。

火势大了。

残骸在动，蓄势待发，即将向生还者展开新一轮的威胁。

指挥中心当机立断：“第三支队全员撤退！”

无人应答。

指挥官的声音凌厉起来：“凌书成，命令队员全部撤退！”

几秒钟的时间里，耳麦里一片死寂。

随后，凌书成紧绷的声音从耳麦里传来，带着粗气，带着颤音：“一号机，立马撤退。”

白杨几乎是吼着说：“可是队长还在下面！”

“一号机，撤退！”

“队长他……”

"我叫你撤退！"凌书成咆哮着，"二号机凌书成接续指挥，一号机立马撤退，二号机上升十米，等待接应队长！三号机原地待命！"

一号机离主船体最近，务必撤退。

二号机，也就是凌书成所在的救援机，离得稍远一些，上升十米试图避过可能来临的爆炸危机。

三号机，目前只有路知意与罗兵在，离事发中心较远，不会受到波及。

路知意听见指挥中心好几个人的声音乱作一团，凌书成的声音几近撕裂，而白杨都快哭出声了，呜咽着把一号机往回开。

可陈声怎么办？救援机走了，陈声怎么办？

瞬息之间，她仿佛被人扼住咽喉。

这一刻，她忽然明白同在一个救援队，他与其他人有什么不一样了。

对他们而言，陈声是战友，是队长，是他们又敬又怕、又爱又恨的亲密同伴。可她不一样，对她来说，陈声不只是战友，也不只是队长，他是她的师兄、她的恋人，她爱慕四年多的人，从她心心念念的少年到今日放不开的羁绊。

她不怪他们，撤退是如今最好的打算。能走一个是一个，下面的即将没命了，上面的却还能好好活着，没必要跟着送死。

在那一刻，路知意听见自己的声音如同机械般冷冰冰地传入麦克风，又从耳机里清晰无比地传入耳朵里。

"三号机路知意，请求与罗兵交换驾驶位。"

凌书成几乎是立刻质问："你要干什么，路知意？"

他那不好的预感刚刚冒出头，就看见不远处的三号机上，有道瘦长纤细的白色身影连绳梯都没有放下，就这样背上救生衣，纵身跃入大海。

她不能开着飞机去，因为那样会牵连罗兵，会毁了救援机。她选择就这样跳下大海，去寻找她的队长。

谁都可以抛弃他，但她不能。他们都可以走，可她一定要留到最后。

她看见了他，无比清晰看见离主船体很近很近的橘红色救生衣，在那片滚滚浓烟里，那抹耀眼的橘是她唯一能看到的色彩。

她一头跃向那片火海，扎进冰冷的海水里。

而在一分半钟前，陈声拉着幸存者，看见海面上浓烟大起，残骸里的油罐与发动机发出古怪的声响，立即意识到第二轮爆炸要来了。

救生衣在身，他们都浮在海面，根本游不动。

他当机立断，一把扯下身上的救生衣，也从那奄奄一息的人身上扒下救生衣。

那人喘着粗气说：“不要丢下我，不要丢下我……”

他咬紧牙关：“不会。你会游泳吗？”

“会……”

“跟我来！”

他拉住他的臂膀，将他往水面下拽，用力朝远处游去。

若是爆炸再次发生，在水下会比在海面上好。

他发誓自己从未有过如此强烈的求生欲，只因晴空里，有人在救援机里等着他。

他错过了她整整三年，等了三年，漫长余生都不够他守着她。

他要回去。

可就在距离拉开后，他攥着那人的胳膊浮出水面换气时，却忽地听见凌书成撕心裂肺的声音，伴随着那道声音传来的，还有三架飞机上更多人的呐喊。

他们叫着他心心念念的那个人，那无比熟悉的三个字。

陈声下意识回头，看见离主船体极近的地方，一道白色身影坠入海中。

她是朝着那抹橘红色的救生衣去的。

他在刹那间明白了。

可来不及呼喊，来不及朝她游去，他看见更加耀眼的艳红色光芒宛若焰火一般盛放开来。海面铺天盖地涌来汹涌巨浪。

他与他攥着的那人猛地被拍入海下。

火光冲天而起，残骸飞溅。

第二次爆炸来了。

好像做了一个很长很长的梦。

无数零散的碎片在眼前一晃而过，她时而身在浩瀚大海上，时而回到高原小镇。

三岁那年，爷爷还没去世，总是对她板着张脸，絮絮叨叨：“为什么是个女孩？我想要的明明是个孙子！”

邻居的孩子跑来院里玩，他乐呵呵把人招来，送糖给人吃。

可她要吃，爷爷却说："女孩子吃什么糖啊？将来长胖了嫁不出去。"

那时候爷爷不给她好脸色，连带着生下她的母亲也在家里没地位，只能唯唯诺诺赔笑。年幼无知的她不明就里，还以为男儿当真就比姑娘家金贵，暗地里羡慕那些得了爷爷好脸色的小子们。

父亲在外忙工作，母亲下地里干活，白日里陪着她的始终只有重男轻女的爷爷。

所以哪怕爷爷不待见她，她也只能指望他。

路知意在梦里看到年幼的自己眼巴巴望着爷爷送糖给隔壁的小胖子，一个人捏着衣角暗自伤心，又一次体会到当初的心情。

不服输，尤其不愿输给男生们的劲头，就是从那时候开始萌芽的。

梦境转瞬即逝，她依然身在冷碛镇的小院里，却眨眼间跑到了好多年后。

她看见母亲在二楼与父亲争执，越来越激烈，甚至产生了肢体冲突。她站在楼下的院子里干着急，想跑上去劝说，想尖叫着让他们别吵了，因为结局她都知道，只是当年的她没有目睹这一幕。

别吵了，停下来。

再吵下去就会出现那一幕惨剧。

可她动不了，也发不出声音，像个哑巴一样站在原地，双脚被钉在地上。

然后她眼睁睁看着母亲像是断了线的风筝一般，陡然间撞在栏杆上，从高空坠落下来。眼前蓦然一黑，只剩下一记沉闷的撞击声响彻耳畔。

大脑嗡的一下，思绪戛然而止。

下一幕，是路成民被警方抓走的场景。

她曾拥有健全的三口之家，可忽然之间母亲摔死了，父亲锒铛入狱，一夕之间她以为可以依靠的大山全塌了。

她激烈地颤抖着，不明白自己为什么回到了这些时刻。可她知道她什么也改变不了，命运像是铺天盖地而来的巨轮，碾压过她预期的一切美梦，然后悍然而去。

眼前蓦然一变，她又站在了大礼堂里。

大红色幕布为背景，鲜艳扎眼，满堂观众座无虚席。

穿白衬衣的少年从容不迫走上了台，抬了抬麦克风，将演讲稿抛至脑后，嘴角轻扬，说他叫陈声。

她一怔，忽地从过去的苦难里抽身而出，世界由前一刻的天昏地暗变为澄澈鲜活，一切都亮起来了。

那人追在她身后嘲笑她，结下不小的梁子。他贿赂教官给她苦头吃，偷鸡不成蚀把米。他想尽了法子与她站在对立面上，结果关注过度，似乎把自己给套了进来。

路知意笑了出来。

她看到他想方设法搞了辆卡车来学校卖鞋，亏本无数，只为顾全她的颜面与自尊，将那双正版跑鞋廉价卖给她。

她看到他绞尽脑汁编辑出一条中奖短信，暗地里寄来手霜、面霜，只为她在高原过一个不长冻疮的新年。

她看到他从图书馆拉她出来，为她的熬夜复习、不爱惜身体气急败坏。

……

像是做了一个很长很长的梦。

她梦见自己认识他的那一天，讨厌他的那一天，不再厌恶他的那一天，和突然间喜欢上他的那一天。

他们吵架了。

分开了。

一分就是整整三年。

她目睹着梦中的一切，笑着，哭着，又或是边哭边笑。她想，好在他们还是重逢了。

这一个梦漫长到她怀疑自己永远不会醒来，可真正醒来的那一刻，剧烈的疼痛感铺天盖地袭来，她睁眼看着模糊的天花板，迷迷糊糊想着，还是睡过去吧。

别醒来了，太痛。

四肢百骸仿佛被人摁在滚烫的沸水里，灼热的刺痛感令人想要叫出声来。

她张开嘴，试图叫喊，可嗓子里仿佛着火一般，干涩沙哑。她听见自己那嘶哑干裂的声音时，险些被自己吓一跳。

窗边，一个仿佛石雕般站在那里的人，陡然间回过头来。

她艰难地侧过头去看着他，若不是四肢百骸传来的疼痛感太过真实，她还以为自己仍在梦里。

那个男人哪里是她梦中的少年？亦不是那个一丝不苟、沉默寡言的队长。

他胡子拉碴，头发凌乱，眉头像是已经蹙了多少年，眼睑下是浓重的瘀青，一身衣服皱皱巴巴，毫无形象可言。他的眼睛是一片死寂，直到看见她，忽然间有一丝火星燃起。

陈声猛然回头，仿佛石化般定格几秒钟，然后大步流星走到了床边。

他张了张嘴，叫了声路知意，然后一个字都说不出了。

一片纯白的医院里，天花板是惨白的，床单被套是惨白的，她的脸是惨白的，右臂上的绷带与左脚上的石膏也是惨白的。

他背对窗户，这些日子以来，蔚蓝的大海是惨白的，湛蓝的苍穹是惨白的，盘旋的海鸥也是惨白的。

没有什么是彩色的。

而他，他孑然一身守在这里，看着一批又一批的人涌进来探望她，始终一言不发。

短短三天，陈声仿佛老了三十岁，可他一直紧绷着，没有哭也没有抱怨。

凌书成红着眼睛捶他，死死握住他的肩，说：“你哭出来，哭出来吧。”

他沉默地望着他，张了张嘴，却没能说出话来。

他哭什么？他哭不出来。

他是沙漠里早已干涸的河床、失去生命的绿洲，空空荡荡，留不住一缕风，也说不出一句话。

他只能守着她。

在他混乱不堪的脑子里，那些错过的时刻、争执的瞬间无数次一晃而过，他没有什么时候比这三日更痛恨自己。

他忽然之间明白了那个词是什么意思。

人生苦短。

年少无知时，他曾读到伏尔泰的这句话：最长的莫过于时间，因为它永远无穷尽，最短的也不莫过于时间，因为我们所有的计划都来不及完成。

可他从未真切地明白个中深意。

直到今时今日，他守着了无生气的她，多少次看她一动不动躺在那里，都要费尽全部力气支撑着自己走近些、再走近些，直到看清她微微起伏的胸膛，才大汗淋漓放下那颗悬在半空的心。

陈声忽然之间明白了曾经读过的书、未曾领悟到的痛。

基地的一切像是一个经不起反复诘问的笑话。他分明有时间弥补那些错过的时光，分明可以对她说出曾经的爱与恨，分明可以放下那些小肚鸡肠、斤斤计较的，可他没有。

他折磨她，也折磨自己。那段无拘无束、肆意轻狂、爱就说、恨就做的时光，永远定格在了中飞院。

为什么？

他在夜里守着她，二十七八度的滨城，他浑身发抖，像是身处冰窖。

他的眼睛一眨不眨地看着她，从白天到黑夜，饭照吃，盹照打，只是不愿离开这间病房。他在醒着梦着的每一刻，都对自己说，等她醒来，他统统告诉她。

他再也不记恨了，再也不计较了，只要她生龙活虎地站在他面前，气他也好，骗他也好。哪怕她不爱他了，转而一头扎进别人的生命里，他也没什么好怨的了。

从多少年前遇见她的那一天起，他的眼里就只剩下这株草原上的格桑花，不够艳丽，无法与珍贵的植株争妍斗艳，却牢牢占据了他的全部生命、全部情感。

只要她活着，他什么都不去计较了。

那三天里，他像是个垂危的病人。她奄奄一息躺在床上，而他了无生气站在窗前。终于等来这一刻，路知意醒了过来，脆弱得像是一个破碎的瓷娃娃，却终归还是睁眼看着他。

他觉得心在刹那间活了，又倦得像是下一秒就能停止跳动。

他叫了一声路知意，那些准备的话，那些在喉咙里打转、跃跃欲出的道歉，一瞬间灰飞烟灭，全无踪影。

取而代之的，是滚烫的热泪。

陈声哭了。

他一动不动地站在原地，低头看着床上的人，眼眶一热，有泪滚滚而下。

他没去擦。

那些热泪仿佛永不干涸的小溪，沿着面颊滑落，经过新长出的青灰色胡茬儿，淌过下巴，悉数滚落在她雪白的被子上。

狼狈吗？长这么大，除了她，没人给过他气受，没人能教他委屈，从来都只有他把人弄哭的份儿。如今一个大男人在她面前哭得像个孩子，真狼狈。

可他认了，他全都认了。

床上那人孱弱地试图伸出手来，可动了动，疼得倒吸一口凉气，立马安分了。

她嘶哑着问他："你哭什么？"

他淌着泪对她说："我没哭。"

"我又没死，你这么早就哭上了，合适吗？"她还有心情说笑。

陈声看着她，一眨不眨地看着她，仿佛要把她刻进骨子里，"路知意，你没有心吗？"

她的嘴唇都干裂了，还试图咧起来，给他一点笑意，咧到一半疼狠了，感觉又打消了念头，"我怎么就没有心了？没心了还能跳下去跟你同生共死？"

"那是同生共死吗？"

"怎么不是？"

"你那是送死。"

他有无数的话想说，可到这节骨眼上，一句都说不出了。

他只能慢慢地蹲下来，握住她的手。

"路知意。"

"干什么？"

"路知意。"

"我答应过了啊。"

"路知意。"

"……你要我吗？"

"路知意。"

"你被我吓傻了吗？"

"路知意。"

"……我拒绝回答。"

"路知意。"

"……"

这样重复着没有意义的对话，可他一而再再而三叫着她。

于是路知意终于没有了插科打诨的心情，终于不再试图用这样的态度来叫他安心了，她红了眼，微微使力，回握住他的手，哽咽着说："陈声，我痛。"

四肢百骸都痛。

跳机前，怕他死在那片海里，更痛。

他擦着她的泪，自己也流着泪，拉住她的手凑到嘴边，轻轻地碰了下。

"我在这里，我陪着你。"

"一直都在吗？"

"一直都在。"

她的背上还背着玛咖，麻醉的效用依然在，困意渐渐袭来，她又合上了眼，喃喃问了句："一直是多久？"

他攥着她的手，轻声说了句："到我化成灰的那一天。"

她听见了，嘴角微微一扬，安心地睡了过去。

恍惚中，她记起前些日子为他唱的那首歌，歌词里还有这样一段——

若有朝一日上帝阻止了命运的脚步

令你我永恒分别

待你子孙满堂那一刻

请指着照片告诉他们我的名字

告诉他们曾几何时，人群是如何为我们而疯狂

告诉他们，我是多么希望他们能够闪亮

纵使分离，至少有人记得曾经有一个叫路知意的高原少女，愿为你的不贰之臣，守着她的王国、她的国王。

那一日，唱着这首歌时，她全心全意这样想。

可命运终究待她不薄，她得以从那片蔚蓝的海域归来，睁开了眼。于是那些年的是是非非，幼年时分的坎坷心酸，分分合合的爱恨纠葛，都在这一刻灰飞烟灭。

她安心睡去的那一刻，嘴角微微一扬，有几分得意。你看，他终于在她面前露出真面目了。

狼狈的陈声，孩子气的陈声，脆弱的陈声，坚强的陈声……他有那

么多的面目，也曾飞扬跋扈，也曾盛情相待，也曾天真稚气，也曾沉稳坚毅，可归根结底，他还是她初遇时分的白衣少年。

她与他经历诸多挫折，庆幸的是，那个少年又回来了。

她迷迷糊糊感觉他将她的手握在温热的手心，慢慢贴在了他的胸口，那有力的心跳沿着她的手心蔓延到了四肢百骸。

好像又没那么痛了。

路知意笑意渐浓，呢喃了一句："这是什么？"

"心。"

"哪颗心？"

"被你偷走的那一颗。"

他闭了闭眼，如释重负地笑了。

番外一

伤患日常

路知意出院那天，全基地都炸了。

这是一种延迟性爆炸，原本她跳入海中欲救陈声的当天，两人的地下恋情就正式告破，但众人的反应因她受伤入院一事来得晚了些。

路知意这一跳，着实悲壮了些，因为她将陈声丢弃的救生衣当作了他本人，一头扎了进去。

但同时她是幸运的，因为爆炸发生在她入水之后。

她从高空坠落，在重力的作用下沉入了海下极深处，而爆炸发生在水面上，她虽然受到冲击，但并不致命。

并不致命的结果是，手骨骨折，左脚脚踝某根骨头断裂，外加皮肉伤几处，轻微脑震荡。

如此说来，其实也没多幸运，只是还好保住了小命。

路知意醒后，又在医院躺了一周，观察伤情。

这一周里，基地的人一队一队赶来探望她。

有点过节的就走个过场，全队人一起给个红包，比如第四支队吕新易的人（据说他本人病了，并未亲自到场）。

不太熟的就献花送水果，比如第二支队、第五支队，弄得路知意跟个烈士似的。

熟一些的就买些营养品，比如牛奶、猪脚、阿胶之类的，据说是吃哪补哪，比如第一支队郝帅的人。

而更熟一些的，比如她所在的第三支队，队员们每天没事就来坐坐，啥都不带就算了，还顺带着帮忙解决二队、五队的水果，一队的各类营养品。

出院那天，路知意胖了两斤，而本队队员个个都比她胖得厉害，面色红润，双下巴若隐若现。

这三队，社会社会。

当然，来探望的人起初都是慰问伤情，发觉她没什么大碍后，就立马转移了话题。

聊天内容保持着惊人的一致，以地下恋情为中心，围绕着时间——啥时候好上的、地点——在哪里苟合的、事件——为啥就看对了眼，展开了真心话大盘点。

一开始，路知意还想掩饰一下，保持着震惊脸，匪夷所思地问：“谁？我？我和队长？我俩好上了？！”

一群壮汉们沉默地站在原地，看她尽情表演。

路知意硬着头皮往下装：“你们好像误会了什么？”

郝帅跷着二郎腿坐在为数不多的访客椅上，笑眯眯：“是啊，这肯定是个误会。我们原本以为你和陈队不过是暗地里有点粉红色的小苗头，哪知道你俩都瞒着一整个基地暗通款曲到生死相随的地步了，这不是天大的误会么？”

“……”

路知意弱弱地表示：“我只是在尽我所能，想去帮队长一把。”

郝帅：“眼看要爆炸了都敢上，那你是挺能的。”

“……”

一队的人来了，是这样。

二队的人来了，依然不信。

三队……三队就不说了，所有人脸上明明白白写着五个大字：你们有奸情。

没有人肯信她和陈声之间是清清白白的队长与队员的关系。

本队的人就更加机智了。

白杨：“你都为他跳海了！”

路知意：“我是下去帮忙的……”

罗兵：“那我要是在下面，你肯跳吗？”

路知意迟疑片刻：“我……”

才刚开了个头，就被罗兵一语道破真相：“你别告诉我你肯啊，你闪躲的眼神、迟疑的态度已经透露了一切！”

“……”

追问再三，当初的事情还是露馅了。

“什么时候好上的？”

路知意见纸包不住火，妥协了，看了眼在场出生入死一整年的队友们，坦白道：“几年前，还在中飞院的时候。”

罗兵：“什么？那时候就好上了？！”

贾志鹏：“演员啊！你俩一开始还装不认识？我不得不说，这一波演技真的天衣无缝，我都快信以为真了！”

徐冰峰蹙眉：“可你一开始进队的时候，队长好像还对你挺不待见的啊，这不科学。”

路知意摸摸鼻子，认账了，“我俩以前是好过，可后来还没毕业就分了。”

贾志鹏兴致勃勃凑上来：“谁甩谁？说说说！”

为顾全队长的面子，路知意痛定思痛，狠下心说：“他甩我。”

白杨都惊了：“队长甩了你？他凭什么！”

罗兵跟着起哄：“是啊，如此天使面庞，36 D 魔鬼身材，一米八大长腿，他凭什么！”

路知意忍不住咧嘴，一面为众人的夸奖飘飘然，一面老实承认：“其实我以前不好看。”

全队人兴致勃勃地坐着站着，单人病房里挤得满满当当，有人自来熟地削苹果吃，有人嗑瓜子，全都跟自家人似的望着她。

他们不是兵，却是出生入死的战友。

他们这一代的年轻人，清一色的独生子女，从小在“只生一个好”的政策下长大，并没有什么血浓于水的兄弟姐妹，而来到基地后，却仿佛多了一群兄弟，也多了无数臂膀。

在他们面前，路知意没什么好隐瞒的，直言不讳。

“我是在高原上出生、高原上长大的，以前我黑乎乎的，还有两坨高原红，身材也像是营养不良的豆芽菜似的。

“他不一样，他一直都是天之骄子，是大家眼里的香饽饽。

“起初我也不愿意跟他在一起，觉得不配。”

白杨奇道：“那后来怎么又在一起了呢？”

凌书成插播了一句：“烈女怕缠郎呗。”

韩宏点头肯定，给予三个评价：“死缠烂打，死皮赖脸，死了都要爱。”

路知意：“……”

众人：“哈哈哈哈哈哈！”

贾志鹏问：“那后来又为什么分开啊？难不成是因为队长忽然醒悟，发现自己瞎了眼，以貌取人了？”

路知意出神地想了片刻，才遗憾一笑，低声说：“因为我做错了事。”

“做错什么事，居然让你们分开好几年？”

她轻轻笑着，像是在说别人的故事，感慨万千地说：“我忘了人与人相处，最重要的一件事。”

说得有些含糊，依然没有道明分开的原委。

众人也不便再问。

屋子里热闹极了，却没人留意到去办理出院手续的陈声不知何时回来了，都在门口站了好半天了。

他回来后，众人一哄而散，纷纷说着：“好了好了，不打扰，不打扰。”

凌书成：“你别瞪我，又不是我带人来打探你俩苟合一事的，是大家知道今天路知意出院，想着这病房里不少日用品、衣物，还有杂七杂八的水果和营养品，特地来给你俩搬东西的。”

陈声点头：“东西都拿上，你们先走。”

队长积威已久，众人得了指挥，自觉地一人扛上一箱什么，整整齐齐排队走了。

临走前，贾志鹏嘿嘿一笑，凑近了陈声：“队长，你要记得这儿是医院，要干坏事得挑个好地……”

话没说完，他被队长一脚踹出了门。

路知意还打着石膏，走路异常艰难，需要人搀扶。

陈声顾全她的颜面，特意叫人都散了，这才把她扶下床。

一面扶，一面淡淡地问：“你做错了什么？”

路知意一顿，抬头看他，他定定地凝视着她。于是她明白了，他听到方才病房里的对话了……

午后的日光晒进来，屋内明亮不已。

她扶着他的手臂，半个身子都靠在他肩膀上，睫毛微微一颤，垂眸说：“错在不够忠诚，不够坦白，不够信任，不够毫无保留。”

他像座巍峨高山，一动不动立在那。

“那现在呢？”

“现在？”她抬眼看他，片刻后嘴角一弯，抬了抬打着石膏的手，又俏皮地碰了碰打着石膏的脚，“都为你出生入死了，还需要问么？”

他点头，“要的，你不说，我怎么知道？”

她挑挑眉，眉开眼笑地凑近了他的耳朵，语气轻快，一字一顿：“因为爱多了，所以话少了。”

拿他的话，原封不动地搪塞他？

陈声眼眸微沉，下一秒，无所谓地笑了笑，颇有几分当初年少轻狂的模样，一把将她扛在肩上，引来她吃惊的尖叫声。

“你干什么？”

“回基地。”他扛着她一边往外走，一边微笑。

路知意压低了嗓音捶他：“放我下来！让人看见可怎么办？！”

“怕什么？基地谁还不知道我俩的关系？”

“那也不行！影响多不好！”

“哪里不好？”

她一时语塞，找了个奇奇怪怪的理由：“人人都是单身狗，我们怎么能光天化日之下秀恩爱？”

“你说得也对，那就夜里偷偷秀。”

“……夜里怎么秀？”

“你说怎么秀？”

“大白天为什么说有颜色的话？”

“因为晚上没空说。”

……

出病房后，陈声就改为横抱着她了，她一边与他理论，却又一边不知不觉被抱出了医院大楼，一路顶着全队人谴责的目光被他心安理得地抱上了车。

贾志鹏使劲嚷嚷：“还让不让人活了！我贾单身狗第一个抗议！”

陈声扯了扯嘴角，无情地说：“抗议无效。”

韩宏在后面幸灾乐祸地冲凌书成说：“他们也能领教领教当初咱们被虐狗的心酸滋味了。”

凌书成面无表情地说：“你在高兴什么？看来你是忘了你我四年后，依然是两条黄金单身狗。”

韩宏：！！！

番外二
且共声色

路知意出院那一日，被全队人护送着回基地。

指挥中心的人来了个副主任，张书豪，政治处的刘建波也到了。她大老远被陈声背下车，就看见这两号大人物候在大门处，显然是冲她来的。

她一时之间有些紧张。

凌书成在她背后说："小师妹，自求多福吧你。"

路知意紧张兮兮地回头问他："问题很严重吗？"

凌书成微微一笑："还好吧，也没多严重，也不过就是你一跳没死成，上面的人倒被你吓死了一半。"

"……"

路知意紧紧揪住陈声的衣领："他们不会赶我走吧？"

陈声也微微一笑，冷酷地说："我不知道。"

"我这也算是见义勇为啊，大部队都要把你丢下了，就我一个人冲下去拯救你……"

"你是拯救我，还是拯救我的救生衣？"

"……话也不能这么说，是吧。我的目的虽然没达到，但是初衷是好的。你，你得替我求情！"

"替你求情？"陈声背着她朝大门里走，"我不求着他们把你这尊鲁莽大神送走你就该谢天谢地了，还指望我替你求情？"

路知意："……"

这会儿才真是体会到了冷酷队长的好处。

至少他冷酷的时候，心还是热的，处处设身处地为她着想，私底下帮她良多。这会儿倒好，她眼巴巴盼着他回到以前意气风发的少年模样，他回是回去了，以往的讥诮与刻薄却也跟着恢复了个七七八八！

当真是懊恼万分。

于是路知意一回基地，第一件事就是挨批。

陈声亲自把她背到政治处，她没法站着，就被安置在办公室的椅子上，宛若小学生一般规规矩矩坐在那挨训。

刘建波和张书豪换着来。

“知道你这叫作什么吗？不听从上级命令！鲁莽！冲动！”

“他要真出事了，你跟着下去有用？”

“路知意，你一个姑娘家，基地上上下下一百来号壮汉，个个都巴不得把你护在身后，你这是好心当成驴肝肺！”

“说吧，你是不是把自己当超人了？还是钢铁侠？底下正爆炸呢，你就这么跳下去！”

“你以为这是绝地求生？百人大跳伞？”

要不是被批斗的是她自己，路知意都想笑。

可不听从命令是真，鲁莽冲动是真，她只能垂着头，像个犯错的孩子坐在那，老老实实听从教诲，自我反省。

刘建波问她：“知道错了吗？”

“知道了。”她点头如捣蒜。

“错在哪里？”

“错在不听从指挥，擅自行动，害大家担心了。”

“下次再遇到这种突发事件，还逞能吗？还往下跳吗？”

“不跳了。”

……跳。

嘴上说的是一回事，心里念的却是另一回事。

她侧过头去，看着在门外候着的陈声。门是关上的，可门上有一扇玻璃窗，他从窗后与她对望着。

她知道他听见了。

她也知道他肯定猜到她在撒谎了。

刘建波顺着她的视线看过去，眼睛一眯。

“还有，你和陈声，到底怎么回事？”

路知意顿了顿，鼓起勇气抬头挺胸，说：“报告主任，我俩正在谈恋爱！”

刘建波：“是吗？我倒是一点也不意外。你俩要不是在谈恋爱，他一出事，你就不要命地往底下跳，我只会说你脑子进水了。”

“……”

“我是问你，将来打算怎么办？”

路知意的第一反应就是，完了，主任要棒打鸳鸯了。

她紧张地抬头看着刘建波，辩白说：“进队一年来，队长对我很公正，我和别的队员也没什么两样。他没因为我是姑娘就放半点水、特殊照顾，也没因为我俩的关系做错过任何事情。我并不认为我们俩的关系会影响到工作和基地的风气……”

“嗯，是没什么影响。”刘建波淡淡地说，“不过就是想进国家队了，打开机舱往底下那么一跳，空中翻腾两周半，是吧？”

“……”

路知意不敢笑。

这基地的人怎么都这么能说？

她算是知道为什么刘建波和三队的人处得最好了。

这嘴损的……

路知意还是要接受惩罚，先休养三个月，把手伤脚伤皮肉伤统统养好，然后回基地接受特训。五万字报告没商量，扣除一个月工资，回头在大会上进行检讨。

路知意倒是不怕上台，怕只怕底下一群看她和陈声笑话的人瞎起哄。

场面该有多尴尬……

最后，张书豪为这事盖棺论定：“开门吧，让你的队长把你带走，然后叫他自己回来。”

路知意一顿：“他也要接受处罚？”

“监管不力，队员犯错，当队长的不该接受处罚？”

“该。”

路知意扶着凳子要起来，陈声立马推门进来，把她背了起来，往外走。

没走上两步，背后传来刘建波不咸不淡的声音。

“哼，这就心疼上了。”

也不知道是在说陈声进来得太快，巴不得赶紧把路知意接走，还是在说路知意担心连累陈声受罚。

路知意脸上火辣辣的，一声不吭埋在陈声背上。

走出办公室，走廊上空无一人，他们经过一扇又一扇的窗，窗外是蔚蓝大海、无垠苍穹、盘旋的海鸥和绚烂的日光。

陈声像威严的队长那样，淡淡地问路知意："批斗挨得怎么样？"

她哀哀地趴在他背上："你不都听见了吗？"

"那你反省得怎么样了？"

"很深刻。"

"很深刻？我看不见得。"他踏着地上的光斑，步伐放得有些慢，"刘主任问你下次还跳吗，你怎么说的？"

"……不跳了。"

"真话？"

"……假话。"

他轻笑一声，从鼻腔里哼出声来，仿佛在说：你看，我就知道！

路知意一只手打着石膏，只能单手环住他的脖子。

她享受着午后的静谧，微微闭眼贴在他的后背上，阳光晒在面上有些烫，海鸟的叫声隐隐传来，像首古老的歌。

闭着眼，她笑了。

"反正你在哪，我就在哪。"

他一顿，片刻后，很不客气地讥诮道："早点有这觉悟，当初也不会白白浪费三年时间了。"

"我今天这么喜欢你，都是因为当初蹉跎过，毕竟吃一堑才能长一智。"路知意辩驳。

陈声笑了："吃一堑，长一智？"

片刻后，他微微叹了口气："路知意，以你这智力，恐怕要吃很多堑了。"

"……"

路知意忽然就开始后悔她把曾经的陈声求回来了。

说不过好吗！

还是把她的面冷心热寡言少语版队长换回来吧！

可一边这样想，她却又一边环紧了他，嘴角扬了起来。

她喜滋滋地说："我都这么蠢了，你还不嫌弃我，那肯定是真爱了。"

陈声又想嘲笑她了，可嘴唇张了张，又合上了。

他低头看着一地光影，笑着叹口气，只说了一个字："是。"

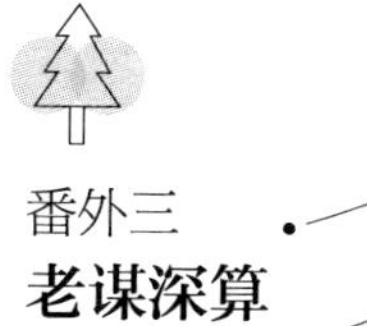

番外三
老谋深算

成为残疾人，在基地养伤的第一天，生活是愉悦而轻松的。

因身上还缠着绷带，手脚都打着石膏，路知意被陈声当成“国宝”养了起来。

他老早就背着基地众人配好了路知意的宿舍钥匙，过去是待到夜深人静溜进来，如今光明正大派上用场。她大清早还在熟睡时，他就从食堂打来早餐，再不是从前偷偷摸摸溜进来，而是站在走廊上，当着众人的面，光明正大地打开了她的门。

浑身上下都闪烁着弹幕：呵，老子扬眉吐气了啊。

他把东西搁在床头柜，“田鸡砂锅粥，臊子蒸蛋，煎饼果子。”

路知意刚醒，在床上揉眼睛：“把我当猪吗？吃这么多。”

陈声答：“早上吃了这顿，再想吃就得等到中午我训练结束了。”

她看了眼表：“快到点了。”

“嗯。”

“还不走？”

陈声走到床边，伸手去扶她起来：“再等等。”

“等什么等？”路知意拒绝起床，“我现在是病患，可以光明正大睡懒觉，你拉我干什么？”

可陈声转眼间就把她架了起来，弯腰替她穿好拖鞋，起身将她打横抱起。

路知意顿时产生一个不好的预感。

“不是吧你？我都这样了，不能训练，你就把我架过去看你们训练？”

陈声哧地笑一声："想象力够丰富的。"

随即抱着她走进卫生间，把她搁在马桶上。

"趁我在，把生理需求解决好。"

路知意这才后知后觉意识到，他是怕她一个人待在宿舍，残着胳膊瘸着腿，没法解决如厕问题。

她抬头看陈声，他倒是自觉走出了门，替她把门掩上了。

片刻后，他又进来替她挤好牙膏、接好水，就这样让她坐在马桶上刷牙。

洗脸水是他打好的，毛巾也拧干了送到她面前。

最后他将她抱回床上，端了张凳子摆在床边，还把买来的早餐一一摆在凳子上，说："吃吧。"

他看她抱着温热的粥喝得极为满足的样子，又环顾一周，从书架上挑了两本书，拿过来放在床头，大概是怕她闲着无聊。

路知意抱着饭盒，抬头看他，嘴角弯弯的。

"怎么忽然良心发现，对我这么好？"

陈声极轻地笑了一声："都为我跳海，要死要活了，我怕我再不对你好一点，会被人说成是负心汉。"

"哦，所以是舆论所迫，才对我这么好。"她凉凉地说。

陈声看她两眼，"到底是为什么，你心里不清楚？"

"不清楚。你昨天又不是没听见，刘主任亲口批评我糊涂呢。"她装腔作势。

换作前一阵，陈声都懒得搭理她。

这人就是这样，你对她横眉冷眼的，她就巴巴地跑来讨好你。一旦给她点好脸色，蹬鼻子上脸没得说。

你说她哪来这股子别扭劲？

从前在中飞院就是这样，他对她好，替她付了钱、解了围，顾及她家境不好，不打算收她的钱，她反倒一副受了屈辱的模样，就在操场上跟他杠上了。

只是那时候的陈声不懂她那敏感的小姑娘心思，如今算是领教得七七八八。

路知意这人，穷惯了，苦惯了，自力更生惯了。她不会依赖别人，生怕给人添麻烦，越是穷，就越是傲骨铮铮。

能教她蹬鼻子上脸的，能教她稍微撒点娇、使点小性子的，也只有真正走进她心里的人。

陈声低头看着她，她抱着饭盒装傻，明明是想要听他说点柔情蜜意的话，却硬着脖子拐弯抹角，不肯老老实实说个明白。

他忽然觉有些好笑。

他俩一个比一个别扭，一个比一个爱面子，表面上千差万别，骨子里却是一模一样的灵魂。

“路知意。”他叫她的名字。

她抱着饭盒应了一声：“干吗？”

陈声：“不是想知道我为什么对你好吗？”

路知意狐疑地抬头看着他。

陈声把她怀里的粥端走了，放在凳子上，抱起她往窗边走，最后把她搁在桌上，让她坐好了。

他拉开窗帘，外面是一轮初升的红日。

海平面泛起暖红色的光，海鸥盘旋，天光大亮。

远处的灯塔，近处的沙滩，训练场三三两两走动的队员，近在咫尺整齐低矮的建筑，构成这清晨里最熟悉又最静谧的画面。

陈声望着窗外，说：“同样的画面，我看了三年，只为等你来。”

他前所未有的坦诚，前所未有的温柔，似乎完全褪去了曾经的轻狂，曾经的不可一世。

“你来以前，天是暗的，海是死的，人是麻木的。”

低头再看她，眼眸里是一览无余的情意。

“你来以后，天亮了，海蓝了，人也忽然活了。”

怎么突然之间这么会说话！

犯规！

路知意睁着眼睛望着他，被这突如其来的浓情蜜意冲昏了头脑。

结果对视不过三秒，就听见陈声低低地骂了一句：“这果然不是我的画风！”

说完，他转身就走，简直是落荒而逃。

路知意震惊地看着他溜走的背影，后知后觉意识到自己身在哪里，赶紧嚷嚷起来：“陈声！把我弄回去！我还坐在桌子上啊！”

“……”

回应她的是窗外的海鸥叫声，她家队长由于过分娇羞，把她搁在桌上就跑了……

而遗憾的是，这样和谐又甜蜜的养伤生活，路知意只过了一天。

第二天，陈声带着路成民和路雨来了。

她受伤的事情压根没打算和家里说，乍一看见父亲和小姑姑，心跳都停了一瞬。

路雨几乎是看见她这伤患模样的瞬间，眼泪就要下来了，却还强忍着问了句："怎么把自己搞成这样了？"

路成民咬紧了牙关，明明心疼女儿，还笑着拍拍路雨的肩，"做这一行，难免的，好在不严重。"

路雨反问："不严重？这样都不严重？"

她指着路知意打着石膏的手脚："我就说当初不该来这里的。我不同意，偏偏你舍得让她来。女儿也不是我的，是你的，我能说什么？"

可这样孩子气的怨言没说上几句，她就停了下来。

眼眶是红的，心是酸楚的，路雨蹲下来，拉着路知意的手："疼吗？"

路知意只觉一阵阵热气往眼睛里冲，却还努力笑着说："不疼，小伤而已。"

三人又说了几句，路知意转过头去搜寻罪魁祸首，压着怒气对陈声说："我要上厕所。"

路雨一听："我来帮你。"

路知意斩钉截铁："不用，队长帮我就行。"

路雨和路成民都石化当场。

路知意没打算瞒着，抬头看了眼路雨，说："这一阵都是他照顾我的。"

算是先打支预防针，细节将来再说。

在二位长辈震惊的目光里，陈声把路知意抱进了卫生间，没想到她不是来上厕所的，指了指门："关上。"

陈声一顿，关了门，回头看着她。

路知意压低了声音质问他："谁让你通知他们的？"

陈声轻描淡写："队里人人都要训练，没有人照顾你，我替你通知家里人，他们来了，也有人照应着，免得你一个人手脚不方便，在宿舍里又出个三长两短。”

“他们来了，住哪？”

“我在巷子里租了套房，暂时把二位安置在那里，你也一起去，用不着待在基地。”

“既然不打算让我留在基地，那我回家也是一样，何必非要留在滨城浪费钱，还付房租？”

陈声说：“你来这里一整年，他们都不知道你过得如何，电话里报喜不报忧，凡事专挑好的说，他们放不下心。趁这次受伤，让他们来看看也好，看看基地，看看滨城的海……”

顿了顿，他从容道：“也看看我。”

路知意的怒气陡然冻结。

她错愕地望着他，张了张嘴，没说出话来。

陈声说：“都多少年了，还没让我露过面、见过家长，这事我就自作主张了。”

他的神情自然，毫无心虚理亏的痕迹。

路知意忽然有些好笑：“你就不怕他们不满意你？”

陈声一脸不可思议：“不满意我？我有什么值得他们不满意的地方吗？是我过于惊艳的脸，还是过于强健的体魄？”

路知意：“……”

当年那臭不要脸的陈声，果然回来了。

于是见家长这事，忽然之间就在陈声的主导下发生了。

路知意起初还觉得不自在，被他背着，与路雨和路成民一起去了小巷里的双层海景乡村小别墅，一面想着这一两个月得多花钱啊，一面又慢慢接受了他的说辞。

当初的少年果然长大了，懂得为家人考虑，懂得顾及他人的感受。最重要的是，他在为他们的未来打算。

房子是当地人自己建的，粉刷成天蓝色，鲜艳可爱。

推开窗，外面就是一整片海。

陈声把他们安置下来，就把时间留给了这构成较为奇特的一家三口。

“我还要训练，下午训练结束过来，带你们去吃饭。”

他看看路知意，最后对两位长辈说：“知意就交给你们了，劳你们费心了。”

俨然一副沉稳有为的事业型青年。

路知意：“……”

演员，绝对是演员。

而到了晚上吃饭，她才瞠目结舌地发现，她果然把自己托付给了奥斯卡级别的影帝。

因为陈声只简简单单说了一句“为二老接风洗尘”，哪知道把人带去一家竹林点缀、装潢雅致的私家菜后，一进包间，路知意才发现屋里居然多了两个人。抬头一看，竟是陈声父母！

她下意识侧头去看路成民，却看见路成民平静的表情，坦然的模样。

她坐在轮椅上，尚未来得及为自己的形象担忧，只是一脸紧张地攥住陈声的手，想知道他到底搞哪一出。

陈声却只是低头看她一眼，微微一笑：“也该让他们见一见了。”

路知意并不知道，路成民在来之前早已知悉今晚会与陈宇森见面，陈声与他在电话里聊了很久，得到了他的同意，才安排了今夜的一餐家常便饭。

陈年往事，该散就散。当年因上一代的纠葛而起的误会，到今日也该是个头了。将来是他们的，是他与路知意的。

而路成民历经多少年风雨，心酸尝过，悔恨有之，如今也终于发现，人生不过一场逆旅，归去时，也无风雨也无晴。

他泰然处之，不卑不亢。

陈宇森敬他一杯酒，他含笑饮下。

他说：“又见面了啊，陈法官。”

对面的陈宇森亦笑了，摇头说：“有两个小的在场，今天的我不是陈法官，叫我老陈就好。”

人生就是如此奇妙，同样的人，换个地点就换了身份。

他也曾希望儿子找个门当户对的，也曾盼着他一生顺遂，少些是非纠葛，多些平安喜乐。可这些年来儿子对那姑娘的感情他全都看在眼里，他终于不愿释怀也要释怀。

陈家人就是这样执拗，这点，儿子随他。

那就随他吧。

而目睹长辈们的相视一笑，路知意终于松口气。然而松完这口气后，她才开始后知后觉为自己忧心忡忡起来。

第一次正式见家长，她居然打着石膏坐在轮椅上！

完了完了……

失算了啊！

番外四

重回大一

路知意穿越了。

跳机那次受到轻微脑震荡，住院观察几日后，没有什么并发症或后遗症，她这才松口气。

医生说她运气好，以往多数脑震荡患者，轻者头晕恶心好一阵，重者出现各类并发症，后续还麻烦着呢。

路知意骄傲地对陈声说："这就叫福大命大。"

陈声看她两眼："福大命大没看出，脸倒是挺大。"

路知意："……"

结果半个月后，后遗症姗姗来迟。

那天夜里，她躺在床上看书，后背垫着高高的抱枕，可看着看着，忽然一阵天旋地转，眩晕的滋味来势汹汹，仿佛晕车一样，胃里陡然间翻江倒海起来。

她还住在陈声替他们租的海景民居里，她的卧室在二楼，窗外就是蔚蓝的海。

此刻，路雨和路成民还在一楼看电视。

路知意打起精神，想叫小姑姑来看看她，万一哪里不对劲了，才好第一时间打医院急救电话。

可她才刚张嘴，眼前的一切就模糊了。手里的书轻飘飘掉在被子上，她眼睛一合，彻底昏迷过去。

路知意不知道自己昏迷了多久，潜意识里仿佛过去了一整个世纪，她无数次试图睁开眼睛，可眼皮沉甸甸地压着她，她喘不过气来，也挣脱不开。

睁眼那一刻，眼前是一片炫目的日光。有人唰的一下拉开了窗帘，敲敲她的床。

“路知意，起床了！你想在开学第一天就迟到吗？正好被抓去开学典礼上当典型。”

她一顿，猛地坐起身来。第一个反应是，她的手脚全好了？石膏统统不见了。第二个念头才是打量周遭的环境。

路知意震惊地坐在床上。

四人间的宿舍，床底下站着的苏洋，还有正在叠被子的赵泉泉，与懒洋洋地端着洗脸盆往卫生间走的吕艺……

熟悉的场景令她大脑一片空白。

发生什么事了？她不是在滨城的海景小别墅里吗？为什么会忽然之间出现在中飞院？

苏洋站在下头，又一次抬手敲敲床沿：“朋友，你还起床吗？看不出你长了张好学生的脸，从开学典礼就开始逃课了。”

路知意艰难地找到了话语能力：“今天几号来着？”

“九月八号。”

“我们上大几来着？”

苏洋一副看智障的表情看着她：“睡一觉睡傻了？大一啊朋友！咱们昨天才刚见面好吗？”

“……”

路知意晕头转向跟着苏洋一起洗漱完毕，去了食堂。

这个点，食堂一如既往的人山人海，排队的人最多的窗口亘古不变是重庆小面的窗口，图省事的男生们打着呵欠排在豆浆、油条的窗口。

七号窗口的大婶一如既往的吝啬，端着餐盘的高年级学生不客气地嚷嚷着：“多打一勺黑米粥会怎么样啊，大婶？又不是吃的你家大米！”

大婶还是牙尖嘴利地说：“小姑娘家家，吃那么多干什么啊？大婶是帮你保持体型！”

路知意简直瞠目结舌。

这一切的一切，都和几年前还在念书时一模一样！

寝室另外三人初来乍到，看什么都觉得新奇。

赵泉泉兴奋地说：“那边有卖重庆小面的，排队的人那么多，味道肯定不错！”

吕艺看了眼手表："时间不够了吧，还有十七分钟就开学典礼了，还是吃点简单的吧。"

赵泉泉遗憾地收回目光，转而看向排队的人最少的窗口："那里有卖包子的，要不吃几个包子好了。"

路知意下意识地说："别去，中飞院的包子是出了名的难吃，全是肥肉，半点瘦的都没有！"

三人齐齐把视线转向她，"你怎么知道？"

路知意语塞片刻，终于解释说："昨天报到的时候，我听师兄师姐们说的。"

这也太离奇了，昨日重现。

这一刻的她是刚报到的路知意，还未与苏洋成为挚友，还未与赵泉泉产生矛盾……还未遇见陈声。

想到陈声，她一颗心仿佛被人攥在手心，拎到了高空。

他在哪里？若是一切都和从前别无二致，那么一个半小时后，他会在大礼堂出现。

他还会上台演讲吗？会扔了演讲稿，轻狂又无所忌惮地发表那一番震惊四座的言论吗？会在礼堂的后座准确无误地找到她，重新说出那番令当年的她恼羞成怒的高原红调侃吗？

路知意的心怦怦跳着。

重来一遍，到底是好，还是不好？

她无数次怀疑这是不是命运开的玩笑，还是所有人联合在一起恶作剧？

可她低头看看自己的手，它好端端垂在腿边，没有石膏的踪影，亦没有半点受伤的痕迹……这不是一个玩笑。

一切都是真实发生的。

他们在操场上晒了半个多小时，校长的发言果然是以那句著名的台词开头："众所周知，中飞院是中国飞行员的摇篮，中国民航管理干部的黄埔。"

接着是校党委书记，一模一样的开头。

校开学典礼结束后，学院的开学典礼来了。

路知意跟在苏洋身后走进了大礼堂，在她的带领下坐在了第一次踏进这间礼堂时坐的位置上，学生们三三两两、陆陆续续落座，一切都和记忆里早已发生的故事重合。

幕布是深红色的，正式而庄严。新生们是青涩而兴奋的，初来乍到，梦想无限。

她在人群中看见了张成栋，那个日后转地勤的少年。

李睿吊儿郎当地跟在武成宇身后，左顾右盼，经过路知意时，正跟武成宇嘀咕："中飞院？简直是蓉城男子技术学院……"

路知意扑哧一声笑出来。

李睿侧头看她一眼，咧嘴："发型不错啊，美女。"

路知意："彼此彼此，李睿同学。"

李睿的表情一瞬间定格住："你怎么知道我的名字？"

"……"路知意疏忽大意了，赶紧找补，"昨天报名的时候我就排在你后面啊，你不记得了？"

李睿有些怀疑："我记得我后面是个男的啊！"

武成宇拍他一把，制止了他再说下去，两人又走了几步。路知意听见武成宇在小声说："那同学的头发挺短的，你可能把人当成男生了也说不定。"

李睿："你干吗这么小声？"

"让人知道你把她当男生了，心里多不舒服？"

"……"

路知意笑了。

毕业也不过一整年时间，她都没有意识到自己与昔日的朋友们分别了这么久。基地的日子太忙了，忙到若不是今日这奇遇到来，她都忘记了自己拥有过一段怎样闪耀的青春，曾和怎样一群耀眼的少年们砥砺奋斗过了。

正想着，书记上台讲话了。

同样的开头，下面已经有人开始默念了，最初的兴奋感过去，如今只有按部就班走流程的无聊。

直到书记请上一位高年级代表，传说中中飞院前无古人，后无来者的优秀师兄。

路知意的心在刹那间被人拎到了高处。

时光有双神奇的手，将往日重现，将记忆倒流。

新生代表是个男生，个子很高，那搁话筒的演讲台只及他胸以下，以至于他说话时不得不微微弓腰，靠近话筒。背景是一片深红色的幕布，最顶上挂着欢迎新生的横幅。

他站的地方，前有演讲台，后有白色背景的大屏幕。奇怪的是他穿的也是一件白衬衣，却并未被那白色背景吞噬，反而显眼得很。

领口的纽扣随意地松开一颗，袖口挽至小臂处，露出一截白净的皮肤。

他的演讲开头被台下的人齐声补全，而他在听见这骚动后，原本懒散又漫不经心的表情一顿，嘴角忽地一弯，眼睛里仿佛有一闪而过的亮光。

陈声伸手，将桌面上的演讲稿拿起来，折了两下，轻飘飘地抛到身后，又拿起那低得过分的话筒，凑到嘴边。

他拿着台式话筒，一只手随意地插在裤兜里，一只手轻轻举着话筒，嘴角带着三分笑意，七分漫不经心。

他说："在座各位，想必听了一上午套话，也不耐烦再听。正好，你们不愿听，我也不爱讲。"

语气稀松平常，透着几分懒散。

台下笑了。

……

一切的一切，都与记忆中的开学日重合，一模一样，没有分毫偏差。

路知意望着他，望着五年前的少年，望着还穿着白衬衣、比到基地后白皙不少、尚且留着细碎刘海的爱美少年，忽然之间红了眼。

不知不觉，她都遇见他五年了。

若不是回到今日，她竟未发觉他已改变了如此之多。

五年前的他是多么意气风发、飞扬跋扈，张扬肆意地笑着，无法无天地活着，仿佛这世上就没有他陈声不敢做的事。

台上的人还在继续说着。

"带着家人的期望来到这里，你们要做什么？简单说来，半年学完普通大学四年的基础课程，半年学完专业课程，一年时间学飞，一年时间实训。在这四年里，不断淘汰，不断选拔，最后能留下的，十之八九……"

台下的人目露希望。

哪知道陈声笑笑，"十之八九——拜拜。"

那一年的此刻，台下一片静默声，唯独路知意笑出了声。

也因此，格外突兀。

可今日的她只是定定地凝望着他，忘了笑，也忘了重复当年的举动。

待她回过神来，陈声已经开口问出了下句："现在你们还有什么疑问吗？温馨提示，师兄没什么耐心，顶多敷衍一下，为你们答疑解惑。"

台下一阵哄笑。可大家面面相觑，没人举手。

路知意还沉浸在懊恼之中。

既然昨日重现，她理应做着和当初一模一样的事，他演讲，她就当笑场。若是不笑场，错过了他的嘲笑，他与她就结不下梁子，后续还能顺理成章成为欢喜冤家，然后破冰在一起吗？

怎么就没笑呢？他们会不会因此就颠覆了当年的路线，后续一切都乱套了？

正当她惴惴不安、胡乱揣测之际，就看见台上的人不耐烦了，既然没人举手提问，索性自己抽人。

他的目光在人群里环绕一圈，然后——倏地落在她的面上。

路知意心跳一滞。

下一秒，陈声手持话筒，微微笑着，字句清晰地问："倒数第二排那个脸蛋红红、身体健壮的男生，你有什么要问的吗？"

路知意："……"

这一刻，到底该哭带笑？

重来一次，错过了引起他注意的时刻，原以为事情的走向会截然不同，却没想到最初的一幕竟换了种方式，又一次来了。

她啼笑皆非地站起来，在人群的瞩目下粲然一笑，说："陈师兄好，首先纠正一下，我是个师妹，不是师弟。"

观众哄堂大笑。

下一句，她目不转睛盯着台上的人，嘴角笑意渐浓："我想请问你，对胸肌没有你发达，但日后会越来越漂亮、胸肌远远超越你的高原红，感兴趣吗？"

无法无天如陈声，自幼就是个令人头疼的魔王。

三岁开始称霸于公园，六岁就捉住小姑娘的辫子把人弄哭，十岁在小学混得风生水起，高年级的是他哥，低年级的是他弟，年级主任是他婶，校长是他叔。

大部分时间痞里痞气，偶尔能有个正经。

老爷子说："你要是肯把心思多用在正经事上，早八百年前就不止今天这样了。"

但人家是怎么回答的——

"我这叫不鸣则已，一鸣惊人。难得正经一次，一次就让人五体投地。"

可陈声同学没想到，自己作威作福、无法无天了二十年，忽然跑来大礼堂让人给当众调戏了。

他自认没正形惯了，哪知道遇见个比他还不像话的女流氓，一时之间站在演讲台后忘了吱声。

台下起哄的声音此起彼伏，两位主角视线相对，静默片刻。

路知意含笑，陈声面无表情。

一旁的赵书记都快急坏了，噌的一下站起身来，打算抢过话筒整顿整顿现场。

可陈声抬手制止了他，对准话筒，一字一句地说："缺挂号费吗，同学？隔壁市医院眼科，挂号费十五元一位，我请你。"

台下哄堂大笑。

可路知意却不恼，她懒懒散散地坐下了，嘴角的笑意渐浓，就这样目不转睛地看着台上痞里痞气、刻薄毒舌的少年。

久违了，二十岁的陈声。

一切都按部就班走着。

路知意像是重温旧梦一般，把最好的年华重来一遍，试图与他从相识起，一路温习到相知。

食堂里，她与人说他是小白脸，被他听见。

陈声眯着眼走过来："说谁小白脸？"

"这么巧啊，师兄？"路知意弯唇。

陈声皮笑肉不笑："你放心，像我这种涂脂抹粉的小白脸，对胸肌还没我发达的异性不感兴趣。"

她也不生气，饶有兴致地望着他，说："可我就喜欢小白脸，怎么办？"

怎么办？办你个头！

陈声白皙的脸上多了一抹可疑的红，冷冰冰地扔下一句：“那你就做你的春秋大梦去吧！”

军训的第一天，赵泉泉扔可乐瓶时不慎砸中陈声的腰，却被他误会是路知意所为。

看见凶神恶煞朝训练场走来的陈声，赵泉泉害怕地躲到了路知意身后，拉拉她的衣角。

这一次路知意没有丝毫犹豫，直接挺身而出。

陈声问：“你砸的？”

路知意声音洪亮，昂首挺胸：“对，是我。”

赵泉泉：？

苏洋：？

就连陈声满脑门也打着无数问号，砸了人还这么爽快承认，一副做了好事活雷锋的模样，什么意思？

却见路知意露齿一笑：“这不是想引起你的注意嘛！”

陈声：“……”

他恐怕是遇见一个女神经！

这一次的陈声比从前更狂躁了。因为路知意对于他的捉弄丝毫不生气，反倒在他贿赂教官时，饶有兴致看着他。

早操时，他说她动作不标准，她就笑眯眯说：“那就麻烦师兄再给我示范一次吧。”

待他攀上双杠，她就目不转睛盯着他的腹肌，丝毫不觉得姑娘家不该这样直勾勾地观察男性的腹部！

陈声被她那眼神搞得手一软，险些掉下来。

结果路知意就跟开了天眼似的，忽地抬头对上他的视线，笑吟吟：“师兄，你的动作也不见得多标准嘛。”

“……”

怪谁？

陈声要气出毛病来了。

在路知意的主导下，这一次两人的恋情简直是突飞猛进，一路高歌，以神速直达恋人的关系。

日料店钱带够了，但撞见陈声那一瞬间，她把钱默默收了起来，依然一脸为难状——你要替我付钱？

星星眼，不胜感激！

凌书成受伤了，她拔刀相助，陈声将她送回学校，却又莫名其妙不愿离开，最后找了个吃饭的由头追了上去。

路知意默默数着一二三，立刻回头——

你要请我吃饭？好啊好啊，下次我请你，还个人情……顺便理所当然再私底下见一面！

他找人开了一卡车跑鞋到宿舍楼下义卖，这一回她可用不着赵泉泉回来说新闻，第一时间跑下楼去，指着那双白色的跑鞋。

“给我一双这个，三十七码，谢谢。”

对方有点蒙。

“哎？不试一下吗？”

“不用试。”

“三十七码就行了？”

“是的。”

然后她捧着鞋，头也不回就走了。

守摊的实习生被高薪聘来演场戏，没想到稀里糊涂就完成了任务，真是杀青来得太快就像龙卷风……

她晕头转向回头望着男生宿舍的一楼窗口。

陈声在那儿一闪而过，发来信息：“收工。”

而路知意头也不回地跑了，重温一遍他为她做的事，心里依然喜滋滋的。更令人开心的是，这回不用他亏血本做样子卖给其他人来引起她的注意了！

她老泪纵横地想着，她果然是世上第一体贴的女朋友啊……陈声赚大发了！

而陈师兄从头走来的一切感想都是，诡异，太诡异了。

仿佛冥冥之中有人写好了剧本，请君入瓮。可他一面觉得自己上套了，一面却又无比清楚地认识到，喜欢上她，想要对她好，分明都是他心甘情愿的。

可这“高原红”未免也太配合了吧？

期末考试，他听武成宇说她熬夜复习，前去图书馆逮她，想要苦口婆心把她拎回去睡觉。

可哪里用得着他苦口婆心？

他出现在自习室的第一秒，她就合起了书，抬首好整以暇望着他："走吧。"

陈声："走吧？去哪？"

路知意笑吟吟："你不是想带我去帮我复习吗？"

陈声：？

这"高原红"开天眼了吗？

他不服："你怎么知道？"

路知意凑过来，在他脸上随随便便点了两下："满脸都写着你要帮我这句话了，猜不到才有鬼了。"

陈声：……

真有鬼了。

这一次的进度果然很快。

路知意像是坐火箭一样，嗖嗖来到所有时间节点，开了挂的人生不需要解释。而她坦白说出父亲的事情，也令他们避免了第一次的误会，避免了那三年的分别。

她依然去了滨城的救援队，不同于上一次的是，她是毕业后跟着前去为她开路的陈声后脚去的。

那三年时间他们并没有错过，而是欢欢喜喜过来了。和所有恋人并无二致，有过争执，有过小矛盾，大体上依然是甜蜜和谐的。

救援队里还是那群人，热闹而忙碌。救援任务依然风险重重，该受的伤她受了，该流的汗一滴没少流。但他在，一切都变得微不足道起来。

重新来过的一辈子在温馨而轻快的节奏里很快走入尾声。她与陈声在二十七岁这年结婚，二十九岁时生下一个小姑娘。

路知意很遗憾，因为她想要的是个像陈声一样无法无天的臭小子。

可陈声倒是很高兴，他说要是他真生下个和他一样的臭小子，看他不拿皮带抽死他。如今是个小姑娘，他手忙脚乱地站在婴儿车旁，连抱一抱那粉嘟嘟的小婴儿都不敢，生怕自己手重，只能这样眼巴巴地望着。

孩子像他，可眼睛像她。

陈声没说什么，可每每看见小姑娘那双澄澈的黑眼珠时，都柔软得像是放低身段、俯首称臣的狮子。

他的孩子有他爱的人那样的双眼。她的眼里装着星辰大海，而他的眼里却只有她一颗星。

再后来，他们白发苍苍，美人迟暮。

孩子长大了，最后陪伴彼此的还是他们二人。

冬天，他们收拾行囊去滨城看海。夏天，他们在蓉城的大街小巷慢慢溜达。

后来，由于年轻时受过伤，陈声的腿脚不行了，只能拄着拐杖和她慢慢走着，走一段还得歇一歇。好在蓉城的茶馆多，随处找一家，要张凳子坐一坐，旁边是天府之国的麻将声，人人吆喝着，热闹悠闲。

再后来，陈声先她一步离开。

那一年他躺在床上，头发灰白，满面皱纹，再也没有昔日意气风发的少年模样。

可路知意握着他的手，笑着说："在我眼里还是帅老头。"

陈声孱弱地笑着，抬手摸摸她的面颊，没有说话，只是眷恋地望着她。

路知意含笑的同时也含着热泪。

她知道他在看什么，也知道他在眷恋什么——那早已消失的高原红和那段被藏在时光里无法重溯的时光。

她把自己同样苍老的面庞埋在他的胸膛上，轻声说："你先去，我跟着就来。"

就好像他一直以来做的那样，从认识她的那一天起，到离开的这一天为止，他一直遥遥在前，替她探路，替她披荆斩棘。

恍惚中，她看见那个夏日，她来到滨城的基地，看见高大的他远远站在某扇窗口之后。

他在那里等了她整整三年，只为将她的人生牢牢融入自己的，只为圆她一个飞行梦。

那是上辈子，还是这辈子，她早已不记得了。事实上，到了这个年纪，谁还分得清人生有没有回到十八岁重来一次呢？也许那只是她一个梦，也许是她老来迟钝、产生了幻觉。

她听见陈声在叫她的名字："路知意。"

她流着泪，闭着眼，牢牢握住他的手，说："我在。"

头顶传来他的声音："别哭。"

热泪更加澎湃。她怎能不哭？死生契阔，与子成说。这辈子能遇见他，相伴到老，上天已然待她不薄。这泪不是感伤，是感激。

她哭得很伤心，迷迷糊糊感觉到有人在摸她的头。

路知意睁开眼来，一片天旋地转。

天花板是海景小别墅的木质隔空板，身下是那张为了让她养伤，陈声特意找来的硬邦邦的床，空气里有些燥热，窗外传来大海的声音。

她的头还有些晕，慢慢地才好转。

双眼蕴满热泪，却忽然之间看见了年轻时的陈声，路知意一顿，“你，你没死？”

陈声前一刻还忧心忡忡的脸，这一秒就黑了。

然后旁边传来路雨的声音：“知意，你好些了吗？突然就头痛到晕过去，吓得我们不轻，赶紧给小陈打电话。好在小陈当机立断，把你们基地的柏医生带来了，柏医生说你没什么大碍，可能是中暑了，歇一歇就好了。”

路知意迟迟没有说话，脑中回忆起那似乎很漫长又极短暂的一生。

是梦吗？所以世上果然没有后悔药，她逃不开那些令人后悔的误会，也终究没能重来一次，弥补曾经的遗憾。

她擦擦泪，又笑了出来，不顾父亲与小姑姑在旁，像个孩子似的朝他伸出手来，试图得到一个爱的抱抱。

遗憾就遗憾吧，至少他还在。不圆满也许也是一种圆满。

可眼前，青年版陈声淡淡地瞥她一眼，余光扫了扫一旁的长辈，把她的手从空中给拉到了被子下面，盖好了。

“再休息休息。”

脑子都糊涂了，当着长辈的面做什么亲密举动。

路知意不甘心地被他拒绝了，可怜巴巴地望着他。

所以，还是少年版的陈声更可爱啊！

咬被子。

嘤嘤嘤！

（全文完）

后记
一点碎碎念

上册与下册之间大概隔了一个多月时间，我重新坐下来修改出版稿，一字一句重温到结尾，亲手打下“全文完”三个字，眼眶突然一热。耳机里放着舒缓的音乐，眼前是滨城炽热而灿烂的日光，而我人在北京，在这个初夏，在故事落幕的季节。

仿佛才刚刚陪同那个高原红少女离开二郎山，在高原日光和牦牛声声里奔赴中飞院。仿佛昨日还坐在大礼堂的人海里，看见那个白衬衣的狂妄少年意气风发地踏上致辞的讲台。仿佛他们的误会才刚刚发生，情愫还刚刚萌芽，中飞院的月光还悬在头顶窗外，少年们不知疲倦地踏着清晨薄暮前往训练场。可是转眼间，他们离开了中飞院，赶赴蔚蓝大海，肩上也扛起了重任。时间真是太仓促，从不停歇，故事眨眼落幕。

告别是我在每个故事末尾不得不做的一件事，带着如释重负和依依不舍告别这群过去几月朝夕相伴的人，告别他们带给我的感动与欢笑。每一本书都有这样一个阶段，每一个故事都在热泪欢笑里落下帷幕。而我只愿读到它们的你也同我一起欢笑，一起感动，末了合上书，偷偷念叨一句：她好像比上一本书更可爱了呢。

我有没有比上一本书更可爱了，不得而知。但我依然感谢如约而至的你，感谢你分享我的盛大感情、细微心绪，感谢你陪我走过路知意与陈声的青春，感谢你出现在我的世界。

容光

于北京

2018 年 5 月 30 日